verlag
**der
criminale**

AF001627

Das Buch

Am 5. November 1950 wird ein junges Ehepaar auf einem Einödhof in Niederbayern auf hinterhältige Art und Weise ermordet. Der Tatverdacht fällt schnell auf den »Metzgerfuchs«, der im Dorf zweifelhaften Ruf genießt. Ist er der gesuchte Doppelmörder?

Ausgangspunkt des Romans sind die den Akten und Prozessunterlagen entnommenen Fakten. Bei der Auflösung des Falles steht aber vor allem die Frage im Vordergrund, durch welche Verkettung von Umständen es zu dem Verbrechen kommen konnte. In zahlreichen collageartigen Rückblenden über einen Zeitraum von 54 Jahren erlebt der Leser prall gezeichnete, lebensechte Persönlichkeiten aus dem ländlichen Bayern und zugleich ein faszinierendes Porträt dörflichen Alltags in den unmittelbaren Nachkriegsjahren.

Der Autor

Der Diplomphysiker Franz Gilg, Jahrgang 1963, arbeitet als Redaktionsleiter einer Tageszeitung in Simbach am Inn. Zu seinen bisherigen Werken gehören Romane, Kurzgeschichten, Lyrik, Filmdrehbücher und Theaterstücke.

Franz Gilg
Die Schüsse von Öd
Kriminalroman
nach einer wahren Begebenheit

**verlag
der
criminale**

Weitere Informationen über den Verlag und sein Programm unter:
www.verlag-der-criminale.de

Bibliografische Information der Deutschen Bibliothek

Die Deutsche Bibliothek verzeichnet diese Publikation
in der Deutschen Nationalbibliografie;
detaillierte bibliografische Daten sind im Internet
über <http://dnb.d-nb.de> abrufbar.

2. Auflage
Mai 2008
Verlag der Criminale
Ein Verlag der Buch&media GmbH, München
© 2008 Buch&media GmbH, München
Umschlaggestaltung: Kay Fretwurst, Freienbrink
Herstellung: Books on Demand GmbH, Norderstedt
Printed in Germany · ISBN 978-3-86520-301-4

Inhalt

Drei Schüsse	7
Spuren im Schnee	26
Schäfers Stündchen	50
Mit allen Wassern	66
Pranger und Pistolen	97
Gottesmutters Eingebung	119
Der Prozess – Erste Zeugen	137
Der Prozess – Das Alibi	151
Der Prozess – Die Wende	170
Nachtarock	188
Witwentröster	199
Strafe Gottes	221
Der Kuhhandel	239
Nachtrag	252

Die wichtigsten Personen:

Paul Waczek, genannt *Metzgerfuchs* – vermeintlicher Doppelmörder
Karl Hartl – Bauer von Öd, Opfer eines Schützen
Kathi Hartl – Bäuerin von Öd, Opfer eines Schützen
Sepp, Maria, Resi – Kinder der Hartl-Bauern
Gertrud und *Steffi* – früh verstorbene Kinder der Hartl-Bauern
Lisbeth Gruber – Wirtin, Pauls Lebensgefährtin
Centa Wimberger – Besitzerin des Gasthauses Metzgerwirt, Ziehmutter von Lisbeth
Irmi Becker – Bedienung beim Metzgerwirt
Hanno Gruber – Bauer, älterer Bruder von Elisabeth Gruber
Margit Gruber – Hanno Grubers Frau
Elfriede Kotter (spätere Maller) – Mutter von Paul Waczek
Hubert Maller – Stiefvater von Paul Waczek
Josef Ober, Fritz Kampinger, Willy Mayer, Michael Schenk – Nachbarn der Hartls
Alfons Steininger – Schafhalter, zweiter Verdächtiger
Marlies Steininger – Steiningers Frau, strenggläubig
Anna Steininger – Tochter der Steiningers
Pfarrer Moritz Zumüller – Rammbacher Ortsgeistlicher
Herbert Galldorfer – Metzger, Nachbar vom Metzgerwirt
Dr. Oswin Stockinger – Arzt aus Steinbach
Albert Saller – Begleiter im Sanitätsfahrzeug
Alois Benner – Oberkommissar, Chef der Landpolizei Steinbach
Josef Pommereder – Hauptwachtmeister, Freund von Paul Waczek
Johann Völz – eifriger Wachtmeister
Fridolin Wick – Polizist aus dem benachbarten Fallberg
Herbert Spangl – Kollege von Wick
Dr. Isidor Weiler – Amtsgerichtsrat
Harro Suhl – Staatsanwalt aus der Kreisstadt
Johann Mars – Kriminaloberinspektor aus München
Konrad Maritzke – Oberkommissar aus Landshut
Fred Sammer – Sicherheitsoffizier der US-Army in Erding
Günther Winter – Kriminalmeister aus Straubing
Carl Berger – Landgerichtsdirektor, Vorsitzender Richter im Mordprozess
Dr. Max Wilde – Oberstaatsanwalt, Ankläger
Hans Knopp – Pflichtverteidiger von Waczek
Walter Hannerwald – dubioser Zeuge vor Gericht
Kurt Jettner – Belastungszeuge vor Gericht
Hans Zank – Überraschungszeuge vor Gericht
Michael Reischl – Viehhändler
Tom Lettl – stolzer Autobesitzer, der vielleicht etwas gesehen hat
Iris Lettl – Tom Lettls Frau
Richard Worschling – Spezi von Waczek, ein kleiner Gauner
Rudi Fichtel – Ortsvorsitzender der Bayernpartei
Rainer, Rita und Töchterchen *Tanja* – junge Familie, wohnt jetzt in Öd

Drei Schüsse

November 1998, Öd am Wald

»Hier können Sie halten«, sagt der alte Mann mit kraftloser Stimme. »Den Rest gehe ich zu Fuß.« Das Taxi hält, er zahlt und steigt leise ächzend aus. Lange schon hat er sich an das süße Leben im Schaukelstuhl gewöhnt. Das nette Seniorenwohnheim, die freundlichen Pflegerinnen mit ihrem jugendlichen Lächeln, sein Pfeifchen auf dem Balkon, während die Sonne untergeht. Und der Blick über ein beschauliches Dorf, in dem keiner seinen richtigen Namen, geschweige denn seine Geschichte kennt.

Sie schätzen ihn als ruhigen Bewohner, der gerne ein gutes Buch liest oder mit den einsamen Rollstuhlfahrern im Foyer plaudert. Ein Mann im Winter seines Lebens, ohne Angehörige, aber mit dem Geld der Lebensversicherung seiner verstorbenen Gattin und dem Verkauf seiner Güter aller finanziellen Sorgen ledig. Ein paar Jahre sollte ihm der Herrgott noch vergönnen, obwohl er bereits auf Medikamente angewiesen ist. Sein hinkender Gang lässt ihn etwas ungelenk aussehen. Daran hat er sich gewöhnt. Auch seine Adlernase provoziert manches Schmunzeln. »Sie könnte mich verraten«, grämt er sich ein wenig, während er den Mercedes auf dem schmalen Sträßlein davonfahren sieht.

»Hier hab ich meine Kindheit verbracht«, hat er dem Fahrer erklärt. Er war nicht danach gefragt worden, er wollte nur verhindern, dass man über ihn ins Grübeln kommt: ein Greis, allein in dieser Einöde, bei Einbruch der Dämmerung. Was will er, was treibt ihn an? Sein Entschluss zur Rückkehr in diese Gegend entstand bei der Lektüre seiner ehemaligen Heimatzeitung, die er sich immer noch per Post zustellen lässt. Gerne liest er, was aus den Steinbachern von damals geworden ist. Viele sind gestorben oder haben sich aus dem öffentlichen Leben verabschiedet, andere tun sich immer noch als emsige Vereinsmeier hervor oder zehren von ihrer ehemaligen Prominenz. Aus seinen einstigen Geschäftspartnern wurden überwiegend ehrbare Bürger.

Doch er hätte nicht gedacht, in dieser bodenständigen Zeitung noch einmal seinen Namen zu lesen. Bis zu jenem 25. November 1998. Die Besonderheit dieses Datums hatte er längst vergessen. Tatsächlich handelte es sich um so etwas wie einen runden Jahrestag. Ihn »Jubiläum« zu nennen, wäre pietätlos. Die Tragik des Anlasses erlaubte keine Feierstimmung. Der Redakteur, der seine Geschichte noch einmal aufgerollt hatte, konnte großes

Übel anrichten. Nicht dass es ihm gelungen wäre, endlich Licht ins Dunkel zu bringen. Nur, manch findiger Kopf könnte angestachelt werden, Nachforschungen über den Verbleib des alten Mannes anzustellen. So gesehen wäre dieser besser beraten gewesen, in seinem beheizten Appartement zu bleiben.

Nein, da ist plötzlich dieser Drang, sich endlich der Vergangenheit zu stellen. Jahrzehntelang hat er alles verdrängt – des lieben Friedens wegen. Was nützt ihm das, wenn es demnächst heißt, von dieser Welt Abschied zu nehmen? Was nützen die Stunden im Beichtstuhl, die Bittgänge nach Altötting, der regelmäßige Besuch des Gottesdienstes in der Heimkapelle? Gott mag ihm vergeben, aber wird er ihm auch das Geheimnis lüften?

»Ich muss zur Beerdigung eines guten Freundes«, begründete er seine Reise. Sie hätten ihm gerne einen Begleiter mitgegeben. Da wurde er ausfallend und laut: »Bin ich denn hier im Kindergarten?« So ließen sie ihn ziehen. Mit der Bahn ging's bis in die Kreisstadt, dann im Taxi über Fallberg und Tannkirchen hierher ins triste Ackerland, das nur von vereinzelten Gehöften besiedelt ist. »Ein wenig solider sehen die Häuser jetzt aus. Sonst hat sich nichts verändert«, fällt ihm auf. Sein Chauffeur ist jung. Zu jung, um Bescheid zu wissen. Und er spricht ostdeutschen Dialekt.

Jetzt sieht der alte Mann nur noch die Rückleuchten des Taxis in der Ferne. Er saugt die Landluft in sich ein. Sein Atem kondensiert. Es ist kalt, aber nicht eisig. Ganz so wie damals. Schnee liegt auch, aber nur auf schattigen Hängen und an den Waldrändern. Schon fängt er an zu schlottern. Kein Wunder, da er seit Minuten reglos steht, als habe ihn der Mut verlassen. Er schultert seine Umhängetasche, geht ein Stück und zweigt ab auf eine noch engere Straße, die erst seit Kurzem asphaltiert ist. Räder der Landmaschinen haben sie mit Erdbrocken besudelt. Sicheren Schrittes – dank seines guten Schuhwerks – strebt er weiter auf ein Anwesen zu, das sich nur als Silhouette im Dunst hervorhebt.

Er schluckt, als er plötzlich neben dem steinernen Marterl steht. Der verwitterte Gedenkstein weist auf ein scheußliches Verbrechen hin, das bereits 48 Jahre zurück liegt. Wie die Zeit allmählich die Erinnerung verwischt, so nagt sie an der Inschrift. Auch das Glas vor der Nische mit der Muttergottes-Figur ist längst verschwunden. Nur die in Keramik eingebrannte Reproduktion eines Fotos hat Nässe und Frost fast schadlos überstanden. Es zeigt eine hübsche junge Frau mit dunklem Haar und einem schwarzen, hochgeschlossenen Festtagskleid. Mit der Andeutung eines Lächelns blickt sie in die Kamera.

Neben ihr der Gatte. Er trägt eine Wehrmachtsuniform. Das Schiffchen, lässig schief am Haupte sitzend, darunter ein vorbildlicher militärischer Haarschnitt. Der schmale Schnauzbart erinnert an jenen Diktator, für den er in den Krieg gezogen war. Im Juni 1945 kehrte er unbeschadet in die Heimat zurück – auf seinen Einödhof zu Frau und Kindern.

Der alte Mann kniet nieder und versucht, die Inschrift zu entziffern. Der erste Teil davon ist noch leidlich zu erkennen:
»Zum Gedenken an die Landwirtseheleute
Karl und Kathi Hartl aus Öd am Wald,
gest. d. Mörderhand am 5. November 1950«.

Unter dem Foto geht es weiter in kleineren Lettern. Der alte Mann streicht Lehm über den Stein, um sie sichtbar zu machen:
»Wir waren gerne hier,
mussten zu früh geh'n.
Vergesst uns nicht.
Auf Wiederseh'n!«

Die Kinder der Hartls haben das Marterl in den 50er-Jahren errichten lassen. Das Kreuz weist zum Tatort, ein Gehöft im Hintergrund, etwa hundert Meter entfernt in einer Senke liegend. Über eine unbefestigte Zufahrt gelangt man dorthin. »Öd 3« lautet die Adresse jetzt. Ein Hofhund schlägt an, und dem Betrachter wird schnell klar: Das Gebäude ist nicht viel älter als 20 Jahre.

Erstmals seit Beginn der Reise zweifelt der alte Mann am Sinn seines Vorhabens. Aber er ist schon zu weit gegangen. Er muss es zu Ende bringen. Und er marschiert weiter, auf den Hof zu, wo ihn niemand erwartet.

5. November 1950, Öd am Wald

Zwei schwere BMW-Motorräder knatterten durch die Dämmerung. Männer, der eine ganz in Leder gekleidet, der andere in Pluderhosen und Wehrmachts-Parka, saßen auf ihnen und spritzten durch die Pfützen. Es war ein zersiedeltes Ackerland, durchsetzt mit kleineren Waldstreifen, das sie befuhren. Sie rollten nebeneinander und hatten Gelegenheit, sich immer wieder etwas zuzurufen. Es war Sonntag und eben schlugen die Kirchenglocken zum Rosenkranz.

Bei Oberambach hielten die beiden an, denn hier trennten sich ihre Wege. »Oiso dann, pfürt di, Karl«, verabschiedete sich Rudi Fichtel von seinem Begleiter. »Und grüß mir d'Frau. Mir ham uns gar scho lang nimma gsehn.«

Der Jüngere, mit den Pluderhosen, Karl Hartl, stellte den Motor ab und nickte Rudi verschmitzt zu. »Könnt'st di ruhig wieder mal blickn lassn bei uns am Hof.« Nun brachte auch Rudi seine Maschine zum Schweigen. »Ja, de Kathi is scho a fesch's Weib. Wenn i nur zehn Jahr jünger wär«, seufzte er.

Sein Parteifreund musste schmunzeln. »Dös würd dir so passn. Aber lass guat sei. Am Wahlabend bring i s'Kathl mit nach Steinbach. Sie kummt ja gar nimma naus in letzter Zeit.« »Koa Wunda, bei all dem Verdruss«, sagte Fichtel und bedauerte es im gleichen Moment. Er wusste, dass er mit solcherlei Reden schnell Wunden aufreißen konnte. Karl war dabei, wieder langsam der Alte zu werden, sich zu »derappeln«, wie man hier in Niederbayern sagt. Innerhalb von einenhalb Jahren zwei Kinder auf so tragische Weise zu verlieren, das hinterließ Spuren.

Doch Karl winkte nur ab. »Jammern nutzt nix. Nur wenn i no länga säum, werd mei Frau grantig«, entgegnete er mit einem unguten Gefühl, denn es war längst Zeit, die Tiere im Stall zu füttern. Kathi hatte schon geknurrt, als er gleich nach dem Mittagessen aufgebrochen war. »Kannst net amal am Feiertag dei Politik vergessn?«, hatte sie ihm vorgeworfen. »Grad do ham d'Leut Zeit, in unser Versammlung z'geh«, war seine Antwort gewesen. Und Kathi, brüsk: »Bringt doch eh nix.«

Sicher, den Ausgang der Landtagswahl konnten sie im kleinen Marktflecken Steinbach nicht beeinflussen. Aber wenn jeder so denken würde! Jetzt war die heiße Phase und jetzt traten bisweilen auch namhafte Leute ans Rednerpult – solche, die wirklich reden konnten, nicht bloß dampfplaudern in Stammtischmanier. Und Hartl als bodenständiger Mensch setzte voll auf die Bayernpartei, die er auch Bauernpartei nannte. Der Münchinger Sepp – seines Zeichens Bezirksvorsitzender – hatte diesen Nachmittag selbst die phlegmatischen Steinbacher mit einem Referat von den Sitzen gerissen. Rudi als Bayernpartei-Ortsvorsitzender war natürlich vollauf zufrieden. Gerne hätte er noch mit Karl und den anderen Freunden bei einem Bier weiter diskutiert, aber auch am Fichtel-Hof warteten eine Frau mit dem Abendessen und ein Stall hungriger Tiere.

Hartl fuhr weiter zu seinem Anwesen. Ein Gehöft mit zwölf Tagwerk Grund, abseits gelegen im Hügelland. Der 38-jährige Zimmerer und Landwirt drosselte das Tempo, denn Schnee und Regen hatten die Straße rutschig gemacht. Es war ein garstiger Novembersonntag, grad passend zum Totenmonat. Am Pfarrfriedhof von Rammbach war die Erde, die über dem kleinen Sarg von Gertrud lag, noch frisch. Kathi hatte bei der Beerdigung geweint, bitter und herzzerreißend wie schon lange nicht mehr. Die Leute hatten gegafft und sich schäbige Bemerkungen zugeflüstert. Und er hatte sich geschämt. Doch langsam wuchs seine Kathi wieder in die Rolle der tapferen, pflichtbewussten Ehefrau und war den Kindern eine liebe Mutter. Da sie ihnen predigte, Regeln einzuhalten, hätte Karl pünktlich zurückkehren sollen. Münchinger hatte länger als geplant gesprochen, doch das war keine Ausrede.

Fast im Schritttempo rollte der Bauer über die gekieste Einfahrt, schob seine Maschine in den Geräteschuppen, ließ das mächtige Vorhängeschloss schnappen und strebte dem Hauseingang zu. Weniger grantig als befürchtet empfing ihn dort die Kathi, die sich eine Schürze umgebunden hatte. Die Lampe hinter ihr an der Wand zeichnete ihr hübsches Gesicht als Schattenriss. »Da bist nacher endlich«, sagte die 37-Jährige leicht vorwurfsvoll. Hartl murmelte eine Entschuldigung und machte sich gleich auf in Richtung Stall. Es war 18 Uhr.

Drei Kühe, ebenso viele Schweine, ein Käfig voller Hühner und eine Ziege waren zu versorgen. Karl beendete sein Tagwerk mit einem kurzen Rundgang um das Anwesen. Der Schnee, der zwei Tage zuvor das Land eingezuckert hatte, schmolz dahin. Auf den Feldern fanden sich braune Flecken, und die verbliebene weiße Pracht war nur noch ein nasser Brei. Abwechselnd hatte es an diesem Tag geregnet und geschneit, oftmals begleitet von böigen Winden. »'s is noch z'früh fürn Winter«, sorgte sich Karl, obwohl die Ernte längst eingebracht war. Er musste Nebentätigkeiten übernehmen, um die Familie ernähren zu können, denn was der Hof abwarf, reichte gerade für den Eigenbedarf. Ein Teil des Ertrags diente zum »Tauschhandel«. Das Wort »Schwarzgeschäfte« gefiel Karl nicht.

Wie dem auch sei, er kontrollierte alle Türen, schloss die Fensterläden und ließ einen langen Blick hoch zur Straße schweifen. Kein Fuhrwerk und keine Person mehr unterwegs. Auch die Lichter der drei Nachbarhöfe, die man von hier aus sehen konnte, waren erloschen. Als Karl zurückkam und seine Joppe ablegte, dampfte bereits das Essen am Herd. Die Kinder huschten aus der Stube und begrüßten ihren Vater. »Verzähl von da Versammlung, Pap!«, bedrängte ihn Sepp. Der aufgeweckte Zwölfjährige nahm Anteil an allem, was Karl trieb. Was die Arbeit am Hof betraf, sah sein Erzeuger einen tüchtigen Nachfolger heranreifen. Nur für die Politik, dafür hielt er den Buben noch zu jung. »Gibt nix zu verzähln«, bemerkte er deshalb leicht abweisend. »Geht's, lasst's an Vater doch erst mal hinsitzn. Er werd müd sei«, warf die Kathi ein und lächelte, ganz als habe sie Karl die Unpünktlichkeit schon verziehen.

»Hilf da Mutter auftrag'n!«, wies Karl die ältere Tochter an. Maria war elf und schon ein fesches Mädel. Dass sie noch immer mit Puppen spielte, lag an der jüngsten Tochter. Resi, erst vier, wollte unterhalten werden. Während Maria auch fleißig der Mutter half, genoss Resi alle Freiheiten der kurzen Kindheit auf einem Bauernhof. Sie war ein richtiges Lausdirndl, das die gleichen Rechte wie Sepp und Maria für sich einforderte. Aus dem Trotzalter schien sie heraus, glaubte ihr Vater. Aber die Mutter wusste es besser. »Die lasst si nix gfalln«, bemerkte sie einmal. »A richtiger Besn.« Karl war alles andere als streng. Seine Strafen erschöpften sich meist in Schelte und Stubenarrest. Mit kleinen Belohnungen, zum Beispiel für gute Noten in der Schule, hob er die Stimmung der Kinder.

Diese »moderne« Art von Erziehung resultierte aus leidvollen Erfahrungen aus der eigenen Kindheit des Ehepaares. Auf dem Geburtshof von Karl Hartl war kein Tag vergangen, an dem der Vater nicht seinen Ledergürtel aus der Hose gezogen und damit die Kinder verdroschen hätte. Kathi mochte es kaum besser ergangen sein. Aber sie sprach nicht gern von früher. Bis zu ihrer Heirat wurde sie wie eine Dienstmagd gehalten. Und so manches Gerücht machte die Runde, dass die Eltern aus Kathis Schönheit Kapital schlagen wollten. Die Verkuppelung mit dem Sohn eines Großbauern scheiterte am Widerstand der Tochter, die sich für den armen Karl entschied und damit bei ihrer Familie in Ungnade fiel.

Nun schienen sie ihr Leben ohne den Rückhalt ihrer Familien zu meistern. Nach den harten Jahren seit Kriegsende ging es sichtlich aufwärts, und die Hoffnung, es zu echtem Wohlstand zu bringen, sie wuchs. Ja, mit ein bisschen Glück konnte man Resi sogar auf eine höhere Schule schicken.

Derlei Träume gingen Karl an Abenden wie diesem durch den Kopf. Jetzt aber wirkte er auf andere Art abwesend. Als habe sich sein Gemüt unheilvoll verdüstert, kam es seiner Frau vor, während er am Tisch in der Wohnstube Platz nahm. Sein Versuch, es zu verbergen, scheiterte. Zu gut kannte sie ihn mittlerweile. Und es bekümmerte sie, dass er solche Anwandlungen in letzter Zeit häufiger zeigte – was sicher nicht am grauen Novemberwetter lag. »Hatt's Ärger auf da Versammlung gem?«, fragte sie und platzierte den Suppentopf in die Mitte des Tisches. Karl zuckte unmerklich zusammen und meinte: »Das übliche G'schmatz.« Um das Thema zu beenden, sprach er schnell das Tischgebet.

Ihm war aufgefallen, dass Kathi in letzter Zeit starkes Interesse an seinen Nebentätigkeiten zeigte. Früher konnte er hingehen, wo er wollte. Da genügte es, wenn er nur kundgab, wie lange er ausbleiben werde. Doch es gab nichts, was er ihr verheimlichen musste – nichts mehr, um genau zu sein.

Wie auch immer, sie beließ es bei dieser Frage und brach sich ein Stück Brot ab, das sie in die Suppe tunkte. Es wurde schweigend gegessen.

»Sie wird wohl nie drüber hinwegkommen«, dachte Karl im Stillen und warf über den Löffelrand einen verstohlenen Blick zu seiner Frau, die jetzt, im faden Schein der Karbidlampe, beinahe jugendlich wirkte. Während andere Bäuerinnen in ihrem Alter schon Falten und graue Haare hatten, war sie immer noch eine liebreizende Frau, um die Karl viele beneideten. »Tapfer möchst du's vor mir verberg'n, Kathi, dei Last, seit aa die Gertrud von uns ganga is. Sie war dei Liabste«, dachte er bei sich. Trotz des Freispruchs vor Gericht fühlte sich Kathi verantwortlich für das Unglück. Schwer lasteten die Schicksalsschläge auf ihr, und – als habe sie das zweite Gesicht – sah sie weiteres Unglück auf sich zu kommen. Einmal hatte sie ihn darauf angesprochen: »Lass die G'schäfte, Karl! Lass die Politik! Des duat koa Guat.« Karl selbst glaubte nicht an Gespenster, aber er wusste, dass in dieser Einöde alles passieren konnte. Mehrmals schon war versucht worden, bei ihnen einzubrechen.

Dann, mit dem nächsten Biss in das aufgeweichte Brot, verscheuchte er die schwermütigen Gedanken. Er war endlich mit sich selbst im Reinen und wollte sich den gemütlichen Feierabend nicht verderben lassen. Tatsächlich wirkten die Kinder heute ruhiger als sonst. Nachdem das Geschirr abgetragen war, begab sich Sepp mit der kleinen Resi auf den Teppich und holte die Kiste mit dem Holzspielzeug unter der Bank hervor. »Komm, wir bauen uns eine Burg.« Resi freute sich über die architektonischen Fähigkeiten ihres großen Bruders – und darauf, die Türme nachher mit einem Schlag umwerfen zu dürfen. Darüber vergaß sie sogar ihre Lieblingspuppe, die achtlos am Fensterbrett liegen blieb.

Vor diesem Fenster, auf der gemütlichen Eckbank, hatte sich's Karl mit der Zeitung bequem gemacht. Es war die Samstagsausgabe, zu deren Lektüre er jetzt erst Zeit fand. Maria spülte das Geschirr, ihre Mutter hängte die nassen Lappen über den Ofen und legte noch ein paar Holzscheite nach, obwohl es schon mollig warm in der Stube war. Dann nahm Kathi ihr Strickzeug und setzte sich etwas abseits in den Schaukelstuhl. Der Pullover, an dem sie gerade arbeitete, war nur eins von vielen Kleidungsstücken, mit denen sie ihre Lieben zu Weihnachten verwöhnen wollte.

Karl hatte den Lokalteil aufgeschlagen und überflog die Überschriften. Aus der kleinen, zersiedelten Gemeinde Rammbach, zu der auch ihr Anwesen gehörte, stand nur selten eine Meldung drin, dafür umso mehr aus dem benachbarten Steinbach, ein Markt mit über 4000 Einwohnern. Dorthin zog es die Bauern, wenn sie Geschäfte machen oder sich vergnügen wollten. »Lies mir ein wenig vor, Karl«, bat ihn Kathi. Karl schob sich die Lampe zurecht und kam ihrer Bitte nach. Unterdessen purzelten die Bauklötze auf dem Teppich. Resi kicherte nur kurz. Sie wusste, dass Vater sie bei anhaltendem Lärm ins kalte Kinderzimmer schicken werde.

Draußen herrschte jetzt, um 18.40 Uhr, vollkommene Dunkelheit. Auch in den benachbarten Höfen saß man in gemütlicher Runde zusammen. Nur ein Licht, angetrieben durch einen Fahrraddynamo, zog mit leichten Zuckungen seine Bahn. Jemand keuchte den verschlammten Feldweg von Kreuzstrassl hoch, erreichte die Senke zwischen Oberambach und Heuwies, kreuzte den Auenweg und steuerte schließlich auf ein Waldeck zu, das sich Öd bis auf drei Steinwürfe näherte. Dort stellte der Unbekannte sein Rad ab und band seinen Begleiter an. Es war ein Hund, der brav wartete. Schemenhaft erkannte der Unbekannte die Umrisse des Anwesens. Zielsicher marschierte er darauf zu und verfehlte dabei nicht den kleinen Steg über den Sickergraben. Unter seinem Mantel verbarg sich eine Armeepistole P08, Kaliber 9 Millimeter.

Karl Hartl las laut und konnte deshalb die Schritte auf dem Hofweg nicht hören. Der Unbekannte nahm Deckung unter dem Vordach der Scheune und inspizierte die Lage. Alle Fenster waren geschlossen. Seinen an die Dunkelheit gewöhnten Augen entging dennoch nicht der schmale Lichtstrahl, der zwischen den Läden zweier Fenster an der Westseite heraus stach. Mit wenigen schnellen Sätzen war er dort und schmiegte sich dicht an die Fassade zwischen den beiden Fenstern.

Es hatte wieder zu regnen begonnen, doch der ungebetene Besucher kümmerte sich nicht darum. Er griff in seine Manteltasche, holte die geladene Waffe hervor, näherte sich einem Fenster.

»Da hams ja wieder an schön Mist gschriebn«, ärgerte sich Karl Hartl über einen böse kommentierenden Artikel und begann vorzulesen. Unterdessen spähte der Besucher durch den Spalt zwischen den Läden ins Zimmer. Es war jenes Fenster, hinter dem der Bauer saß. Die Scheibe war nicht beschlagen. Die Zeitung verdeckte zum Teil den Blick auf andere Personen. Trotzdem wurde dem Unbekannten schnell klar, dass hier womöglich die ganze Familie versammelt war. Doch jener, auf den er es abgesehen hatte, er wurde ihm förmlich auf dem Präsentierteller serviert. Leise schnappte der Entsicherungsstift der Pistole. Die linke Hand griff nach dem Hebel, mit dem sich der Fensterladen öffnen ließ.

Hartl hielt inne. Das Quietschen des Scharniers war nicht zu überhören. Alle anderen im Raum hatten sich so sehr in ihre Tätigkeiten vertieft, dass es ihnen nicht aufgefallen war. Und Karl blieb keine Zeit zum Nachdenken. Instinktiv wollte er sich umdrehen, da folgte ein ohrenbetäubender Krach. Während schon der Schall wie ein Hammerschlag wirkte, bohrte sich gleichzeitig ein glühendes Stück Eisen durch den Körper des Bauern. Stechender Schmerz durchdrang seine Lunge und raubte ihm die Sinne.

Manch einer hätte nicht begriffen, wie ihm geschah. Er, Karl Hartl, wusste es in seinem letzten lichten Moment. Dieses Geräusch war ihm als Frontsoldat mehr als vertraut. Nicht so die vernichtende Wirkung des Geschosses – zumindest nicht am eigenen Leib. Immer wieder hatte er im Kugelhagel zu Gott gebetet, er möge ihm solch ein grausames Ende ersparen. Und Gott hatte ein Einsehen. Außer wund gelaufenen Füßen und zwei abgefrorenen Zehen trug Hauptgefreiter Hartl keine Verletzungen aus dem Schlachtfeld davon.

Es war die Wucht des Geschosses, das in seiner Wirbelsäule stecken blieb, welche ihn nun vornüber auf den Tisch sacken ließ. Geschockt starrten Frau und Kinder auf dieses unwirkliche Bild. Der Fensterladen schloss sich. Keiner hatte die Person im Dunkeln erkannt.

Instinktiv packte Kathi ihre jüngste Tochter und rief: »Ois aussi, schnell!«

Zu viert eilten sie in den Hausflur. »Rührt's euch net weg do!«, beschwor die Mutter ihre Schützlinge. Mittlerweile hatte sie die Lage begriffen: Ein Fenster in Scherben, Pulverdampf, ihr Mann offenbar schwer verletzt. Ungeachtet der Gefahr stürmte sie zurück, um ihn aus der Schusslinie zu bringen. »So a Gemeinheit. Des hätt's aa net braucht«, hörten die Kinder sie rufen. Und Maria glaubte noch mehr zu vernehmen: »Du Bazi! I hob di scho kennt!« Mit solcherlei Reden brachte sich die Frau ungewollt in Lebensgefahr. Beim Versuch, ihren Karl vom Tisch wegzuziehen, öffnete sich der Laden erneut. Das zweite Geschoss drang in den Rücken des Bauern. Dann hob sich der Lauf, um eine mögliche Zeugin zu beseitigen. Kathi wurde im Unterleib getroffen, torkelte, blieb mühsam auf den Beinen und erkannte erst jetzt, dass es unmöglich war, Karl zu bergen. Im nächsten Moment wurde ihr bewusst: »Dös war's. Dös kannst net überleb'n.«

Nur der Gedanke an die Kinder hielt sie aufrecht. »De brauchan doch ihr Muata. I kann sie net alloa lassn.« Wie in Trance standen die drei in der Diele, während sich die Frau blutend über die Schwelle schleppte, beide Hände gegen den Bauch gedrückt. Darunter verbarg sich eine fingerdicke Öffnung, aus der Blut und Mageninhalt quollen. »I hob an Bauchschuss, i muass sterm«, ächzte sie und bereute diese Worte, kaum dass sie ausgesprochen waren. Sepp und Maria erstarrten, Resi weinte. Sterben? Ihre Mutter konnte doch nicht einfach sterben. Und der Vater? Was war mit ihm? Keiner wagte danach zu fragen, keiner traute sich zurück in die Wohnküche.

Der Schütze – war er etwa noch da? Wollte er sie alle niedermachen? Brach er gleich die Tür auf? Gab es ein Versteck vor ihm? Im Schlafzimmer waren die Läden von innen verriegelt. »Helft's ma da nei!«, bat Kathi ihre beiden Ältesten. Sepp und Maria stützten sie, halfen ihr aufs Bett, rissen Fetzen aus einem sauberen Laken, die sich die Frau dann gegen die Wunde presste. Doch es kam immer mehr Blut. Alles wurde besudelt.

»Mama, was soll ma macha?«, wimmerte Sepp. »Wos is mit'm Babba?«
»Geht's do net eini! Holt's lieba an Doktor!«
Doch wie? Telefon gab's keines im Haus. So weit war hier die Technik noch nicht vorgedrungen. Blieb die Hoffnung, dass Nachbarn Rettung bringen konnten. »Lauft's los! Holt's Hilfe!«, wiederholte die Mutter ihre Bitte. Weitere Worte stoppte ein Hustenanfall. Der Auswurf bestand aus saurer Flüssigkeit und zwang die Frau, sich trotz der Schmerzen etwas aufzurichten. »Bitte, macht's schnell! I kann bald nimma.«

Sepp und Maria blickten sich an, erkannten ihre Angst. Er könnte noch draußen stehen, der böse Mann, auf sie warten und ihnen ein Leid antun. Aber das erbärmliche Klagen der Mutter trieb sie schließlich doch aus dem Haus. Hals über Kopf stürmten sie in die Dunkelheit. Sie rannten, als liefen sie vor dem Leibhaftigen selbst weg, und waren sich nicht einmal bewusst, dass sie nur Strümpfe an den Füßen trugen. So strebten sie über die Felder dem nächstgelegenen Hof zu.

Er gehörte den Obers, jungen Bauersleuten ohne Kinder, die mit den Hartls nur wenig Kontakt hatten. Aus Angst vor dem scharfen Wachhund pochten Sepp und Maria gegen ein rückwärtiges Fenster. Nichts rührte sich und sie fürchteten schon, es sei keiner zu Hause. »Komm, schau ma weiter«, drängte Sepp, während im Hof der Hund anschlug. »Helft's uns!«, schrie das Mädchen. Der von innen verschlossene Fensterladen öffnete sich – doch nur so weit, dass der Bewohner mit seiner Lampe die unerwarteten Gäste erkennen konnte. »Was wollt's denn ihr no so spät?«, herrschte er sie an. Nun betrat auch Frau Ober den Raum, der sich als Schlafzimmer entpuppte. »De Hartl-Kinder sind's«, erklärte ihr der Mann kurz. Das überraschende Pochen hatte beide in höchsten Aufruhr versetzt. Erst jetzt erkannte Josef Ober die dürftige Bekleidung der Kinder, die noch völlig außer Atem waren.

»Bei uns hams reingschossn«, stöhnte Sepp mit Tränen in den Augen. »Pap und Mam san troffa.« Ober begriff den Ernst der Lage. »Laufts glei nüber zum Kampinger. Der hat a Telefon«, rief er und gab seiner Frau einen Wink, sie solle ihm Mantel und Stiefel bringen. »I komm nach!«

Zum Kampinger Fritz waren es nur zwei Steinwurf weit. Er war der wohlhabendste Landwirt in der Gegend und verfügte über Elektrizität im ganzen Haus. Sein Knecht hatte das Geschrei von nebenan schon vernommen und den Herrn verständigt. Dieser stand nun mit einer großen Stabtaschenlampe im Eingang und empfing die Hilfe Suchenden. Ein Blick genügte, um zu wissen, dass etwas Grauenhaftes geschehen sein musste. »Mir brauchan an Doktor. Muata und Vata sterm sonst«, ächzte Maria. »Kommt's erst mal rein. Ihr holt's euch ja no den Tod«, sagte Kampinger und gab die Kinder in die Obhut seiner Frau. »Jessas – ohne Schuh und nur im Hemd. Nochan hot's oba pressiert«, entsetzte sich die Bäuerin. Ihr Mann, ein stämmiger Mittvierziger, eilte sofort zum Telefon in der Diele, hob ab, ließ den Hörer wieder sinken. »Wer weiß d'Nummer vom Doktor Stockinger?« Der Knecht zuckte nur mit den Schultern, und die Frau war mit den Kindern bereits in der Wohnstube. Mit molligen Decken und einem heißen Fußbad wollte sie die Ärmsten wieder auf Temperatur bringen.

Wohl oder übel kramte Fritz Kampinger ein Telefonbuch aus der Kommode und fing an zu blättern. Unterdessen stürmte Josef Ober herein. »Gschossn hams bei de Hartls!«, brüllte er völlig außer sich. Kampinger forderte Ruhe, fand die Nummer, wählte und verwählte sich prompt. Erst als ihm Ober diktierte, klappte es. Das Freizeichen ertönte.

»Geh scho hi, verdammt nomal!«

»Was is denn g'schehn?«, wollte Ober wissen.

»Frag d'Kinder«, schnauzte ihn Kampinger an und deutete zur Tür in die Stube. Immer noch hob niemand am Ende der Leitung ab. Gerade in dem Moment, als Kampinger einen anderen Arzt rufen wollte, knackte es im Hörer. »Bei Doktor Oswin Stockinger. Was kann ich für Sie tun?«, meldete sich eine nuschelnde Frauenstimme. »Wo is da Doktor?« »Im Kino.« »Er muss glei her komma. Sagen's ihm ...«

»Jetzt sagt's, was gscheng is?«, bedrängte Ober unterdessen die Kinder. Beide weinten hemmungslos. Die Bäuerin hatte deshalb nur einen verachtenden Blick für den so rüde hereinplatzenden Nachbarn übrig. »Einer hat durchs Fenster gschossen. Pap und Mam hat's derwischt. Mehr wiss ma net«, antwortete Sepp zögernd. »Is der Schütz no da?« »Wiss ma net.«

In der Ecke standen die halbwüchsigen Söhne von Kampinger und verfolgten das Schauspiel mit Interesse. Einer von ihnen wäre am liebsten gleich losgelaufen, um den Schützen zu stellen. Doch der Vater hatte ihnen schon eine andere Aufgabe zugedacht. Eben polterte er in den Raum und gab den Schlachtplan aus: »Ihr Buam lauft's zum Mayer Willy. Er soll glei her komma. Zu dritt wern mir dem Gangster leicht Herr. I ruf d'Polizei. Ober, du holst a paar saftige Prügl aus der Scheun.« Mit dieser Bewaffnung wollte man dem Täter heimleuchten. Für Kampinger stand fest: Es war ein Räuber, der sich mit den Schüssen Zutritt ins Haus verschafft hatte. Als die Kinder losgelaufen waren, konnte der Schuft eindringen und einpacken, wonach ihm gelüstete – auch wenn bei den Hartls nicht viel zu holen war.

Mit etwas Glück, so hoffte Kampinger, würde man den Unbekannten noch fassen oder zumindest in die Flucht schlagen. Dass es ihnen an gleichwertigen Waffen fehlte, spielte keine Rolle. Die Übermacht wog vieles auf, weshalb man erst starten wollte, wenn Willy Mayer, ein weiterer Nachbar, bei ihnen war.

19.11 Uhr, Fallberg

Im kleinen, muffigen Dienstzimmer der Fallberger Landpolizei, eingerichtet im Verkaufsraum eines ehemaligen Kramerladens, kondensierte der Atem an den verschmierten Scheiben. Der Qualm amerikanischer Zigaretten verstärkte die Sichtprobleme, was die beiden Raucher nicht sonderlich störte. Morgen würde die Putzfrau kommen und hier für Hochglanz sorgen. Morgen wechselte die Schicht – und sie hatten dann drei Tage frei.

Fridolin Wick und Herbert Spangl hatten ein ausgesprochen ruhiges Wochenende hinter sich. Der Bereitschaftsdienst hier draußen beschränkte sich gewöhnlich auf das Absitzen der Zeit. Höchstens mal eine Wirtshausschlägerei, mal ein Betrunkener, der zur Räson gebracht werden musste, mal ein nächtlicher Ruhestörer oder eine Katze, die sich nicht mehr vom

Baum heruntertraute. Und jetzt im trüben Novembergrau, eingemottet in die Lethargie des beginnenden Winters, vom wohligen Duft des Holzes im Kamin fast eingelullt, erschöpfte sich das Glück dieser Erde auf ein anregendes Gespräch über Frauen und ihre diversen Vorzüge.

Wick und Spangl waren ein eingespieltes Team – so eingespielt, dass sie wussten, wie weit sie mit ihren Dienstverfehlungen gehen durften. Neben dem Schnaps in der verschließbaren Schublade lag gleich ein starkes Mundwasser. Der Wirt hatte ihnen wie immer Rauchfleisch und Bauernbrot vorbeigebracht, damit er die Sperrzeit verkürzen konnte. Während im Hintergrund leise der alte Volksempfänger dudelte, spielten die Männer Karten. Beide hatten den gleichen Dienstrang, den niedrigsten, den die Polizei zu vergeben hatte, beide hatten aber bereits das dreißigste Lebensjahr überschritten und trugen schon ein ansehnliches Bäuchlein mit sich herum.

Ihre Eintracht wurde jäh zerstört, als das Telefon klingelte. Murrend beugte sich Fridolin Wick vor, griff den Hörer und versuchte, seiner Stimme die nötige Kraft zu geben. »Polizeistation Fallberg. Grüß Gott!« Die nach unten gehenden Mundwinkel und der starre Blick seines Kollegen verdeutlichten Spangl, dass er die Karten wohl einsammeln konnte. Wick schwieg, nickte ein paar Mal ergeben und deutete schließlich zum Kleiderhaken an der Tür, wo sie ihre Uniformjacken hängen hatten. »Öd am Wald, ja. Wir schauen uns um.«

»Was'n los?«, fragte Spangl, während er Wick die Jacke zuwarf. Jener deutete auf die Pistolengürtel, die dort hingen. »Wir könnten sie brauchen. Es wurde geschossen.« »Geschossen? Wo?« »Draußen in Öd, bei einer Familie Hartl. Unsere Wache ist vom Nachbarn verständigt worden. Angeblich zwei schwer Verletzte.« »Raub?« »Kann schon sein.« Sie schnürten sich die Stiefel, schlossen ihre Hemdenknöpfe, krempelten die Ärmel herunter, benutzten das Mundwasser und einen Kamm.

»Wo, sagtest du?«, fragte Spangl, eifrig nach dem Autoschlüssel suchend. »Da unter der Zeitung«, half ihm Wick, der etwas hellere von beiden Köpfen. »Ich meinte, wo wir hin müssen. Wo liegt dieses Öd am Wald?« »Du kommst doch aus dieser Gemeinde.« Spangl schüttelte den Kopf. »Schon, aber ich kenne nicht jede verdammte Einöde da draußen. Hättest dir eben den Weg beschreiben lassen sollen.« »Wie steh ich jetzt da, wenn ich noch mal anrufe?«, ärgerte sich Wick und wies Spangl an, im Schrank nach einer Landkarte zu suchen. Bis die Lokalität geortet war, vergingen fünf Minuten. »Der Schütze ist doch längst über alle Berge.« »Wollen wir's hoffen«, entgegnete Wick. »Bin nicht erpicht auf ein Loch im Kopf. Und das hast du schnell, wenn dich so ein Bazi aufs Korn nimmt.«

Spangl wunderte sich, dass man nicht die Steinbacher Dorfpolizei verständigt hatte. Der Grund: Für Kapitalverbrechen war die Inspektion der

Kreisstadt zuständig. Dies wissend hatte Kampinger natürlich gleich dort angerufen. Und Fallberg lag nur sieben Kilometer von Öd entfernt, also etwas näher als Steinbach. »Arzt ist schon verständigt«, sagte Wick im Hinausgehen. »Wir nehmen Rolf mit.«

Rolf war der beste Spürhund Niederbayerns. Diese Ehre wurde ihm dank einiger Siege auf diversen Wettbewerben zuteil. Doch mittlerweile hatte auch Rolf sich der hier herrschenden Lethargie angepasst und zeigte längst nicht mehr den Biss früherer Jahre. Jetzt döste er im Stroh und hoffte insgeheim auf Futter, als Wick die Tür des Zwingers öffnete. Kaum war die Leine um seinen Hals, wusste Rolf Bescheid und fügte sich in sein Schicksal. Alle drei wünschten sich ein möglichst schnelles Ende des Einsatzes, um in dieser Nacht noch eine Mütze Schlaf zu bekommen.

Der Motor des Streifenautos, ein klappriger Volkswagen, hustete bereits verdächtig und lief alles andere als rund. Dies mochte mit dem nasskalten Wetter zu tun haben, glaubten die Polizisten. »Das renkt sich schon wieder ein.« Einen Kilometer später gab der Motor den Geist auf. Kein Mucks mehr beim Betätigen der Zündung, als sei die Batterie leer. Die Batterieanzeige leuchtete jedoch und auch die Scheibenwischer und das Licht funktionierten einwandfrei. »Das hatte er schon mal, wenn ich mich recht erinnere«, bemerkte Wick leicht vorwurfsvoll. Rolf gab ein bestätigendes »Wuff« dazu und Spangl bejahte ebenso. »Er sollte in die Werkstatt, aber dazu war noch nicht Zeit.« »Schöne Bescherung.« Wick trommelte gegen das Lenkrad. »Kriegen wir das hin?« »Woher soll ich das wissen?«

Der Wind hatte wieder aufgefrischt. Entendaunengroße Schneeflocken landeten auf der Windschutzscheibe und schmolzen in Sekundenschnelle. Spangl öffnete die Motorhaube, leuchtete mit der Taschenlampe in jeden Winkel und auf jedes Teil. Vier weitere Vergewaltigungen des Zündschlosses brachten die Erkenntnis, dass es wohl an den Kerzen liegen musste – oder an den Zündkabeln. Wie dem auch sei, sie mussten sich um ein anderes Fortbewegungsmittel umsehen. Missmutig knöpften sie ihre Mäntel zu und trabten los, zurück in den Ort.

Dieser Tage waren die üblichen Fortbewegungsmittel auf dem Lande Pferdefuhrwerke. Nur äußerst wohlhabende Bürger konnten sich ein Auto oder einen Traktor leisten, und weil es solcherlei Leute im kleinen Fallberg nicht gab, mussten sich die Polizisten notgedrungen an den Feuerwehrkommandanten Alois Wirzingel wenden. Er und Herbert Spangl waren alte Schulfreunde und hatten sich schon öfter mit Material ausgeholfen. Der nagelneue Mannschaftskombi der Fallberger Wehr sollte sie schneller ans Ziel bringen als ihr klappriges Automobil. Außerdem sank dank dieser Panne das Risiko, dem Räuber am Tatort noch vor die Flinte zu laufen.

Wirzingel empfing die Polizisten mit skeptischem Blick, bevor er erkannte, dass sie nicht seinetwegen gekommen waren. »Ihr habt's Glück g'habt. Grad wollt i in d'Wirtschaft«, tönte er und ließ sich erklären, was der Grund des Einsatzes sei. »In Öd am Wald? Ja is des net der Hartl-Bauer, dem de zwoa Kinda gstorbn san? Dem klebt des Pech an de Füaß.« Fast hätte er die Uniformierten noch zu einem Schnaps eingeladen, doch denen war nicht nach Konversation. Wäre Wirzingel ihrer Bitte nachgekommen, sie zum Tatort zu chauffieren, sie hätten noch lange über Hartl und sein Pech sprechen können. Der Durst des Kommandanten machte dies zunichte. Er schlüpfte in seine Joppe, nahm die Schlüssel fürs Gerätehaus und begleitete die Männer dorthin.

Weitere Zeit verstrich mit der technischen Einweisung, die Wirzingel notgedrungen geben musste, um zu verhindern, dass sein modernes Vehikel zu Schrott gefahren wurde. Kurz darauf erreichten Spangl und Wick ihr Auto, luden die nötigen Utensilien wie Absperrmaterial und Lampen um, ebenso den Hund. Um 19.45 Uhr wurde die Fahrt fortgesetzt, um 19.50 Uhr, irgendwo auf freier Pläne, endete sie. Es war wie verhext: Kein Benzin mehr. Entsetzt starrte Wick auf die Anzeigenadel. »Der Depp hätt auch was sagen können.« »Trinkt die Feuerwehr neuerdings Sprit?«, versuchte Spangl zu scherzen und handelte sich prompt eine unter die Gürtellinie gehende Erwiderung ein. Diesmal trommelte sein Kollege so fest gegen das Lenkrad, dass es abzubrechen drohte.

Eine Minute lang saßen beide wie festgenagelt. »Was jetzt?«, wagte Spangl endlich zu fragen. Wick meinte, sie würden wohl wieder frische Luft schnappen dürfen. »Was schluckt denn die Kiste? Benzin oder Diesel?«, fragte Spangl. »Diesel, nehme ich mal an.« »Dann könnten wir bei den Bauern was bekommen.« Wick hustete. »Sieh zu, ob du hinten einen Reservekanister findest!« Spangl wurde fündig. Mit dieser Sammelbüchse erledigten sie ihrem Bittgang von Hof zu Hof. Es dauerte sehr, sehr lange, bis sie jemanden fanden, der ihnen ein paar Liter abgeben wollte. »Erzähl das keinem Menschen!«, ächzte Wick, als sie nach über einer Stunde wieder zurück waren und ihre Fahrt fortsetzen konnten.

19.17 Uhr, Öd am Wald

Josef Ober, Fritz Kampinger und Willy Mayer spritzten über den Feldweg zur Straße und weiter die Einfahrt zum Anwesen der Hartls hinunter. Des jungen Mayers Tempo konnten die beiden etwas betagteren Herren nicht folgen, weshalb sich ersterer immer wieder umblickte und seine Schritte zügelte. Sie trugen Sturmlampen und je einen Knüppel. Mistgabeln und Äxte hätten ihnen sicher bessere Dienste getan, doch waren diese als Waffen zu schwer oder zu unhandlich, um gegen den Einbrecher bestehen zu können.

Falls er sich noch im Haus aufhielt, mussten sie sich ohnehin vor seiner Flinte in Acht nehmen. Nach Lage der Dinge aber sollte er jetzt, eine halbe Stunde nach dem Überfall, verschwunden sein.

Kurz vor dem Haus sammelten sich die Bauern zu einer Unterredung. »Mit Hurra eini! Mir überrumpln eam«, schlug Kampinger, der nicht die geringste Furcht zu haben schien, vor. Die anderen nickten gefällig und ließen ihm den Vortritt. Wenig Widerstand bot ihnen die nur angelehnte Haustür. Polternd stürmten sie über die Schwelle: Kein Licht, wie es schien. »Saukrüppel, jetzt hat's di!«, schrie einer der drei. Alles suchte sich seitlich eine Deckung, was nicht viel geholfen hätte, denn mit den Lampen boten sie ein hervorragendes Ziel.

Der »Saukrüppel« meldete sich nicht. Stattdessen vernahmen die Männer das leise Wimmern eines Kindes. »Da!« Mayer deutete zur offenen Tür ins Schlafzimmer. Der matte Schimmer einer Kerze verlieh den Holzdielen noch schwache Konturen und zeichnete dunkle Flächen, die sich als Blut entpuppten. Den Nachbarn stockte der Atem ob des entgeisterten Blickes der kleinen Resi, die auf dem Rücken ihrer Mutter saß. Da sie ja nicht wusste, um wen es sich bei diesen drei lärmenden Eindringlingen handelte, da sie ihre Knüppel missdeutete, wimmerte sie jetzt »Mammi, Mammi« und zog an Kathis Weste.

Kathi Hartl hatte sich auf den Bauch gedreht, als könne sie die Blutung damit stoppen. Das ganze Bett war rot gefärbt, und immer mehr Mageninhalt quoll aus der Wunde. Der Gestank des halb verdauten Essens erzeugte Brechreiz. Mühsam wandte nun die Verletzte den Männern ihr Gesicht zu. »Bitte erschreckt's mir die Kleine nicht«, röchelte sie, wobei jedes Wort schleppend und kaum verständlich herausgewürgt wurde. Schwarzes Blut tropfte von ihren vollen Lippen, was Josef Ober zwang, kurz die Augen zu schließen.

Als Einziger behielt Kampinger einen klaren Kopf, indem er Resi beruhigte: »Kennst uns net, Reserl? Mir san's, de Nachbarn. Brauchst koa Angst z'ham. Wir bringan Hilf.« Und wirklich gelang es ihm, die Kleine von ihrer Mutter loszueisen. Onkel Sepp sollte mit ihr aufs Kinderzimmer gehen und aus einem Märchenbuch vorlesen. Dieser dankte insgeheim seinem Nachbarn, ihn so elegant aus dem Schlachtfeld gelotst zu haben. Es gab wahrlich bessere Dinge, als Menschen beim Sterben zuzusehen oder ihre klaffenden Wunden verarzten zu müssen. »Gell, bei uns schaugt's schön aus«, sagte Kathi, als das Kind weg war. Es klang nach Galgenhumor und war doch nur eine Entschuldigung für die Umstände, die sie den Helfern machte. Ihr Versuch, sich aufzurichten, um sich ihnen nicht länger in dieser entwürdigenden Haltung zu präsentieren, er misslang infolge mörderischer Schmerzen. Reglos am Bauch liegend hatte sie es leidlich ertragen und dabei dem Kind noch Mut zusprechen können.

»Kreizack! Sie verliert z'vui Bluat«, bemerkte Mayer. Kampinger, der als Soldat Grundkenntnisse in erster Hilfe erlernt hatte, wusste das selbst. »Was is mit deim Mo?«, wollte er wissen. »Liegt in da Wohnküch. Eam hot's bös dawischt.«. Da die Bauern glaubten, dass Kathi nicht in akuter Lebensgefahr schwebte, folgten sie den Blutspuren. In der Stube brannte immer noch die Karbidlampe, doch das Feuer im Ofen war erloschen. Der Wind hatte den Fensterladen aufgeweht, und penetrant kalt pfiff es durch die zerschossene Scheibe. Karl Hartl, am Boden liegend, fröstelte und schien vor Schmerzen halb hinüber. Er lag in einer Lache Blut.

Kampinger versuchte ihn anzusprechen: »Heast mi, Karl. I bin's, da Kampinga Fritz. Wos is gschehn?« Als keine Antwort kam, packte ihn der stämmige Nachbar am Oberarm und rüttelte ihn. »Karl, hoit durch! Da Notarzt is bald do. Unkraut vergeht net.« Der Verletzte registrierte seine Besucher, versuchte etwas zu sagen und verfiel dann in einen schrecklichen Schüttelfrost. »So koit, so koit! I hob koa Gfühl mehr im Boa«, glaubte Mayer zu vernehmen. Er holte die Decken von der Eckbank und aus dem Schaukelstuhl, breitete eine am Boden aus. Gemeinsam hoben sie an, um Hartl darauf zu betten. Sie deckten ihn zu, legten Holz im Ofen nach.

»Wo is mei Kathi?«, fragte Karl plötzlich mit Tränen in den Augen. »Hot er sie aa troffa?« Großen Sinn, ihm Lügen aufzutischen, sahen die Helfer nicht. Dennoch beschrieben sie ihm das Ausmaß ihrer Verletzungen als vergleichsweise harmlos. »Sie kommt gwiss durch – und du aa, Karl. Beiß nur de Zähn zam.« Während Mayer wieder nach Frau Hartl sah, fand Kampinger Zeit, sich genauer im Zimmer umzusehen. Ein Räuber auf der Suche nach Wertgegenständen hätte alles durchwühlt. Hier aber herrschte Ordnung. Die feigen Schüsse von draußen hatten offenbar allein den Zweck, Menschenleben auszulöschen.

Hartl verlangte nach etwas zu trinken, was ihm Kampinger nicht verwehrte. In der Kanne befand sich noch Tee. Als ihm der Nachbar eine halbe Tasse davon eingeflößt hatte, ging es dem Verletzten sichtlich besser. So wiederholte Kampinger seine Frage von vorhin: »Wos is gschehn?« »Gschossn ... durchs Fenster hot oana. Mir sitzn do olle beinand, auf oamoi ...« Ein stechender Schmerz stoppte seine Rede. Dennoch hätte Kampinger gerne gewusst, ob Karl den Schützen womöglich erkannt hatte, ob er sich zumindest denken könne, wer so einen Hass gegen ihn hegen würde, dass er zum Äußersten ging.

Aber jetzt platzte Mayer herein und bat, ihm beim Verarzten der Frau zu helfen, denn inzwischen hatte er den Verbandskasten gefunden. »Die geht uns drauf, wenn mir nix doan.« »Wo bleibt denn da Doktor, verfluacht!«, ärgerte sich Kampinger lautstark, bevor er seinem Nachbarn assistierte.

Bald kam ein weiterer Nachbar hinzu – Michael Schenk, den die Kampinger-Buben ebenfalls alarmiert hatten.

Trotz des Verbandes spürte Kathi ihre Kräfte mehr und mehr schwinden. Der Tod trug ihr auf, sich bereit zu machen: »'s ist Zeit, Kathi. Doch es gibt noch was zu regeln.« Und als treu sorgende Mutter wusste sie, was zu tun war. »Ruft's glei bei meiner Schwägerin Mathilde Bauer in Straubing aa. Die soll si um d'Kinder kümmern. Sie ham ja …« Ein langes Zögern bis zu dieser ungeheuren Erkenntnis. »Sie ham ja iaz gar koan mehr.«

Diesen braven Kindern die Eltern wegzuschießen war in Kampingers Augen das schlimmste Verbrechen. Nicht zwei, fünf Opfer hinterließ der heimliche Schütze. Und wenn Gott ein gerechter Mann war, so verhinderte er, dass jener ungeschoren davonkam.

Mitten in die grimmigen Gedanken des Bauern hinein brach das Tuten einer Autohupe vor dem Haus. Der klapprige VW des Steinbacher Arztes Dr. Oswin Stockinger kam nur mit Mühe über die aufgeweichte Einfahrt und würde wohl hinterher zwei kräftige Anschieber benötigen. Den Ausgehmantel, welchen der Arzt zum Kinobesuch benutzt hatte, trug er immer noch. Es war gerade mal Zeit geblieben, den Notfallkoffer zu holen, nachdem seine Haushälterin mitten in die Vorführung geplatzt war. Immerhin war sie so umsichtig gewesen, ihm die Neuigkeit ins Ohr zu flüstern, zumal die Kunde von Schüssen auf ehrbare Leute wie die Hartls sicher schnell die Runde gemacht hätte. Es wäre hier innerhalb kürzester Zeit zu einem Volksauflauf gekommen.

»Sanka muss gleich kommen«, sagte Doktor Stockinger in seinem typischen Autogrammstil, während ihm Kampinger den Weg ins Haus leuchtete. Der Mediziner hatte trotz seiner erst 40 Jahre bereits eine Glatze, und die dicken Brillengläser deuteten an, dass er kaum besser als ein Maulwurf sah. Nur seine drahtige, sportliche Figur war sichtbares Zeichen seiner ungebrochenen Jugendlichkeit. Üblicherweise brachte ihn nichts aus der Ruhe. In Unkenntnis über das Ausmaß der Verletzungen jener beiden Opfer hatte er Kopf und Kragen auf der Fahrt hierher riskiert. Als Leiter eines Lazaretts im Russlandfeldzug war er auf Schusswunden spezialisiert. Es bedurfte wahrlich nur eines kurzen Blickes, um zu erkennen, wie ernst es um die beiden Eheleute stand. »Sind Kinder im Haus?«, fragte er beim Aufziehen einer Spritze. Kampinger nickte. »Die kleine Resi. Mei Nachbar is bei ihr.« »Wie geht's ihr?« »Geht scho, glaub i.« »Werde sie mir gleich anschauen.«

Doktor Stockinger musste nicht viel tun, denn schon kam der Sanka, der dicht vor der Haustür parkte. Zwei Sanitäter und ein Hilfssanitäter bildeten die Besatzung. »Enormer Blutverlust. Frau schaut ganz schlecht aus, Mann vielleicht zu retten«, informierte der Arzt die Helfer. Sofort war man mit zwei Tragen zur Stelle und verfrachtete die Verwundeten ins Innere des Kastenwagens, welcher bald mit laut aufheulendem Motor zur Straße hoch schlitterte.

Nun konnte sich der Arzt um das Töchterlein kümmern. Er stellte fest, dass hier tröstender Zuspruch, aber keine Medizin nötig war. Josef Ober war in die Vaterrolle geschlüpft und spielte mit Kasperle-Figuren. Zwar konnte Resi über die tolldreisten Sprüche und Gebärden der Darsteller aus Stoff und Pappmaschee nicht lachen, doch schien sie bei diesem Spiel heilsame Ablenkung gefunden zu haben. Der Doktor zollte Ober mit einem aufmunternden Blick Respekt für diese Betreuungsmaßnahme. »Mama und Papa müssen jetzt im Krankenhaus viel schlafen, damit sie wieder gesund werden«, sagte er mit ruhiger Stimme und streichelte dem Mädchen über den Kopf.

»Sie derf heut Nacht bei mir bleim«, teilte Kampinger mit. Ober wurde beauftragt, mit Mayer und Schenk bis zum Eintreffen der Polizei die Stellung zu halten. Kampinger nahm Resi auf den Arm und verließ mit ihr das Haus.

19.33 Uhr, zwischen Öd und Steinbach

Albert Saller hatte sich seinen Aushilfsdienst im Krankenhaus Steinbach anderes vorgestellt. Eigentlich wollte er Sanitäter werden, aber die meiste Zeit hatte er sich nur um sterbende alte Leute und die Entsorgung ihrer Exkremente zu kümmern. Die wenigen Höhepunkte seiner tristen Tätigkeit erschöpften sich in Kaffeepausen mit den Krankenschwestern, die aber bis jetzt jede private Verabredung hartnäckig abgelehnt hatten. Vielleicht, so hoffte er insgeheim, würden sie bald Schlange stehen, um mehr über diese Mordgeschichte zu erfahren. So hatte er sich freiwillig gemeldet, als es hieß, ein Begleiter für das Sanitätsfahrzeug werde noch gesucht.

Saller mit seinen 22 Jahren konnte einiges wegstecken, was Blut und offene Wunden betraf. Selbst abgerissene Gliedmaßen hatten ihm noch nie den Appetit verdorben. Der Tod war für ihn ein rein biologischer Vorgang. So zeigte er auch jetzt kaum Mitleid mit den beiden Bauersleuten, die da rechts und links von seinem Hocker angeschnallt auf den Tragen lagen. Die Frau hatte bereits das Bewusstsein verloren, der Mann war dabei, es wieder zu erlangen. Offenbar hatte ihn das Holpern des Fahrzeuges geweckt, denn gerade passierte man ein arg ramponiertes Stück Straße.

Hartls Blick war glasig, und so ganz schien er seine Umwelt nicht zu registrieren. Sicher hielt ihn die Spritze noch halb im Delirium, doch die Patrone, welche in seinem Rückgrat stecken geblieben war, schmerzte ungemein. Saller, mit den Gedanken gerade abwesend, hörte ihn stöhnen und wandte sich ihm zu.

»Bleiben's nur ganz ruhig. Mir san glei da«, versuchte er ihn zu beruhigen.
»Des werd nia nimma werdn«, ächzte der Bauer resigniert.
»Feige Schüss von hintn, wie i ghört hab?«, erkundigte sich Saller, der wusste, dass er eigentlich nicht mit dem Verletzten sprechen durfte. Zu verlockend, hier etwas in Erfahrung zu bringen, was er der hübschen Schwester von der Unfallstation nachher brühend heiß auftischen konnte.
»Hat er was mitgnommen, da Räuber?«, wollte er wissen.
»Wos woas i.«
»Und gseng hot eam aa koana?«
»I net.«
»Hast a Ahnung, wer's gwenn sei kunnt?«
Diesmal ließ sich Karl Hartl lange Zeit mit der Antwort. Er schien plötzlich alle Schmerzen zu vergessen und intensiv nachzudenken, wer denn für eine Tat solcher Tragweite in Frage käme. Manch einer hätte Grund, ihm was wegzunehmen oder sein Vieh zu entführen, manch einer würde ihm wohl gern ein blaues Auge verpassen oder den Hintern versohlen. Aber Mord? Das traute er eigentlich nur einem zu. Einem, der ihn vor kurzer Zeit wieder als Freund gewinnen wollte und stattdessen eine Niederlage bezogen hatte.
»Woast scho, der Bazi«, sagte Hartl mehr zu sich selbst.
»Wos für a Bazi?«, hakte Saller sofort nach und beugte sich dicht über den Bauern, um beim Lärm des Motors auch jedes Wort zu verstehen.
»Ihr kennts eam guat. Er kommt aus euerm Ort.«
Ein Steinbacher, ein Bazi – da gab's viele. Doch Albert Saller ahnte, wer gemeint sein könnte. Und bald sollte aus dieser Ahnung Gewissheit werden.

Spuren im Schnee

5. November 1950, Landpolizei Steinbach

Ein Kapitalverbrechen musste die Polizeidienststelle der Kreisstadt sofort an die übergeordnete Behörde weitermelden. In diesem Fall war das die Polizeidirektion Landshut, welche natürlich Sonntagabend auch nur mit einer Notbesetzung Dienst leistete. Der Telefonposten schrieb später in sein Bereitschaftsbuch, dass die Schüsse am Hartl-Hof um 19.10 Uhr gemeldet wurden. Nachdem sich der Posten das Was, Wann und Wo notiert hatte, blieb ihm die unangenehme Aufgabe, jemanden zu finden, der die weiteren Schritte koordinieren konnte. Dies stellte sich als äußerst diffizil heraus, zumal der zuständige Bereitschaftsleiter gerade außer Haus war. Immerhin offenbarte der Telefonposten so viel Intelligenz, gleich die Landpolizei Steinbach anzurufen.

Um 19.16 Uhr klingelte dort bei Wachtmeister Johann Völz das Telefon. Er vernahm die Kunde vom feigen Mordanschlag. »Was sollen wir tun?«, fragte der 30-jährige Polizist, der durchaus nüchtern auf seinem Posten war – ganz im Gegensatz zu seinem Kollegen, der sich im Ruheraum ausgestreckt hatte und dem Dienstschluss entgegendöste. Völz strich sich nervös über den Schnauzbart und vernahm mit Genugtuung, dass bereits Beamte aus Fallberg zum Tatort unterwegs seien. »Solange nichts Näheres bekannt ist, halten Sie sich in voller Stärke bereit für eine eventuelle Fahndung. Sie hören wieder von uns«, lautete das Kommando des Telefonpostens. Völz bestätigte mit einem strammen »Jawohl«, legte auf und wählte die Nummer seines Chefs, Oberkommissar Alois Benner, der sich um diese Zeit erwartungsgemäß zu Hause bei seiner siebenköpfigen Familie befand.

»Schüsse am Hartl-Hof in Öd am Wald, offenbar zwei schwer Verletzte. Fallberger Kollegen schon am Tatort. Ganze Mannschaft soll hier anrücken und auf weitere Befehle warten«, berichtete Völz, diensteifrig und korrekt wie immer. Wenig erpicht auf einen Einsatz an seinem ersten freien Abend seit zwei Wochen war der pummelige Benner. »Wo um Himmels willen liegt Öd am Wald? Ist das überhaupt noch unser Bereich?« »Ich müsste erst nachschauen. Denke aber, es gehört zur Gemeinde Rammbach. Und da gibt's keine Polizei.« »Schön. Ich bin gleich da. Trommle den Rest der Mannschaft zusammen!«, gab sich Benner geschlagen.

Zur gleichen Zeit kontaktierte der Telefonposten in Landshut den Bereitschaftsleiter der Kripo und las ihm seine Notizen vor. Der Bereitschaftsleiter stellte fest, dass irgendjemand das Oberkommando übernehmen müsse. Das Bestreben, seinen Vorgesetzten zu erreichen, scheiterte. Um zu ergründen, ob überhaupt Eile geboten sei, wurde versucht, eine Verbindung zu den Fallberger Polizisten herzustellen. Die hatten zwar Funk in ihrem Auto, doch bekanntermaßen stand dieses jetzt – um 19.25 Uhr – nach einer Panne einsam am Straßenrand. So konnte also nicht festgestellt werden, ob Verstärkung am Tatort nötig sei. »Sie werden wohl schon eifrig die Spuren sichern«, bemerkte der Telefonposten, was mit einem Aufatmen des Bereitschaftsleiters quittiert wurde.

Alois Benner als Chef der Landpolizeistation Steinbach betrat sein muffiges Dienstzimmer kurz nach 19.30 Uhr und schlüpfte dort erst einmal in seine zu eng gewordene Uniformjacke, bevor er den fünf angetretenen Untergebenen gegenübertrat. Diese hielten es mit der Kleiderordnung nicht ganz so genau, sahen aber zumindest halbwegs wie Polizisten aus. Zwei rochen nach Bier, drei trugen Stoppelbärte zur Schau, einer war total verschwitzt und ungekämmt, alle hatten irgendwelche Knöpfe offen, und alle – außer Völz – konnten ein leises Murren nicht unterdrücken.

»Leute, wenn ihr glaubt, ich weiß mehr als ihr, muss ich euch enttäuschen. Uns wurde aus Landshut mitgeteilt, hier die Stellung zu halten und auf weitere Befehle zu achten.«

»Eben ist ein Sanka durch den Ort gedonnert«, schaltete sich Völz ein. »Sollten wir nicht gleich ins Krankenhaus fahren und mit den Verletzten reden?« Benner winkte ab. »Man braucht uns vielleicht zur Verfolgung des Täters.« Ein kurzes Kichern bescherte dem Oberkommissar einen hochroten Kopf, und er beschloss, selbst initiativ zu werden – sprich, die Kripo zu befragen, was denn nun Sache sei. Doch in Landshut bekam er zuerst die Vermittlung an die Strippe. Von ihr ging's nach dem Buchbinder-Wanninger-Prinzip reihum durch alle besetzten und nicht besetzten Abteilungen, bis sich der Bereitschaftsleiter meldete. »Gedulden Sie sich! Wir rufen sofort zurück, wenn es etwas Neues gibt«, raunzte er Benner genervt an. Dieser konstatierte, dass sich Eigeninitiative doch nicht lohne und erlaubte seinen Leuten, sich mit Kartenspielen die Zeit zu vertreiben.

Um 19.44 Uhr erreichte die Kripo-Bereitschaft endlich telefonisch den Oberstaatsanwalt. Dieser ordnete an, keine weiteren Polizisten an den Tatort zu schicken, bevor nicht der erste Lagebericht vorliege und man wisse, ob sich der Aufwand überhaupt lohne. Immerhin sehe es so aus, als habe sich der Täter unbehelligt im Schutze der Nacht entfernen können. »Vielleicht gibt es ja schon einen Verdächtigen. Wo wurden die Verletzten hingebracht?«, erkundigte sich der Oberstaatsanwalt bei seinem Bereitschaftsmann. Die Antwort »keine Ahnung« veranlasste ihn, selbst bei der Wache in Steinbach anzurufen. Alois Benner erklärte, es käme nur das örtliche Krankenhaus in Frage. Die Klinik der Kreisstadt läge zwar auch nicht weit entfernt, doch sei der Sanka nachweislich von Steinbach aus gestartet. »Gut«, sagte der Oberstaatsanwalt, wieder ganz die Ruhe selbst. »Dann schicken Sie zwei Mann ins Krankenhaus. Die sollen versuchen, sofort mit den Verletzten zu sprechen.«

Als Freiwilliger für diese Aufgabe meldete sich Johann Völz, dessen Augen förmlich leuchteten, denn dies war sein erstes Kapitalverbrechen. »Ich werde mit ihm gehen«, sagte Josef Pommereder, ein 33-jähriger Hauptwachtmeister, der sonst nicht gerade durch Diensteifer glänzte. Er war am längsten von allen Kollegen in Steinbach tätig, hatte hier schon vor dem Krieg seine Ausbildung absolviert und sich als Dorfsheriff hervorgetan. Anschließend trat er in die Dienste der SS, der Gestapo und der Partei. Erst später, als Gehilfe der amerikanischen Militärpolizei, zeigte er sich als wahrer Sohn dieser Gemeinde, indem er so manche Gaunerei und manchen Schwarzhandel durchgehen ließ.

Der kumpelhafte Umgangston in der Wache, die lockere Art, den Dienst abzuleisten und dabei immer einen beschäftigten Eindruck zu machen, hatten Pommereder allmählich abgestumpft. Er hielt sich zwar weiterhin sportlich fit und absolvierte die Pflicht-Schießübungen, aber den Dienst sah er nur als notwendiges Übel, seine Spielleidenschaft finanzieren zu können. Daneben organisierte er »Warengeschäfte«, wie er es nannte. Und wenn Zeit blieb, hing er in Wirtshäusern herum. Als strammer, blonder und blauäugiger Junggeselle war er auf Weiber aus. Aber da war keine, die länger als ein paar Wochen bei ihm geblieben wäre, weil er zu Gewalttätigkeiten neigte.

Völz mochte Pommereder nicht. In den ersten Wochen als Polizist war er von ihm immerzu gehänselt und schikaniert worden, bis Benner, der als liberal galt, dagegen einschritt. Wenn möglich gingen sich Völz und Pommereder im Schichtdienst aus dem Weg. Heute führte sie das Schicksal wieder zusammen. Wortlos stiegen sie auf ihre Dienstfahrräder und traten in die Pedale, ebenso wortlos trabten sie nebeneinander her über die Eingangstreppe ins Krankenhaus und erkundigten sich am Empfang, ob denn die Verletzten schon eingetroffen seien. »Nein. Warten Sie bitte in der Ambulanz«, teilte die Schwester mit.

An der Auffahrt für den Sanka bequemten sie sich auf eine Bank. Der Wind hatte wieder aufgefrischt. Schneeflocken mischten sich unter den Regen. Völz begann zu frösteln, was nicht verwunderte, war er doch seit Stunden in der Bullenhitze der Wachstube gesessen. Pommereder hielt ihm ein Päckchen amerikanischer Zigaretten entgegen. »Nein danke.« Er steckte sich selbst eine an und blies den Rauch genussvoll in den Abendhimmel.

Im Schein einer Karbidlampe warteten zwei Ärzte und eine Schwester. Im Operationsraum war alles vorbereitet.

»Vielleicht sind sie schon tot«, bemerkte Völz, weil ihm das Schweigen seines Kollegen allmählich unangenehm wurde. Dieser zuckte nur mit den Schultern. Dann, weitere zwei quälende Minuten später, hörten sie das Martinshorn. Als der Sanka über die Rampe stach und zielgenau neben der großen Eingangstür hielt, stand fest: Sie lebten noch. Zeitgleich sprangen die Polizisten auf, drängten sich vor die Heckklappe des Kombis, wo sie von einer opulenten, nicht mehr ganz jungen Krankenschwester rüde weggeschoben wurden. Schon bombardierten die Sanitäter den Chirurgen mit einigen Fachtermini, und dieser antwortete aus Sicht von Völz und Pommereder ebenso unverständlich. Dem Tonfall der Mediziner nach zu schließen, stand es äußerst kritisch um die Patienten. Die beiden auf Rollen befestigten Tragen schossen förmlich aus dem Fahrzeug.

Im Laufschritt hasteten die Polizisten hinterher, doch kein Blick auf die Hartls war ihnen vergönnt, geschweige denn ein Wort mit ihnen. Vor einer Tür mit der Aufschrift »Notaufnahme« endete die Hatz. Ärzte, Pfleger, Sanitäter und Schwestern verschwanden hinter ihr. »Wir geben Ihnen gleich Bescheid«, sagte jemand. Wieder nahmen die Uniformierten Platz und stellten fest, wie dehnbar der Begriff »gleich« ist. Geschlagene 15 Minuten dauerte es, bis sich die Tür öffnete. Doktor Oswin Stockinger, der Notarzt, welcher inzwischen zurückgekehrt war, berichtete mit leichenblasser Miene: »Fürchte, die Frau bringen wir nicht durch. Und um den Mann steht es auch ganz schlecht.« »Ist er vernehmungsfähig?«, wollte Pommereder wissen. Der Arzt schüttelte den Kopf. »Noch nicht. Hat viel Blut verloren, bekommt gerade eine Transfusion. Wenn wir ihn einigermaßen stabilisiert haben, können Sie mit ihm reden.« »Wie lange wird das dauern?« »Eine Stunde, vielleicht auch zwei.« Also zündete sich Pommereder die nächste Zigarette an. Es sollte nicht seine Letzte an diesem Abend sein.

Die Notoperation an Kathi Hartl begann um 20.10 Uhr. Am Ende erkannten die Mediziner, dass all ihre Kunst vergebens war. Die Kugel hatte im Unterleib der Frau schwere Verletzungen hinterlassen. Dünndarm, Magen und eine Hauptschlagader waren betroffen. Zudem hatte sie etwa zwei Liter Blut verloren, und nicht alle Wunden konnten geschlossen werden. Nach der Operation erlangte die 37-Jährige gegen 22 Uhr noch einmal kurz das Bewusstsein, war aber nicht mehr ansprechbar. Der Krankenhausgeistliche fand Gelegenheit, ihr die Sterbesakramente zu erteilen.

»Oh Herr, vergib ihm und vergib mir, die ich gesündigt habe an meinem Mann und meinen Kindern«, glaubte der Priester von ihr zu vernehmen, bevor sie für immer die Augen schloss. Um 1.03 Uhr hörte ihr Herz auf zu schlagen.

Bereits um 20.30 Uhr durften die Polizisten mit Karl Hartl sprechen. Ein Pfleger, der sich an der Tür postiert hatte, wachte mit Argusaugen über die Instrumente und den äußeren Zustand des Patienten, welcher nun wieder einigermaßen Herr seiner Sinne zu sein schien. Völz und Pommereder hatten versprechen müssen, auf Kommando sofort ihre Befragung zu stoppen, falls der Landwirt in allzu große Erregung geriet oder anders geartete Probleme bekam. Die schmerzlindernden Spritzen hatten ihn in eine Art Dämmerzustand versetzt. Dennoch galt Hartls erste Äußerung dem Gesundheitszustand seiner Frau. Offenbar hielt er die mit weißen Kitteln und Mundschutz versehenen Polizisten für Ärzte. Völz bewies Fingerspitzengefühl, indem er ruhig antwortete: »Sie wurde operiert. Es geht ihr besser, aber sie braucht jetzt sehr viel Ruhe.«

»Und wie steht's um mi?«, wollte Hartl wissen.

»Werd scho wieda«, bemerkte der Pfleger von hinten mit einer Kaltblütigkeit, die selbst den Polizisten Bewunderung abverlangte.

»Wir müssen Ihnen leider einige Fragen stellen«, begann Völz, der nun das Kommando übernahm, während sich Pommereder Notizen machte. »Haben Sie den Schützen erkannt?« »Na. A Mo könnt's gwenn sei.« »Ein Mann. Woraus schließen Sie das?« »So halt. Do war oana am Fensta.« »Haben Sie seinen Schatten gesehen?« »An Huscher. Draußt war's ja dunkl.«

Völz rümpfte die Nase. Ihm war klar, dass er damit nicht weiterkam. Von Doktor Stockinger hatte er schon erfahren, dass die Schüsse von hinten durch das Fenster abgegeben wurden. Möglicherweise hatten die Kinder mehr beobachtet, doch mit ziemlicher Sicherheit war Kathi Hartl dem Schützen für einen Moment Auge in Auge gegenübergestanden. Sie hatte sich direkt zum Fenster gewandt, als sie versuchte, ihren Mann von der Bank weg zu ziehen. Die Hoffnung, mit dieser Zeugin noch sprechen zu können, tendierte allerdings gegen Null.

Karl Hartl hingegen machte einen zunehmend wachen Eindruck. Er schien jetzt zu begreifen, dass er zwei Polizisten vor sich hatte, Leute, mit denen er schon ein paar Mal wegen kleinerer Delikte aneinander geraten war. Flach ausgestreckt in seinem Bett richtete er nun den Blick starr gegen die graue Decke des Zimmers, das sich Intensivstation schimpfte. Die Ausstattung dieses Provinz-Krankenhauses in den ersten Nachkriegsjahren war mehr als dürftig, aber einen weiteren Transport, da waren sich die Ärzte einig, hätten Karl und Kathi nicht überlebt.

Völz machte einen neuen Anlauf: »Könnte es ein Räuber gewesen sein? Hatten Sie Wertgegenstände oder einen größeren Geldbetrag im Haus?«

»Tausend Mark. I hab a Kuh vakauft.«

Völz wurde hellhörig, ebenso sein Kollege. »Wer wusste von dem Handel?«, schaltete sich Pommereder erstmals in das Verhör ein. Hartl schien angestrengt nachzudenken. »Nur da Viehhandler. Woas net, wem er's weida verzählt hat.«

»Wurde bei Ihnen in letzter Zeit eingebrochen?«

»Probiert ham se's imma wieda. Vor a paar Jahrn is losganga.« Pommereder erinnerte sich wieder an dieses Vorkommnis. Es gab eine Anzeige, doch die Ermittlungen verliefen, wie nicht anders zu erwarten, im Sande.

»Hatten Sie Feinde? Wem trauen Sie diesen gemeinen Anschlag zu?«, fragte Völz, das Motiv Rache abklopfend. Nun folgte die Antwort prompt und mit Bestimmtheit. Hartl versuchte dabei, sich sogar ein wenig aufzurichten. »Do kummt mir nur oana im Sinn, der so epps tuan könnt: da Metzgerfuchs.« »Waren Sie verfeindet mit ihm?« »Ja freili.«

Metzgerfuchs, wie er im Volksmund genannt wurde, war den beiden Polizisten natürlich ein Begriff. Es handelte sich um einen 30-jährigen Steinbacher, der am Dachsberger Hof groß gezogen worden war, ein Tunichtgut, Sauf- und Raufbold, Aufschneider, arbeitsscheu und asozial, berüchtigt durch seine Schwarzmarkt-Geschäfte, aber für viele Leute deshalb auch oft unentbehrlich als Lieferant dringend nötiger Güter. Er hatte sich vor Jahren beim Metzgerwirt eingenistet – genauer gesagt bei der Metzgerwirtin, einer Frau, die man auf gut bayerisch als »resch« bezeichnen könnte. Und ebendieser Metzgerfuchs – mit bürgerlichem Namen hieß er Paul Waczek – sollte die drei Schüsse abgegeben haben.

»Gut möglich«, fand Völz. »Der Kerl hat viele Gegner.« Er und Pommereder kamen überein, diesen Verdacht gleich ihrem Chef zu melden. Viel Sinn, die Befragung fortzusetzen, sahen sie ohnehin nicht, da der Pfleger bereits näher getreten war und ihnen durch eindeutige Handzeichen auftrug, den Patienten nun in Ruhe zu lassen. Karl hatte sich sichtbar erregt, nachdem ihm das Wort »Metzgerfuchs« über die Lippen gekommen war. Gerne hätte Völz noch den Grund der Feindschaft zwischen Hartl und Waczek erfahren, doch das, so glaubte er, sei später immer noch möglich.

Man verließ die Station und begab sich ins Büro des Oberarztes, wo ein Telefon stand. Völz erstattete Oberkommissar Benner Bericht. Der Verdacht überraschte den Polizeichef nicht. Wann immer hier in der Region ein Verbrechen geschah, brachte man automatisch den Metzgerfuchs ins Spiel. Allzu oft war dieser auch irgendwie daran beteiligt, allzu selten konnte man ihm etwas nachweisen. »Die Sache muss wasserdicht sein«, bemerkte Benner. »Ich werde den Staatsanwalt verständigen. Er soll die Aussage des Bauern zu Protokoll nehmen.« Völz und Pommereder wurden angewiesen, im Krankenhaus zu bleiben und weitere Zeugen zu befragen. »Seht zu, dass ihr irgendwie mit der Frau reden könnt!«

Wie bereits erwähnt, misslang dies. Dafür sprachen die Polizisten mit Sanitäts-Begleiter Albert Saller, der bestätigte, Hartl habe auch ihm gegenüber Andeutungen gemacht, die auf Waczek hindeuten. Über die Zustände am Tatort konnte Doktor Stockinger Auskunft geben. Mittlerweile durfte auch Karin Fuchs – Karl Hartls Schwester – die in Steinbach wohnte, ihren schwer verletzten Bruder kurz besuchen. Ihre in Straubing lebende Schwester Mathilde hatte sie telefonisch vom Kampinger-Hof aus verständigt. Mathilde kam mit einem Taxi und wollte diese Nacht bei den völlig verstörten Kindern bleiben. Schließlich stand zu befürchten, dass die Polizei bald auch Sepp, Maria und Resi mit Fragen drangsalieren würde. An der Hoffnung, Kathi könne dem Tod noch von der Schippe springen, nährten sich alle Beteiligten – bis auf den Mörder.

20.50 Uhr, Kreisstadt

Staatsanwalt Harro Suhls Frau, die eben zu Bett gehen wollte, hatte auf das Klingeln des Telefons in der Diele zuerst reagiert. Schon im Nachtrock erschien sie wieder an der Tür des Wohnzimmers, in welchem sich der leicht ergraute Mittvierziger ein erbauliches Buch zu Gemüte führte. Ihr vorwurfsvoller Blick deutete bereits an, dass der gemütliche Feierabend jetzt beendet sei und sie vermutlich wieder eine Nacht allein zubringen musste, während er der Gerechtigkeit zum Siege verhalf. »Benner aus Steinbach ist am Apparat. Er sagt, es sei dringend.« Mürrisch erhob sich Harro Suhl aus seinem Biedermeiersessel, legte das Buch beiseite und schlurfte in seinen Filzpantoffeln zur Diele.

Benner bemühte sich, den Fall knapp und präzise zu formulieren, denn der Staatsanwalt war gar nicht gut auf ihn und seine Leute zu sprechen. Immer wieder gab es Rügen über die allzu lasche Dienstauffassung in der Landpolizeistation. Viel war schon verschludert worden durch Nachlässigkeit, seit Benner das Kommando hatte. Zumindest jetzt, in dieser wichtigen Angelegenheit, wollte er sich nichts zu Schulden kommen lassen und Suhl um genaue Anweisungen bitten, nachdem von der Kripo Landshut bislang noch keine Rückmeldung gekommen war.

»Drei Schüsse durch das Fenster auf einen Bauern und seine Frau. Beide sind verletzt, wurden in unser Krankenhaus gebracht. Kollegen haben mit dem Mann gesprochen. Er hat einen Verdacht geäußert, den Täter betreffend. Sollen wir die Aussage protokollieren?«

Suhl kratzte sich an der Stirn. Große Lust, jetzt nach Steinbach zu fahren, hatte er nicht. Aber in so einer wichtigen Sache durfte er den Dorfpolizisten nicht blind vertrauen. Befragungen wurden oft schlampig und lückenhaft durchgeführt. Wichtige Anhaltspunkte zur Klärung konnten also auch diesmal verloren gehen, wenn er nicht selbst tätig wurde, war sich der Staatsanwalt bewusst.

»Ist die Kripo verständigt?«, wollte er noch wissen.

»Ja. Uns wurde Sitzbereitschaft aufgetragen.«

»Wer ist am Tatort?«

»Zwei Kollegen aus Fallberg. Das hat die Inspektion veranlasst.«

»Warum bekomme ich erst jetzt Bescheid?«, fragte Suhl vorwurfsvoll, sah aber schnell ein, dass es keinen Sinn machte, sich mit Benner über den kleinen oder großen Dienstweg auseinanderzusetzen. Es wunderte ihn, dass Benner überhaupt bei ihm angerufen hatte. »Gut, vergessen Sie's. Ich komme persönlich vorbei, um mit den Verletzten zu sprechen. Ist Gefahr im Verzug?« »Was meinen Sie damit?« »Könnte der als verdächtig Genannte fliehen?« Benner erkannte zu seinem Erschrecken, dass er sich diese Frage bislang gar nicht gestellt hatte. Nun, falls Paul Waczek tatsächlich fluchtartig das Weite suchte, war dessen Schuld erwiesen. Und falls nicht, wusste man ja, wo nach ihm zu suchen ist – beim Metzgerwirt oder in einer anderen Spelunke. Benner rettete sich mit einer salomonischen Antwort: »Der Verdächtige weiß noch gar nicht, dass sein Name ins Spiel gebracht wurde. Aber wir werden natürlich ein Auge auf ihn werfen.«

Das war eine glatte Lüge, denn Benner konnte keinen weiteren Mann entbehren. Die Anordnung aus Landshut lautete schließlich, sich in voller Stärke bereitzuhalten. Schon der Luxus, Pommereder und Völz im Krankenhaus ausharren zu lassen, konnte Ärger bescheren. »Weil wir immer noch nicht zur Fahndung losgeschickt wurden, wird's wohl auch keine Spur vom Schützen geben«, tröstete sich der Oberkommissar. Da irrte er, zumal die Spurensuche jetzt erst begann.

21 Uhr, Öd am Wald

Öd am Wald zu finden, gestaltete sich in dieser Dunkelheit überaus schwierig. Mehrmals hatten sich Fridolin Wick und Herbert Stangl verfahren, gerieten in Hektik und steuerten den Transporter beinahe in den Straßengraben. Ungeduldig warteten die Nachbarn Willy Mayer und Josef Ober nun auf das Kommando. »Nur eine Zwei-Mann-Streife?«, wunderten sie sich. Auch der Staatsanwalt glaubte unterdessen, die Kripo habe mindestens eine Hundertschaft losgeschickt, um die Gegend weiträumig abzusichern, andernfalls hätte er bei der Inspektion Verstärkung geordert. So mussten die Fallberger Gendarmen eben beweisen, dass sie ihrer Aufgabe auch alleine gewachsen waren.

Der widrigen Lichtverhältnisse wegen – mit den spärlichen Taschenlampen war nicht viel anzufangen – packten sie die Strahler der Feuerwehr aus dem Stauraum des Transporters und montierten sie im Hof. Bald war der Platz vor dem Fenster, durch das die Schüsse abgegeben wurden, hell erleuchtet. Alle vier Männer bemühten sich, möglichst keine Spuren zu zertrampeln. Mit Holzstöckchen, die sie in den Boden steckten, markierten sie den vermeintlichen Weg des Schützen. Dann zäunten Spangl und Ober mit Leuchtband das Anwesen weiträumig ein. Es erging Anweisung, in der Wohnstube nichts mehr zu verändern. Besorgt registrierte Wick, dass der Schneeregen an Stärke zunahm. »Die Spuren am Haus schwimmen uns nicht davon, die auf dem Feld schon«, bemerkte er und nahm Rolf an die Leine. Dieser brannte nach der ermüdenden Reise schon darauf, seine gute Nase unter Beweis zu stellen. Kaum hatte er die Witterung aufgenommen, war er nicht mehr zu halten.

Im Feld, etwa auf halber Strecke zum Waldrand, fanden sich gut erhaltene Fußspuren. Sie zeigten ein ungewöhnliches Gangbild, so als habe der Flüchtende gehinkt. »Könnte natürlich auch am tiefen Boden liegen. Ohne Licht kommst du hier leicht ins Stolpern«, kombinierte Wick. Josef Ober, der ihn begleitete, verfolgte das Ganze mit Interesse. Nun mussten sie mit dem Licht zweier Lampen auskommen. »Lasst se de die Spur irgendwie sichern?«, fragte Ober. »Ja. Mit einem Gipsabdruck. Das überlasse ich lieber den Experten, bevor wir hier herumpfuschen«, entgegnete der Polizist, während sein Hund heftig an der Leine zog. »Wenn der Regen nachlässt, hält die Spur mindestens einen Tag. Schauen wir weiter.« Sie stellten fest, dass der Schütze zielstrebig über das Brücklein marschiert war. Vorsichtshalber zog Wick seine Pistole, als sie den Wald betraten. Fußabdrücke waren hier nicht mehr auszumachen. Der Boden saugte wie ein Schwamm, senkte und hob sich bei jedem Schritt. Morast, in den der Unbekannte getreten sein könnte, hatte der Regen wieder geglättet.

Aber Rolf behielt die Witterung, knurrte plötzlich einen Baum an, umkreiste ihn, schnüffelte am Boden, kläffte kurz. Wick wusste diese Zeichen zu deuten: »Er hat was.«

Im Schein der Taschenlampe wurde die Entdeckung offenbar: schmale Reifenspuren. Der Täter musste mit dem Fahrrad gekommen sein. Etwa 50 Meter weit hatte er es durchs Gehölz geschoben, um hierher zu gelangen. Nun entdeckte Wick auch weitere Fußabdrücke und – er mochte seinen Augen nicht trauen – frische Hundespuren. Er vermutete, dass es sich um ein mittelgroßes Exemplar handelte, aber genauer konnte das nur ein Experte feststellen.

Auch außerhalb des Unterholzes, am Waldweg, ließ sich die Spur der Reifen zwischen Morast und Schneematsch gut erkennen. Die leichten Schlangenlinien und das Fehlen weiterer Fußabdrücke deuteten an, dass der Fahrer trotz schlechter Bodenverhältnisse wieder aufgesessen hatte.

Hundespuren verliefen in beiden Richtungen. Ergo: Der Unbekannte hatte denselben Hin- und Rückweg genommen, und – so viel wagte Wick schon zu behaupten – keinen weiteren Begleiter bei sich.

»Vielleicht haben wir Glück«, redeten sich die Männer ein und marschierten weiter. Irgendwann, als der Wald sich lichtete und der Schnee vom Weg verschwand, ließ sich mit bloßem Auge nichts mehr erkennen. Auch Rolf hatte zunehmend Mühe, die Witterung zu behalten. Nach etwa zweieinhalb Kilometern, in einer Senke, folgte eine zwar seichte, doch äußerst lange Pfütze. Mittendrin zweigten mehrere Wege ab. Rolf, der die Schnauze jetzt im wahrsten Sinn des Wortes voll hatte, irrte ziellos im Kreis und gab zu verstehen: »Tut mir leid, Chef, aber jetzt ist Feierabend.« Hätte Wick gewusst, dass Karl Hartl einen Steinbacher als Verdächtigen genannt hatte, er hätte vermutlich den Hund wieder auf die richtige Fährte gebracht, zumal einer der Wege abwärts Richtung Kreuzstrassl führte. Dies war die kürzeste und zudem einsamste Verbindung nach Steinbach. Und selbst wenn es nicht gelungen wäre, der Spur zu folgen, wäre es ratsam gewesen, gleich zum Gasthaus Metzgerwirt zu fahren und Rolf dort den Metzgerfuchs beschnüffeln zu lassen. Man konnte jedoch davon ausgehen, dass sich der Täter inzwischen seiner Kleider entledigt und ausgiebig gebadet hatte.

Da Wick nicht wusste, was Völz und Pommereder herausgefunden hatten, wurde die Suche in der Senke abgebrochen. Der weite Weg zurück im Nieselregen trübte die Stimmung der Ermittler zusätzlich. Nun hofften sie, am Hof noch die eine oder andere Entdeckung zu machen.

Herbert Spangl hatte sich inzwischen dicht entlang der Hauswand dem durchschossenen Fensterglas genähert. Ein schmales Blumenbeet konnte er bedenkenlos zertrampeln, nachdem er dort keinerlei Spuren gesichtet hatte. Mit Handschuhen öffnete Spangl den Fensterladen, der nicht verriegelt war, blickte durch die zerschossene Scheibe ins Innere. Ein Loch der Kugel war nicht erkennbar. Vielmehr hatte sich eines der vier Gläser fast komplett verabschiedet. Glasstaub und Scherben lagen außen und innen am Fensterbrett. Auch Resis Puppe hatte ein paar Splitter abbekommen. Vier Gitterstäbe schützten das Fenster vor ungebetenen Eindringlingen. Den Spuren nach zu schließen – vor dem Fenster war das Gras niedergetrampelt – hatte sich der Schütze bis auf einen halben Meter genähert und sich dann leicht gebückt. Hatten die Bewohner sein Gesicht erkennen können, so sie die Zeit hatten, einen Blick durch das Fenster zu werfen? Spangl wusste nur, dass dreimal geschossen worden war. Wurde zwischen den Schüssen der Laden geschlossen? Wie viel Zeit verging dabei?

Fridolin Wick beschrieb seinem Kollegen, wo der Täter entlanggelaufen war. »Seltsam, dass er beim Kommen den kürzesten Weg nahm und so den Schneeresten auswich. Auf der Flucht machte er einen Bogen, hinterließ dabei die Fußabdrücke.« Spangl deutete dies als Folge der Panik. »Der Mann wollte schnell weg, schlug dabei die falsche Richtung ein.« »Und hatte zuvor die Kaltschnäuzigkeit, zuzuwarten, bis die Frau noch einmal ins Zimmer kam«, bemerkte Wick, der sichtlich Spaß daran fand, hier den Detektiv spielen zu dürfen. So beorderte er jetzt seinen Kollegen in die Wohnküche, um zu testen, ob von drinnen eine Person hinter dem Fenster erkannt werden konnte.

»Brannte die Karbidlampe bereits, als Sie und die anderen Nachbarn hier eintrafen?«, wollte Spangl von Josef Ober wissen. Ober nickte. »Und sie stand dort, wo sie jetzt steht?« »Denk scho.« »Waren die Scheiben beschlagen?« »Hab net drauf g'schaut.« »Es war gut eingeheizt im Raum?« »Kann ma sagn.« »Also vermutlich nicht beschlagen. Der Schütze hätte sonst Probleme gehabt, sein Opfer ins Visier zu nehmen.« Inzwischen stand Spangl in der Stube. Er musste dicht vor den Tisch treten und etwas in die Knie gehen, um auf Augenhöhe von Kathi Hartl zu kommen. Ober ahmte den Täter nach, achtete aber darauf, nicht in die Spur zu treten.

»Was siehst du, Herbert?« »Viel Schatten, aber wenn man genau hinschaut …« »Die Augen hatten keine Zeit, sich an die Dunkelheit zu gewöhnen. Was hast du zuerst gesehen?« »Nichts.« Das stellte Wick alles andere als zufrieden, zeigte es doch, dass der Täter vermutlich unerkannt blieb.

Nun gab es nicht mehr viel zu tun für die Fallberger Polizisten. Mit weiteren Stöckchen markierten sie die drei Geschosshülsen, die draußen am Boden lagen, und gaben Rolf zur Belohnung eine Wurst. Vom Kampinger-Hof aus telefonierte Wick dann mit seiner Dienststelle. Er wurde beauftragt, der Landpolizei Steinbach gleich einen Lagebericht zu übermitteln. Ansonsten wurde ihm eingeschärft, keine Spuren zu verwischen, niemanden aufs Gelände zu lassen und die Stellung zu halten. Die Kripo sei schon im Anmarsch. Letzteres entpuppte sich als Falschmeldung. Erst in den frühen Morgenstunden kam eine Streife aus der Kreisstadt, die von Staatsanwalt Suhl losgeschickt worden war. Wick hatte noch kurz Gelegenheit, mit dem 12-jährigen Sepp Hartl zu sprechen. Der Bub berichtete unter Tränen, dass keines der Kinder den Schützen erkannt habe. »Wir ham net moi gseng, dass do oana vorm Fenster war. Es hat nur kracht und dann san mir alle naus.«

21.30 Uhr, Steinbach

Staatsanwalt Harro Suhl rief, nachdem er mit Oberkommissar Benner gesprochen hatte, Amtsgerichtsrat Dr. Isidor Weiler an. Dieser sollte als zweitwichtigster Mann der Kreisstädter Justiz die Aussagen Hartls später bezeugen. Außerdem kannte Suhl den mausgrauen Beamten als versierten Stenografen. Jedes Wort des Verletzten musste originalgetreu festgehalten werden. Weiler benötigte wie üblich extrem lange, sich in Schale zu werfen. Gewöhnlich lag er um diese Zeit schon im Bett. Erst um 21.10 Uhr trat er vor sein Haus, wo Suhl im Auto auf ihn wartete. 25 Minuten später erreichten sie das Steinbacher Krankenhaus, steuerten schnurstracks auf die Intensivstation zu und wurden im Empfangsraum vom Oberarzt begrüßt.

Völz und Pommereder sprangen wie von der Tarantel gestochen auf und salutierten. Das machte Eindruck auf Suhl. »Sie können jetzt auf Ihre Dienststelle zurückkehren. Teilen Sie Oberkommissar Benner mit, wir werden nach dem Verhör bei ihm vorbeikommen.« »Sollen wir inzwischen irgendwelche Schritte einleiten?«, erkundigte sich Völz. Brüsk winkte Suhl ab. »Sie tun gar nichts ohne Anweisung von mir oder der Kripo. Wir wollen und dürfen uns jetzt keine Fehler erlauben.«

Auch er und Dr. Weiler erhielten keimfreie Kittel, aber keinen Mundschutz. So betraten sie würdevoll das Krankenzimmer. Zu beiden Seiten ans Bett des Patienten herangetreten, verneigten sie sich kurz, nannten ihre Namen und den Zweck ihres Besuchs. Unaufgefordert schoben sie sich zwei Stühle zurecht, Dr. Weiler zückte seinen Stenoblock. »Wie ist sein Zustand?«, erkundigte sich der Staatsanwalt beim Oberarzt. Das sollte rücksichtsvoll klingen und war doch nur die liebevolle Umschreibung für: »Dürfen wir ihn ordentlich in die Mangel nehmen?«

»Den Umständen entsprechend. Fragen Sie nur das Nötigste.« Suhl vermutete, er werde nicht mehr viele Gelegenheiten haben, mit Hartl zu sprechen. Vom Arzt hatte er erfahren, wie schlimm es um die Frau stand. Also fragte der Staatsanwalt rundheraus: »Haben Sie den Schützen erkannt?« »Nein«, kam es wie aus der Pistole geschossen.

»Sie äußerten gegenüber den beiden Wachtmeistern einen Verdacht. Ein Mann aus Steinbach, den Sie gut kennen, soll es gewesen sein.«

»Er könnt's gwenn sei«, präzisierte Hartl sofort.

»Und weshalb? Hatten Sie Streit mit ihm?« Nach einem Zögern: »Scho.« »Schön. Und welcher Natur war dieser Streit?« »Natur?« »Worum ging's bei dem Streit?« »Mir ham früha viel Gschäfterl gmacht. Aber er war a Bazi. Er wollt sogar mal bei mir eibrecha. Nur, i kunnt eam nix beweisn. Seitdem san mir über Kreuz.«

Diese Antwort konnte Suhl nicht im Mindesten zufrieden stellen. Normalerweise wäre er jetzt laut und patzig geworden, doch er vermochte sich zu beherrschen. »Sie waren Geschäftspartner und haben sich zerstritten. Kann man das so bezeichnen?« »Ja.« »Das erklärt aber nicht diesen kaltblütigen und feigen Anschlag. Die Schüsse kamen durch das Fenster, oder?« »Ja. I bin direkt davor ghockt ...« Nun berichtete Hartl in kurzen Zügen, wie sich der Überfall ereignet hatte, wobei seine Erregung stieg. Fast wäre der Oberarzt trennend dazwischen gegangen. Doch Suhl genehmigte sich und dem Verletzten eine Pause, bevor er weitersprach: »Ich will Sie nicht mit den schrecklichen Geschehnissen belasten. Sicher können uns das auch Ihre Kinder ausführlich schildern. Ich möchte aber noch einmal auf Ihre Beziehung zu diesem ... wie war gleich sein Name?« »Metzgerfuchs hoaßn eam alle. Paul Waczek is sei Taufnam.« »Ja, das ist wahrlich kein unbeschriebenes Blatt. Wir hatten schon mehrmals am Gericht mit ihm zu tun«, erinnerte sich Dr. Weiler.

Suhl nahm den Faden wieder auf: »Was ich vorhin sagen wollte: So eine Tat braucht einen Anlass. Auch wenn dieser Paul schon lange einen Hass auf Sie hatte, muss ihn doch irgendetwas bewogen haben, eine Pistole zu nehmen und das Äußerste zu tun, was ein Mensch nur tun kann.«

Nach einer quälend langen Pause hatte sich Karl Hartl die Antwort zurechtgelegt: »I bin gfragt wordn, wer's gwenn sein könnt. Do hob i g'sogt, i könnt mir nur oan vorstelln, dem i des zutrau, an Metzgerfuchs.«

»Welches Motiv könnte er gehabt haben?«

»I hob grod 1000 Mark im Haus. Hob a Kua verkauft an Viehhandler Reischl.«

»Warum ging der Täter nach den Schüssen nicht ins Haus, um sich das Geld zu holen?«, wunderte sich der Staatsanwalt. Hartl schwieg.

»Was haben Sie heute gemacht?«

»War auf da Bayernpartei-Versammlung beim Hoferbräu.«

»Hitzige Debatten, Wortgefechte, Streit, Drohungen?«

»Na, mir warn ja quasi ... unter uns.«

Suhl wurde den Verdacht nicht los, dass ihm Hartl etwas verheimlichte. Andererseits musste dem Bauern doch daran gelegen sein, alles zu tun, um bei der Suche nach dem Täter zu helfen. Immerhin hatte dieser auch Kathi auf dem Gewissen. »Wir werden Ihrem Verdacht nachgehen«, sagte der Staatsanwalt abschließend. »Auch wenn ich keine ernsthaften Gründe sehe, weshalb Waczek unbedingt als Täter in Frage kommen sollte.«

Was Suhl sich nicht vor Zeugen zu sagen traute, flüsterte er Dr. Weiler im Hinausgehen zu: »Im Prinzip hilft uns das gar nicht weiter. Einer wie Waczek ist doch als Sündenbock geradezu prädestiniert. Wann immer etwas passiert, fällt der Verdacht sofort auf ihn.«

»Und weshalb sind Sie so sicher, dass es nicht Waczek war?«, fragte der Amtsgerichtsrat. Suhl lächelte ihn kurz an und meinte dann lakonisch: »Weil das nicht sein Stil ist.«

22 Uhr, Steinbach

Der Oberarzt teilte dem Staatsanwalt mit, dass Kathi Hartl nicht mehr vernehmungsfähig sei. Was ihre letzten Äußerungen betreffe, sollte man sich an die Nachbarn wenden. Nach Auskunft von Doktor Stockinger habe die

Frau vor Eintreffen der Sanitäter noch einen Wortwechsel mit ihnen gehabt. »Wird Sie sterben?«, fragte der Staatsanwalt verlegen. Im selben Moment huschte der Hausgeistliche mit der Bibel in Kathis Krankenzimmer.

Suhl bat darum, telefonieren zu dürfen. Er übermittelte einen Lagebericht an die Kripo und erfuhr auf diese Weise, dass die Fallberger Polizisten die Spur des Täters verloren hatten. Eingedenk der Tatsache, dass man nun auch mit weiträumigen Absperrmaßnahmen keine Chance mehr haben würde, des Übeltäters habhaft zu werden, verzichtete man auf eine Großfahndung. »Die Spuren werden gesichert. Morgen schicken wir unsere Spezialisten los«, erklärte der stellvertretende Leiter der Kripo. Suhl registrierte mit Wohlwollen, dass man alles im Griff habe und er nun doch noch relativ früh ins Bett kommen würde.

Zuvor stattete er wie versprochen der Landpolizei einen Besuch ab. Die »ungeheure« Bedeutung dieser Stippvisite ließ sich an der Tatsache ermessen, dass der Amtsgerichtsrat gleich im Auto sitzen blieb, wohl auch deshalb, weil er die stinkenden Räume der Wache nicht ertragen konnte. Diesen Abend hatte Benner etwas Ordnung machen lassen: Die Hälfte der leeren Flaschen war verschwunden, die Mülleimer quollen über und der Zigarettenqualm verflüchtigte sich aus den weit geöffneten Fenstern. Als der Staatsanwalt das Dienstzimmer betrat, salutierte Benner, obwohl er dazu nicht verpflichtet gewesen wäre. Suhl, der keine Gelegenheit ausließ, ihm Nachlässigkeiten anzuhängen, nahm nicht einmal Platz. »Haben sich die Landshuter schon gemeldet?«, fragte er rundheraus. »Ja. Sie schicken morgen früh den Leiter der Mordkommission und einen Trupp Ermittler.«

»Das wird nötig sein.« Suhl genehmigte sich einen Blick durch den Raum, der schon seit Monaten keine Putzfrau gesehen hatte. Dann, nach einer elend langen Pause, sprach er weiter: »Der Bauer hat seinen Verdacht gegen den Metzgerfuchs wiederholt. Aber es scheint mir eher eine vage Vermutung zu sein. Jedenfalls fehlt ein zwingendes Motiv. Die beiden hatten Streit, heißt es.«

»Wer hat keinen Streit mit Metzgerfuchs?«

»Sie sagen es. Trotzdem möchte ich, dass Sie sein Alibi überprüfen. Sie können Ihre Leute dann bis auf die reguläre Bereitschaft nach Hause schicken. Halten Sie sich morgen früh für die Herren aus Landshut bereit. Ich bin ab neun Uhr wieder in meinem Büro erreichbar.«

Oberkommissar Benner atmete tief durch, als der Staatsanwalt verschwunden war. Was den Metzgerfuchs betraf, so beschloss er, in dieser Angelegenheit gleich tätig zu werden. »Vielleicht lässt sich der Verdacht ja schnell aus der Welt schaffen«, hoffte er insgeheim. Paul Waczek war ein unangenehmer Zeitgenosse, dem man besser aus dem Wege ging. Aber sie alle – auch Benner – hatten schon vom Organisationstalent des Mannes profitiert. Und einer pflegte sogar freundschaftliche Bande mit ihm: Hauptwachtmeister Pommereder. Er und Paul waren, wie man in Niederbayern zu sagen pflegte, »Spezln«. Gerüchte wollten wissen, dass zwischen den beiden auch Schwarzgeschäfte getätigt wurden, aber wo kein Kläger, da kein Richter. Und Pommereder verhielt sich durchaus korrekt. Wenn gegen seinen Saufkumpan wieder mal eine Anzeige lief, überließ er anderen die Ermittlungen und gab offen seine Befangenheit zu.

Bevor also die Steinbacher Polizisten in den Feierabend entlassen wurden, nahm Benner den Hauptwachtmeister beiseite. »Du kennst den Fuchs am besten. Traust du ihm so einen Überfall zu?« Pommereder verzog den Mundwinkel. »Schwer zu sagen. Wenn man ihn richtig reizt, kann er zum Tier werden.« »Wo hält er sich Sonntagabend gewöhnlich auf?« »Wo er immer ist. Beim Wirt. Manchmal auch im Kino, aber da hab ich ihn heut nicht gesehen.« »Erkundige dich nach seinem Alibi.« »Klar Chef.« Pommereder wollte schon gehen, da hielt ihn Benner noch einmal zurück und flüsterte ihm eindringlich zu: »Bei Mord hört die Freundschaft auf. Falls du ihn nicht gleich findest, lass es sein und geh nach Hause. Stimmt der Verdacht, soll er sich vorerst sicher wähnen.« Der Polizist nickte ergeben. »Und falls ich ihn gleich finde?« »Dann horchst du ihn unauffällig aus, wo er sich zwischen 17 und 20 Uhr herumgetrieben hat. Ich hoffe nur, der Fall hat sich nicht längst im ganzen Ort herumgesprochen.«

Dies traf nicht zu. Erst am Morgen sollte sich die Neuigkeit wie ein Lauffeuer verbreiten. Vieles sollte von der abgelösten Nachtschicht des Krankenhauses ausgeplaudert werden, einiges von den Polizisten. Die Bader und Ladenbesitzer, Verwandte und Bekannte der Hartls und natürlich die Nachbarn in Öd sollten die Informationen dann weitergeben und sich draußen bei der Einöde bald viele Schaulustige sowie die lokale Presse versammeln.

Doch jetzt, kurz vor Mitternacht, machten in den wenigen noch geöffneten Gasthäusern nur Gerüchte über ein grauenvolles Verbrechen die Runde. Pommereders erster Weg führte ihn zum Metzgerwirt. Dieses Etablissement gehörte zu den alteingesessenen gastronomischen Betrieben am Ort. Von Generation zu Generation solide geführt, entstand sein Ruf als gut bürgerliches Lokal und Fremdenpension, als Ort der gepflegten Gastlichkeit und Konversation mit einem freundlichen Ambiente. Die zentrale Lage nahe dem Marktplatz war ein weiterer positiver Standortfaktor. Aber Ende der Zwanzigerjahre wurde der Metzgerwirt heruntergewirtschaftet. Die letzten Erben verkauften das Gebäude an eine gut situierte Witwe, die von geschäftlichen Dingen keine Ahnung hatte. So verkam das Haus zu einer Spelunke und Absteige, einer »Schwemm« für die Kampftrinker Steinbachs, einem Treffpunkt zwielichtiger Gestalten und zum Ursprung mancher Gaunerei. Schlägereien gehörten hier zum Rahmenprogramm, und täglich schwankte die Bedienung mit einem Kehrblech voller Glasscherben zur Mülltonne. Hier lebte Paul Waczek, der einst als Gast gekommen war und sich nun wie ein Wirt gebärdete.

Da die Vordertür schon verschlossen war, trat Pommereder nach hinten in den Hof und klopfte beim Dienstboteneingang. Eine klein gewachsene, üppige Frau Ende 30 öffnete – die Wirtin Lisbeth Gruber. »Was wuist du denn scho wieder?«, schnauzte sie ihn an. »Den Paul such ich.« »Warum?«, fragte sie misstrauisch, denn in privaten Dingen war Pommereder noch nie uniformiert hier erschienen. »Ich muss mit ihm reden.« »Er is net do.« »Wo dann?« »Erst wollt er ins Kino, oba do war's scho z'spät. Vor oana Stund is er weg, hoib bsuffa und no durschtig. I glaub, zum Leitler wollt er.«

Pommereder wandte sich um, als die Wirtin ihn flugs am Ärmel packte. »I mecht scho ganz gern wissn, wos iaz Sach is«, raunzte sie ihn an. Sich losmachend, beteuerte der Polizist, sie werde alles erfahren – zu gegebener Zeit. Dann eilte er im Laufschritt davon zu einem anderen Wirtshaus, den »Leitler Stuben«. Dieses Haus hatte bis gegen 1 Uhr geöffnet und zog den Abschaum wie Licht die Fliegen an. Als der 33-Jährige eintrat, durchdrang er eine Wand aus Qualm und hochprozentigen Düften. Jemand grinste ihn an und hob sein Glas zum Gruß. Pommereder grüßte nicht, sondern deutete zur Tür ins Hinterzimmer.

6. November 1950, Rammbach

Es war gute Sitte in der kleinen, verträumten Dorfschule von Rammbach, die neue Woche am Montag mit einem Morgengottesdienst zu beginnen. Pfarrer Moritz Zumüller, ein kinderlieber Geistlicher von 41 Jahren, zelebrierte ihn, seit er hier wirkte. Und das waren inzwischen sechs Jahre, in denen er seine Schäflein bestens kennengelernt hatte. Die Gemeinde zählte weniger als 700 Menschen. Fast alle waren katholisch – bekennend und praktizierend. »Hier steht die Kirche noch im Dorf«, hatte der Bischof bei seinem letzten Besuch anlässlich einer Firmung geschwärmt. Umso unverständlicher für den Pfarrer, dass an diesem Morgen ausgerechnet sein zuverlässigster Ministrant unentschuldigt fehlte. »Dann müssen wir wohl einen anderen Partner für dich finden«, sagte er zu Klausi, der erst vor wenigen Wochen in den Kreis der Lausbuben Gottes aufgenommen worden war. »Der gute Seppi scheint wohl krank geworden zu sein. Kein Wunder bei diesem garstigen Wetter.«

Pfarrer Zumüller trat also aus der Sakristei ins Presbyterium und wandte sich an die fast vollzählig versammelten Schüler, die auf den vorderen Bänken Platz genommen hatten und mit leisem Getuschel in den Gebetbüchern blätterten. Ihm hätte auffallen müssen, dass sie heute lauter und aufgeregter als sonst miteinander schwätzten. »Weiß jemand, was mit unserem Seppi ist?«

Plötzlich betroffenes Schweigen. Der jüngere der Kampinger-Buben stand auf: »Seppi und seine Gschwister san bei uns dahoam. Sie könnan heit net komma.«

»Herr, gib ihr die ewige Ruhe!«, krächzte ein altes Gebetsmütterl aus den hinteren Reihen. Die Kinder indessen starrten verlegen zu Boden, so als schämten sie sich, mehr als der Pfarrer zu wissen. Nur der Kampinger-Bub blieb eisern stehen, Auge in Auge mit dem Geistlichen, der nun streng nach Aufklärung verlangte.

»Ihre Eltern ham's daschossn vorig Nocht.«

Zumüller glaubte, sich verhört zu haben. Und dann tat er etwas, was er in seiner langen Priesterlaufbahn nie wieder tat: Er ließ den Gottesdienst ausfallen, schickte die Kinder in die Schule und befragte den Kampinger-Buben, was genau sich zugetragen hatte.

8 Uhr, Krankenhaus Steinbach

Ganz in Schwarz erschien Pfarrer Zumüller an der Krankenhauspforte. »Ich hörte eben, in meinem Sprengel sei ein Mordanschlag geschehen«, erklärte er, nachdem er sich vorgestellt hatte. »Die Verletzten sollen hier untergebracht sein.« Die Schwester schickte ihn zum Oberarzt, welcher die betrübliche Mitteilung über Kathi Hartls Dahinscheiden überbrachte. Der Zustand ihres Gatten sei zwar stabil, doch solle man sich keiner Hoffnung hingeben. »Beim Grad seiner Verletzungen bleiben uns nur noch lebensverlängernde Maßnahmen. Es müsste schon ein Wunder geschehen…« »Gottes Wege sind unergründlich«, konterte der Pfarrer und bat, zum Patienten vorgelassen zu werden. Im Gegensatz zu den bisherigen Besuchern musste er keinen Kittel anziehen.

Hartl lag allein im Zimmer. Am Nachttisch ein Strauß Blumen, ein halb volles Glas Tee, mehrere Schachteln Tabletten. Er hing an Schläuchen, wurde infusioniert, durfte sich nicht mehr bewegen. Kreidebleich sein Gesicht, der Blick starr zum Fenster gerichtet. Draußen war es jetzt hell. Die Wolkendecke riss auf und brachte Sonnenstrahlen zum Vorschein.

»Gott zum Gruße, Hartlbauer«, sagte der Pfarrer und wusste nicht, ob er ihm nun mit einer fröhlichen Miene neue, falsche Hoffnung einimpfen oder ihn mit Ernst auf das Unabwendbare vorbereiten sollte. Zumüller, der selbst aus einer Landwirtschaft stammte, kannte das harte Leben seiner Pfarrkinder. Er bemühte sich, nicht als intellektueller, weltfremder Kleriker hoch oben von der Kanzel die Botschaft Gottes zu predigen, sondern herabzusteigen und das Vertrauen seiner Schäflein zu gewinnen, ihnen durch den Glauben Mut in allen Alltagssorgen zu geben. Was seine Prinzipien betraf, war Zumüller ein erzkonservativer Mann, aber er lebte das Evangelium und pochte unerbittlich auf Einhaltung der zehn Gebote. Eines kam ihm jetzt besonders im Sinn: »Du sollst nicht falsch Zeugnis ablegen wider deinen Nächsten.«

Hartl neigte den Kopf zur Seite und erkannte den Gast. »Grüaß eana, Herr Pfarrer«, sagte er mit gebrochener Stimme. Zumüller schob sich einen Stuhl dicht vor das Bett.

»Ihre Frau ist tot.«

»Ja. Sie ham's mir grad gsagt.«

»Wie ich hörte, empfing sie noch die Sterbesakramente.« Der Pfarrer räusperte sich und sprach dann weiter: »Ich will ehrlich mit Ihnen sein, Hartl. Es könnte sein, dass Sie Ihre Kathi bald im Himmel treffen. Aber um das sicherzustellen, rate ich Ihnen zur letzten Beichte. Außerdem sollten Sie alles, was zur Aufklärung dieser Bluttat beitragen kann, erzählen. Bedenken Sie: Der Mörder hat eine Todsünde auf sich geladen.«

»Kann er dös net mit sich selba und Gott ausmacha?«, entgegnete Hartl verbittert.

»Er kann wohl. Doch ist es unsere Pflicht als Christenmenschen, ihn auf den rechten Pfad zu bringen. Und es ist unsere Pflicht, auch den irdischen Regeln zu entsprechen. Denken Sie an Ihre Kinder, denen die Eltern weggeschossen wurden! Haben die kein Anrecht auf …« »… Rache?«, komplettierte Hartl. Zumüller schüttelte energisch den Kopf. »Es geht hier nicht um Rache, sondern um Verantwortung.«

»I hob da Polizei scho ois gsagt.« Die Art, wie Hartl dies vorbrachte, erinnerte den Pfarrer an ein Kind, das etwas verbrochen hatte und nun verzweifelt nach Ausreden suchte. »Wer hatte Grund, auf Sie zu schießen?«, fuhr er den Verletzten streng an.

»Wenn's oana gwenn is, dann da Paul Waczek.« »Warum?« »Mir ham Streit ghabt.« »So heftigen, dass er Ihnen mit dem Tod drohte?« »Früher ham mir Schwarzhandel miteinander gmacht. Oba da drum ging's net. Es ging um eps, was i nur unterm Beichtgeheimnis sag. Nach dem Streit, da ham mir uns eigentli wieder vertragn. Aber dem Metzgerfuchs derfst eh net traun.« »Ich weiß. Seine Streiche sind sogar bis zu mir vorgedrungen.«

Nun genehmigte sich der Pfarrer eine Pause und musterte den Bauern eindringlich. Dessen Erregung nahm zu. Schließlich brach er selbst das Schweigen: »Wenn er's net gwenn is, dann kummt bloß no oana in Frag, mit dem i aa über Kreuz war.« »Ich hoffe, der Name fällt nicht unters Beichtgeheimnis«, bemerkte Zumüller sarkastisch.

»Es is da Alfons Steininger. A Nachbar von uns.« Der Pfarrer kannte ihn gut. Die Steiningers waren strenggläubige Menschen, wahrhafte Musterchristen. Sehr befremdend also, dass Hartl dem guten Alfons dieses grauenhafte Verbrechen zutraute. »Hatte er Grund, auf Sie zu schießen?«, fragte er deshalb. Hartl nickte und bat darum, beichten zu dürfen. Über alles Weitere, was er nun erzählte, musste Pfarrer Moritz Zumüller den Mantel des ewigen Schweigens hüllen.

10 Uhr, Landpolizei Steinbach

Eigentlich hatte Josef Pommereder an diesem Tag dienstfrei. Trotzdem machte er einen kurzen Abstecher in die Landpolizeistation, um Bericht zu erstatten: »Ich konnte letzte Nacht nicht mehr mit Paul reden. Er saß vorher ziemlich lange beim Metzgerwirt in der Gaststube und muss sich dann irgendwo bei Bekannten ins Delirium gesoffen haben. Ich hatte keine Lust, den ganzen Ort nach ihm abzusuchen.«

Ob dieser nicht gerade erfreulichen Mitteilung verzog Benner den Mund. Dann bat er Pommereder in sein Büro, damit die Kollegen nicht zuhören konnten. »Das war Scheiße, Sepp!«, schnauzte er ihn an. Dieser wehrte sich: »Da hast nicht gesagt, dass ich ihn verhaften soll.« Benner machte eine besänftigende Handbewegung und ließ sich mit einem tiefen Seufzer auf seinen Drehstuhl fallen. »Wenn die Burschen von der Kripo spitz kriegen, wie gut du mit Paul befreundet bist, drehen sie mir einen Strick daraus, dass ich ausgerechnet dich gestern weggeschickt habe. Ich möchte deshalb, dass du dich aus den Ermittlungen raushältst – zumindest während der heißen Phase. Du nimmst dir ein paar Tage Urlaub.« Der Hauptwachtmeister bedankte sich mit leuchtenden Augen und salutierte zum Abschied.

Benner hatte guten Grund, so beunruhigt zu sein. Inzwischen wusste er zwar, dass Metzgerfuchs die Nacht in seinem Bett verbracht hatte, aber niemand konnte sagen, wann er nach Hause gekommen war. Als eine Polizeistreife gegen 7.45 Uhr der Wirtin einen Besuch abgestattet hatte, vernahm man, Waczek sei gegen 7 Uhr mit seinem Motorrad weggefahren. Geschäftliche Dinge in der Gegend von Regensburg hätte er zu erledigen, so die Wirtin. Paul habe beim Frühstück beiläufig erfahren, dass am Abend zuvor am Hartl-Hof geschossen worden war. Die Nachricht nahm er offenbar ruhig, aber mit verständlichem Interesse auf. Abends, nach seiner Rückkehr, wollte er Details über das Verbrechen hören. Lisbeth Gruber hatte ihm versprochen, die Ohren offen zu halten. All das sagte sie den enttäuschten Polizisten, die immerhin noch intelligent genug waren, zu fragen, wo sich Paul am Vorabend zwischen 17 und 19.30 Uhr aufgehalten habe. »Er war auf seinem Zimmer.« Mit dieser knappen Antwort gaben sich die Männer zufrieden.

»Nach Flucht sah das nicht aus. Paul hat kein Gepäck mitgenommen«, besänftigten die Polizisten hinterher ihren Chef. Tröstend für Benner war allein das Alibi, welches die Metzgerwirtin ihrem Lebensgefährten gab. Wohl stand es auf wackeligen Füßen, aber der Oberkommissar glaubte nicht, dass die Frau so dreist war, einen Mörder zu decken. Es konnte natürlich sein, dass sie leichtfertig behauptet hatte, er sei zur Tatzeit zu Hause gewesen, ohne die Konsequenzen bedacht zu haben. Deshalb musste Benner umgehend mit Lisbeth Gruber sprechen, bevor die Kriminalbeamten dies taten.

Gegen 9 Uhr saß sie ihm in seinem Büro gegenüber, leicht verärgert, weil man sie beim Einkaufen am Markt regelrecht abgeschleppt hatte. »Was solln denn die Leut denken?« »Ihr Freund Paul ist von Karl Hartl schwer belastet worden. Hartl sagte, wenn einer in Frage käme, dann Paul«, warf Benner ihr vor. Daraufhin nahm ein an der Schreibmaschine versierter Polizist folgende Aussage zu Protokoll:

»Wir hatten Streit vorgestern. Paul machte auf beleidigt und verschanzte sich in seinem Zimmer. Er hat es den ganzen Sonntag über nicht verlassen, blieb im Bett, ließ sich was zu Essen bringen. Ich hab nicht gesehen, dass er mal raus ging. Als es dunkel wurde, schaltete er das Licht ein. Ich konnte es vom Hof aus sehen. Gegen 19.30 Uhr kam er in die Gaststube – er hatte sich gewaschen und trug frische Kleider. Dort blieb er bis nach 22 Uhr und verschwand dann, weil ich allmählich schließen wollte. Es waren kaum noch Gäste da. Paul sagte, er wolle zu den Leitler Stuben. Wann er zurückgekommen ist, weiß ich nicht. Kurz vor Mitternacht ging ich zu Bett.«

Als Benner diesen mit vielen Tippfehlern versehenen Zettel nun zum fünften oder sechsten Mal las, beschlich ihn ein leichtes Unbehagen. »Wie wasserdicht ist dieses Alibi? Wenn ihn nur einer gegen 18.30 Uhr leibhaftig in Steinbach gesehen hätte, wäre der Käs gegessen.« Dann tröstete er sich mit der schlichten Erkenntnis: »Sie sagt, er war da, also war er da. Und das Gegenteil lässt sich nicht beweisen.«

Zum Glück beehrte Benner jetzt ein weiterer Gast, der den Geschehnissen eine unerwartete Wendung geben sollte: Pfarrer Moritz Zumüller. Hochwürden erklärte ohne Umschweife, er sei hierher gekommen, um seiner Pflicht als Staatsbürger Genüge zu tun. »Karl Hartl hat gebeichtet. Doch zuvor nannte er mir einen weiteren möglichen Täter: seinen Nachbarn Alfons Steininger, ein Bauer und Schafhalter, der mir immer als guter Christ in Erinnerung ist.«

»So gut wohl nicht, wenn man ihn des Mordes bezichtigt«, erwiderte Benner.

»Hartl sagt, er hätte auch mit ihm Streit gehabt, schweren Streit. Es gab sogar …« Er zögerte lange. »… eine Morddrohung.« Benner purzelte fast vom Stuhl ob dieser Überraschung. »Das müssen Sie mir näher erläutern«, forderte er den Geistlichen auf. Dieser hob bedauernd seine Hände und sagte: »Das fällt leider unters Beichtgeheimnis. So viel aber sollen Sie wissen: Hartl hat wirklich Grund, Steininger zu verdächtigen.« »Ackerbauern und Schafhalter sind sich nie ganz grün. Entwuchs daraus eine so tiefe Feindschaft?« Pfarrer Zumüller schüttelte den Kopf. »Ich habe schon zu viel gesagt. Fragen Sie bei den Nachbarn, aber fragen Sie nicht mich, sonst lade ich Sünde auf mich. Mein Rat: Gehen Sie der Spur Steiningers nach! Säumen Sie nicht, sonst kann es zu spät sein!«

Gänzlich verunsichert entließ der Oberkommissar den Pfarrer. Wie es aussah, blieb die Nachlässigkeit im Falle Paul Waczeks ohne Konsequenzen, doch nun stand er mit seiner Mannschaft wieder unter Zugzwang. Diesmal informierte er sofort die Kripo und beantragte Weisungsbefugnis in Sachen Steininger. In eingeschränkter Form erhielt er sie: »Prüfen Sie sein Alibi! Aber vorerst keine Hausdurchsuchung und kein Aufsehen! Wir schicken Ihnen sofort ein Hilfskommando unter Leitung von Oberkommissar Konrad Maritzke.«

Was nun? Wie nun? Wer hatte das Sagen? Dieser angekündigte Kripo-Chef oder Maritzke, den Benner als selbstgefälligen Wichtigtuer in Erinnerung hatte?

»Kennen Sie Steininger?«, fragte der Polizeichef einen Kollegen, der in der Gegend von Öd wohnte. Dieser teilte ihm mit, der Schafhalter habe drei Kinder – eines davon, die kleine Anna, besuche die Dorfschule in Rammbach.

»Passt sie auf dem Heimweg ab und bringt sie hierher!«, beauftragte Benner seine beiden Streifenpolizisten. »Wenn die Sippe glaubt, sie könne sich gegenseitig Alibis geben, hat sie sich geschnitten.« Benner hatte selbst Kinder und verabscheute Gewalt. Diesmal, so nahm er sich vor, würde er über seinen Schatten springen und Anna Steininger ordentlich in die Mangel nehmen. »Die Kleine wird singen«, redete er sich ein und nippte am kalt gewordenen Kaffee.

10.30 Uhr, Kreisstadt

Johann Mars war ein typischer Stadtmensch. Er brauchte den Mief der Hinterhöfe und den Glanz der Häuserfassaden, um sich richtig wohl zu fühlen. Er brauchte Kultur und Bildung, modernes Denken, Technik und ein gewisses Maß an Anonymität für sein nach christlichen Grundsätzen lasterhaftes Privatleben.

Also hasste er die Provinz umso mehr, je ursprünglicher sie wurde. Dieser blinde Konservatismus, gepaart mit einer scheinheiligen Frömmelei, die in seinen Augen schon krankhafte Züge besaß, kotzte ihn an. Er hasste das Brauchtum und »Mir-san-mir«-Gefühl, welches er hier überall antraf. Er hasste die geistige Rückständigkeit dieser Strohschädel, die nicht in der Lage waren, selbstständig zu denken. Er hasste ihren Mikrokosmos, der sich in jedem Nest und jedem Weiler bildete. Aber was er am meisten hasste, war die Verstocktheit der »Eingeborenen« Fremden gegenüber. Wenn Zivilcourage gefragt war, zogen sie den Schwanz ein, aber wähnten sie sich sicher, regierte der Rufmord. Dann zeigte das Dorf seine Fratze.

Johann Mars wusste demnach, was hier auf ihn zukommen würde, als ihm der Polizeipräsident an diesem Morgen die Marschpapiere überreichte. Seine Kenntnisse über die Vorgänge in Öd am Wald beschränkten sich auf einige Eckdaten. Bald würde er mehr wissen, denn ihm gegenüber saß Staatsanwalt Harro Suhl, der gerade seine gesammelten Aufzeichnungen sortierte, während die Sekretärin Kaffee einschenkte.

Mars war Mitte 40 und Leiter der Mordkommission. Seine Aufklärungsquote lag bei etwas über 90 Prozent. Auch diesmal hoffte er, möglichst schnell zum Abschluss zu kommen, denn er lebte nicht gern aus dem Koffer. Als Suhl dem Kriminaloberinspektor detailgetreu die Vorgänge im Mordhaus berichtet hatte – denn inzwischen lagen die Aussagen der Hartl-Kinder vor – kam er auf den Verdächtigen zu sprechen: »Um ihn kümmern sich die Beamten in Steinbach.« »Ist was dran an der Vermutung, Waczek könnte es gewesen sein?«, fragte Mars und kritzelte mit einem winzigen Bleistift Notizen in einen winzigen Block.

»Waczek dient da draußen als Sündenbock für alles. Was uns fehlt, ist ein Motiv.«

»Sagten Sie nicht, die Opfer hätten 1000 Mark im Haus gehabt?«

»Richtig. Aber das Geld ist noch da. Wie's aussieht, hat der Täter nach den Schüssen das Haus nicht betreten. Welchen Sinn also hätte es gehabt, sich erst den Weg freizuballern?« »Dann war es etwas Persönliches.« »Vermutlich.«

Mars klappte sein Büchlein wieder zu. »Wie steht's mit der Spurensicherung am Tatort?« »Ihre Kollegen aus Landshut müssten eben eingetroffen sein. Zwei Polizisten aus dem benachbarten Fallberg haben nachts gute Vorarbeit geleistet«, erklärte Suhl eifrig. Mars wollte sich selbst ein Bild machen und bat, ihm den Weg zum Einödhof zu beschreiben.

12 Uhr, Öd am Wald

Mars schimpfte wie ein Rohrspatz, als er sah, dass die Presse Zutritt ins Mordhaus bekommen hatte. Ein Inspektor wies ihn in die Örtlichkeiten ein und berichtete, welche Spuren bislang sichergestellt worden waren. Zuerst fielen Mars die Tritte des Täters am Fenster auf. An den Spuren war kein

Profil mehr festzustellen. Ein Beamter hatte bereits die Geschosshülsen in ein Plastiksäckchen gesteckt: Kaliber 9 Millimeter – Armeepistole.

Mars widmete sich nun dem Glas am Fenstersims. »Nach den Spuren zu schließen, stand der Täter sehr nahe am Fenster. An seiner Kleidung müsste also Glasstaub zu finden sein.« Der Landshuter Kollege gab ihm Recht: »Zumal die Luft sehr feucht war und der Staub dadurch besser haften bleibt. Aber halten wir uns nicht damit auf. Es gibt eine regelrechte Visitenkarte des Mörders.«

Damit meinte er die Schuhabdrücke im Feld. Mars, der keine Stiefel angezogen hatte, besudelte sich bis über die Knöchel, aber was er dann sah, ließ den Ärger schnell schwinden. Der Inspektor zeigte demonstrativ darauf: »Sehr markantes Gangbild, finden Sie nicht?« »Können wir Gipsabdrücke erstellen?« »Zur Not. Der Schnee ist schon sehr weich.« »Dann schnappen Sie sich einen Zollstock und messen alles aus! Ich möchte eine maßstabsgetreue Reproduktion der Spur. Zur Sicherheit schießen Sie noch ein paar Fotos.«

Im Folgenden wurde durch die Mitte der Spur eine Schnur gespannt und der Abstand der Fußabdrücke rechts und links gemessen. Der Täter trug schmale Schuhe mit einem nach unten kleiner werdenden Absatz. Erst vermutete der Oberinspektor, es könne sich um einen Frauenschuh gehandelt haben, aber die Fußlänge ließ ihn daran zweifeln.

Als Nächstes marschierten die Männer zur Waldspitze und überzeugten sich selbst, dass der Täter in Begleitung eines Hundes gekommen war. »Er hat ihn doch sicher da am Stamm festgebunden. Schauen Sie mal nach Fasern eines Stricks oder nach Hundehaaren!« Der Inspektor schüttelte den Kopf. »Schon geschehen, in aller Ausführlichkeit.« »Und? Spannen Sie mich nicht auf die Folter!« »Nichts.« Äußerst seltsam, wie Mars fand. Während die Schüsse krachten, müsste der Hund, so er angebunden war, wie verrückt um den Baum gerannt sein und gekläfft haben. Der Oberinspektor ließ sich eine Lupe geben und sah selbst nach, immer und immer wieder. Als er partout nichts finden konnte, stand für ihn fest: »Es war ein schussfester Hund, vermutlich mittelgroß.«

Der Inspektor fragte, weshalb der Täter diesen Begleiter mitgenommen habe. »Der war ihm doch eher eine Behinderung, oder?« »War er nicht. Er hätte angeschlagen, wenn plötzlich Zeugen auftauchten. Und falls ihm unterwegs jemand begegnet wäre, konnte er sagen, er führe seinen Hund Gassi. Schließlich benötigte er einen triftigen Grund, sich bei diesem Sauwetter aufs Rad zu setzen.« Mars deutete Richtung Feld. »Noch eins fällt mir auf: Der Schütze war absolut ortskundig. Der kleine Steg über den Bach ist im Dunkeln kaum zu erkennen.«

Der nächste Weg führte Mars auf den Kampinger-Hof, wo die Kinder

der Hartls in der Obhut ihrer Tante waren. Dass die Mutter gestorben war, hatte man ihnen schon mitgeteilt. Zeit, den Vater ein letztes Mal im Krankenhaus zu besuchen, sollten sie gegen Abend haben. Jetzt mussten sie ein weiteres Verhör über sich ergehen lassen.

13 Uhr, Landpolizei Steinbach

Oberkommissar Alois Benner hatte alles versucht, das achtjährige Mädchen Anna Steininger in Widersprüche zu verwickeln. Erst war es so verängstigt, dass es immerzu weinte und kein Wort herausbrachte. Als er Anna dann mit einer Limo und Schokolade einigermaßen besänftigt hatte, redete sie zwar, aber nicht das, was der Polizeichef hören wollte.

Seine Männer hatten das Kind regelrecht entführt. Während Anna durch ein Waldstück radelte, überholten sie sie, schnitten ihr den Weg ab, sprangen aus dem Auto und packten sie wie eine Verbrecherin. Derart eingeschüchtert würde sie gewiss keine Kraft mehr zum Lügen haben, hoffte man.

»Wo war dein Vati gestern Abend? Mehr will ich gar nicht wissen.«

»Daheim warn mir alle«, meinte die Kleine, die im Gegensatz zu ihren Eltern ein wenig den hiesigen Dialekt adaptiert hatte.

»Und immer im Haus? Oder ist mal einer kurz verschwunden?«

»Da Papa hat mal in den Stall müassn.«

»War er lange weg?«

»Weiß i nimmer.«

»Hast du's mal krachen hören in der Nachbarschaft?«

»Na, aber da Hund hat zweimal bellt. Dann ist da Papa wieder raus, weil er glaubt hat, es kommt wer.«

»Wann war das?«

»Weiß i nimmer.«

Dies war im Wesentlichen die ganze Ausbeute des einstündigen Gesprächs. Die kleine Anna geriet schließlich so in Angst vor den Uniformträgern, dass es Benner für unverantwortlich hielt, sie weiter festzuhalten. Er steckte ihr noch ein Stück Schokolade zu und bat seine Männer, sie wieder zu ihrem Rad zurückzubringen. Gelegenheit, ihre Eltern vorzuwarnen, sollte sie aber nicht bekommen, denn inzwischen waren Oberkommissar Konrad Maritzke und sein zehnköpfiges Kommando aus Landshut eingetroffen. »Unternehmen Schafskopf« wurde gestartet.

Schäfers Stündchen

Montag, 6. November 1950, Steininger-Hof

Die Steiningers waren ein Ehepaar, ähnlich alt wie die Hartls, aber längst nicht so alteingesessen in dieser Gegend. Nach dem Krieg hatten sie sich hier einen Hof errichtet und wie ihre Vorfahren eine ertragreiche Schafzucht betrieben. Inzwischen umfasste die Herde so viele Tiere, dass der Familienbetrieb einen Schäfer, einen Knecht und eine Magd beschäftigte. Der Schäfer und der Knecht wohnten in Rammbach, die Magd hatte eine Kammer im Haus.

Indem die Schafe notgedrungen auch über Felder und Wiesen der Nachbarn ziehen mussten, kam es immer wieder zu Unstimmigkeiten, die aber nie in offene Feindschaft ausarteten. Viel Kontakt zu den Bewohnern der umliegenden Anwesen hatten die Steiningers nicht. Ihr Hof lag nur etwa zehn Fußminuten vom Hartl-Hof entfernt, doch auf drei Seiten von einem Waldstück umgeben. So lebten sie ganz für sich, obschon Alfons Steininger vielen Vereinen angehörte. Einmal wöchentlich, sonntags zur Messe in Rammbach, mischte sich die ganze Familie unters Volk – und hinterher traf sich Alfons immer mit dem Pfarrgemeinderat zum Frühschoppen beim Dorfwirt.

Steininger galt als gerader, gottesfürchtiger Mann. Seine Frau Marlies jedoch legte in ihrem religiösen Eifer eine Energie an den Tag, die manchmal krankhafte Züge annahm. Sie hegte einen kleinen Hausaltar im Schlafzimmer, wo immer eine Kerze für die Jungfrau Maria und den aktuellen Namenspatron brannte; sie kannte ihr ganzes Gebetbuch auswendig, fastete jeden Freitag, betete zu jeder Stunde und sammelte Heiligenbilder, die sie im ganzen Haus anbrachte. Selbstredend verabscheute sie jede Sünde, allem voran die Werke der Unkeuschheit. Sie litt an einer Herzschwäche und war hochsensibel.

So geschah es, dass Marlies an diesem Montag in helle Aufregung geriet, als ihr ältestes Töchterlein – sie hatte noch zwei weitere Kinder im Alter von vier und fünf Jahren – nicht von der Schule zurückkehrte. Sie bestürmte ihren Mann, der eben von der Weide kam, mit dieser Nachricht und fragte, ob man nicht die Polizei holen solle? Alfons erinnerte sich, dass seine Anna schon einmal wegen einer Panne am Fahrrad säumig war, und beschloss, ihr mit dem Motorrad entgegenzufahren.

Kaum hatte er den Stadel, in dem die Maschine untergestellt war, betreten, als draußen mehrere Autos über die gekieste Hofeinfahrt kamen. Tiefe Spuren entstanden beim Bremsen, Türen knallten, scharfe Kommandos gellten, Uniformen verteilten sich über das Gelände. Marlies und die Magd, welche noch im Hof standen, stießen kurze Schreie aus. »Ab ins Haus mit Ihnen!«, rief jemand. »Ihr seht da drin nach, ihr da und ihr da!«

»Wie damals, als die Gestapo kam«, überkam es den Schafhalter. Zwei Männer, mit der Pistole im Anschlag, hetzten in die Scheune, gaben sich gegenseitig Deckung und tauchten hinter Strohballen ab. Sie hatten ihn in der Dunkelheit noch nicht bemerkt. Steininger indessen gab sich gleich zu erkennen: »Ich bin hier, falls Sie mich suchen.« »Heben Sie die Hände!« Die Uniformierten kamen schussbereit aus ihrer Deckung. Nicht wissend, wie ihm geschah, folgte Steininger jeder Anweisung. »Treten Sie vor! Die Hände immer schön oben lassen! Und jetzt an die Wand, Beine spreizen!« Er wurde durchsucht und durfte dann – sicher eskortiert – das Haus betreten. Jeder der Bewohner erhielt ein separates Wartezimmer und einen bewaffneten Wächter zugewiesen. Ein Mann im langen Ledermantel führte das Kommando. Steininger hatte ihn noch nie gesehen, ebenso die meisten der übrigen Polizisten.

Oberkommissar Alois Benner betrat die Diele und führte einen weiteren Gast herein: Johann Mars, der über Funk von der Aktion verständigt worden war. Mars und der Mann im Mantel – Oberkommissar Konrad Maritzke – gaben sich flüchtig die Hand. »Wer fehlt noch?«, fragte Mars. »Der angestellte Schäfer.« »Gut, der läuft uns nicht davon.«

Alfons Steininger verlangte den Durchsuchungsbefehl zu sehen, was ihm mit der Begründung »Gefahr im Verzug« verweigert wurde. Als er nach dem Anlass dieser Aktion fragte, drohten sie ihm mit Schlägen, falls er erneut unaufgefordert den Mund öffne. Wenig später erschien auch die kleine Anna, die ein entsetztes Gesicht machte, als sie diesen grimmigen Männern schon wieder begegnete. Alle Kinder wurden in ihrem Spielzimmer eingeschlossen, mit ihnen ein Polizist, der dort jedes Möbelstück auseinandernahm. Steininger erkannte durch das Fenster, dass sich mindestens fünfzehn Leute auf dem Gelände tummelten. Dann wurde er in die Stube an den großen Tisch komplimentiert. Hinter ihm nahmen zwei Bewaffnete Aufstellung, davor standen Maritzke und Mars. Jemand platzierte ein Tonbandgerät auf den Tisch und betätigte den Aufnahmeknopf. Die Spulen fingen an, sich zu drehen.

»Wo haben Sie die Waffe versteckt?«, fragte Mars.

»Sie meinen meine Gewehre? Eins trägt immer der Schäfer mit sich, eins ist da im Schrank eingeschlossen.«

»Und die Pistole?«

»Hier gibt es keine Pistole.«

»Wir werden sie finden. Haben Sie einen Hund?«
»Natürlich hab ich einen Hund, sogar zwei, wenn Sie's genau wissen wollen. Dürfte ich jetzt bitte erfahren, was …?« »Schon gehört, was gestern Abend in Ihrer Nachbarschaft geschehen ist?«, schaltete sich nun Maritzke ein. »Nein.« »Man hat auf die Hartls geschossen. Die Frau ist bereits tot.«

Wenn Steininger diese Bestürzung nur simulierte, dann war er in den Augen der Beamten ein begnadeter Schauspieler. »Na, dämmert's langsam, was wir von Ihnen wollen?« Es dämmerte, aber es mochte nicht in den Kopf des Schafhalters. »Sie glauben doch nicht, dass ich …?« »Zu Ihrem Pech war Karl Hartl noch in der Lage, eine Aussage zu machen. Er hat Sie erkannt, als Sie am Fenster standen und die Schüsse abgaben«, bluffte Mars. Doch entgegen seiner Hoffnung ließ sich der Verdächtige nicht überlisten, sondern spielte weiter das Unschuldslamm: »Er kann mich nicht erkannt haben, weil ich hier war.«

Und so hatte sich der Sonntag laut Aussage Steiningers abgespielt: Nach dem Kirchgang und der Stunde beim Wirt kam die Familie hier pünktlich zum Mittagessen wieder zusammen. Der Hausherr verbrachte einen gemütlichen Nachmittag auf dem Sofa. Eigentlich wollte auch er die Bayernpartei-Veranstaltung besuchen, sah aber wegen des nasskalten Wetters davon ab. Als der Schäfer bereits gegen 16.30 Uhr die Herde heimtrieb, zürnte Steininger, die Tiere seien sicher noch hungrig. Seine Frau, die sah, wie durchnässt und fröstelnd ihr Angestellter war, schritt schlichtend dazwischen: »Schimpf ihn nicht, sonst läuft er dir weg und du musst selbst die Schafe hüten.« »Da lenkte ich ein, schickte den Mann heim, bot mich an zum Misten, die Frau molk die Kühe, die Magd fütterte die Schweine, ich die Rinder. Dann wuschen wir uns alle die Hände, setzten uns an den Tisch und aßen zu Abend.« Das müsse gegen 18 Uhr gewesen sein, denn gegen 18.30 Uhr erklärte Marlies: »Heute müssen wir wie immer den Allerheiligenrosenkranz beten.«

»Eigentlich hatte ich keine Lust dazu, aber meine Frau sagte, ich solle ein gutes Beispiel geben. In einer halben Stunde sei alles vorbei. Also kniete ich mich neben die Kinder und betete auch. Mittendrin fing unser Wasti draußen zu bellen an. Ich musste natürlich nachsehen, weil ich annahm, jemand nähere sich dem Haus. Bis ich vor der Tür stand, hatte sich der Hund wieder beruhigt.« Der Rosenkranz endete kurz vor 19 Uhr, woraufhin die Familie noch eine Stunde gemütlich beisammen saß und dann zu Bett ging.

»Muss er die Schüsse gehört haben?«, flüsterte Maritzke Mars ins Ohr. Dieser meinte: »Der Wald und die mächtige Scheune dämmen den Lärm, die Fenster waren verriegelt, alles betete laut …« »Wer's glaubt!«, ärgerte sich Maritzke, sprang vor und packte Steininger am Kragen. »Bursche, wenn du meinst, du kommst uns so billig davon, hast du dich geschnitten. Wir drehen hier jeden Strohhalm um, bis wir einen Beweis finden.«

»So war es. Und das kann ich vor Gott beschwören«, versicherte anschließend Marlies, deren Aussage sich exakt mit der ihres Mannes deckte. Auch die Kinder und die Magd – getrennt befragt – konnten nur alles wiederholen. Die Kriminalbeamten folgerten daraus zweierlei: Entweder sie sprachen die Wahrheit oder sie hatten diesen Mord gemeinschaftlich geplant und durchgeführt. Dann musste es ein gewichtiges Motiv geben, das sich nicht so elegant verbergen ließ. Steininger wurde deshalb über seine Beziehung zu den Hartls gefragt.

»Es gab mal eine kleine Missstimmung, weil Karl meine Frau beleidigt hat. Angeblich hat meine Frau zuerst seine Frau beleidigt, aber das ist Schnee von gestern. Wir haben uns bis zuletzt gegrüßt.« Frau Steininger versicherte ebenfalls, von einer Todfeindschaft könne keine Rede sein. »Der Streit mit Kathi, das war dummes Weibergeschwätz. Ansonsten kamen wir praktisch nie mit den Hartls zusammen – auch nicht die Kinder.«

Der Knecht, die Magd, der inzwischen eingetroffene Schäfer, Anna und ihre Geschwister wussten nichts von einem Streit, doch klang irgendwie unterschwellig durch, dass die Steiningers zuletzt nicht gut auf die Hartls zu sprechen waren. Um mehr darüber zu erfahren und die Alibis noch gründlicher abzuklopfen, beschlossen die Ermittler, Alfons Steininger vorübergehend festzunehmen und auf der Wache schärfer zu verhören.

Unterdessen ging die Suche nach der Tatwaffe auf Hochtouren weiter. Als Erstes meldete ein Polizist, er habe im Hausgang ein schmutziges Fahrrad gefunden. War es das, auf dem der Täter durch den Schlamm gestrampelt war? Die Steinbacher Polizisten stellten schnell fest: Es handelte sich um Annas Rad, welches eigentlich ihrer Mutter gehörte. Anna benutzte es, um damit in die Schule zu fahren, denn für ihre acht Jahre war sie schon recht groß. »Das können wir vergessen«, sagte Mars enttäuscht, als plötzlich ein anderer Kollege aufgeregt herbeigelaufen kam und eine höchst erfreuliche Meldung machte: »Tief im Stroh vergraben haben wir eine Lederjacke entdeckt.«

Der Oberinspektor ließ sich das gute Stück zeigen, hob es mit Handschuhen auf und hielt es draußen gegen das Licht. Sein erster Eindruck: Die lag dort schon länger. Und Steininger, als er sie sah, rief sofort: »Ja Sakra! Ich hätt nicht mehr geglaubt, dass die wieder auftaucht.« In der Schwarzmarktzeit habe er die Jacke erworben, vor den Behörden versteckt und sie dann vergessen, beteuerte er. Trotzdem stellte Mars das Kleidungsstück für die Analyse im Labor sicher. Sämtliche Mäntel, Jacken, Pullover, Stiefel und Straßenschuhe des Schafhalters landeten in großen Säcken der Polizei. Mars hoffte, auf ihnen den markanten Glasstaub von Hartls durchschossener Fensterscheibe zu finden. Die Suche nach der Pistole zog sich noch zwei Tage hin und brachte – so viel sei vorweggenommen – keinen Erfolg. Nach Einbruch der Dunkelheit wurde Steininger in Handschellen zum Verhör abgeführt. Seine Frau stieß ein lautes Wehklagen aus, als er in der grünen Minna Platz nahm. »Ich komm sicher bald zurück«, versprach er ihr zum Abschied und konnte seine Tränen kaum zurückhalten.

10.30 Uhr, Hof von Tom Lettl

Nicht weit von Öd, etwas nördlich davon, exponiert auf einer kleinen Anhöhe, stand der Hof von Tom Lettl, Schwager des festgenommenen Alfons Steininger. Mit seiner Frau und weiteren fünf Angestellten bewirtschaftete Lettl nahezu 200 Tagwerk und hatte es seit Kriegsende durch aufopfernde Arbeit und noch mehr Sparsamkeit zu einem bescheidenen Wohlstand gebracht. Groß wurden die Augen der Kinder, neidisch die Blicke der Erwachsenen, wenn er mit seinem werksneuen DKW am Marktplatz in Steinbach vorfuhr. Aber ihm wurde auch Hochachtung zuteil für seine Geschäftstüchtigkeit und sein Engagement in der Bayernpartei. So erledigte er gerne die Dienstfahrten im Ortsverein, etwa wenn es darum ging, Plakate aufzuhängen.

Lettl verfügte nur über einfache Schulbildung, hatte aber einen wachen Geist. Dieser konnte sich keinen rechten Reim aus dem Besuch machen, der an diesem Montagmorgen bei ihm am Hof eintraf. Jedenfalls dauerte es nicht lange, bis Lettl spürte, dass hier etwas faul war. Lisbeth Gruber, die Metzgerwirtin, war unangemeldet aufgetaucht. Er kannte die Frau gut, weil sie beim Wochenmarkt oft am Stand der Lettls einzukaufen pflegte. Ihre anrüchige Wirtschaft aber hatte er noch nie betreten. Und zu ihm auf den Hof war Lisbeth erst zwei- oder dreimal gekommen – immer, um sich etwas zu borgen oder ein paar Kartoffeln zu erbetteln. Diesmal kam sie wohl in einer anderen Absicht, denn sie zog keinen Leiterwagen mit ihrem Fahrrad. Schwer ging dennoch ihr Atem, als sie das Vehikel in der Einfahrt abstellte. Mit einem Taschentuch, fast so groß wie ein Bettlaken, wischte sie sich den Schweiß von der Stirn, spähte durch das offene Küchenfenster und sah die Bäuerin Iris Lettl beim Zubereiten des Mittagessens. Der nächste Weg führte die Metzgerwirtin durch den offenen Flur. Mit einem Klopfen gegen den Türrahmen machte sie sich bemerkbar. Fast wäre Iris der Knödel, den sie gerade in den Topf mit kochendem Wasser werfen wollte, zu Boden geplumpst, so sehr erschrak sie über das leichenblasse Gesicht, welches ein mühsames »Grüß Gott« absonderte. Wie auf einem schwankenden Schiff klammerte sich Lisbeth an den Türrahmen und fragte, noch ehe die Hausherrin etwas erwidern konnte: »Wo is dei Mo?«

Nebenan in der Scheune arbeitend hatte Lettl die Schritte der Besucherin gehört. Er erhaschte noch den Blick auf ein üppiges Weibsbild, welches eben durch die Tür huschte, und fand, es sei wohl besser, seine Frau nicht mit ihr allein zu lassen. Im Hausflur stürzte ihm Lisbeth beinahe in die Arme, murmelte eine Entschuldigung und rang um die richtigen Worte. Lettl spürte ihre Panik. Sie hatte Flecken im Gesicht.

»Hast es scho ghört, wos passiert is?«, bestürmte sie ihn. Er hielt es für angemessen, erst einmal den Rückwärtsgang einzulegen, um der Frau an der frischen Luft etwas Abkühlung zu verschaffen, oder – falls es nötig wurde – ihr den Laufpass zu geben.

»Was soll i ghört ham?«

»Bei de Hartls hams gestern Nacht reingschossn. Er und sei Frau hams ins Krankenhaus bracht.«

Diese Information war Lettl nicht neu. Seine Drescher aus Steinbach hatten es ihm diesen Morgen bereits zugetragen. Und die wussten es, weil sie am Vorabend noch spät beim Rammbacher Wirt gesessen hatten, wo die Nachricht über das Verbrechen von einem der Bauern aus Öd verbreitet worden war. Lisbeth Gruber, mitteilsam wie die meisten Weiber im Ort, sprach indessen erregt weiter: »Des is scho allerhand, dass auf de Kathi aa gschossn worn is. De is iaz tot und die Kinder san ganz alloa. Und stell da vor, Tom, wia schlecht d'Leit san. Song's doch z'Steinbach scho, da Paul, da Metzgerfuchs, wär's gwenn.«

Hatte sich die Wirtin sieben Kilometer abgestrampelt, um ihm dies brühwarm mitzuteilen? Gleich sollte er ihr wahres Anliegen erkennen. Diese ungeheuren Anschuldigungen ihren »Gschpusi« betreffend seien nämlich völlig aus der Luft gegriffen, ereiferte sie sich. Das sollten alle wissen: »Da dürfn d'Schandarm ruhig kumma. Weil da Paul is den ganzn Tag im Bett g'legn. Er war schlecht beinand gestern, muasst wissn, Tom.« »Wenn er dahoam war, is der Käs eh gessen«, entgegnete Lettl, den plötzlich das Gefühl beschlich, die Frau wolle ihn nur aushorchen. »Jetzt möcht i aba wissn, warum Sie wirklich zu mir kumma san, Frau Gruber?«, fragte er deshalb.

Das förmliche Sie gebot der Metzgerwirtin erstmals Vorsicht. »Also, äh ..., i hatt heut grad moi Zeit und woit moi schaun, wos ... äh ... wos aus unser Betonmischmaschin worn is.« Lettl stutzte.

»Mia ham no nia a Mischmaschin von eich ghobt«, versicherte er ihr.

»Na, de oane, des letzt Johr zum Bau von eurer Schupfa braucht hobts«, wand sich die Wirtin, worauf Lettl ungewohnt grob wurde. »Ja, aber dann ham mir doch a and're gnomma. Woast nimma? Du hast die Maschin dann dem Huaba Fritzn gliehn. Des muasst doch no wissen! So dumm kann ma doch gar net sei.«

Sie konnte offenbar so dumm sein. Oder hatte sie in aller Eile nur nach einem Vorwand gesucht, der diesen Besuch rechtfertigen sollte? Tom Lettl jedenfalls war des Gesprächs mit dieser Person nun überdrüssig. Als Klatschbase hielt sie ihn nur von der Arbeit ab, denn heute war erster Dreschtag. So schüttelte er den Kopf und ging wortlos ins Haus, Lisbeth allein lassend. Geduckt wie nach einem Schlag ins Genick trottete sie wieder zu ihrem Rad.

»Die wollt was wissn, was sie sich net frag'n traut hat«, forschte Tom Lettl im Beisein seiner Frau, die sich nun wieder am Ofen beschäftigte. »Wos moanst iaz damit, Tom?« »Mag sei, da Paul war ebn net z'Haus um de Zeit, weil er unterwegs war nach Öd. Und mir ham eam dabei vielleicht gsehn.«

Triftige Gründe sprachen dafür: Lettl saß am Sonntag bis gegen 17.30 Uhr in der Bayernpartei-Versammlung. Dann machte er sich auf nach Hause, um etwas zu essen. Gegen 19 Uhr fuhr er mit seiner Frau wieder nach Steinbach. Sie wollten ins Kino und waren wegen des schlechten Wetters früher dran. Beide richteten ihre Blicke stets auf die teils verschneite Fahrbahn unmittelbar vor sich. Wie leicht hätten sie dabei einen Passanten oder Radfahrer am Straßenrand übersehen können. Durch weiteres scharfes Nachdenken wurde dem Bauern klar, dass er auf seinem Weg nach Steinbach auch ein Stück jener Strecke passierte, die den Mörder nach Öd geführt hatte – so der Mörder aus Steinbach kam.

»Vielleicht hat da Waczek unsa Auto gsehn und da Lisbeth davo verzählt«, bemerkte er und jagte seiner Frau damit einen gehörigen Schreck ein. Sie starrte ihn mit großen Augen an und ächzte: »Jetzt fürcht er, wir könnt'n eam verratn.« Lettl machte eine wegwerfende Handbewegung: »Aber mir ham nix gsehn.« »Woas er's? Derf er sicher sei, bevor er uns net für immer zum Schweign bringt?« Nun konnte der Bauer ein Lachen nicht mehr unterdrücken und er nahm sein zitterndes Weiblein zärtlich in die Arme. »Iris, i hob dir immer gsagt: Du liest z'vui Krimis.«

Nachmittags in Steinbach, Gasthaus Hoferbräu

Kriminalistischen Spürsinn entwickelten plötzlich viele Leute in Steinbach und Umgebung, denn längst hatte sich herumgesprochen, dass Waczek und Steininger verdächtigt wurden. Lisbeth Gruber indessen fuhr eifrig fort, allen Leuten vom Alibi ihres Lebensgefährten zu erzählen. Dies Bemühen, ihn frei von Schuld zu waschen, entging auch nicht den beiden Waschfrauen des Metzgerwirts, die an jenem Montag wieder voll im Einsatz waren: Gisela Mutz und Irmi Becker.

Das Duo konnte unterschiedlicher nicht sein: Mutz, um die 50 Jahre alt, von der Arbeit gezeichnet, doch stets um schönes Aussehen bemüht, trug auch heute eine makellose Schürze, hatte die Haare hochgebunden und in ein Netz gepackt. Sie wusch in verschiedenen Haushalten und galt als absolut zuverlässig. Außerdem war sie eine treu sorgende Mutter mit einem verständnisvollen Ehemann.

Die Becker hingegen war ledig. Nicht ungewöhnlich mit ihren erst 20 Jahren. Sie hatte einen aufreizenden Körper, den sie lasziv zur Schau trug. Geile Blicke und obszöne Bemerkungen der Mannsbilder brachten sie in Erregung. Man erzählte sich, es gäbe keinen im Ort, der nicht schon mit ihr unter die Decke gekrochen sei.

Als Irmi 1946 in Steinbach aufkreuzte, war sie ein unschuldiges Kind aus der Nachbargemeinde, Halbwaise, ohne Ausbildungsplatz und ohne abgeschlossene Schulbildung. Beim Metzgerwirt fand sie eine Stelle als Bedienung. Das bisschen, was sie dabei verdiente, ging für Verpflegung und das Zimmer drauf. Sie passte sich schnell den Gepflogenheiten im Haus an: schmutzige Kleider, patziges Auftreten, hoher Alkoholkonsum. Einmal die Woche, montags, musste sie beim Waschen mithelfen, da die Wirtin sich verständlicherweise nicht die Finger schmutzig machte. Weil eine der Wannen Rost angesetzt hatte und leckte, marschierten sie und Gisela Mutz zu Hertha Bauer, Waschfrau beim Hoferbräu, um sich von ihr eine Wanne zu leihen. Jetzt am frühen Nachmittag hatte Hertha schon ihre Arbeit erledigt und konnte das gute Stück wohl entbehren.

Nebenbei fand sich Gelegenheit zu einem kleinen »Ratsch« über die Neuigkeiten des Tages. Beherrschendes Thema – was sonst – waren diesmal die Schüsse von Öd. Hertha wollte von Irmi wissen, ob denn Karl Hartl und der Metzgerfuchs wirklich Todfeinde gewesen seien. Sie, die unter einem Dach mit Paul wohne, müsse doch am besten darüber Bescheid wissen. Doch Irmi winkte sofort ab. »Wos gengan mi de Gschäfterl von de Manna an? Mir sogt eh koana wos.« Nun meldete sich die alte Mutz eifrig zu Wort und betonte, es sei wohl müßig, darüber zu spekulieren. Schließlich sei Paul raus aus der Sache, weil ihm die Wirtin ein Alibi gegeben habe.

»Wenn's stimmt«, bemerkte Irmi. Die Verblüffung in den Gesichtern der anderen Frauen amüsierte sie und lockerte ihre Zunge: »I versteh net, wie de Lisbeth da Polizei sag'n kann, er wär den ganz'n Tag dahoam gwenn. De ganz Wochn war er auf d'Nacht weg, und gestern is er aa nomoi fort. Sternvoller Dreck und batschnass is er zruckkomma.« Ja, das Schneewasser von seinen Schuhen stehe jetzt noch im Zimmer. Gisela Mutz wollte wissen, von wann bis wann er außer Hause war, aber da musste Irmi passen. »I hatt grad gnua z'doa gestern Abend. Er war weg, des is gwiss.«

Dann war Schluss mit der Unterredung, denn plötzlich tauchte der Hoferwirt auf und schuf Hertha eine andere Arbeit.

Steinbach, Gasthaus Metzgerwirt

Lange hatte Lisbeth untätig in der Wirtsstube gesessen, manchmal unterbrochen durch das Klopfen eines Gastes, dem sie dann sagen musste, dass heute später geöffnet werde. Es war erst 17 Uhr, doch Paul wollte längst zurück sein. Ob er sich abgesetzt hatte? In seinem Zimmer fehlte nichts von Wert. Freilich hatte er die Brieftasche mitgenommen und seinen kleinen Rucksack, der ihm die Aktentasche ersetzte. Aber der Reisekoffer lag noch auf dem Schrank. Geschäfte, über die er sich nie näher ausließ, führten ihn oft tagelang in die Fremde. Bei seiner Rückkehr hatte er meist einen voll beladenen Beiwagen. Er organisierte Waren, die man in Steinbach nicht bekommen konnte. Größere Transaktionen ließ er direkt zwischen Käufer und Anbieter abwickeln und kassierte dann die Provision.

»Da is er tüchtig, mei Paul«, sinnierte sie mit Blick aus dem Fenster. Endlich erklang das Knattern des Auspuffes, und wenig später bog das Gefährt schon in den rückwärtigen Hof ein. Paul hatte dort einen kleinen Gitterverschlag, in dem er auch sein Fahrrad abstellte. Dieses war – Lisbeth hatte sich nach dem Frühstück überzeugt – relativ sauber.

Ein Mann mit breiten Schultern und bulligem Oberkörper, kräftig, aber behäbig in seinem Gang, mit listigen Augen und einer hässlichen, lang gegen die breiten Lippen gezogenen Nase, betrat die Gaststube. Seine Finger kämmten das vom Helm zerzauste Haar, das er stets kurz, mit einer jugendlichen Welle trug. Der schwere Mantel flog Richtung Garderobe und blieb an einem der Haken hängen. Dann trat er tief seufzend und mit einem Lächeln auf seinen Schatz zu. »Was hast? Gibst mir keinen Kuss?« Er sprach kaum Dialekt, konnte mit Mühe seinen Kölner Akzent verbergen, lebte aber lange genug in Niederbayern, um sich als Einheimischer zu fühlen. Früher, ja, da hatte man ihn seiner Herkunft wegen schief angesehen oder blöde Bemerkungen gemacht. Als die Spielkameraden anfingen, ihn auszugrenzen, verschaffte er sich gewaltsam Achtung. Jetzt war das nicht mehr nötig. Kriegsflüchtlinge und Kriegsgewinner hatten auch diesen Landstrich ethnisch durchmischt. Es gab Polen, Schlesier, Sudetendeutsche, Siebenbürger und Amerikaner.

Pauls Frage indessen blieb unbeantwortet. Lisbeth kauerte weiter am Stammtisch und sah ihn forschend an. »Setz di her zu mir«, forderte sie ihn schließlich auf. »Mir müassn redn.« »Wegen gestern?« »Wegn was sunst!« Sie hatte Mühe, sich zu beherrschen. Der letzte große Krach lag gerade erst zwei Tage zurück. Auch Paul erkannte, dass er mit einer patzigen Antwort viel Porzellan zerschlagen würde und nahm artig Platz. Im Raum herrschte Dämmerstimmung. Nur an der Theke brannte ein schwaches Licht. »Ich hätt gern ein Bier«, bemerkte Paul und machte Anstalten, sich selbst eins zu zapfen. Lisbeth hielt ihn am Ärmel fest. »I hab alle Leut erzählt, du wärst gestern Abend net ausm Haus ganga.« Paul schaffte es nun doch, sich loszumachen. Er wirkte etwas mitgenommen nach der langen Fahrt und hatte seit dem Frühstück nichts gegessen. Flüssige Nahrung tat's auch. Außerdem hatte er dann zumindest ein Glas, an dem er sich festhalten konnte. Lisbeth schien, obwohl beide allein und unbeobachtet waren, überhaupt keine Lust auf Zärtlichkeiten zu haben. Dass sie die Vorhänge zuzog, während das Bier ins Glas schäumte, deutete er richtig: Es galt, bedeutsame Dinge zu erörtern.

»Das wär nicht nötig gewesen«, sagte er, als er ihr gegenüber saß. »Hauptsache, die Polizei weiß es.« »Die werd glei da herkomma. I hab gsagt, du bist bis auf d'Nacht zruck.« Paul versuchte es mit einem zuversichtlichen Lächeln: »Die Polizei kann uns nicht auseinanderbringen.« »Freili.« Sie fasste seine Hände und versuchte es auch mit einem Lächeln. Doch schlagartig verdunkelte sich ihr Gesicht. »Die Sach wär so einfach, wenn's nur auf mi ankomma tät«, grummelte sie.

Nach einer langen, quälenden Pause meinte Paul: »Josef glaubt bestimmt auch, ich wär's gewesen. Die werden sich auf mich einschießen, wenn ich kein Alibi hab. Und schau nur, Lisbeth, wie alles zusammenpasst. Das Ganze passierte auch noch zur denkbar ungünstigsten Zeit. Schlechte Karten, verdammt schlechte Karten.«

»Wenn du mi net hättst«, entgegnete sie mit einem Lächeln. »Es bleibt's wie's is. Du warst z'Haus, i hab's Licht gsehn«, bekräftigte sie und holte sich auch ein Bier. Dass es ihr nicht schmeckte, lag an Paul, der sie jetzt mit einer bislang zurückgehaltenen Information schockierte: »Es gibt da noch ein kleines Problem, das mir heut erst einfiel. Möglicherweise hat mich jemand beim Hoferbräu erkannt.«

Während er dabei war, ihr die Situation genauer zu schildern, platzte Irmi Becker herein, um ihren Dienst anzutreten. Verwundert fragte sie, weshalb das Gasthaus noch geschlossen habe. »Um über gestern zu reden. Wir wollen nichts falsch machen in dieser Situation«, bemerkte Paul, stand dabei auf und trat dicht auf sie zu, um ihr wie immer einen Kuss auf die Wange zu geben.

Diesen Moment wartete Lisbeth ab, bevor sie zu Irmi sagte: »Die Mutz Gisi hat mir erzählt, du tratscht rum, i gäb an Paul a falschs Alibi.« In der gleichen Sekunde landete eine gewaltige Ohrfeige in Irmis Gesicht. Mit blutender Nase torkelte sie gegen die Theke, doch der grobschlächtige Wirt folgte ihr und schlug noch einmal zu – diesmal mit solcher Wucht, dass sie schmerzverzerrt zu Boden sank. Paul zog bereits den Gürtel aus seiner Hose, doch Irmis flehender Blick gewährte ihm Einhalt. Mit der Drohgebärde des straff zwischen die Hände gespannten Leders beorderte er seine

Bedienung an einen Tisch. Vor ihr postiert, brüllte er: »Willst du uns alle ins Verderben stürzen? Wie kommst du drauf, dass Lisbeth lügt?«

Schluchzend und mit tief geducktem Kopf antwortete die junge Frau: »Da ganze Bodn in deim Zimmer is dreckig und nass gwenn. Und des scho, bevor du zum Leitler ganga bist. Um neun war i auf deim Zimma, hob's gseng. Außerdem host du dei bitschnasses Gwand in'd Waschküchn ghängt.« »Ach sooooo!« Sichtlich freundlicher nahm Paul neben ihr Platz und strich ihr über die tränenbesudelte Wange. »Tut mir leid, wenn ich eben etwas grob zu dir war. Aber du musst verstehen: Die Gendarmen werden sich auf alles stürzen, was mich belastet. Jetzt endlich können sie mir was reinwürgen, an dem ich ersticke. Und alle im Ort werden Beifall klatschen, wenn ich in den Knastwagen steigen muss. Was du beobachtet hast, Irmi, war ein verdreckter Boden. Aber daraus zu schließen, das käme von einer Radfahrt nach Öd, geht zu weit. Der Schmutz stammt von einem Hausierer, der mich gestern gegen 19 Uhr besucht hat. Wir sind dann kurz raus hinter den Hof, um uns seine Ware anzuschauen. Es hat so geregnet, dass ich in wenigen Minuten ganz nass wurde. Da siehst du, alles hat eine logische Erklärung.«

So viel Logik konnte Irmi gerade noch verarbeiten. Und als Paul versicherte, er sei ihr wegen des Geschwätzes bei Frau Bauer nicht mehr böse, da ihre falschen Schlüsse durchaus verständlich seien, trockneten ihre Tränen. Ein Händedruck besiegelte die Versöhnung – jedoch erst, nachdem Irmi versprochen hatte, nie wieder auch nur den Hauch eines Zweifels an Pauls Alibi zu äußern. Und wenn Frau Mutz oder Frau Bauer auf ihre Bemerkung zurückkämen, solle sie sagen, es sei alles ein Irrtum gewesen.

Paul wollte sich gerade die zweite Halbe einschenken lassen, Lisbeth überlegte, ob man nun endlich das Wirtshaus öffnen sollte, weil draußen bereits drei Stammgäste warteten, da näherte sich das Dienstfahrzeug der Landpolizei. Mars und Maritzke, die sich beim Verhör von Alfons Steininger die Zähne ausbissen, wollten nun den zweiten Verdächtigen in die Mangel nehmen, obwohl sie sich davon nicht allzu viel versprachen. Ihnen lag schließlich die schriftliche Aussage Lisbeths vor, welche Paul als Täter ausschloss.

Johann Völz und ein weiterer Beamter traten freundlich, aber resolut in die Gaststube und baten den Herrn des Hauses, mit ihnen zu kommen. Auf Pauls Frage, ob dies eine Verhaftung sei, sagten sie: »Die Ermittler haben lediglich einige Fragen an Sie.« Willig, doch peinlich berührt von den bohrenden Blicken der wartenden Gäste draußen, stieg Paul zu den Polizisten ins Auto. Was spielte es für eine Rolle, wenn sie ihm versicherten, dies sei nur eine Befragung? Wie ein Lauffeuer würde sich in der Gemeinde die Neuigkeit verbreiten: Der Metzgerfuchs ist endlich verhaftet worden!

Landpolizei-Station Steinbach

Oberkommissar Alois Benner wurde in die Dienststube seiner Untergebenen verbannt. Benners Büro teilten sich nun Konrad Maritzke und Johann Mars, die sich immer noch nicht einig waren, wer von beiden das Kommando hatte. Im Laufe des Tages hatten sie es immerhin so weit gebracht, sich die Arbeit aufzuteilen. Für Ermittlungen in der Bevölkerung standen ihnen sechs Beamte aus Landshut zur Verfügung. Dazu kamen noch drei Leute vom Spurendienst, die bereits ihre Koffer packten. Da kein zweites Vernehmungszimmer bereit stand, musste Alfons Steininger vorübergehend in die Arrestzelle einrücken. Er und der Metzgerfuchs sollten voneinander isoliert werden. »Wer weiß, vielleicht stecken sie ja unter einer Decke«, hatte Mars gemunkelt.

Als Paul vorgeführt wurde, nickten die Kriminalbeamten stumm zum Gruß und erachteten es nicht für wert, sich von ihren Plätzen zu erheben. Paul musste sich auf einen harten Holzstuhl mit senkrechter Rückenlehne bequemen. Auf einen Wink Maritzkes verließ Völz das Zimmer und postierte sich hinter der verschlossenen Tür.

Mars übernahm das Verhör. Zuerst die persönlichen Daten: Paul Waczek, ledig, römisch-katholisch, geboren am 9. Januar 1920 in Köln, Volksschulabschluss, keine berufliche Ausbildung, diverse Vorstrafen, jetzt tätig als Gastronom und Hausierer, keine Verbindlichkeiten, kein Vermögen.

»Wo waren Sie gestern zwischen 17 und 20 Uhr?«, wollte Mars wissen.

»Zu Hause, in meinem Zimmer, meistens auf meinem Bett. Irgendwann bin ich aufgestanden, hab mich gewaschen und rasiert, saubere Kleider angezogen, bin runter in die Gaststube, hab mich mit den Leuten unterhalten. Eigentlich wollt ich ins Kino, aber dann blieb ich doch sitzen.« Paul sprach flüssig und wirkte vollkommen entspannt, wiewohl ihn die Männer argwöhnisch beäugten.

»Können Sie das zeitlich präzisieren?«

»Ich hatte noch Besuch von einem auswärtigen Hausierer.«

»Name, Adresse?«

»Kann ich Ihnen nicht sagen. Zu mir kommen oft Leute, die sich nicht vorstellen und mir dubiose Geschäfte anbieten. Das war auch so einer. Als ich merkte, dass er mich betrügen wollte, schickte ich ihn weg. Das muss gegen 19 Uhr gewesen sein. Ich bin dann gegen halb acht in die Gaststube gekommen. Da waren rund 20 Leute, die das bestätigen können.«

»Mit Ausnahme dieses Hausierers hatten Sie keinen Besuch?«

»Gegen halb fünf brachte mir Irmi eine Brotzeit. Sonst betrat niemand das Zimmer. Ich wollte auch keinen sehen.« Auf die Frage »Weshalb?« kam Paul auf den Streit vom Vorabend zu sprechen. Gefetzt habe er sich wieder mal mit seiner Lebensgefährtin Lisbeth Gruber, worauf er sich schmollend

61

in sein Zimmer eingeschlossen und dieses bis Sonntag zur nämlichen Zeit nicht mehr verlassen habe. Solche Vorfälle, versicherte der Metzgerfuchs, seien nichts Außergewöhnliches. »Bei uns herrscht immer ein angespanntes Klima. Oft geraten wir uns wegen Kleinigkeiten in die Haare. Die Lisbeth und die Hausbesitzerin sind genauso sture Böcke wie ich. Aber hinterher vertragen wir uns immer wieder.«

Mit einem Grinsen meldete sich nun Maritzke zu Wort: »Man hat mir schon erzählt, dass bei Ihnen raue Sitten herrschen. Das Wirtshaus gilt als Spelunke – und Gerüchte sagen, dort werde auch Prostitution betrieben.«

»Ich muss doch sehr bitten!«, entrüstete sich Paul.

»Ja, lassen wir das. Sagen Sie uns lieber, was der Grund Ihres Streites mit der Wirtin war.«

»Weiß ich nicht mehr.«

»Aber bitte. Wenn Sie sich einen ganzen Tag im Zimmer einschließen, kann das keine Lappalie gewesen sein. Lassen Sie uns daran teilhaben!«

Mit einem argwöhnischen Blick auf das mitlaufende Tonband bemerkte Paul: »Ich weiß es wirklich nicht mehr. Es ging zuerst um geschäftliche Dinge. Und dann schaukelte sich alles wieder hoch. Außerdem hatten wir schon ziemlich viel getrunken.«

Mars nahm den Ball wieder auf: »Apropos Streit: Auch mit Karl Hartl lagen Sie im Streit.« »Nicht nur mit ihm. Mein Gewerbe …« Er zögerte einen Moment. »… gibt vielen Leuten Anlass, sauer auf mich zu sein.« »Aber diese Leute haben keine Kugel im Rücken und Sie nicht als möglichen Schützen genannt. Wie steht es um Ihre Schießkünste?« Paul gab zu, er habe bei seinem Ziehvater, der im Schützenverein war, den Umgang mit Waffen gelernt. Im Krieg, bei einer zivilen Versorgungseinheit, kamen ihm ständig Gewehre und Pistolen unter die Finger. »Gut zielen konnte ich nie. Ich erhielt auch selten Gelegenheit, eine Waffe abzufeuern.«

»Besitzen Sie eine?«

»Zurzeit nicht.«

»Also hatten Sie mal eine?«

»Ja. Das steht doch in Ihren Akten. Ich musste ordentlich Strafe zahlen, weil ich keinen Waffenschein vorweisen konnte.«

»Haben Sie jetzt einen Schein?«

»Beantragt. Als Wirt hat man viel mit Geld zu tun und ist nie sicher vor Räubern.«

Mars kam zurück auf den Streit mit Hartl, den Paul sofort verharmloste: »Mit ihm war es wie mit Lisbeth. Manchmal hat er mich ausgetrickst, manchmal ich ihn, aber meistens profitierten wir voneinander. Karl ist auch kein Heiliger, müssen Sie wissen. Oder wie glauben Sie, hätte er sonst seinen Hof erhalten können? Wir machten viele Geschäfte miteinander.«

»Wenn das alles so harmlos war, hätte er Sie nicht als möglichen Täter genannt.«

Der Metzgerfuchs druckste etwas herum und räumte dann ein, es gebe vielleicht einen Grund für Karl Hartl, besonders böse auf ihn zu sein. »Er wirft mir vor, ich hätte vor drei Jahren versucht, bei ihm am Hof einzubrechen. Da hat er sich in was verrannt, aber seitdem ist unsere Beziehung sichtlich abgekühlt. Zuvor waren wir dicke Freunde.« »Dann hätte eher er Grund gehabt, Ihnen etwas auszuwischen«, folgerte Maritzke. »Eben! Deshalb hat er mich ja verdächtigt. Er weiß, in welche Schwierigkeiten er mich damit bringt.«

»Versündigen Sie sich nicht, ihm angesichts seines nahen Todes so etwas zu unterstellen«, mahnte Maritzke, der ein sehr gläubiger Mann war. Dadurch ließ sich Paul nicht aus dem Konzept bringen: »Hundert andere in Steinbach hätten mir in dieser Lage auch die Polizei auf den Hals gehetzt. Es gibt hier nicht wenige, die mich weg haben wollen. Nach den Schüssen scheint die Gelegenheit günstig wie nie. Nur: Ich kann es nicht gewesen sein, wie unzweifelhaft feststeht. Und ich hoffe, Sie sind schlau genug, den wirklichen Täter zu finden.«

Das hofften auch Mars und Maritzke, die Paul zwei Stunden später, als er das Vernehmungsprotokoll unterschrieben hatte, verabschiedeten. Ihr Angebot, ihn mit dem Auto zurückzubringen, schlug er dankend aus. Was konnte schöner für Paul Waczek sein, als einen Kilometer durch den Ort zu stolzieren – als freier Mann, während der zweite Verdächtige weiter hinter Gittern saß! Und wirklich: Nicht wenige, die ihm begegneten, murmelten sich zu: »Da siehst du es. Dem kann keiner was nachweisen. Sogar die erfahrenen Kriminaler aus der Stadt mussten ihn wieder ziehen lassen.« So stieg ihr Respekt, aber auch ihre Angst vor diesem Haudegen schier ins Unermessliche.

7. November 1950, Steinbach

Noch nie in seinem Leben war Alfons Steininger so gedemütigt worden. Die ganze Nacht musste er in der stinkenden Arrestzelle verbringen, obwohl für die Ermittler kein Anlass mehr bestand, ihn länger festzuhalten. Wohl an die hundert Mal hatten sie sein Alibi abgeklopft, ihn wieder und wieder berichten lassen, wie der Sonntagabend bei ihm am Hof verlaufen war.

Besonders dieser Oberinspektor Johann Mars hatte ihn in die Mangel genommen. Steininger wurde zwar nicht geprügelt, aber er empfand es doch als Folter. Sie schrien ihn an, blendeten ihn mit der Lampe, gingen ihm mehrmals an den Kragen, nebelten ihn mit Zigarettenqualm ein und verweigerten ihm trotz der Bullenhitze im Verhörzimmer einen Schluck Wasser.

Selbstredend bekam er auch nichts zu essen in all den Stunden. Und nachts musste er sein Geschäft auf einem Topf verrichten. Keinen Schlaf fand er in dem Rattenloch, weil der Wachposten Anweisung hatte, alle halbe Stunde gegen die Gittertür zu trommeln. Am Morgen saßen ihm Mars und Maritzke noch einmal gegenüber, schlürften ihren Kaffee, vertilgten belegte Brote und stellten die gleichen Fragen. Das Alibi des Schafhalters erwies sich als fest. Über den angeblichen Streit mit Karl Hartl war nichts Näheres zu erfahren.

»Der Staatsanwalt macht uns Ärger, wenn wir ihn noch länger hier behalten«, flüsterte Maritzke schließlich seinem Kollegen ins Ohr. »Wir haben nichts gegen ihn in der Hand.« »Die stecken alle unter einer Decke«, ärgerte sich Mars und sah doch ein, dass er den Schafhalter ohne Beweise als unschuldig entlassen musste. So fuhr das ganze Sonderkommando mit Steininger zurück, um am Hof erneut alles zu durchwühlen. Mars kümmerte sich um die Nachbarn, sprach mit Mayer, Kampinger, Ober und Schenk. Ergebnis: Keiner von ihnen wusste Näheres über eine Feindschaft zwischen Steininger und Hartl. Auch die Beziehung zwischen Hartl und Waczek war ihnen weitgehend verborgen geblieben. Sie wussten nur, dass Waczek in den ersten Jahren nach dem Krieg oft in Öd aufgekreuzt war. Zuletzt hatten sich die Hartls sehr von allen Nachbarn zurückgezogen, wie Kampinger mitteilte.

Mars erfuhr auch, dass die Familie fast in panischer Angst vor Einbrechern gelebt hatte. Erst wenige Wochen zuvor hatte sich Kathi von einem Schmied Eisenriegel für ihren Schweinestall anfertigen lassen. »Da war was im Busch. Irgendwer bedrohte Hartl. Der Mann hat uns sicher nicht die ganze Wahrheit gesagt«, folgerte der Oberinspektor.

Weder im Busch noch im Stroh noch sonst wo auf dem Steininger-Hof war die Tatwaffe oder ein anderes Beweisstück. Die Kriminalbeamten räumten schließlich gegen Mittag resigniert die Stellung. Jetzt erst fand Alfons Steininger Gelegenheit, seine Frau tröstend in die Arme zu nehmen. »Was haben wir verbrochen, dass sie uns das antun mussten?«, klagte sie schluchzend.

Alfons wusste die Antwort und wagte nicht, sie auszusprechen: »Wir wollten ihm Böses und wurden dadurch schuldig.« Stattdessen sagte er: »Ich bin zu weit gegangen.« Marlies strich ihm über den Kopf und konnte ihre Tränen nicht länger zurückhalten. »Und ich hab dich dazu getrieben«, entgegnete sie. Ihre Kinder, die verdattert daneben standen, ahnten nicht, was sie damit meinte. »Jetzt sind wir schuld am Tod eines Menschen. Gebe Gott, dass wenigstens Karl durchkommt.«

Diese Hoffnung währte nicht lange. Um 13.15 Uhr starb Karl Hartl im Steinbacher Krankenhaus an seinen schweren Schussverletzungen. Schon in der Nacht hatte sich sein Zustand erheblich verschlechtert. Vormittags sprachen noch sein Nachbar Josef Ober und seine Schwester Mathilde mit ihm. Er konnte sich kaum artikulieren und verlangte nach den Sterbesakramenten.

Als Oberinspektor Mars davon hörte, sah er seine Felle langsam davonschwimmen. Auch die erhofften Hinweise aus der Bevölkerung blieben aus. Egal wen er fragte, er stieß auf eine Mauer des Schweigens. Nur ein Zeuge entsann sich, Paul am Sonntagnachmittag außer Haus gesehen zu haben. Bei näherem Nachbohren der Ermittler räumte er ein, keinen Eid darauf schwören zu können. Und was nutzte diese Information? Auf die Tatzeit kam es an. Grob geschätzt musste Paul zwischen 17.30 und 18 Uhr losgeradelt sein. Und gegen 19.30 Uhr hätte er zurückkommen müssen. Gut, er gab vor, um diese Zeit die Gaststube betreten zu haben. Einige der Gäste bestätigten das, obgleich sie meinten, Paul habe sich nicht vor 19.45 oder 20 Uhr blicken lassen. Das spielte in diesem Fall auch keine große Rolle mehr. Alle Fakten berücksichtigend war Paul in den Augen von Mars eher ein Opfer: Den Leuten im Dorf passte es ungemein in den Kram, würde ihn die Polizei endlich aus dem Verkehr ziehen. Früher hatten sie sicherlich von seinen Schwarzmarktgeschäften profitiert, doch jetzt ging's wirtschaftlich aufwärts. Jetzt war er ihnen eine Last.

Und Steininger? Schäfers Stündchen hatte noch nicht geschlagen. Mars wusste, er konnte ihn mit herkömmlichen Mitteln nicht knacken, aber Pfarrer Zumüller hatte ihm unmissverständlich angedeutet, dass diese Spur eine besonders heiße war. Der Chefermittler verfluchte das Beichtgeheimnis und spielte kurz mit dem Gedanken, den Geistlichen gewaltsam zum Sprechen zu bringen.

Und die Hartl-Kinder? Was geschah nun mit ihnen, nachdem sie beide Eltern verloren hatten? Mathilde Bauer, selbst kinderlos, versprach am Totenbett ihres Bruders, sie werde Seppi, Maria und Resi vorerst bei sich in Straubing aufnehmen und dafür sorgen, dass sie alle eine vernünftige Schulbildung bekommen. Die Ersparnisse der zerstörten Familie sollten für die Bestattung aufgebraucht werden. Das Anwesen »Öd am Wald« ging von Rechts wegen in den Besitz der Kinder über. Bis zu ihrer Volljährigkeit aber stand es unter der Verwaltung der Pflegeeltern. Man gedachte, es nach Abschluss der polizeilichen Untersuchungen zu verpachten. Um die Tiere und Felder kümmerten sich bereits die Nachbarn.

Der vorläufige Obduktionsbericht sagte aus, dass Karl von zwei Kugeln getroffen worden war. Eine war von hinten unter der linken Schulter in die Lunge eingedrungen und dort steckengeblieben. Ein weiteres Geschoss hatte sich in der Wirbelsäule verfangen und dort irreparable Schäden angerichtet. Kathi war in den linken Oberarm getroffen worden. Die Kugel war weiter durch die linke Bauchseiteund von dort schräg nach unten in das Becken gedrungen. In beiden Fällen wsr der Tod durch inneres Verbluten eingetreten.

Mit allen Wassern

November 1998, Öd am Wald

Der Hund ist nicht angebunden. Er stürmt auf ihn zu, als wolle er ihn nach Raubtiermanier zerfleischen. Doch letztlich erschöpft sich seine Attacke in lautem, ausdauerndem Bellen, während er dem alten Mann den Weg versperrt. Dieser hat keine Angst. Er kam immer gut mit Hunden aus. Vierbeiner waren seine wahren Freunde, sie verstanden ihn und ließen ihn nie im Stich. Im Heim ist es ihm untersagt, ein Haustier zu halten.

Nein, der alte Mann hat keine Angst. Und wenn diese Bestie, eine Mischung aus Bernhardiner und Dogge, tatsächlich zum Angriff übergehen sollte, bleibt immer noch sein Taschenmesser. Ein schneller Schnitt an der richtigen Stelle und die Hofbewohner müssen sich nach einem neuen Wächter umsehen.

Dass sie ihn nicht angebunden haben, zeigt: Hierher kommen keine Fremdlinge, denen er ins Hosenbein beißen könnte. »Wie damals, als Karl noch seinen Köter hatte. Der lief auch immer frei herum und hinderte die Nachbarskinder an einem Besuch«, fällt dem alten Mann ein, während der Mischling weiter vor ihm herumspringt und kläfft. »Nachdem das Tier eingegangen war, hätte er sich gleich Ersatz besorgen müssen. Dann wär das vielleicht nicht passiert. Aber der Geizkragen vertraute lieber auf neue Schlösser.«

Derart in seine Gedanken versunken, bemerkt er kaum die sich öffnende Haustür. Eine etwa 30-jährige, attraktive Frau erscheint im Eingang. Sie trägt eine Schürze, aber kein Kopftuch. Der Besucher vermutet, dass sie gerade das Abendbrot zubereitet. »Bonzo, pfui, da komm her!«, herrscht sie den Hund an. Jetzt hört man, dass drinnen das Radio spielt. »Diese Einöden haben doch auch ihren Vorteil. Kein Nachbar beschwert sich über den Lärm. Selbst ein Schuss verhallt in der Weite der Felder«, denkt sich der alte Mann.

»Wer sind Sie, was wollen Sie?«, fragt die junge Frau misstrauisch.

»Kann ich Ihnen das drinnen erklären? Mich friert.«

»Die Masche kenn ich. Sind Sie ein Vertreter?«, zischt sie und will wieder ihren Hund in Aktion bringen.

Der Mann lüftet seinen Hut, bringt einen Schopf mausgrauer Haare zum Vorschein. Dann breitet er die Arme wie ein Gekreuzigter aus, wobei seine Umhängetasche nach vorne rutscht. »Ich hab nichts dabei außer den nötigsten Reiseutensilien. Früher hab ich Sachen verkauft, aber jetzt bin ich Rentner.«

Das scheint die Frau zu beruhigen. »Gut. Was wollen Sie hier so unangemeldet?« Blitzschnell strickt sich der Besucher eine glaubhafte Geschichte zusammen und erzählt, er sei Mitglied der Reisegruppe eines auswärtigen Altenheims. Während die anderen Senioren ein paar Sehenswürdigkeiten besichtigen, habe er sich abgesetzt, um seine alte Heimat zu erkunden. »Ich bin hier in der Nähe aufgewachsen. Es ist schön, zu sehen, wie sich alles verändert hat. Leider vergaß ich darüber die Zeit und verpasste den Linienbus, der mich wieder zu meiner Gruppe bringen sollte.«

»Sagen Sie doch gleich, dass Sie telefonieren wollen. Kommen Sie mit!« Die Frau sieht nun ein, dass von diesem schätzungsweise 80-jährigen, scheinbar leicht verwirrten Kauz keine Gefahr ausgeht. Er tritt mit leichtem Lampenfieber über die Schwelle.

Ein etwa siebenjähriges Kind erscheint in der Diele, ein Mädchen, in einer Hand einen Buntstift, in der anderen ein Malbuch. Es mustert den Besucher, als sei er der Weihnachtsmann. Dieser weiß, dass er ihr mit seinem schweren, dunklen Mantel Angst einflößt. »Tanja, geh wieder in dein Zimmer! Der Mann will nur telefonieren.« Artig folgt das Kind.

Der Mann hat Gelegenheit, durch drei offene Türen zu spähen: Eine moderne, großzügige Küche, ein Wohnzimmer mit hellen Holzmöbeln und einem überdimensionalen Fernseher, ein glänzendes, wohlduftendes Bad. Nichts, was noch bäuerlichen Anstrich hätte. Auch kein Kruzifix an den Wänden, keine heimatlichen Bilder, sondern Farben-Klecks-Kombinationen eines abstrakten Künstlers. Alles hat irgendwie Stil und wirkt sehr ausgewogen. Natürlich besitzt das Telefon keine Wählscheibe mehr. Es steht auf einem Kästchen neben der Garderobe. Daneben ein örtliches Telefonbuch, welches die Frau nun aufschlägt. Ein Auge hält sie stets auf den Besucher gerichtet.

»Ihr hier draußen traut keinem über den Weg. So wird das immer sein«, sagt er in Gedanken.

»Ich suche Ihnen die Nummer eines Taxiunternehmens.«

»Nein danke.« Er zieht einen Zettel aus seiner Manteltasche. »Ich habe hier die Handynummer unseres Reiseleiters. Werde ihm sagen, er soll nicht länger auf mich warten.« »Ja, müssen Sie denn nicht…?«, wundert sich die Frau. Er schafft vollendete Tatsachen: »Nein. Ich habe schon vor der Abfahrt gesagt, dass ich vielleicht länger bleibe. Es gibt da eine Reihe von Leuten, die ich besuchen möchte, wenn …« Er zögert kurz. »… sie noch leben und ich ihre Adressen herausfinde.«

Während die blonde 30-Jährige einen Schritt zurücktritt, hält der Besucher den Zettel dicht vor seine Augen. Es ist ein Kassenbon des Altenheim-Kiosks und verschwindet schnell wieder in der Tasche.

Angerufen wird beim Zimmernachbarn im Heim, welcher vorige Woche gestorben ist. Der Rentner hofft, das Tuten übersprechen zu können, doch die automatische Rufumleitung verbindet ihn mit der Rezeption des Heimes.
»Haben Sie was am Herd?«, fragt er die Hausherrin. Volltreffer. Sie nickt aufgeregt und macht sich davon, was ihm Gelegenheit gibt, kurz den Hörer aufzulegen, um die Verbindung anzubrechen. Dann drückt er ihn dicht an sein Ohr, dämpft damit den Dauerton und spricht überlaut: »Hallo, Herr Biedermann. Entschuldigung, dass ich mich jetzt erst melde, aber hier draußen gibt es nirgends eine öffentliche Fernsprechzelle. Ich hab's mir überlegt. Ich nehme ein Zimmer und bleibe noch einen oder zwei Tage, komme dann wie besprochen mit dem Zug zurück. Vielen Dank für Ihr Verständnis und noch eine schöne Reise.«
Der Topf mit dem Gemüse steht zwar schon auf der Platte, aber der Herd ist nicht eingeschaltet. Schlagartig erinnert sich die Frau an eine Fernsehsendung, in der gezeigt wird, wie sich Betrüger Zugang zu Wohnungen verschaffen und mit einfachen Tricks für ein paar unbeobachtete Momente sorgen. Eine der Schubladen des Kästchens, auf dem das Telefon steht, enthält Wertgegenstände. Es ist noch geschlossen, als sie zurückkommt. Oder ist es wieder geschlossen? Die letzten Worte des Gesprächs hört sie noch mit, nimmt dann ihr Telefonbuch, öffnet besagte Schublade, legt es hinein und stellt auf diese Weise fest, dass anscheinend nichts fehlt.
»Wollen Sie eine Pension anrufen, um ein Zimmer zu reservieren?« Aber der alte Mann winkt ab. »Das wird nicht nötig sein. Hier ist sicher immer was frei.« »Hier?« »In dieser Gegend.« Wieder erscheint das kleine Mädchen, um den seltsamen Besucher genauer in Augenschein zu nehmen. »Wer ist denn das, Mami?« »Ich hab hier mal gewohnt, als ich so klein wie du war«, erzählt er ihr mit großväterlicher Stimme und lächelt dabei milde. »Du bist wohl die Jungbäuerin am Hof?«
»So kann man das nicht nennen«, schaltet sich die Mutter ein. »Die Felder sind verpachtet. Wir haben noch ein paar Tiere und einen großen Obstgarten. Mein Mann arbeitet in der Stadt.« Der Alte nickt und lässt sich von Tanja das Malbuch zeigen. »Du bist ja eine richtige Künstlerin.« »Ich geh schon in die zweite Klasse«, bemerkt sie stolz. Der Besucher ging in die Knie, bevor er mit ihr sprach. Nun hat er Mühe, wieder hochzukommen. Demonstrativ greift er sich an den Rücken und ächzt.
»Fehlt Ihnen was?«, fragt die Frau besorgt. »Nein, es geht schon wieder. Man ist halt nicht mehr der Jüngste. Ich war lange unterwegs heute, länger, als es mir mein Arzt erlaubt hat. Aber beim Umherwandern verging die Zeit wie im Flug.« Mit einem Taschentuch wischt er sich den nicht vorhandenen Schweiß von der Stirn, atmet plötzlich schwer und muss sich an einer Kom-

mode abstützen, was die Frau arg beunruhigt, denn von Erster Hilfe hat sie keine Ahnung.

»Kommen Sie, setzen Sie sich ins Wohnzimmer, bevor Sie mir noch umkippen! Soll ich einen Arzt rufen?« Gestützt von ihr lässt sich der alte Mann zur Couch führen. Ein teures Möbelstück, vielleicht das teuerste im ganzen Haus. Und so bequem. »Lassen Sie nur! Das ist der Kreislauf. Ich hätte mehr trinken sollen unterwegs«, bemerkt er und zieht seinen Mantel aus. Die Frau trägt das Kleidungsstück zur Garderobe, erscheint wieder mit einer Flasche Mineralwasser und einem Glas. Sie schenkt ihm ein, er lächelt dankbar.

»Hoffentlich mache ich Ihnen nicht zu viele Umstände.«

»Nein, ich muss mich jetzt aber um das Essen kümmern. Mein Mann kommt gleich von der Arbeit. Tanja, sei so lieb, unterhalte dich ein wenig mit unserem Gast.« Er versteht ihr anhaltendes Misstrauen. In ihrer Situation hätte er nicht anders gehandelt. Außerdem weiß er selbst nicht, weshalb er dieses Anwesen aufgesucht hat. Nichts aus der Zeit von damals scheint hier überdauert zu haben. Nur der Ort selbst drückt bedeutungsschwer auf seine Seele.

Tanja erinnert ihn an Resi Hartl, die ein ähnlich aufgewecktes Kind war. Einmal – Resi war mit ihrer Mutter zum Wochenmarkt nach Steinbach gekommen – sang sie bei seinem Anblick spontan »Fuchs, du hast die Gans gestohlen«. Die umstehenden Leute wussten nicht, ob sie lachen oder sich verlegen in die Lippen beißen sollten, und Kathi stand wie versteinert da. Aber er reagierte richtig, indem er Beifall klatschte. Er schenkte Resi ein Bonbon.

Für Tanja hat er leider keine Leckereien dabei. Stattdessen winkt er sie zu sich und greift ein Fünfmarkstück aus seiner Brieftasche. »Du hast sicher ein Sparschwein, das gefüttert werden muss?« »Na klar. Danke!«

»Du sollst doch nichts von Fremden nehmen«, rügt ihre Mutter, die eben einen Moment Zeit findet, um nach dem Rechten zu sehen. »Das geht schon in Ordnung. Fürs Telefonieren und die Zeit, die ich Ihnen stehle«, erklärt er, wieder sichtlich erholt nach seinem kleinen Schwächeanfall. »Außerdem: Was soll ich noch mit all meinem Geld? Lieber mache ich Kindern damit eine Freude.«

»Haben Sie selbst Kinder?«, fragt die Frau, während sie sich gegen den Türrahmen lehnt und den Gast interessiert mustert.

»Nein. Kinder waren mir leider nicht vergönnt. Ich hab erst spät geheiratet.«

»Ihre Frau. Ist sie …?«

»Sie ist vor wenigen Jahren gestorben.«

»Das tut mir leid.«

»Muss Ihnen nicht leidtun. Sie war schwer krank. Der Tod kam wie eine Erlösung für sie … und mich.«

»Sie sagten, Sie sind hier in der Nähe aufgewachsen?«

»Stimmt nicht ganz. Ich stamme eigentlich aus Köln, bin als kleiner Bub nach Steinbach gekommen und war sehr oft hier in Öd – beruflich.« Er spürt das wachsende Interesse der Frau, und jetzt scheint in der Küche wirklich etwas überzukochen. Während sie den Schaden behebt, meldet sich Tanja zu Wort: »Wie heißt du denn?« »Ich bin der Paul.« »Und ich bin die Tanja.« Er reicht ihr die Hand, welche sie ohne Zögern greift. »Grüß dich, Tanja.« Mit einem kurzen Kichern nimmt sie neben ihm Platz, blickt zu ihm hoch und bestaunt seine tiefen Falten. »Du bist noch viel älter als mein Opa.« »Wie heißt denn dein Opa?« »Max. Aber alle nennen ihn nur Opa. Er wohnt mit Oma in München und kommt nicht oft hierher.« »Deine Mami und dein Pappi, stammen die auch aus München?« »Ja, aber ich bin hier geboren. Als Mami und Papi geheiratet haben, sind sie hierher gezogen. Sie wollten raus aus der großen Stadt und endlich ein eigenes Haus haben«, erzählt das Kind bereitwillig.

»Haben sie es gekauft oder zahlt ihr Miete?« »Nein, es gehört uns. Opa hat viel Geld dazu gegeben.« »Und wem hat das Haus vorher gehört?« Ehe Tanja antworten kann, endet die Befragung jäh. Ihre Mutter ist zurückgekehrt und hat einige Zeit hinter der Tür gelauscht.

»Was interessiert Sie das?«, schnauzt sie ihn an. Paul beschließt, langsam die Katze aus dem Sack zu lassen – selbst auf die Gefahr hin, wieder an die frische Luft gesetzt zu werden: »Weil dieser Ort eine besondere Bedeutung hat. Denken Sie an das Marterl oben an der Straße.«

»Ja, und weiter?«, erwidert sie ungeduldig.

»Das Marterl berichtet von einem furchtbaren Meuchelmord, der hier vor 48 Jahren geschehen ist. Damals war ich ein junger Mann, der den Trubel der Ermittlungen hautnah mitbekommen hat.«

»Dann wissen Sie mehr als ich. Der alte Hof ist längst abgebrochen, den neuen haben wir nach der Übernahme vor acht Jahren vollständig renoviert. Selbst unsere Vorgänger hatten nichts mehr mit den Bewohnern von damals zu tun. Sie kauften das Anwesen, und als sie zu alt waren, um es weiter zu bewirtschaften, kauften wir es. Ist es das, was Sie wissen wollten? Geht es Ihnen besser? Können wir ein Taxi rufen?«

Der alte Mann erkennt mit Erschrecken, dass die unsägliche Geschichte auch heute noch – fast zwei Generationen später – Bauchschmerzen bereitet. Sogar bei Leuten, die aus der Fremde hierher gezogen sind. »Warum sind Sie plötzlich so grob zu mir?«, will er von der Frau wissen. Sie wirft sich das Geschirrtuch über die Schulter und blickt auf ihre Armbanduhr – inständig hoffend, der Gatte möge endlich kommen und ihr Beistand leisten.

»Wenn Sie wüssten, was wir uns alles anhören mussten, seit wir hier eingezogen sind: Ein verfluchter Ort sei das, Blutboden, auf ewig verdammt seine Bewohner. Geister der Ermordeten würden draußen herumspuken. Die einen meinen das ernst, die anderen machen sich einen Jux daraus. Neulich schnüffelte wieder ein Reporter hier herum und hat die ganze Geschichte aufgerührt. Warum kann man die Sache nicht ein für allemal begraben und uns in Ruhe lassen?«

Der Besucher lässt sich Zeit mit der Antwort, weil er die Erregung der Frau spürt. Selbst Tanja hat sich längst in eine entfernte Ecke des Zimmers zurückgezogen. »Ich sage Ihnen, warum dieses Verbrechen immer noch wie ein Albtraum auf der umliegenden Bevölkerung lastet: Die Geschichte ist nicht abgeschlossen.«

»Unsinn! Man hat den Fall geklärt«, kontert die Frau. Er entgegnet, sie wisse ja ausgesprochen gut darüber Bescheid. »Wohl oder übel musste ich mich mit der Sache beschäftigen. Wir haben sämtliche Zeitungen, die darüber berichteten, gesammelt. Besser gesagt – unsere Vorgänger taten das. Ich kann Ihnen gerne was zum Lesen geben, bis … bis Ihr Taxi kommt.«

»Wollen Sie mich rausschmeißen?« Statt eine Antwort zu geben, tritt die Frau wieder den Weg in die Küche an.

»Komm, wir spielen Karten. Ich zeig dir ein paar Tricks.« Damit lockt der alte Mann das Kind zu sich aufs Sofa. Die Idee kam ihm spontan, als er das Päckchen Schafkopf-Karten auf der Ablage für Zeitschriften entdeckte. Mit Freude stellt er fest, dass er noch nichts verlernt hat. Jetzt, im greisen Alter, gibt er die Geheimnisse, mit denen er sich viel Gewinn ergaunert hatte, erstmals preis. Und Tanja erweist sich als äußerst gelehrig. Ein, zwei Versuche, schon kann sie es fast so gut wie er. »Das ist toll, Paul. Zeig mir mehr davon!«, schwärmt sie, dicht davor, ihn »Onkel« zu nennen.

»Ich weiß nicht, ob deine Mutter das gutheißen würde.«

Die ist, nachdem sie in der Küche alle Herdplatten abgestellt hat, unbemerkt in den Keller gegangen, um dort aus einem Regal eine verstaubte Einkaufstüte hervorzuziehen. In ihr verbergen sich ein Stapel vergilbter Zeitungen und fünf Illustrierte mit Museumswert. Zielsicher greift sie eine Ausgabe des »Stern« von 1958 heraus und blättert darin. Als sie den Artikel gefunden hat, stockt ihr fast der Atem. »Das gibt's doch nicht!«, flüstert sie und hält die aufgeschlagene Seite dicht unter das Licht der kalten Kellerleuchte. Punkt für Punkt des grob gerasterten Bildes scheint sie mit ihren Augen aufzusaugen, zweifelnd, ob sie nicht Opfer ihrer überspannten Fantasie ist.

»Ich geh da nicht wieder hoch! Nein, ich geh da nicht wieder hoch!« Aber der Gedanke an Tanja, die ahnungslos mit diesem unheimlichen Fremden spielt, raubt ihr fast den Verstand. »Ich kann sie doch nicht mit ihm allein lassen.« Dann endlich, wie eine Erlösung, das Klappern der Haustürschlüssel. »Rainer! Gott sei dank bist du da!«

Gerade rechtzeitig kann sie ihren Mann in der Diele abpassen, bevor dieser allein mit dem Gast konfrontiert wird. »Hallo Schatz.« Küsschen, ihre obligatorische Frage, wie's im Betrieb ging, seine obligatorische Frage, was es zu essen gebe. Sofort deutet sie zur Wohnzimmertür, die nur angelehnt ist. »Hab so viel gekocht, dass es für vier Leute reicht. Da ist ein alter Mann, der den Bus verpasst hat. Er besucht hier seine Heimat.« Rainer, Mitte 30 und kräftig von Statur, ist Metallarbeiter in einer größeren Firma der Kreisstadt. Mittags ernährt er sich von zwei Leberkäs-Semmeln, abends tischt ihm seine Rita kräftig auf. Anders als sie liebt er die Geselligkeit und begrüßt deshalb den Besucher mit großem Hallo. Die panische Angst in den Augen seiner Frau ist ihm entgangen.

Auch Tanja bekommt ein Küsschen. »Papi, ich zeig dir gleich, was mir Paul für Kartenspielertricks beigebracht hat«, juchzt sie.

»Schön, dass Sie sich schon so gut mit ihr angefreundet haben«, freut sich der Vater. »Ich bin gleich wieder da.« Geduscht und umgezogen hat er sich schon im Betrieb, doch möchte er sich nun in angenehmen Freizeitklamotten präsentieren.

Rita folgt ihm ins Schlafzimmer. »Der Kerl nennt sich Paul«, ächzt sie und sinkt dann bibbernd in seine Arme. Rainer ist perplex. »Was hast du? Was ist mit dem Mann?« »Mach, dass er wieder geht, bitte!« »Na hör mal, er ist doch recht nett und ...« Doch sie starrt ihn mit weit geöffneten Augen an und flüstert: »Er hat zwei Menschen umgebracht.«

9. Januar 1920, Köln

Die Wehen setzten ein, als Elfriede Kotter die Treppe in den vierten Stock des Mietshauses bestieg. So heftig war der Schmerz, dass sie fast gestürzt wäre. Mit Mühe klammerte sie sich an das wackelige Holzgeländer und atmete tief durch. »Ich sterbe«, war ihr erster Gedanke, bevor sie begriff, welch freudiges Ereignis diese Höllenqualen ankündigten. Aber würde sie es schaffen, sich in die Wohnung zu retten? Und was dann? Kein Gatte, der ihr nun beistehen konnte. Ihre treu sorgende Schwester, bei der sie Unterkunft gefunden hatte, erledigte gerade den Einkauf und hatte die eigenen beiden Kinder mitgenommen.

Die Frauen verband dasselbe Schicksal: Ihre Männer hatten sie verlassen. Einer auf dem Schlachtfeld in Frankreich, der andere – Angetrauter der werdenden Mutter – schwängerte sie in der Hochzeitsnacht und verschwand am nächsten Morgen. Er hatte vorgegeben, sich eine Arbeit zu suchen.

Elfriede Kotter war ihm in ihrer alten Heimat, dem Sudetenland, begegnet. 22 Jahre alt und noch ohne Erfahrungen mit Männern musste sie die Hänseleien ihrer Freundinnen und Arbeitskolleginnen über sich ergehen lassen, sie würde bestimmt als alte Jungfer enden. Da nahm sie ihn also, den Ersten, der ihr schöne Augen machte. Er hieß Pawel Waczek und in seinen Adern floss slawisches Blut. Ihr machte es nichts aus, sich mit diesem »Ausländer« einzulassen, zumal er ihr ewige Treue schwor und sie mit seinen Zärtlichkeiten in einen bislang unbekannten Rausch der Sinne versetzte.

Blind vor Liebe schlug sie alle Warnungen in den Wind. Pawel galt als Bruder Leichtfuß, für den ehrliche Arbeit einer Bestrafung gleich kam, der in fremden Gärten wilderte und beim Kartenspielen betrog. Trotzdem wurde er Elfriedes Märchenprinz und brachte sie sogar dazu, sich ihm zuliebe mit ihrer Familie zu überwerfen. Unter Ausschluss der Öffentlichkeit wurde heimlich in Pawels Geburtsort geheiratet. Die Hochzeitsfeier bestand aus einem üppigen Abendessen mit zwielichtigen Freunden des Tschechen. Einer von ihnen richtete dem jungen Paar in seinem Haus ein Zimmer ein. Das durften sie solange benutzen, bis Pawel genug verdiente, um in ein eigenes Nest ziehen zu können.

Stattdessen erwies sich der Schuft als Nestflüchter. Vielleicht wurde er sich plötzlich der ungeheuren Verantwortung bewusst, die er sich mit Elfriede aufgebürdet hatte, obwohl sie ihm mehrmals angeboten hatte, in ihrem Beruf als Näherin weiterzuarbeiten.

Wie dem auch sei, er war weg, und ihr Herbergswirt versuchte plötzlich, seine Rolle als Ehemann zu übernehmen. Standhaft widersetzte sich die Frau den Zudringlichkeiten – mit dem Resultat, dass er sie vor die Tür setzte. Was blieb ihr anderes übrig, als in Schande zur Familie zurückzukehren? Das ganze Dorf behandelte sie nun wie eine Aussätzige, und als bekannt wurde, dass sie ein Kind erwartete, ekelte man sie mit wüsten Beschimpfungen aus dem Ort.

Einzig bei ihrer älteren Schwester in Köln konnte Elfriede noch Schutz finden. Sie teilten das wenige, was ihnen zum Leben blieb, und hielten sich mit Gelegenheitsjobs über Wasser. Zuletzt rackerte sich die Hochschwangere in ihrer Mietsbaracke als Putzfrau ab. Nachdem sie nun den Eingangsbereich nass herausgewischt hatte, ereilte sie der Schmerz, den sie so heftig nicht erwartet hatte. Was auf sie zukommen würde, hatte ihr die Schwester eindringlich beschrieben.

Das erbärmliche Stöhnen während der Mittagsruhe trieb manchen Nachbarn erbost vor die Tür. Alle verschwanden schnell, als sie erkannten, in welchen Umständen sich die Frau befand. »Ein Arzt, ein Arzt! Bitte holen Sie einen Arzt!« Dieser Ruf blieb unerhört, doch irgendjemand verständigte schließlich eine Hebamme. Als die Schwester vom Einkaufen kam, schlief schon ein winziges Bübchen in den Armen der Mutter. »Ich werde ihn Paul nennen«, sagte sie, »in Erinnerung an meinen Pawel.« Darin offenbarte sich ihre Hoffnung, der treulose Gatte könne doch eines Tages reumütig vor ihre Tür treten. Juristisch bestand die Ehe ja noch, weshalb Paul mit dem Nachnamen Waczek ins Geburtsregister eingetragen wurde.

Sie aber bewarb sich als »Elfriede Kotter« um eine Stelle als Näherin, und das bereits zwei Tage nach ihrer Niederkunft. Doch in der Stadt hatte niemand Verwendung für eine alleinerziehende Mutter. Hinzu kam, dass die Wirtschaft der jungen Weimarer Republik noch am Boden lag, weshalb Pauls Mutter beschloss, sich erneut zu verändern. Als Kind einer Landwirtsfamilie kehrte sie wieder zu ihren Wurzeln, nicht aber in ihre Heimat zurück.

Der Vermittlung eines Bekannten ihrer Schwester verdankte sie es, dass sie in der Nähe von Steinbach bei einem Bauern als Magd angestellt wurde und ihr Kind dabei quasi »in Zahlung« geben konnte. Den kargen Verdienst verschlangen Unterkunft und Verpflegung, doch Elfriede war zufrieden mit ihrem neuen Leben. Sie konnte tüchtig arbeiten und vergeudete keinen Gedanken an Reichtum und Glück. Der geregelte Tagesablauf auf einem niederbayerischen Hof, die schlichte Art der Einheimischen, deren Gebräuche und Gepflogenheiten, das alles wurde ihr bald zur Gewohnheit.

Nur manchmal, wenn sie nachts einsam in ihrem Bett lag und das Stöhnen aus dem Schlafzimmer unter sich hörte, trieb ihr die Sehnsucht nach einem Mann manche Träne aus den Augen. Gut, sie war noch jung und überaus attraktiv, und es hatte schon viele Bauern gegeben, die unter ihrem Stand heirateten, aber Elfriede sprach einen fremden Dialekt und fand selten Gelegenheit, ins Dorf zu gehen und dort mit anderen Leuten in Kontakt zu treten.

Unehrliche Absichten verfolgte der Knecht des Nachbarn, der ihr unentwegt nachstellte und sie mit obszönen Äußerungen belästigte. Er suchte ein Abenteuer und lief Gefahr, da sie ihn beharrlich abwies, bei seinen Saufkumpanen eine Wette zu verlieren. Im Sommer 1924 bezahlte sie dafür die Quittung: Allein bei der Stallarbeit – der Rest der Bewohner war auf dem Feld – tauchte plötzlich der Knecht auf, zerrte sie ins Stroh und besorgte es ihr mit solcher Brutalität, dass sie eine Woche lang zu keiner Arbeit fähig war. Von einer Anzeige sah sie ab, wissend, in welche Gefahr sie sich damit gebracht hätte.

Neun Monate später bekam Paul ein Brüderchen namens Rudi. Als die Mutter vom Vergewaltiger forderte, er solle für das Kind zahlen, folgte dieser dem Beispiel Pawels und suchte das Weite. Neues Unglück zog herauf, als der Bauer seiner Magd sagte, er könne sie nicht länger beschäftigen. Sie und zwei Kinder durchzufüttern, das übersteige seine wirtschaftlichen Möglichkeiten. Immerhin gab er ihr noch eine Frist von wenigen Wochen, in der sie sich nach einem anderen Arbeitgeber umschauen sollte. Vergeblich, wie sich herausstellte.

Unterdessen half die Bäuerin, die mit der Magd ein sehr herzliches Verhältnis pflegte, dem Glück auf die Sprünge, indem sie sich als Kupplerin verdingte. Ihr Bruder Hubert Maller aus Dachsberg hatte früh seine Frau verloren. Sie war an einer Lungenentzündung gestorben. Nun schien es, als würde er bis an sein Lebensende Witwer bleiben, denn mit seinen 40 Jahren lachte er sich kein lediges Mädchen mehr an. Und dann waren da auch noch seine Kinder als Hypothek: der achtjährige Martin und die sechsjährige Berta. Die Bäuerin fand, dass er und Elfriede wie geschaffen füreinander waren. Beim Kirchweihtanz brachte sie beide zusammen. Keine drei Wochen später wurde geheiratet.

Elfriede und Hubert wussten von Anfang an, dass es sich um ein Zweckbündnis handelte. Nur weil beide den Schein wahren wollten, schliefen sie im selben Bett. Echte Liebe oder gar Leidenschaft keimte anfangs nicht auf, doch die Sorge um ihre vier Kinder schweißte sie als Familie zusammen. Im Herbst 1926 nahm Paul mit der Schultüte in der ersten Reihe seines Klassenzimmers Platz. Von dort wurde er bald in die hinterste verbannt, ja, er verbrachte viele Stunden stehend in der Ecke und bekam Blutergüsse von den Stockschlägen des Lehrers. Schuld daran war nicht Paul allein, denn seine Mitschüler neckten ihn pausenlos, nannten ihn einen »Saupreuß« oder »Bua einer Hur«.

Paul revanchierte sich auf seine Weise, indem er sich mit allen prügelte, die ihm frech kamen. So hatte er sich auch bei seinem zwei Jahre älteren Stiefbruder Martin Respekt verschafft. Das Stehen in der Ecke empfand er nicht als Strafe und jeden Stockhieb ertrug er mit einem Grinsen, bis ihn der Lehrer einmal so zurichtete, dass der Stiefvater einschritt. Er drohte dem »Pädagogen« selbst Schläge an, wenn er den Buben weiter misshandle.

Kurzum, Paul sah sich bestätigt und setzte schon in diesen jungen Jahren seinen Dickschädel durch. Er konnte auch liebenswert sein und pflegte ein inniges Verhältnis zu seiner Mutter, während er den alten Maller nicht als Vater akzeptieren wollte. Für ihn war Maller nichts anderes als der Arbeitgeber seiner Mutter. Dieser versuchte immer wieder, Pauls Vertrauen zu gewinnen, indem er ihn überall hin mitnahm und für die Arbeit am Hof begeistern wollte. Paul konnte sich auch nicht über allzu große Strenge beklagen. Nur nach besonders schlimmen Vergehen rutschte »Vater« die Hand aus. Wenn dies in Gegenwart der Geschwister geschah, empfand es Paul als schlimme Demütigung, für die er sich mit dreisten Streichen revanchierte.

Bald gab es für ihn nur noch zwei Kategorien von Mitmenschen: Freunde, die bedingungslos zu ihm hielten, und Feinde, die mit allen Mitteln bekämpft werden mussten. Er sah auch ein, dass mit purer Gewalt wenig erreicht wurde, und verlegte sich zusehends auf listenreiche Intrigen, was ihm den Spitznamen »Fuchs« einbrachte.

Unterdessen erblickte im Jahre 1927 seine Schwester Sonja das Licht der Welt. Das Glück der nun fünfköpfigen Familie endete jäh, als 1930 auch Elfriede an einer Lungenentzündung erkrankte und starb. Für den Buben brach mit dem Tod der Mutter eine Welt zusammen. Die Einzige, die ihm Halt in dieser rauen Welt gegeben hatte, die nie aufgab, ihm wahre Werte zu vermitteln, und immer in ihrer ruhigen, vernünftigen Art Konflikte schlichtete, sie trat einfach ab und überließ ihn seinem Schicksal.

Paul, erst zehn Jahre alt, verdaute den Verlust, indem er sich selbst als »erwachsen« einstufte. Folgerichtig übernahm er auch die Verhaltensweisen der Älteren – und weil er sich nicht an den Schwachen oder Verlierern orientieren wollte, hielt er sich an die Gerissenen und Verschlagenen. Aus jedem Fehler zog er seine Lehren und schulte so sein kriminelles Potenzial.

Mit der schulischen Bildung sah es schlechter aus. Nur mittelmäßige bis miese Noten brachte er nach Hause und musste sogar eine Klasse wiederholen. Im Sommer 1935 konnte er endlich das Abgangszeugnis der Volksschule Steinbach in Empfang nehmen. Sein Stiefvater hatte ihm eine Lehrstelle zum Landwirt vermittelt, und Paul schien darüber sogar sehr glücklich zu sein. Aber bald war er es leid, von seinem Ausbilder als stupider Laufbursche missbraucht zu werden. Er konnte hart arbeiten und wollte etwas lernen.

Mit seiner Unfähigkeit, sich unterzuordnen, verdarb er sich eine Karriere bei der Hitlerjugend, obgleich er hier nur stummen Protest übte. Er wusste: Gegen den langen Arm der Partei hatte er keine Chance. Also überzeugte er die Kameraden von seiner Nutzlosigkeit und durfte die braune Uniform bald ablegen. Ebenso gelang ihm die Aufhebung des Lehrvertrages. Stattdessen verdingte er sich als Knecht bei verschiedenen Bauern, die ihn nie lange behielten, weil er sie sonst ruiniert hätte. Paul zeigte plötzlich eine fast krankhafte Neigung zu Diebstählen. Er nannte es »mitgehen lassen«. Seitdem er Bücher über Marx und Engels gelesen hatte – das tat er selbstverständlich heimlich – hatte er einen anderen Begriff von Eigentum. »Alles gehört allen«, sagten die Kommunisten. »Jeder nimmt, was er kriegen kann«, deutete Paul dieses Prinzip um.

Als er von seinem Stiefvater wiederholt beim Klauen erwischt wurde, waren seine Tage auf dem Maller-Hof in Dachsberg gezählt. »Du bist jetzt alt genug, um auf eigenen Beinen zu stehen«, wurde ihm gesagt. Fürs Erste nahm ihm der Staat die Verantwortung ab: Paul musste zum Reichsarbeitsdienst und ein Jahr lang für den Fortschritt des Vaterlandes buckeln. Dass ihm die Nazis nicht noch mehr Ärger bereiteten, verwundert eingedenk des Nachnamens in seinem Pass: Er hieß offiziell Paul Waczek. Bei ihrer zweiten Heirat hatte seine Mutter zwar die erste Ehe für geschieden erklären lassen, aber Pauls eheliche Geburt blieb ein unverrückbarer Tatbestand. Genau genommen war Paul sogar tschechoslowakischer Staatsbürger. Trotzdem leistete er seinen Dienst ab, wenn auch auf die ihm eigene Weise. Der Straßenbau-Trupp in der Nähe von Regensburg wurde mit ihm jedenfalls nicht glücklich. Diverse Diebstähle und verbale Attacken gegen Vorgesetzte bescherten Paul einige ruhige Wochen in der Arrestzelle.

Es wäre müßig, sein weiteres Vorstrafenregister, das sich in den folgenden Jahren ansammelte, in allen Einzelheiten aufzuzählen. Ohne seine Bauernschläue wäre er sicher längst im Konzentrationslager gelandet. So blieb es im schlimmsten Fall bei kurzen Gefängnisstrafen.

Nach dem Arbeitsdienst, 1938, landete Paul als Knecht bei Hanno Gruber, dem älteren Bruder von Lisbeth Gruber – der späteren Chefin des Gasthauses »Metzgerwirt«. Damals wohnte sie in der Kreisstadt und hatte kaum Kontakt zu ihren Geschwistern. Paul und Hanno kamen überraschend gut miteinander aus, weil sich beide als gleichrangige Partner respektierten. Ja, Paul hegte ernsthafte Pläne, ab jetzt ein solides Leben zu führen. Die Propaganda der NS-Machthaber zeigte auch bei ihm Wirkung, und er träumte davon, zur Elite zu gehören. Als Konsequenz bewarb er sich 1939, kurz vor Kriegsbeginn, bei der Waffen-SS. Groß war seine Enttäuschung, als er erfuhr, man könne ihn nicht einmal zur Musterung zulassen, da er kein Deutscher sei.

Dann wurde Polen überrannt, was Paul die Chance eröffnete, doch für sein Mutterland in eine Uniform zu schlüpfen. Aber Ruhm und Ehre auf dem Schlachtfeld zu gewinnen, lag ihm fern, weil ihm sein Leben lieb war. Man zitierte ihn zur Musterung und stufte ihn dank seines leicht hinkenden Gangs und eines gekauften ärztlichen Attestes für bedingt tauglich ein. So sollte er als zivile Kraft sein Scherflein zur Eroberung der Welt beitragen. Paul landete als Hilfsarbeiter in verschiedenen Rüstungsbetrieben und wurde schließlich einem Versorgungsstab zugeteilt, der die Truppen im Osten logistisch unterstützte. Dabei trat ein weiteres Talent des »Fuchses« zum Vorschein: seine Geschäftstüchtigkeit.

November 1998, Öd am Wald

Rainer hat keine Schusswaffe. Vorsorglich schiebt er ein langes Küchenmesser zwischen Gürtel und Hose. Die lange Sportjacke baumelt darüber und verbirgt es. Doch allein sein drohender Blick wirkt wie ein Erschießungskommando, als er wieder ins Wohnzimmer zurückkehrt. Gleich neben der Tür bleibt er stehen. Paul spielt »Mensch ärgere dich nicht« mit Tanja. Die beiden sind so in das Spiel vertieft, dass sie sein Erscheinen gar nicht bemerken.

»Tanja, komm sofort zu mir!«, zischt ihr Vater. Sie blickt ihn an, als habe sie sich verhört, und überlegt dann, ob er wohl deshalb so grob sei, weil sie ihr Zimmer nicht aufgeräumt hat. »Ach Papi! Ich bin grad am Gewinnen«, bedauert sie.

»Wir essen jetzt. Und der Herr hier will gehen.«

»Sagten Sie nicht, ich sei herzlich eingeladen, mit Ihnen…?«

»Sie verlassen sofort mein Haus«, unterbricht ihn der Mann. Paul mustert ihn nun genauer und erkennt seine Erregung. Die Frau hält sich hinter der Küchentür verschanzt und bringt bisweilen ihren Kopf zum Vorschein, inständig hoffend, der Gatte könne sich Respekt verschaffen und den Verbrecher vor die Tür setzen.

»Geh weg von dem Mann, Tanja! Das ist ein böser Mann«, wiederholt der Vater seine Aufforderung. Mit einem Murren gehorcht die Siebenjährige, würdigt Papi beim Verlassen des Zimmers keines Blickes und verschwindet beleidigt auf der Toilette. »Paul ist nicht böse«, ruft sie ihren Eltern nach.

Jener verschränkt die Arme und lehnt sich gemütlich im Sofa zurück. »Sie haben es also herausgefunden«, bemerkt er unbekümmert. Der Hausherr befiehlt erneut, er möge das Weite suchen. Dabei nestelt seine rechte Hand unentwegt am Gürtel. »Wenn Sie nicht gleich gehen, rufe ich die Polizei.« Paul kann sich eines Lachens nicht erwehren. »Aber ich bitte Sie, mein Herr. Sehen Sie mich an! Ich wäre völlig hilflos da draußen«, entgegnet er nicht ohne Ironie.

»Dann rufen wir Ihnen ein Taxi.«

»Akzeptiert. Ich bin nicht gekommen, Ihnen einen Schrecken einzujagen. In der Hoffnung, unerkannt zu bleiben – schließlich war ich 40 Jahre von der Bildfläche verschwunden –, suchte ich diesen Ort auf, der eine schicksalhafte Bedeutung für mich hat. Man kann auch sagen, er hat mein Leben zerstört.« Paul gönnt sich eine Pause, um der Conclusio seines Gedankengangs mehr Bedeutung zu verleihen. »Doch nicht, weil ich hier zwei Menschen erschossen habe, sondern weil ich für den wirklichen Mörder 20 Jahre im Gefängnis verbringen musste«

»Sie behaupten also immer noch, unschuldig zu sein?«, wundert sich Rainer.

»Weil ich es bin. Aber es hat wohl wenig Sinn, Sie davon zu überzeugen, nachdem Sie solch ausführliche Lektüre über meinen Fall im Haus haben. Das hohe Gericht hat sich die Entscheidung nicht leicht gemacht, aber letztlich sprach alles gegen mich – sehen wir mal von einigen Ungereimtheiten ab, die bis heute bestehen.« Nach dieser Rede bittet Paul, man möge das Taxi rufen. Bis es eintrifft, hat er Zeit, die Gründe seiner Rückkehr zu erläutern.

»Ich bin jetzt alt und gelte offiziell als tot. Die verlorenen Jahre tun mir nicht mehr weh. Ja, ich wurde im Gefängnis sogar ein besserer Mensch, habe dort viel Sport getrieben, mich gesund ernährt, viele Bücher gelesen, fremde Sprachen gelernt und zum wahren Glauben an Gott zurückgefunden. Danach brachte ich es durch ehrliche Arbeit zu bescheidenem Wohlstand, habe geheiratet und eine glückliche Ehe geführt. Doch was mir wehtut, ist dieses

Stigma eines Kapitalverbrechens, das mich auf Schritt und Tritt verfolgt. Auch wenn ich weit weg zog und einen neuen Namen annahm, auch wenn mein neuer Freundeskreis nichts von meinem Vorleben ahnt – es ist immer da, dieses Gefühl, am Pranger zu stehen. Und hier, in dieser Region, kennt mich jeder Zeitzeuge und trägt die Legende weiter: von dem Bazi, der drei Kindern die Eltern weggeschossen hat. Das ist es, was mich wirklich schmerzt und daran hindert, von dieser Welt abzutreten. Es gilt, die Wahrheit zu finden, den Mörder zur Rechenschaft zu ziehen. Deshalb bin ich hier.«

Rainer und zum Schluss auch seine Frau Rita haben ergriffen zugehört und entschuldigen sich für ihr grobes Auftreten. »Wir sind sicher, dass Sie genug gebüßt haben. Doch verlangen Sie nicht, dass wir an Ihre Unschuld glauben«, schränkt der Hausherr ein. Paul nickt wohlwollend. »Das verstehe ich gut. Sie wollen Beweise haben. Mal sehen, ob ich in den nächsten Tagen fündig werde.«

Die Frau bemerkt, das sei wohl ein aussichtsloses Unterfangen für einen alten Mann wie ihn. Noch dazu, weil der Doppelmord bald ein halbes Jahrhundert zurück iege und selbst Experten an der Klärung der Hintergründe gescheitert sind. »Das mag sein«, brummt Paul mit einem verschmitzten Lächeln. »Allerdings habe ich den Experten einiges voraus: Ich war hautnah beteiligt, weiß mehr, als in den Protokollen und Zeitungen steht. Und ich weiß, an wen ich mich wenden muss.«

»Dann sind Sie bei uns an der falschen Adresse«, folgert der Metallarbeiter. Paul nickt zustimmend. »Nennen Sie es eine sentimentale Regung. Ich wollte diesen Ort einfach wiedersehen, um hier, wo alles begann, meine Reise in die Vergangenheit anzutreten. Zugegeben, in diesen modernen Räumen fällt das nicht leicht. Außerdem hatte ich gehofft, hier auf Nachkommen der ermordeten Bauersleute zu treffen. Wissen Sie, was aus den Hartl-Kindern wurde?«

»Sie kamen zu Pflegeeltern. Man hat nach der Gerichtsverhandlung nie wieder etwas von ihnen gehört.«

Paul überlegt, ob er gleich hier die Adressen derer, die er besuchen möchte, auskundschaften soll. Taktisch unklug sei das, mahnt der »Metzgerfuchs« in ihm. Durchaus möglich, dass die Familie nachher im ganzen Bekanntenkreis umher posaunt, welch geschichtsträchtige Person ihr Domizil aufgesucht hat. »Ich möchte Sie bitten, über meine Existenz Stillschweigen zu bewahren«, sagt er zu den beiden, nachdem der Taxifahrer geklingelt hat. »Versprochen. Man würde uns ohnehin für verrückt erklären«, hört er zum Abschied. Sie vermeiden es, ihm die Hand zu drücken, aber Tanja winkt dem »bösen Mann« noch vom Küchenfenster aus freundlich zu.

»Haben wir wieder die Ehre miteinander«, freut sich der Taxifahrer, als er Paul die Tür aufhält. Es ist derselbe, der ihn hierher gebracht hat. Paul nickt und steigt ein. »Sie wirken so frisch jetzt. Der Spaziergang und der Besuch bei Bekannten scheinen Ihnen gut getan zu haben«, fällt dem jungen Mann auf. »Wo soll's jetzt hingehen? Ins Hotel?« »Nein, noch nicht.« Paul überlegt einen Moment, lässt zur Straße hoch fahren und dort wieder halten. »Es gab damals einen Pfarrer in Rammbach, den ich gern gesprochen hätte. Leider wird er schon gestorben sein.« »Mit den Schwarzröcken kenne ich mich nicht so gut aus«, tönt der Fahrer und wittert ein Geschäft. »Mein Vorschlag: Ich bring Sie nach Rammbach ins Pfarrhaus. Dort kann man Ihnen sicher sagen, was aus dem Mann wurde.«

Weil der Rentner nicht aufs Geld achten muss, geht er den Handel ein. Im Dörflein Rammbach angekommen – es ist schon die Zeit der Abendnachrichten, aber im Pfarrbüro brennt noch Licht – bittet der Gast den Fahrer, die Erkundigung selbst vorzunehmen, da er zu müde zum Aussteigen sei. Fünf Minuten später hat der junge Mann eine Überraschung parat: »Sie werden's nicht glauben, aber dieser Pfarrer Moritz Zumüller lebt immer noch. Er ist um die 90 Jahre alt und verbringt seinen Ruhestand in der Nähe von Fallberg auf einem Einödhof.«

10. November 1950, Friedhof von Rammbach

Eine große Trauergemeinde hatte sich an diesem grauen Herbsttag auf dem malerischen Gottesacker von Rammbach eingefunden, um Karl und Kathi Hartl die letzte Ehre zu erweisen. Nach der Trauermesse in der überfüllten Dorfkirche war ein nicht enden wollender Zug im Geleit der beiden Särge hierher geschritten, angeführt von alten Kameraden des Zimmerers und Landwirts. Eine Blaskapelle stimmte schwermütige Melodien an und schickte so manche Träne auf die Reise.

Zu jenen, die diesem Schauspiel beiwohnten, gehörte natürlich die gesamte Verwandtschaft der Ermordeten. Selbst die Großeltern der Hartl-Kinder hatten sich eingefunden, obwohl sie seit der Hochzeit von Karl und Kathi nie mehr etwas von sich hatten hören lassen. Um den Enkelkindern nun die Eltern zu ersetzen, war es zu spät, hatten sie doch schon ein hohes Alter erreicht.

Ferner waren alle Nachbarn der Hartls zugegen, unter ihnen auch die Familie Steininger, die jedoch abseits stand. Kaum ein Trauergast, der den Blickkontakt mit ihnen suchte. Die meisten wandten sich ab und tuschelten über sie. »Diese Vermessenheit möcht ich haben, bei der Beerdigung seiner Opfer aufzutauchen und das Unschuldslamm zu spielen«, war eine typische Bemerkung, die hier die Runde machte. Andere rätselten, was an der Verdächtigung Karls gegen seinen Nachbarn dran sein könnte. Es wurde überlegt, in welcher Situation man die beiden einst hatte streiten sehen. Doch fast alle, welche die Wege zwischen den Gräbern säumten, waren sich einig: »Der Pfarrer kennt die Wahrheit. Bei ihm hat Hartl noch gebeichtet. Und bei der Beichte muss man die Wahrheit sagen.«

So wartete alles mit Spannung auf die Grabrede des Geistlichen, weil man ahnte, dass er dieses Verbrechen irgendwie kommentieren würde. Und die Leute kannten ihn als versierten Sprecher, der in rhetorischen Wendungen heimliche Botschaften verstecken konnte. Dies war auch der Grund für die Anwesenheit von Oberinspektor Johann Mars, der sich mit einem dunklen Anzug und einer getönten Brille in der Menge versteckt hielt. Er wusste, in diesen emotionsgeladenen Momenten konnte jemand von seinen Gefühlen übermannt werden und sich dadurch verraten. Zu seinem Bedauern vermisste Mars die Anwesenheit Paul Waczeks. Jener war, wie es hieß, wieder einmal geschäftlich unterwegs. »Wundert mich nicht. Die Leute hätten es als Provokation gesehen, wäre der Metzgerfuchs hier aufgetaucht«, sagte Oberkommissar Alois Benner, der Mars hierher chauffiert hatte.

Als schließlich Pfarrer Moritz Zumüller zu den Särgen trat und seine Rede begann, verstummte jedes Gemurmel, und nur das Rascheln der im Wind wirbelnden Blätter störte die Aufmerksamkeit. »Christliche Trauerversammlung. Über Nacht ist das Anwesen Öd in unserer Pfarrei eine traurige, viel besprochene Berühmtheit geworden. Wenn heute die Beteiligung an diesem Leichenbegängnis eine so außerordentlich große ist, möchte ich sie gerne deuten als Ausdruck wohlwollender Anteilnahme an dem Kreuz und Leid der Betroffenen. Dieses Leid und Kreuz der Kinder geht uns alle an und verlangt Mitleid.«

Leichter Regen setzte ein und perlte am Lack der Särge ab. Wie funkelnde Edelsteine glänzten die Tropfen. Doch während der Geistliche noch einmal die Geschehnisse der Mordnacht im Hause Hartl erzählte, achtete niemand auf die nass werdenden Kleider. Mit eindringlichen Schilderungen, detailgetreu, als sei er selbst dabei gewesen, offenbarte Pfarrer Zumüller seinen Zuhörern das Ausmaß der Tat. »Ein Bild des Grauens selbst für Männer, die der Krieg an Grauen und Entsetzen gewöhnt hatte. Und so stellt sich uns allen die Frage: Wer war es?«

Nun spitzte auch Mars, der zwischendurch seine Gedanken hatte abschweifen lassen, die Ohren. Lüftete der Pfarrer jetzt sein Geheimnis? Ließ er die Bombe endlich platzen? Oder verpflichtete ihn das Beichtgeheimnis, sogar einen Mörder zu decken? Konnte ein Gottesmann dies mit seinem Gewissen überhaupt verantworten? »Wenn er ihn kennt und nichts sagt, wird er früher oder später dran zerbrechen«, hatte Benner zu Mars geflüstert. Doch bereits der nächste Satz des Redners tilgte die Hoffnung der beiden Beamten.

»Hier ist nicht der Ort, aufzuklären und aufzudecken«, fuhr Pfarrer Zumüller fort. »Wir haben vielmehr in schuldiger Ehrfurcht vor den Toten ein offenes Grab zuzudecken. Und wir schließen in dieses Grab vorerst ruhig ein uns erschütterndes Geheimnis ein. Später, wenn die Zeit gekommen, wird alles offenbar werden.«

»Wen meint er mit *wir*?«, fragten sich nicht nur die beiden Polizisten. Etwa sich selbst? Er kannte also das Geheimnis und würde irgendwann auspacken. Oder hoffte er, Gott der Allmächtige würde die Wahrheit selbst ans Licht bringen?

Als Nächstes kam Zumüller auf die Frage »Warum geschah es so?« zu sprechen. Diese Frage fand Mars noch wesentlich interessanter als die nach dem Mörder. »Der Volksmund sagt uns: Es führen viele Wege nach Rom. Es führen auch viele Wege hin zur Tat und zum Täter. Es kommt kein Blitz aus heiterem Himmel. Immer ist er Begleiter eines Gewitters. Gewitter aber haben zur Bildung ihre Gesetze, und darum können wir ihr Kommen erahnen. Es fielen auch diese Schüsse nicht von ungefähr. Noch mal sage ich: Es führen Spuren zur Tat und zum Täter.«

Für Mars stand damit eindeutig fest: Der Pfarrer kannte das Motiv. Er wusste, welches Gewitter sich zwischen Mörder und Opfer entladen hatte. Und er deutete an, es gebe eine Spur, die noch aufzudecken sei. Etwa die Schuhabdrücke im Schnee, die der Schütze bei seiner Flucht hinterlassen hatte? Sie mochten zu Paul Waczek passen, denn dieser setzte einen Fuß schräg auf. Doch wie viele noch außer ihm? Dieses Indiz allein genügte nicht, um den Metzgerfuchs festzunageln.

Im Folgenden warnte der Pfarrer seine Schafe davor, im Übereifer selbst Detektiv zu spielen und damit die Ermittler zu behindern. »Leicht könnten wir sonst die schwere Arbeit nur noch schwerer machen, weil durch unbefugtes Spüren die schon sicheren Spuren viel zu früh zertrampelt werden.« Mars stieß Benner an und flüsterte ihm zu: »Das heißt, die Leute könnten den Mörder auf seine Fehler hinweisen und ihm Gelegenheit geben, sie auszubügeln, bevor wir dahinter kommen. Welche Fehler meint er? Haben wir etwas in unseren Untersuchungen übersehen?« »Wir sollten noch einmal mit Maritzke alles durchsprechen«, entgegnete Benner. Dies lag auch im Interesse von Mars, denn Maritzke hielt nicht viel von Kooperation. Meist behielt er die Ergebnisse seiner Befragungen für sich oder schickte die Protokolle sofort nach Landshut zum Oberstaatsanwalt.

»Ist die Stunde gekommen, wird sich auch hier alles klären. Kein Faden ist so fein gesponnen – es kommt doch einmal an die Sonnen«, beschloss der Pfarrer seine Rede. Mars kam nicht umhin, diesen zum Schweigen verdammten Zeugen zu bewundern. Zuerst hatte ihm dessen schlichte Erscheinung vorgegaukelt, er sei nur ein popeliger Dorfpfaffe, der außer ein paar Gebeten nichts im Kopf hatte. Doch Moritz Zumüller bewies durch seine versteckten Andeutungen Bildung und Intelligenz.

Nachdem die Särge in die neu angelegte Grabstelle hinabgelassen worden waren und jeder Trauergast ein Schäuflein Erde darauf geworfen hatte, löste sich die Versammlung schnell auf. Alle, auch die Steiningers, kondolierten den Hinterbliebenen, die dabei außergewöhnlich gefasst blieben. Es schien, als schämten sie sich, hier, im Mittelpunkt des öffentlichen Interesses stehend, ihren Gefühlen freien Lauf zu lassen. Erst jetzt, als sie allein den Weg zum Ausgang antraten, schluchzten die drei Kinder. Erstmals wurde ihnen bewusst, dass von da unten im Loch keiner mehr heraufkommt.

»Lassen Sie uns ein Bier im Dorfgasthaus trinken«, bot Benner seinem Kollegen an. »Man hört dort so einiges, was sich die Leute bei der Vernehmung im Revier nicht zu sagen trauen.« »Gehen Sie nur vor. Ich möchte noch mit dem Pfarrer sprechen«, entgegnete ihm Mars. Zumüller hatte sein Pfarrhaus gleich um die Ecke, und dorthin verschwand er jetzt, während die Ministranten und Sargträger ihrerseits den Heimweg antraten.

»Ich dachte mir, dass Sie kommen würden«, sagte Pfarrer Zumüller und führte Mars in sein Büro, das zugleich auch Wohnstube und Empfangszimmer war. »Entschuldigen Sie die Unordnung. Meine Haushälterin hat heute frei, und ich neige zu Schlampigkeiten.« Er bot Mars einen Platz auf dem Sofa an. Aus der Vitrine holte er einen vorzüglichen Messwein und zwei Gläser. »Ich hoffe, Sie verschmähen nicht das Blut Christi. Sind Sie Katholik?« »Auf dem Papier«, antwortete Mars etwas verlegen. Zumüller schenkte ihm ein. »Das sind viele. Doch verzeihen Sie mir. Sie sind sicher nicht gekommen, um mit mir über Glaubensfragen zu reden.«

Mars nahm einen Schluck und dann einen ersten Anlauf: »In gewisser Weise schon. Wie weit bindet Sie das Beichtgeheimnis?« Zumüller sah ihn ernst an. »Gott bindet mich daran. Selbst wenn ich einmal mein Priestergewand ablegen würde, müsste ich über das, was man mir als Priester anvertraut hat, Stillschweigen bewahren. Und wenn Sie mir durch Folter oder Fangfragen das Geheimnis entreißen, begehen Sie selbst eine schwere Sünde. Also führen Sie uns nicht in Versuchung!« »Ich werde mich hüten«, sagte der Ermittler schmunzelnd und lobte den guten Wein, um gleich wieder zur Sache zu kommen: »Lassen Sie uns also über Ihre Grabrede sprechen. Es scheint, Sie kennen den Mörder.«

Zumüller überlegte lange, tat einen großen Schluck aus dem Glas, kratzte sich am Ohr. Umso bestimmter kam dann sein »Nein«. Auch für ihn gebe es nur Verdächtige. »Keine neuen Verdächtigen übrigens.« »Und Ihre Andeutungen von den Spuren, die zum Täter führen? Was hat es damit auf sich? Wollen Sie mir nicht ein wenig auf die Sprünge helfen?« Der Pfarrer spürte die Ungeduld des Oberinspektors und hatte gute Lust, das Gespräch zu beenden. Trotzdem schenkte er noch einmal nach.

»Ich hätte am Grab den Mund nicht so voll nehmen dürfen«, sah er ein. »Es hätte genügt, die Hinterbliebenen zu bedauern, den Lebensweg der Ermordeten aufzuzählen und die ruchlose Tat als Todsünde zu geißeln. Ich hätte laut an den Schuldigen appellieren sollen, er möge sich stellen. Doch das wird er ohnehin, wenn er ein Gewissen hat.«

»Und wenn nicht? Oder wenn es ihn bis an sein Lebensende quält, weil er nicht den Mut aufbringt, für sein Tun die Konsequenzen zu tragen? Wenn er deswegen vielleicht Selbstmord begeht?« Mit dieser Äußerung hatte Mars den Priester nachdenklich gestimmt. Dieser stand nun auf, trat zum Fenster, schritt durch den Raum und schien mit sich selbst zu ringen.

»Ich kenne nicht den Mörder, aber ich kenne ein mögliches Motiv, das ich Ihnen aus verständlichen Gründen nicht nennen darf«, bemerkte er schließlich. »Und die Leute, die hinter diesem Motiv stecken, gehören zum Kreis Ihrer Verdächtigen, Herr Mars. Was mich so bedrückt: Sie gehören zu denen, für die ich meine Hand ins Feuer legen würde, weil sie stets fromm nach Christi Geboten gelebt haben – frömmer als jeder Pfarrer, könnte man fast sagen.«

Jetzt hatte ihn Mars dort, wo er ihn haben wollte. In Gedanken rieb er sich die Hände, dann leerte er sein Glas in einem Zug und setzte zum finalen Schuss an: »Religiöser Wahn, Hochwürden, war schon oft Auslöser grauenhafter Verbrechen. Wenn jemand in einem Menschen plötzlich den Teufel entdeckt, führt er das Schwert im festen Glauben, ein Gott gefälliges Werk zu tun.«

Den Tränen nahe, nahm Zumüller wieder Platz. »So sehe ich es auch«, bekannte er. Mars vermied es, den Namen »Steininger« auszusprechen. »Wir haben leider nichts gegen ihn in der Hand.« »Dann braucht es ein Geständnis«, erwiderte der Geistliche leicht resigniert. »Das meinte ich mit der Stunde, in der sich alles klären wird.« Mars machte ihm klar, die Polizei könne es sich nicht leisten, einfach auf diese Stunde zu warten.

»Also lassen Sie uns die Sache etwas beschleunigen«, bot ihm Pfarrer Zumüller an. »Ich werde mit den betreffenden Leuten ein ernstes Gespräch führen. Wenn sie bereit sind, jemandem ihr Herz auszuschütten, dann am ehesten mir als Seelsorger. Sollte ich aber scheitern, hilft auch kein noch so scharfes Verhör.«

Sonntag, 12. November 1950, Rammbach

Die Normalität schien wieder Einkehr zu halten im beschaulichen Dorf. Während noch an den Stammtischen eifrig über den Doppelmord diskutiert wurde, beschränkte sich das Interesse der Menschen ansonsten auf den Erwerb des täglichen Brotes. Und wie üblich versammelte sich die

Pfarrgemeinde am Tag des Herrn im kleinen Gotteshaus zu Rammbach, wo in der Predigt mit keinem Wort mehr vom Verbrechen zu hören war. In allgemeinen Ausführungen appellierte Pfarrer Zumüller an die Gläubigen, sich wieder mehr auf Gott zu besinnen. Aber wer nicht wie die meisten gedankenverloren auf seinem Platz kauerte und das Gesagte an sich vorbeirauschen ließ, der konnte erkennen, wie lustlos der Geistliche heute seine Ausführungen vortrug. Im Gegensatz zu sonst las er alles vom Blatt ab und leierte es in einem Tempo herunter, als gelte es, für jede eingesparte Minute eine Prämie zu kassieren.

Wie immer war die Kirche gut gefüllt und wie immer nahm die Familie Steininger mit Bediensteten die erste Reihe in Beschlag: die Männer rechts, die Frauen links, wie es sich gehörte. Doch die Plätze neben ihnen blieben diesmal frei. Moritz Zumüller bemühte sich während des gesamten Gottesdienstes, den Blick von ihnen abzuwenden. Aber sie schoben sich förmlich wie Schuldige auf der Anklagebank vor sein Sichtfeld.

Als nach dem »Dank sei Gott dem Herrn« das Volk mit brausenden Orgelklängen entlassen wurde, schickte der Pfarrer einen Ministranten zum Ausgang. Er möge Alfons Steininger abpassen und darum bitten, in die Sakristei zu kommen. Dies fiel dem Buben nicht schwer, denn die in Misskredit geratene Familie verließ mit Abstand als Letzte das Gotteshaus. Marlies Steininger bestand darauf, der Besprechung beiwohnen zu dürfen, wogegen der Ministrant nichts einzuwenden wagte. Der Pfarrer aber hätte lieber mit ihrem Gatten allein gesprochen, weil er wusste, welche dominante Rolle sie auf ihn ausübte. Letztlich konnte er sie nicht von der Tür weisen, ohne sich der Geheimniskrämerei schuldig zu machen. Und was er zu besprechen hatte, ging ohnehin beide etwas an. Das Messgewand schon abgelegt, bot er seinen Gästen zwei schlichte Holzstühle an. Im Pfarrhaus gab es bequemere Sitzgelegenheiten, doch auf dem Weg dorthin wären sie ungebetenen Zeugen begegnet. Zum jetzigen Zeitpunkt wollte der Pfarrer den Gerüchten keine neue Nahrung einflößen. Seinem Boten nahm er noch das Schweigegelübde ab, die anderen Ministranten befanden sich ohnehin bereits auf dem Heimweg, und die Kinder der Steiningers warteten geduldig bei ihren Fahrrädern.

»Wie geht es Ihnen?«, fragte der Pfarrer, welcher während des ganzen Gesprächs stand und meist die Hände vor der Brust verschränkt hielt. Der Duft von Weihrauch betörte Steiningers Nase. Hier drin war er besonders penetrant.

»Weshalb fragen Sie?«, schnauzte Marlies mit wachsendem Argwohn. Ihr war längst klar geworden, dass der Pfarrer sie nur aushorchen wollte. So spähte sie in jeden Winkel des Raumes, ob sich womöglich ein Polizist dort verberge.

»Mir fällt auf, dass Sie von den Mitbürgern geschnitten werden.«

»Weil man uns für Mörder hält«, antwortete wieder die Frau. »Da braucht nur einmal die Polizei bei dir aufzukreuzen, schon steht deine Schuld fest. Du kommst gar nicht dazu, zu erklären, wie's wirklich war. Das wollen die nicht hören. Und wenn doch, glaubt uns keiner. Sie doch auch nicht, oder, Herr Pfarrer?«

Zumüller sah ein, dass die Frau ihm alles vermasseln würde. Um nachdenken zu können, räumte er erst die Opferschalen weg und meinte dann: »Ich nehme nicht an, Sie würden Ihren Pfarrer belügen. Lassen Sie uns also gleich zur Sache kommen: Man trug mir zu, Sie, Alfons Steininger, hätten ein Motiv gehabt, Karl Hartl zu töten. Dies trug ich, wie es meine Pflicht als guter Staatsbürger ist, der Polizei zu. Nun bin ich schuld an den vielen Unannehmlichkeiten, die Ihnen bereitet wurden. Ich könnte aber, so sich alles als Irrtum entpuppt …« Er gestattete sich eine taktische Pause. »…versuchen, den Schaden zu begrenzen, indem ich öffentlich für Ihre Unschuld bürge.« Da erheiterten sich die Blicke der Eheleute, und sie sprangen schon auf, ihm dankbar die Hand zu schütteln. Zumüller brachte sie schnell wieder auf den Boden zurück: »Vorausgesetzt, es gelingt Ihnen, mich von Ihrer Unschuld zu überzeugen.«

»Sie halten uns also auch für Mörder!«, entsetzte sich Marlies Steininger.

»Und das mit weitaus mehr Anlass als jene Leute, die sich an Gerüchten ergötzen.« Der Pfarrer wies die zwei wieder auf ihre Plätze und blickte kurz aus dem Fenster, um festzustellen, ob die Kinder schon ungeduldig wurden. Da standen sie noch und unterhielten sich.

»Ich darf Ihnen sagen, dass ich alles weiß, was zwischen Ihnen und Karl Hartl gelaufen ist«, nahm der Pfarrer den Faden wieder auf. »Er bat mich in seiner letzten Beichte, Ihnen dies mitzuteilen und Sie aufzufordern, sich zu stellen, falls sein Verdacht zutreffen solle. Dann sei er gern bereit, Ihnen zu verzeihen und im Himmel ein gutes Wort für Sie einzulegen.«

Ganz genau beobachtete Zumüller, wie die Steiningers jetzt reagierten. Klamm, aber nicht schockiert wirkten sie, blass allemal. Beide zitterten und waren um Worte nicht verlegen: »Dann wissen Sie also, weshalb wir so arg im Streit lagen, dass mein Mann Morddrohungen gegen Hartl ausstieß«, konterte die Frau und klammerte sich an ihre Handtasche. »Dass er alles unternahm, um sich an ihm zu rächen. Taten, für die wir uns jetzt in Grund und Boden schämen. Ja, womöglich ist es so, wie Ihnen Hartl bei der Beichte erzählt hat. Wir bestätigen alles. Doch lassen Sie sich's gesagt sei, Herr Pfarrer.« Jetzt stand sie auf und zog auch ihren Gatten mit in die Höhe. »Bei allen Heiligen und vor Gott selbst können wir beschwören: Geschossen hat ein anderer.«

»Wer denn?«, fragte Zumüller, ohne auf eine Antwort zu hoffen.

»Na, der Metzgerfuchs. Wer sonst?«

»Der Metzgerfuchs hat ein Alibi.«
»Es kann nur er gewesen sein.«
»Begründen Sie's!«
Alfons Steininger öffnete bereits den Mund, doch seine Frau erkannte die Gefahr und gebot ihm rüde, zu schweigen. Dann erklärte sie: »Karl hat doch gesagt, Paul oder wir könnten's gewesen sein. Weil wir's nicht waren, bleibt nur er.« Logisch, aber nicht besonders geistreich, fand der Pfarrer. Die Lüge schrie der Frau geradezu aus dem Gesicht. »Es müssen schon gewichtige Gründe sein, die solch vorbildliche Christen wie euch in Sünde bringen. Warum habt ihr der Polizei nichts von eurem Streit mit den Hartls gesagt?«

»Dann säße ich jetzt in der Zelle.« Hier musste ihm der Geistliche Recht geben. Er fragte sich nur, was er vom heiligen Schwur der Frau halten sollte. Hatte er sich so sehr in ihr getäuscht? War ihre fast krankhaft zur Schau gestellte Religiosität die Maske, hinter der sie ein lasterhaftes Leben verbarg? »Beichten Sie«, bot er ihnen an. »Sie wissen, mich bindet das Schweigegelübde.«

»Nichts wird nach außen dringen«, sagte Alfons zu seiner Frau, die einen Augenblick überlegte. Der Pfarrer schickte ein Stoßgebet zum Himmel – leider vergeblich. »Du hast nicht geschossen. Du musst nicht beichten«, raunzte sie den Gatten an.

»Und das, was nicht nach außen dringen darf? Was hat es damit auf sich?«, hakte Zumüller sofort nach und erntete ein abweisendes »Nichts von Bedeutung«. Beim Hinausgehen versprach ihm Marlies: »Wir beichten künftig bei einem anderen Priester. Sie sind voreingenommen in dieser Sache.«

Wieder allein in der Sakristei entfuhr dem Pfarrer ein Fluch, für den er sich sofort beim Gekreuzigten entschuldigte. Als er sich mit Messwein etwas abgekühlt hatte, griff er zum Telefon. Oberinspektor Mars hatte ihm eine Nummer hinterlassen, unter der er auch am Sonntag erreichbar war.

13. November 1950, 18 Uhr, Steinbach

Oberkommissar Konrad Maritzke hatte schnell erkannt, dass Johann Völz der Diensteifrigste in den Reihen der Steinbacher Landpolizei war. Sogar in seiner Freizeit unterstützte der Bursche die Beamten aus Landshut, so gut er nur konnte. Ihm war es auch zu verdanken, dass fast alle, die am Mordabend beim Metzgerwirt eingekehrt waren, ausfindig gemacht und vernommen werden konnten.

Diesen Abend erhielt der junge Polizist von Maritzke einen »Spezialauftrag«. Er sollte sich auf sein Fahrrad schwingen, einen Polizeihund an die Leine nehmen und mit ihm schnellstmöglich vom Metzgerwirt nach Öd am

Wald strampeln – auf jener Route, die Spürnase Rolf zum Teil ausgekundschaftet hatte. Über die Ortschaft Kreuzstrassl musste der Schütze – so er aus Steinbach kam – gekommen sein. In diesem Punkt herrschte Einigkeit beim Sonderkommando. Es war die kürzeste und einsamste Verbindung, jedoch nicht die leichteste. Oft erschwerten Morast und tiefer Kies das Fortkommen. Gegen den Widerstand von Johann Mars hatte Maritzke diese Überprüfung durchgesetzt. Mars hielt es für Zeitverschwendung, weiter der »Spur Waczek« nachzugehen. Der Oberkommissar aber erachtete Pauls Alibi keinesfalls als wasserdicht. Frühestens um halb acht Uhr war Paul in der Gaststube gesehen worden, wie Zeugen inzwischen bestätigten. Auch kurz vor 17 Uhr hielt er sich nachweislich im Haus auf. Und dazwischen? Abgesehen von seiner Lebensgefährtin, die guten Grund hatte, ihn zu schützen, fand sich keiner, der Paul in seinem Zimmer oder in der Nähe davon gesehen hatte. Mag sein, diese Zeitspanne reichte ihm aus, sein schändliches Werk zu vollbringen.

Das zu testen, trat Völz in die Pedale. Da man Waczek eine gute Kondition unterstellte, durfte der Polizist ein flottes Tempo vorlegen. Auch die äußeren Verhältnisse waren ideal: stürmisches, nasskaltes Wetter wie in der Mordnacht. Punkt 18 Uhr startete der 30-Jährige, brachte sich und den Hund ins Schwitzen, erreichte 41 Minuten später das Waldeck, band den Vierbeiner an einen Baum, lief über den Steg zum Anwesen der Hartls, ließ dort fünf Minuten verstreichen, kehrte im Laufschritt zurück, band den Hund los, stieg aufs Rad. Jetzt zeigte die Stoppuhr 50 Minuten. Für die Rückfahrt benötigte er nur 32 Minuten, weil es überwiegend bergab ging. Schwer außer Atem erreichte Völz um 19.22 Uhr seinen Ausgangspunkt, wo ihn Maritzke und ein weiterer Beamter bereits erwarteten.

»Uns wäre noch mehr geholfen, wüssten wir den exakten Zeitpunkt, wann die Schüsse fielen«, bemerkte der Oberkommissar. Die Schätzungen lagen zwischen 18.35 und 18.50 Uhr. Im günstigsten Fall war der Täter um 19.10 Uhr zurückgekommen. »Dann blieben ihm 20 Minuten, um sein Rad zu verstauen, den Hund abzuliefern, sich zu waschen und neu einzukleiden. Das könnte hinkommen für unseren Metzgerfuchs«, kombinierte Maritzke. Völz, der sich langsam wieder erholte, sah das auch so. »Jetzt brauchen wir nur noch einen, der ihn auf dem Rad gesehen hat.« Er nahm damit Bezug auf den Fahndungsaufruf in der Zeitung. Doch selbst 1000 Mark Belohnung, ausgesetzt für sachdienliche Hinweise, die zur Ergreifung des Mörders führen, hatten noch keine Zunge gelockert.

Die drei Polizisten gingen an diesem Abend einer weiteren Spur nach und verbanden dabei das Nützliche mit dem Angenehmen. Vom Hinterhof des Metzgerwirts aus gelangte man über ein kleines Fußgängertor zum Innenhof der Metzgerei von Herbert Galldorfer – Exklusiv-Lieferant seines

Nachbarn und Besitzer einer Dogge. Er hatte sich selbst an die Polizei gewandt und um dieses Gespräch ersucht, jedoch mit der Bitte, jedes Aufsehen zu vermeiden. Dafür werde er den Beamten auch eine deftige Brotzeit servieren. Die Polizisten kamen also diskret in sein Haus. Wurstplatten, Geselchtes, warmen Leberkäs und Bratensülze tischte Galldorfer in seiner gemütlichen Stube auf. »Ich möcht nicht gern, dass die vom Wirt unseren Ratsch mitkriegen. Die könnten glatt glauben, ich richt sie aus«, entschuldigte er seine Heimlichtuerei. »Dann bringen sie's fertig und kaufen alles bei der Konkurrenz.«

Galldorfer war ein schwerbäuchiger, knapp 50-jähriger Mann mit Armen, die eine Kuh erschlagen konnten. Man sah ihm an, dass er der Fleischeslust in jeder Hinsicht frönte. Er sprach schnell und nuschelte, weshalb Völz bisweilen Übersetzerdienste leisten musste. Um die Zeit sinnvoll zu nutzen, fand die Befragung im Rahmen dieses »Arbeitsessens« statt. Als Erstes erzählte der Metzger, er habe in der Zeitung gelesen, der Mörder hätte einen Hund bei sich gehabt. »Bei mir im Zwinger is eine Dogge, mit der Paul sehr speziell is. Paul is ganz vernarrt in Hunde, auch wenn er keinen eigenen besitzt. Ich hab auch nix dagegen, dass er sich um ihn kümmert. Komm ja selbst kaum dazu. Und so eine Dogge kannst ja nicht frei rumlaufen lassen. Jedenfalls is Paul mit Bruno oft unterwegs. Ich hab ihm einen Schlüssel für den Zwinger gegeben, damit er ihn jederzeit holen kann.«

»Wie alt ist Ihr Bruno? Wie steht's um seine Konstitution?«, erkundigte sich Maritzke, worauf er nur ein garstiges »Hä?« zu hören bekam. »Wie is er beinand?«, übersetzte Völz. »Ja mei. Sie können ihn gern selbst anschaun nachher. Dreieinhalb Jahr is er jetzt alt, ein schwerer, fetter Köter. Und dumm is er, dumm und unbelehrbar. Ich hab mal versucht, ihn zu dressieren, aber hinterher war er noch dümmer als vorher.«

»Aber diesem Waczek folgt er offenbar aufs Wort«, wunderte sich Maritzke und biss in ein herzhaftes, dick belegtes Bauernbrot. Unterdessen brachte die Frau des Metzgers, eine nicht minder beleibte Person, Nachschub in rauen Mengen. Galldorfer versicherte, der Rüde würde mit jedem mitlaufen. »Vor dem braucht sich keiner zu fürchten.« Völz wollte wissen, ob der Hund am fraglichen Abend zwischen 17 Uhr und 19.30 Uhr im Zwinger gewesen sei. »Kann ich net sagen. Ich war zuerst in der Bayernpartei-Versammlung und hab dann noch ein paar Bier beim Hoferbräu getrunken. Mei Frau war bei ihrer Schwester.«

»Also hätte jeder den Hund mitnehmen können?«

»Nur Paul. Sonst hat keiner einen Schlüssel.«

»Haben Sie am nächsten Morgen nachgesehen, ob der Hund unterwegs gewesen war?«, fragte Maritzke. »Vielleicht hatte er schmutzige oder verwundete Pfoten.« Der Metzger verneinte. Außerdem sei Bruno meistens

schmutzig, und – das stehe fest – es sei schwer möglich, dass er die Strecke bis Öd und zurück in der von Völz ermittelten Zeit zurücklegen könne.
»Bleibt er sitzen, wenn sich sein Herrchen entfernt?«, fragte Völz.
»Nur kurze Zeit.«
»Und wenn man ihn anbindet?«
»Dauert's nicht lang, bis er bellt.«
»Ist Bruno schussfest?«
»Hab ich noch nie ausprobiert.« Maritzke erklärte, der Hund könne schussfest sein, wenn er zum Beispiel von einem Jäger abgerichtet worden sei. »Trifft das auf Bruno zu?« Dies verneinte der Metzger. Darauf vermochten die Polizisten ihre Enttäuschung nicht länger zu verbergen. Sie vertilgten den Rest der Brotzeit und nahmen das Tier dann selbst in Augenschein, wobei sie schnell erkannten, dass es sich hier wirklich um einen »dummen Köter« handelte. Möglicherweise habe Paul einen anderen Hund mitgenommen, vermutete der Oberkommissar. »Oder wir folgen der falschen Spur.«

Diese letzte Bemerkung ging Völz nachts nicht aus dem Kopf. Lange wälzte er sich in seinem Bett und grübelte über den Fall. So vieles sprach für Paul Waczek als Täter: Er kannte die Örtlichkeiten in Öd, kannte Hartl, hatte gewiss Streit mit ihm, hinkte so, wie es zu den Fußabdrücken im Schnee passte, kam gut mit Hunden aus, konnte sich ohne Probleme eine Pistole besorgen und war vom Opfer selbst verdächtigt worden. Andererseits hatte ihn keiner das Haus verlassen sehen. Und niemand, der ihm unterwegs begegnet wäre.

»Ist er so schlau, dass er uns alle an der Nase herumführt?«, fragte sich der Polizist. Kurz nach seinem Dienstantritt in Steinbach hatte er selbst erfahren müssen, wie ohnmächtig der Arm des Gesetzes gegen diesen Gauner war.

Im September 1948 – er hatte gerade Bereitschaftsdienst – stürmte ein Mädchen kurz vor Mitternacht schluchzend in die Wache: nur in Sandalen, ein Sackkleid übergeworfen und darunter offenbar nackt, die Haare zerzaust, kleinere Kratzwunden an den Armen und im Gesicht. Erst wollte sie etwas sagen, dann raubte ihr ein Weinkrampf fast die Sinne. Völz und sein Kollege hatten alle Mühe, sie so weit zu beruhigen, dass man ihr Fragen stellen konnte. Ja, sie dachten sogar daran, einen Arzt zu rufen, doch die Kleine hatte keine erkennbaren schweren Verletzungen.

Der junge Hilfspolizist kannte sie flüchtig: Irmi Becker war's, die 18-jährige Bedienung vom Metzgerwirt, keine ausgesprochene Schönheit, aber durchaus eine, nach der sich die Buben umdrehten und ihr hinterher pfiffen. Schwarze Haare, schlank, ein enorm kurvenreiches Becken und fast magnetisierende Augen. Sie war die Tochter einer Kriegswitwe aus dem Nachbardorf, arm wie eine Kirchenmaus, ein bisschen naiv und gar nicht schüchtern. Mit einem Schnaps, den sie ihr im Vernehmungszimmer einflößten, wurde Irmi wieder einigermaßen klar. Dass sie immer noch zitterte, lag an ihrer für diese kalte Jahreszeit unzureichenden Kleidung. Völz kam es vor, als sei sie in Todesangst hierher geflohen. Nun erzählte sie stockend, was man ihr angetan hatte: »Der Paul hat mi vergewaltigt. Er is in mei Zimmer komma, hat zugsperrt, mi packt und mir's Nachthemd runter grissn. Ich wollt schrein, da hat er gsagt, er druckt mir d'Gurgl zu, bis i stad bin. Und dann hot er's gmacht und andauernd glacht.«

Die Polizisten erfuhren, dass es dafür vermutlich keine Zeugen gebe. Alle anderen Gästezimmer waren zu diesem Zeitpunkt leer, in der Stube befanden sich die Wirtin, die Hausherrin, eine andere Bedienung und ein halbes Dutzend Gäste. Ein Akkordeonspieler sorgte für Unterhaltung. Dennoch bestand kein Grund, anzunehmen, Irmi habe sich die Geschichte nur ausgedacht, um Paul eins auszuwischen. Beim Metzgerwirt wurde oft gestritten und gerangelt, dass sich die Balken bogen, aber dabei stand keiner dem anderen nach, und sehr schnell vertrug man sich wieder. Vom »Fuchs« wurde erzählt, er steige nicht nur mit seiner Lisbeth ins Bett. Irmi hatte er offenbar bis jetzt in Ruhe gelassen.

»Hat er dich g'schlagn?«, wollte Völz von Irmi wissen.

»Des hot's nimma braucht. Bei seim Gwicht konnt i nimma aus. Es war so schlimm, dös kinnt's ihr eich gar net vorstelln.« Und wieder erging sie sich in Tränen, die nur ein weiteres Stamperl Schnaps stoppen konnte. Völz und sein Kollege wollten nicht weiter in Einzelheiten dringen. Sie spannten einen Bogen in die Schreibmaschine und protokollierten Irmis Geschichte. Auch wenn nachher Aussage gegen Aussage stehen würde, Irmis Auftritt wirkte so überzeugend, dass Paul Waczek wohl keine Chance hätte, der gerechten Strafe zu entgehen. Einige Jahre Gefängnis erwarteten ihn dann.

Seine Akte hatte ohnehin bereits beträchtlichen Umfang angenommen: Zuhälterei, Erpressung, falsche Anschuldigung, schwerer Diebstahl, Wildern, Schwarzschlachten, Glücksspiel, Schiebereien – und jetzt auch noch Vergewaltigung. Die beiden Polizisten berieten sich, ob sie ihn mit seinem Opfer konfrontieren sollten.

»I geh da nimmer zruck!«, schrie das Mädchen und schüttelte energisch den Kopf. »Sperrt's eam ei oder sperrt's mi ei.«

»Ist er noch im Haus?«

»Er hat dreckig glacht, ois er fertig mit mir war. Dann is er nach unten, a Bier trinkn. I bin glei da her glauffa.« Völz lieh ihr einen Mantel und schlug vor, gemeinsam zum Metzgerwirt zu gehen. »Dann schnappen wir uns diesen Paul, verschaffen ihm eine Nacht in der kühlen Zelle, und morgen soll sich der Staatsanwalt um ihn kümmern.« Der ältere Kollege des aufstrebenden jungen Polizisten gab mit einem ängstlichen Blick zu bedenken, man könne diesen Waczek nicht einfach festnehmen wie irgendeinen dahergelaufenen Gauner – jedenfalls nicht, ohne dabei seine Gesundheit zu gefährden.

Tatsächlich kam's ganz anders, als es sich Johann Völz vorgestellt hatte. In der Gaststube trafen sie Paul, Lisbeth und die alte Centa, alle drei vor je einem halbvollen Glas Bier sitzend, scheinbar in eine angeregte Unterhaltung vertieft. »Da schau her, wer uns heute noch beehrt. Die Gäste sind schon weg. Wir halten uns an die Polizeistunde«, begrüßte Paul die Männer und lüftete dabei seine tadellosen Zahnreihen. Die Frauen allerdings wirkten weniger gelassen, vermieden Blickkontakt mit den Polizisten. Völz nahm allen Mut zusammen, trat einen Schritt vor und sagte: »Herr Waczek, Ihnen wird vorgeworfen, heute Abend Ihre Angestellte Irmi Becker vergewaltigt zu haben. Wir müssen Sie bitten, uns auf die Wache zu folgen.«

Paul blieb ungerührt sitzen. Mit einer Handbewegung bedeutete er den Polizisten, sie mögen Platz nehmen. »Führen Sie das Verhör doch gleich hier. Es gibt nichts, weswegen ich mich in Gegenwart dieser drei Damen schämen müsste«, tönte er. Von der Tür aus rief Irmi: »I bleib koa Minutn länger in dem Haus!« »Du bist ja betrunken. Geh auf dein Zimmer!«, schnauzte der selbsternannte Wirt zurück. Irmis Konter kam prompt: »Du moinst, du kannst dir ois erlaubn. Oba diesmoi bist z'weit ganga.« Darauf er, nicht minder erregt: »Wer hat mir denn schöne Augen gemacht, hä?«

»Sie geben also zu, Irmi vergewaltigt zu haben?«, insistierte Völz, worauf der Beschuldigte erst einmal herzhaft lachen musste. »So eine wie die kann man gar nicht vergewaltigen. Der ist doch jeder recht, der seinen Schwanz … Entschuldigen Sie, aber wenn einem sowas unterstellt wird.« Er holte tief Luft und forderte die Männer erneut auf, Platz zu nehmen. Unter der Bedingung, die Frauen sollten den Raum verlassen, willigten sie ein und hörten Pauls Version der Geschichte:

»Es ist richtig. Ich war in Irmis Zimmer. Sie hatte heute früher frei, aber ich dachte nicht, dass sie schon im Bett lag. Wollte mir nur eine Zeitschrift von ihr borgen. Sie sagte, ich könne ruhig noch ein bisschen bleiben und mich mit ihr unterhalten. Sie hört so gern meine spannenden Kriegserlebnisse, müssen Sie wissen. Also setzte ich mich an ihre Bettkante und wir redeten.«

Es blieb natürlich nicht beim Reden. Nach Aussage von Paul hatte Irmi versucht, ihn mit zärtlichen Berührungen in die Horizontale zu bringen. »Ich sagte, ich wolle Lisbeth nicht betrügen, aber darauf pfiff sie. Sie war heiß. Nun, als ich mich von ihr losmachen wollte, hat sie mich in einen kleinen Ringkampf verstrickt, bei dem sie selbst einige Kratzer abbekam. Schließlich ist es doch passiert. Ich hab Lisbeth gerade alles gebeichtet.«

»Dann sieht es so aus, als bräuchten Sie eine neue Bedienung«, bemerkte der Kollege von Völz.

»Wir haben beschlossen, erst eine Nacht darüber zu schlafen und uns dann alle an einen Tisch zu setzen. Irmi ist eine tüchtige Bedienung. Sie hilft außerdem viel im Haus mit. So eine verliert man nicht gern.«

»Vornehmlich, wenn sie auch noch gut im Bett ist«, ergänzte Völz in Gedanken. Er bestand darauf, Paul fürs Protokoll mitzunehmen, fasste die Aussage schriftlich ab und erhielt dann von seinem Chef Alois Benner den telefonischen Befehl, Paul gehen zu lassen. Schließlich bestehe keine Fluchtgefahr.

Am nächsten Morgen, kurz vor Schichtwechsel, kam Irmi wieder auf die Wache, diesmal in einem züchtigen, grauen Kleid, geschminkt, parfümiert, die Haare hochgebunden. »I möcht mei Aussag zruckziehn«, sagte sie zu Oberkommissar Benner, der eben sein Büro betreten hatte. »Es is, wie da Paul gsagt hat. I hab eam verführt. Hinterher wollt er da Wirtin ois verzähln. Da hab i mi gschämt. Für eam war's a Gaudi. Er wollt si net davo abbringa lassn. Da bin i narrisch worn, weil mir des ja die Stell kosten konnt. I hab dacht, wenn i sog, er hätt mi vergewaltigt, halt er sei Maul.«

Benner leuchtete ein, dass man einen Paul Waczek nicht mit Drohungen einschüchtern konnte. »Gut«, sagte er. »Dann vergessen wir die Anzeige und hoffen, dass er Ihnen keine Verleumdungsklage anhängt.« »Nein nein. Mir vertrag'n uns scho wieder«, entgegnete Irmi und versuchte es mit einem Lächeln. Völz, verbittert über diesen feigen Rückzieher, versperrte ihr den Weg durch die Tür. »Frau Becker, warum schützen Sie ihn? Hat er Sie unter Druck gesetzt?« »Nein, gar net. Lassen's mi gehn!« Fast wären ihr wieder die Tränen gekommen.

»Was Sie uns letzte Nacht erzählt haben, klang echt. Das hier hat man Ihnen eingesagt.« »Is net wahr!« Und sie stieß ihn weg. »Es tuat mir leid. I möcht iaz geh.« Benner forderte Völz unmissverständlich auf, das Mädchen in Ruhe zu lassen. »Hast du ernsthaft geglaubt, die würde eine so schwere Beschuldigung aufrecht halten?«, fragte er, als Irmi weg war. »Mein lieber Völz, allmählich solltest du die Zustände beim Metzgerwirt gut genug kennen, um dir keine solchen Illusionen zu machen.«

Dieses Erlebnis kam Johann Völz jetzt, Jahre später, wieder in den Sinn. Lag es nicht nahe, dass der Metzgerfuchs auch diesmal Zeugen mit massiven Drohungen mundtot gemacht hatte? Keiner würde ihn belasten, solange er nicht auf Dauer hinter Schloss und Riegel schmorte. Doch solange ihn keiner belastete, blieb er ein freier Mann. Und das wurmte Völz bis ins Mark.

Manchmal erschien es ihm, als könne Waczek Recht und Gesetz beliebig außer Kraft setzen. In juristischen Sachen schien er äußerst bewandert, um immer ein Schlupfloch zu finden. Andere schmerzhafte Erinnerungen dieser Art vertrieb Völz, ehe sie ebenso lebendig wurden. Er wusste, er würde sonst die ganze Nacht kein Auge zutun.

November 1950, Steinbach und Umgebung

Aus den Ermittlungen in Steinbach, besonders unter den Gästen des Metzgerwirts, wurde klar, was für ein »Bazi« dieser Paul Waczek war. Mars, Benner und Staatsanwalt Harro Suhl unterhielten sich über die Hartls und ihre mögliche Beziehung zu Paul, wobei auch die Vernehmungsprotokolle der Landpolizei eine große Rolle spielten. Mars hatte sich alle Fälle heraussuchen lassen, in die Waczek, Hartl und Steininger verwickelt waren. Was Letzteren betraf, so herrschte Fehlanzeige. Karl hatte wegen kleinerer Delikte auf dem gewerblichen Sektor einige Bußgelder entrichten müssen. Kathi hatte sich am 12. Oktober 1950 vor dem Schöffengericht wegen des Unfalltodes ihrer einjährigen Tochter Gertrud zu verantworten und war freigesprochen worden.

Und Waczek? Hier hatten die Beamten ein längeres Dossier durchzuforsten. Ein Fall erregte ihre besondere Aufmerksamkeit, da er vermutlich Ausgangspunkt der Feindschaft zwischen dem Metzgerfuchs und dem Bauern von Öd war. Im Oktober 1947 hatte Karl Hartl Anzeige gegen seinen einstigen Geschäftspartner erstattet. Der soll versucht haben, nachts in sein Haus einzubrechen, um die Speisekammer leerzuräumen. Die Sache entpuppte sich als typisch »Paulsche Posse«: Erst fädelte er ein Geschäft ein, dann versuchte er, gleich doppelt abzukassieren.

Oktober 1947, Öd am Wald

»Der will mir doch nur eins auswischen, weil ich meinen Hund bei ihm durchfüttern ließ«, hatte Paul zu seiner Verteidigung gesagt. Er besaß kein Alibi für nämliche Nacht. Im Bett sei er gelegen, wie es sich für hart arbeitende Menschen gehöre, gab er an. Der Polizist, der mit diesem Fall befasst war, konnte einem leidtun.

Tatsächlich schienen Paul und Karl bis zu diesem Ereignis die besten Spezis gewesen zu sein. Nach Aussage der Kinder soll Paul oft nach Öd gekommen zu sein, um mit dem Bauern das eine oder andere Geschäft zu besprechen. Manchmal nahm Karl im Seitenwagen von Pauls BMW Platz und fuhr mit ihm nach Steinbach. Kathi mochte den zwielichtigen Gesellen nicht. Den Kindern fiel jedenfalls auf, dass sie kaum ein Wort mit ihm wechselte. Lange hielt er sich ohnehin nie am Hartl-Hof auf. Was die Männer verhandelten, blieb unter vier Augen. Angestachelt von der Mutter, mieden auch die Kinder den Gast. Das taten sie gern, denn er brachte ihnen nie Geschenke mit.

Wie dem auch sei, eines Tages hatte Paul als Beifahrer diesen schwarzen, wuscheligen Hund dabei, einen Straßenköter, groß wie ein Kalb, den ihm ein Hausierer als Zugabe beim Tauschgeschäft übergeben hatte. Obwohl sich das Tier nicht einmal als Wachhund eignete und seinen Herrn arm fressen konnte, wollte ihn Paul behalten. Sein Versuch, ihn bei Galldorfer unterzustellen, scheiterte, denn Galldorfers Dogge und dieser Vierbeiner verbissen sich ineinander. Im Gasthaus waren Hunde auch nicht geduldet. »Nimm ihn bei dir auf, bis ich eine andere Bleibe für ihn gefunden habe. Es soll dein Schaden nicht sein«, bat Paul deshalb seinen Partner. Dieser erwies sich als echter Freund. Bald sah Paul seinen Hund bei Hartl in so guten Händen, dass er keinen Gedanken mehr darauf verschwendete, ihn wieder abzuholen.

Ende vom Lied: Nach mehrmaliger vergeblicher Aufforderung, Paul möge den Hund mitnehmen, setzte Karl den Vierbeiner irgendwo aus. So kam es zur ersten Verstimmung zwischen Paul und Karl. Wenig später aber kehrte der Metzgerfuchs mit der Friedenspfeife zurück. Er beschenkte seinen Freund mit Tabak und einer Flasche Schnaps und bot ihm gleich ein neues lukratives Schwarzgeschäft an: »Du willst doch deinen Stall ausbauen, brauchst dazu sicher Zement. Ich kann dir zehn Säcke besorgen. Du gibst mir dafür einen Zentner Schmalz.« Das Schmalz hatte Hartl bereits auf Lager. Paul sagte, er wisse noch nicht, wann er den Zement bekomme. Deshalb war er etwas in Sorge um die Haltbarkeit des Schmalzes. »Stell es bitte kalt in deiner Speisekammer!«, ermahnte er ihn.

So geschah's, und in der übernächsten Nacht erwachte Karl Hartl, dessen Ohren verdächtige Geräusche aus dem Parterre vernahmen. Folgendes gab er später bei der Polizei zu Protokoll: »Ich blickte aus dem Fenster im ersten Stock und bemerkte, dass sich jemand am Fenster der Speisekammer zu schaffen machte. Also versuchte ich, den Einbrecher mit lauten Rufen zu verscheuchen. Nach unten schleichen und ihn überraschen, das getraute ich mich nicht. Er konnte bewaffnet sein. Jedenfalls nahm er jetzt Reißaus, wobei ich ihn nur von hinten sah. Der Mond verbarg sich hinter einer Wolke, was es mir noch schwerer machte, etwas zu erkennen. Er trug einen langen, dunklen Mantel, vermutlich einen Hut oder eine Kapuze. Der Statur nach war es ein Mann.«

Alsdann untersuchte Karl den Schaden: Der verhinderte Einbrecher hatte das Fliegengitter entfernt und sich mit einem spitzen Gegenstand am Fenster zu schaffen gemacht, es jedoch nicht ganz öffnen können. Aus zweierlei Gründen wählte er gerade die Speisekammer: Er wusste, hier befand sich das wertvolle Schmalz, und hier war das einzige, nicht durch ein Eisengitter gesicherte Fenster im Erdgeschoss. So komme nur Paul als Täter in Frage.

Der Polizist wies Hartl darauf hin, dass es schon eines Beweises bedürfe, um den Metzgerfuchs derart zu belasten. Weil jener alles abstritt, änderte der Bauer seine Anzeige in »gegen Unbekannt«, mit der dringenden Bitte,

Paul als Hauptverdächtigen genau unter die Lupe zu nehmen. Dies geschah mit dem für die Steinbacher Landpolizei üblichen Engagement. Pauls Aussage, er habe zur Tatzeit geschlafen, war insofern nicht von der Hand zu weisen, weil ihn niemand in dieser Nacht außerhalb seines Hauses gesehen hatte, was natürlich nicht verwunderte, denn ganz Steinbach lag ebenfalls in den Betten. Letztlich landete der Einbruch ungeklärt bei den Akten.

Ob diese Geschichte eine tiefe Feindschaft zwischen Paul und den Hartls begründete, vermochten Suhl, Benner und Mars schwer zu sagen. Nach Aussage des zwölfjährigen Sepp Hartl und seiner Schwester Maria hatte sich Paul nach dem Einbruchsversuch nicht mehr in Öd blicken lassen. Verständlich, hätte Karl als Konsequenz die Geschäftsbeziehung mit Paul aufgekündigt. Aber er setzte sie fort, obgleich es nur noch zu sporadischen, kaum nachweisbaren Kontakten in Steinbach kam.

Pranger und Pistolen

November 1998, Hennbach, Gemeinde Fallberg

Ich bin ein Mann in Not. Ich muss den Pfarrer sprechen. Ich will beichten.« Mit diesen Worten verschafft sich Waczek Zutritt in dieses Haus. Das Anwesen Hennbach ist ein alter Gutshof, etwas abseits einer kleinen Ortschaft am Waldrand gelegen. Ein idyllischer Garten mit hohen Hecken schützt es vor neugierigen Blicken. Jetzt im Spätherbst bietet er freilich ein tristes Bild. Die Engelsfiguren am Brunnen spucken kein Wasser mehr, die Garnitur auf der Terrasse ist eingepackt in Plastikfolie. Die mit Gras bewachsene Zufahrt zur Garage lässt darauf schließen, dass die Bewohner kein Auto besitzen.

Eine etwa 60-jährige, resolute Frau öffnet auf sein Klingeln hin. Am schlecht befestigten Feldweg entfernt sich gerade im Schritttempo das Taxi. Waczek riskiert wieder einmal, von einem Hund angefallen zu werden. Doch kein Gebell, nur das Knurren der Frau, die das Vordringen des alten Mannes bis zur Eingangstür bereits als Hausfriedensbruch wertet und sich bitter beschwert, was ihm denn einfalle, so spät noch zu stören. »Monsignore hat sich bereits zur Ruhe gelegt. Kommen Sie morgen wieder.«

Monsignore ist nur einer der Titel, die sich Pfarrer Moritz Zumüller in den letzten Jahrzehnten erworben hat. Er darf sich auch Bischöflich Geistlicher Rat oder Dekan im Ruhestand nennen. Seine letzte Messe in Rammbach hat er vor zehn Jahren gelesen und sich dann hierher aufs Altenteil zurückgezogen. Ein denkmalgeschütztes Anwesen, durchzogen von fingerdicken Rissen. Nur ein kleiner Teil der Räume ist bewohnbar, aber auch dort knabbert der Zahn der Zeit. Zweimal täglich kommen die mobilen Schwestern der Caritas, um den 89-Jährigen zu pflegen. Die übrigen Pflichten in Haus und Garten erledigt seine rüstige Haushälterin. Vor acht Jahren, als die alte Pfarrersköchin gestorben war, übernahm sie das Regiment. »Bei so viel Fürsorge kann der Mann hundert Jahre alt werden«, sinniert Waczek in Gedanken. Seine flehenden Worte, sie möge ihn endlich durchlassen, zeigen Wirkung. Jetzt steht er im Flur und soll nicht von der Stelle weichen, bis Monsignore erscheine.

Paul blickt sich um und schnuppert. So weit er erkennen kann, entbehrt das Haus keiner Pflege. Trotzdem sind die Wände feucht. Das abgenutzte Parkett ist mit Bohnerwachs verkleistert. Christusfiguren, Madonnen, Heiligenbilder und Weihwasserbecken zieren die Wände. Der Besucher vermisst nur noch eine Bank, auf die er sich knien und ins Gebet versinken kann. Friedhofsbeleuchtung verleiht der Szenerie zusätzlichen sakralen Charakter.

Aus dem Dunkel der Wendeltreppe steigt die Haushälterin mit sicheren und schnellen Schritten, krächzt »gastfreundlich« wie zuvor: »Monsignore ist alles andere als erfreut über Ihren Besuch. Er wollte, dass ich mich erst nach Ihrem Namen erkundige, bevor er Sie empfängt.«

»Sagen Sie ihm nur, es geht um die Sache in Öd.« Zu Pauls Überraschung weiß die Frau sofort, worauf er sich hier bezieht. Mit erhobener Faust tritt sie auf ihn zu. »Sind Sie etwa für die Presse hier? Monsignore hat sich fürchterlich aufgeregt, als neulich die unsägliche Geschichte in der Zeitung wieder aufgerührt wurde.«

»Er kommt nicht sonderlich gut dabei weg«, fällt Paul wieder ein. »Aber ich kann Sie beruhigen. Ich bin kein Spitzel, sondern ein Bekannter aus früheren Tagen. Und ich möchte wirklich beichten, wenn man das einmal so nennen darf. Sagen Sie ihm das, dann wird er jeden Gedanken an Schlaf sofort vergessen.«

Verärgert in ihre Falten hinein grummelnd steigt die Frau wieder treppauf, kehrt eine Minute später zurück und hat nun Order, den Gast ins Wohnzimmer zu geleiten. Auch dort deuten unzählige Zeichen auf die Profession des Hausherrn hin. Ein Schirm mit Energiesparlampen funzelt gelbes Licht in den weihrauchgeschwängerten Raum, dessen Mittelpunkt ein Sofa und zwei Polsterstühle bilden. An einem kleinen Hausaltar flackern Teelichter. Kitsch aus Kirchenräumen, geschnitzte Kreuze, sogar ein ausgemusterter Tabernakel. Dazu eine Pinnwand voller Sterbebilder. Schmunzelnd registriert Paul auf dem Tisch sowohl einen Stapel Bücher, als auch einen nicht minder hohen Berg Medikamente und ein Blutdruckmessgerät. Was ihn am meisten beeindruckt, sind die mächtigen Regale, voll gestopft mit Lektüre. Kein Winkel, der noch Platz für weitere Schmöker bieten könnte. Ein Blick über die Buchrücken verrät die Vielfalt der Interessen dieses alten Klerikers: Da parken hochphilosophische und theologische Abhandlungen neben Trivialromanen. Technik, Geschichte, Sprachen, Völkerkunde, Esoterik und zahlreiche Biografien sind hier zu finden. Dazu auch ein Schatz heimatkundlicher Werke.

Paul will gerade einen Band herausziehen, als Moritz Zumüller durch die Tür tritt: ein gebrechliches Männlein, auf einen Stock gestützt, aber noch in der Lage, Treppen zu steigen. Ein letzter Rest grauer Haare verteilt sich zwischen beiden Ohren, deren nachlassende Funktion mit einem Hörgerät verstärkt werden muss. Doch seine immer forschenden Augen versehen nach wie vor ohne Brille ihren Dienst.

»Erschrecken Sie nicht«, sagt der Besucher, als er sich dem Geistlichen zuwendet. Seine Befürchtung, dieser könne wie vom Blitz getroffen zusammenbrechen, bewahrheitet sich nicht. Zumüller bleibt gelassen, als empfange er einen harmlosen alten Bekannten. Das liegt wohl an der Haushälterin, die geschäftig hinter ihm herdackelt und sich erkundigt, ob Monsignore noch einen Wunsch habe.

»Nein danke. Ich klingle, wenn ich etwas brauche.« Gern hätte sie den Namen des Besuchers erfahren, aber Zumüller rührt sich nicht von der Stelle, bis die Tür geschlossen ist. Beide Männer betrachten sich lange, bevor der Hausherr das Wort ergreift: »Ist es genehm, dir ein Grüß Gott zu sagen, Paul?« »Es ist genehm. Der Herr hat mich immer begleitet und wird es auch weiter tun«, antwortet der Gast ebenso ruhig und wartet, bis der Pfarrer Platz genommen hat, bevor auch er sich setzt.

»Man hält dich für tot.«

»Das ist gut so.«

»Ich ahnte bereits, irgendetwas würde passieren, nachdem deine Geschichte wieder in der Zeitung stand. Darf ich dir etwas zu trinken anbieten?« Paul erinnert sich an den guten Messwein, von dem Zumüller immer einen großen Vorrat im Hause gehabt hatte. Jetzt sei Alkohol für ihn tabu, bedauert der Priester. Paul entscheidet sich für ein Glas Mineralwasser aus dem Tabernakel, der zum Barschrank umfunktioniert wurde. »Ziemlich skurril mein Inventar, nicht wahr?«, bemerkt der Pfarrer mit einem Schmunzeln. »Man hängt eben an den Abschiedsgeschenken. Wie einen Heiligen hat mich meine Gemeinde einst in den Ruhestand geschickt. Hertha sagt, du wolltest beichten.«

»Dann beichte ich jetzt, dass ich gelogen habe und gar nicht beichten wollte.«

»Vielleicht solltest du endlich dein Gewissen erleichtern, bevor auch deine Jahre gezählt sind«, meint der Pfarrer ernst. Jede Freundlichkeit ist plötzlich aus seinem Gesicht gewichen. Die Antwort Waczeks überrascht ihn: »Wäre es Ihnen nicht lieber, ich könnte den Beweis erbringen, dass Sie sich damals in Steininger nicht getäuscht haben? Schon vor Gericht mussten Sie sich eingestehen, ihm Unrecht getan zu haben. Das ist noch milde ausgedrückt. Zerstört haben Sie ihn mit Ihren Anfeindungen. Seine ganze Familie hatte an dieser Last zu tragen. Wahrscheinlich glauben viele im Volk immer noch, ich hätte Steiningers Strafe verbüßt.«

Zumüller hält die Hände vors Gesicht und fleht: »Hör auf! Wem soll ich denn glauben?« »Hat er einen heiligen Schwur abgegeben, unschuldig zu sein?« »Nicht geschossen zu haben, schwor er. Schuld trifft ihn wohl.« »Dachte ich's mir.« Paul steht auf und wandert im Zimmer auf und ab. »Es hat wohl wenig Sinn, nach Einzelheiten zu fragen«, äußert er mürrisch. »Verband er Ihnen auch beichtend den Mund?«

Zumüller ringt um Fassung, hält bereits ein Taschentuch in der Hand. »Ach, hätte er nur gebeichtet! Noch in der Stunde seines Todes kam ich zu ihm und flehte, er möge mir verzeihen und endlich alles sagen. Doch seine Frau stieß mich von ihm fort. Und als auch sie wenige Jahre später im Sterben lag, war's die Tochter, die mich fluchend davonjagte.« Das Schluchzen des Pfarrers rührt Paul, weshalb er ihn nun an seine eigene Beichte vor knapp 48 Jahren erinnert: »Sie gab doch erst den Ausschlag für Ihr Verhalten gegen Steininger.«

26. Dezember 1950, Rammbacher Pfarrkirche

Nach der Christmette und den anstrengenden Festgottesdiensten zu Weihnachten freute sich Moritz Zumüller wieder auf den grauen Alltag in seiner Dorfpfarrei. Nach dem abschließenden Rundgang durch das Gotteshaus wollte er endlich seine Geschenke auspacken und sich eine Flasche Frankenwein munden lassen.

Der Pfarrer pflegte abends immer persönlich die Kirche abzusperren. Er nutzte die Gelegenheit zu einem stillen Gebet vor der Marienstatue, wanderte noch einmal durch die Reihen, sammelte Schirme, Hüte und Gebetbücher, die von den Gläubigen vergessen worden waren, ein, löschte die Kerzen und ging dann durch die Sakristei hinaus. Selten kam es in dieser kalten Jahreszeit vor, dass noch jemand zu so später Stunde hier in stiller Andacht verweilte. Meist entfernten sich die letzten Betenden wortlos, wenn der Pfarrer mit den Schlüsseln klapperte. Manchmal suchte jemand ein paar tröstende Worte bei ihm, andere baten, beichten zu dürfen. Noch keinen hatte Moritz Zumüller bisher abgewiesen, aber an diesem Abend war er nahe dran, mit seiner Tradition zu brechen, denn jener, der ganz in sich versunken den Frommen mimte, war kein Geringerer als Paul Waczek.

Als der Pfarrer den Mann, der sich hinten, im dunkelsten Winkel der Kirche niedergelassen hatte, aufforderte, er möge sich jetzt bitte entfernen, weil abgeschlossen werde, verhallten die Worte scheinbar ungehört. Die Person wirkte wie eine starre Puppe, und kurzzeitig glaubte der Geistliche, sie sei eingeschlafen oder erfroren. Abgesehen davon verhielt sich Zumüller so, als kenne er den Mann nicht, obwohl er ihm in Steinbach ein paar Mal über den Weg gelaufen war.

»Sie werden mit mir sprechen oder mich hier einsperren«, grummelte Waczek so leise, dass seine Worte kaum einen Meter weit drangen. Pfarrer Zumüller fasste allen Mut zusammen, trat neben den Mann und bat, er möge das eben Gesagte wiederholen. »Um ein vertrauliches Gespräch bitte ich Sie.« »Da haben Sie sich eine denkbar schlechte Zeit ausgesucht.« Der Pfarrer, ein kräftiger Mann, der früher Leistungssport betrieben hatte, fürchtete, von Waczek niedergeschlagen und ausgeraubt zu werden. In den Opferstöcken und in der Sakristei befand sich immer etwas Geld.

»Dies ist die beste Zeit und der beste Ort für mich, um kein Aufsehen zu erregen«, widersetzte sich Waczek. »Ich komme aus Steinbach. Man nennt mich Metzgerfuchs. Sperren Sie ruhig ab und setzen Sie sich dann neben mich. Haben Sie keine Angst! So verdorben bin ich nicht, dass ich hier ein Verbrechen begehen würde.« Zumüller bot ihm an, im Pfarrhaus bei angenehmeren Temperaturen weiterzureden, was Paul entschieden ablehnte. »Dieser Ort kommt meiner Stimmung eher entgegen. Wir reden hier oder wir reden gar nicht. Wenn Sie frieren, leihe ich Ihnen meinen Mantel.«

Auf dieses Angebot konnte der Pfarrer gern verzichten. Neugierig geworden, tat er, wie ihm aufgetragen wurde. Als er neben dem Metzgerfuchs saß, nahm dieser eine gemütlichere Sitzhaltung ein. Kurz begegneten sich ihre Blicke. Paul erkannte das Misstrauen und bemühte sich um einen sanften, nicht allzu arroganten Tonfall: »Sie sollen wissen, dass ich trotz meines unsteten Lebenswandels streng katholisch von meiner Mutter erzogen wurde. Wenn ich heute die Gottesdienste schwänze und das Beten verlernt habe, ist das reine Faulheit. Ich glaube weiter an Gott und seine Gebote, die ich zum Teil mit Absicht übertrete, weil das Fleisch bekanntlich schwach ist. Jeder muss schauen, wo er bleibt. Der eine buckelt bei ehrlicher Arbeit, der andere erschwindelt sich sein Einkommen. Darin sehe ich kein großes Verbrechen. Jesus lehrte uns zu teilen, aber die Menschen sind raffgierig geworden. Zugegeben, Herr Pfarrer: Wegen meiner Skrupellosigkeit bin ich gefürchtet im Volk. Nur bedenken Sie, ich neige nicht zu Gewalttätigkeiten. Die eine oder andere Ohrfeige ist mir schon ausgerutscht. Manchen Tritt in den Hintern hab ich verpasst, manches Hemd im Streit zerrissen. Doch nie hab ich einen Menschen ernsthaft verletzt oder gar töten wollen. Die Wut trieb mich in den Suff oder in die Betten anderer Frauen, sie fand immer unblutige Wege, sich abzureagieren. Deshalb – und das möchte ich hier vor Gott beschwören – hab ich die Hartls nicht erschossen.«

Ob dieser sicher wohl vorbereiteten Rede konnte Pfarrer Zumüller nur den Hut ziehen. Während beide nun lange schwiegen, rang er um eine Entscheidung: Durfte er ihm glauben? Oder welchen Grund konnte Waczek haben, ihn hier abzupassen und ihm Märchen aufzutischen? Er, Zumüller, hatte nie Verdächtigungen gegen Waczek ausgesprochen und stattdessen gegen die Steiningers gehetzt. Von der Kanzel herab bezichtigte er mittlerweile die Schafhalter-Familie mit verklausulierten Äußerungen der Lüge, bis es auch der dümmste Gottesdienstbesucher begriff.

Doch Paul? Was konnte ihn veranlassen, ihm sein Herz auszuschütten? Gern hätte er aus seinem Gesicht gelesen, aber die Kerzen waren bereits erloschen, und von draußen mühte sich nur das schwache Licht einer Straßenlaterne durch die Fenster. »Bedrückt dich der Verdacht, der noch an dir haftet?«, fragte der Pfarrer schließlich. Paul nickte. »Ja. Eigentlich könnte es mir egal sein, was die Leute sagen. Sie zweifeln natürlich mein Alibi an und reden schlecht über Lisbeth. Auch die Polizei sitzt mir weiter im Nacken, wartet auf meinen entscheidenden Fehler oder eine überraschende Zeugenaussage. Nur die Feigheit anderer bewahrte mich bisher vor größerem Übel. Ich will deshalb wenigstens einen Menschen von meiner Unschuld überzeugen, indem ich ihm beichte, was sich wirklich am Abend des Mordes ereignet hat.«

Pfarrer Zumüller spürte, dass es Paul ehrlich meinte, und beorderte ihn in den Beichtstuhl, wo er eine schier unglaubliche Geschichte hörte.

November 1998, Hennbach, Gemeinde Fallberg

»Ich dachte, so einen Schwachsinn kann man sich nicht ausdenken«, bekennt der Pfarrer, dem diese Szene im Geiste plötzlich derart lebendig erscheint, dass er sogar die harte Kirchenbank zu spüren glaubt. Doch bald fühlt er wieder das weiche Polster des Sofas unter seinem verlängerten Rückgrat. Das Kinn auf seinen Stock gestützt, sieht er Paul an und erkennt immer noch den jungen Mann von damals in ihm.

Unaufgefordert bringt die Haushälterin Tee und erkundigt sich, ob alles in Ordnung sei. Da beide Herren freundlich lächeln und erklären, man unterhalte sich bestens, zerstreut sich auch ihr beißendes Misstrauen. Es verwundert sie nur, dass der Gast anfangs einen so verzweifelten Eindruck machte und beichten wollte. »Vielleicht erhielt er bereits die Absolution und kann deshalb – von der Last befreit – so unbeschwert mit Monsignore plaudern«, redet sie sich ein.

»Der Herr heißt Paul und ist nach vielen Jahren in diese Gegend zurückgekehrt, um alte Bekannte zu besuchen«, stellt Zumüller vor und erwartet, dass sich die Frau und Waczek artig die Hand zur Begrüßung reichen. »Richten Sie ihm bitte das Gästezimmer her. Ich denke, er wird die Nacht hier verbringen.« Paul bekundet, er wolle keine Umstände machen, zumal er ohne Voranmeldung hereingeschneit sei. Seiner Bitte, ein Taxi rufen zu dürfen, wird widersprochen. Im Haus gibt es kein Telefon. »Zier dich nicht! Es ist für alles gesorgt«, bemerkt der greise Pfarrer verschmitzt. Waczek gibt sich geschlagen, auch weil er nun länger als erhofft mit Zumüller reden kann.

So entlockt er ihm als Nächstes die Adresse von Anna Steininger, die seinerzeit von der Polizei auf dem Schulweg »entführt« wurde. Für den Pfarrer steht fest, dass Anna den Metzgerfuchs ebenso von ihrer Tür weisen wird wie ihn. Mehrmals hat er sie vergeblich um eine versöhnliche Aussprache gebeten. »Ihr Hass gegen mich ist wie zementiert«, bedauert er. »Dabei hat sie sogar allen Grund, mich in die Hölle zu verdammen.«

Winter 1951, Rammbach und Umgebung

»Verdunkelt wird die Wahrheit mit dem Mantel des Schweigens über ein Verbrechen, wie es unsere Pfarrei noch nie erlebt hat. Und so grinst der Satan über den Triumph der Schwäche und Feigheit, die einen doppelten Meuchelmord ungesühnt lassen. Ich aber sage euch: Die es wissen, sind unter uns und spielen unschuldige Lämmer. Möge ihnen Gott in seiner Güte endlich die Lippen öffnen und der Gerechtigkeit zum Sieg verhelfen, denn Gott ist allmächtig. Amen.«

Mit diesen Worten beendete Pfarrer Zumüller seit den Weihnachtsfeiertagen jede Predigt, auf dass steter Tropfen den Stein höhle. Bei Gottesdiensten an Werktagen, wenn kein Mitglied der Familie Steininger anwesend war, ließ er diesen Passus weg, sodass allen klar wurde, wer hinter den »unschuldigen Lämmern« steckte. Und weil das Wort des Pfarrers auf dem Lande mehr wog als jede weltliche Verordnung, nahm man es für bare Münze und tuschelte sich zu: »Zumüller kennt die Mörder. Es sind die Steiningers. Der sterbende Karl Hartl hat es ihm gebeichtet.« Dass nicht alles Volk zusammenlief, um Steininger zu steinigen, lag allein an den beschwichtigen Worten des Priesters. Zumüller ahnte, dass es einmal so weit kommen konnte, und ermahnte deshalb seine Schäflein, von Selbstjustiz Abstand zu nehmen, denn »Gott ist der Richter«. Wohl aber billigte er alle Aktionen, die darauf abzielten, ein Geständnis zu erzwingen. An solchen mangelte es wahrlich nicht.

Alfons Steininger und seine Frau befanden sich in der Zwickmühle. Gingen sie weiterhin zur Kirche, waren sie den Anfeindungen des Pfarrers schutzlos ausgeliefert. Und jene, die an ihre Schuld glaubten, entsetzten sich dann über ihre Dreistigkeit: »Skrupellose Mörder, die dem Gekreuzigten ungeniert in die Augen blicken können. Pfui!« Wären die Schafhalter aber den Gottesdiensten fern geblieben, hätte man es ihnen als eindeutiges Schuldgeständnis ausgelegt. Demnach nahmen sie jeden Sonntag alle Kraft zusammen, trotzten den geifernden Blicken und geflüsterten Schimpfworten und vertieften sich in ein Vaterunser, wenn Zumüller seine berüchtigten Schlussworte vortrug.

Ihre Hoffnung, der wahre Mörder könne bald gefasst werden, erfüllte sich nicht. Und je mehr Zeit verstrich, desto mehr kochte die Volksseele hoch. An den Stammtischen machte das Geschwätz den Schafhalter zur »persona ingrata«. Alle Vereine, denen er angehörte, legten ihm den Austritt nahe. Marlies sah sich außer Stande, den Hof zu verlassen. Zum Einkaufen schickte sie die Magd. Der Katholische Frauenbund und der »Lebendige Rosenkranz« – eine tiefgläubige Betgemeinschaft – strichen Marlies aus ihrem Register.

Arg zu leiden hatte Töchterchen Anna, die täglich zur Schule nach Rammbach musste und dort wie eine Aussätzige behandelt wurde. Die Buben hänselten sie unentwegt, die Mädchen schnitten sie oder sagten ihr die übelsten Schimpfworte. Als der Lehrer erkannte, wie die schulischen Leistungen des intelligenten Kindes rapide nachließen, ermahnte er die Klasse zu mehr Kameradschaft nach dem Motto: »Was kann Anna dafür, dass ihre Eltern Mörder sind?«

Der Pfarrer indessen nahm Anna beim Religionsunterricht in Sippenhaft. Beharrlich appellierte er vor der ganzen Klasse an sie: »Bring deine Eltern auf den rechten Weg! Zwing sie, endlich die Wahrheit zu sagen! Es ist deine Pflicht als Christin, die bald die erste heilige Kommunion empfängt.«

Als all dies nichts fruchtete, gingen einige übereifrige Zeitgenossen in die Offensive. In Nacht- und Nebelaktionen beschilderten sie die Zufahrt zum Steininger-Hof stets aufs Neue mit Wegweisern: »Hier geht's zum Mörderhaus« oder »Guter Schütze nimmt noch Aufträge entgegen.«

Bald machten Gerüchte die Runde, Marlies Steininger selbst könne die Schüsse abgefeuert haben, weil bekannt wurde, dass zwischen ihr und Kathi Hartl zuletzt ein Zickenkrieg getobt hatte. Nämliche Gerichtsverhandlung, in der es um die Verantwortung für den tödlichen Unfall Gertrud Hartls ging – bekanntlich ertrank das einjährige Kind beim Spielen in einem Wassereimer –, gab Anlass zu solchen Spekulationen. Marlies, die sich unter den Zuschauern befand, hatte sich derart über den Freispruch erregt, dass Alfons ihr eine Beruhigungstablette geben musste. Vor allen Leuten, die sich noch im Flur des Amtsgerichts aufhielten, hatte sie geschrien: »Wie kann man diese Rabenmutter ungestraft lassen? Die hat doch schon ihr zweites Kind auf dem Gewissen!«

Tatsächlich lasteten zwei Schicksalsschläge innerhalb kurzer Zeit auf der Familie Hartl: Im Februar 1949 spielte die eineinhalbjährige Steffi Hartl in der Stube unbeaufsichtigt mit einer Kerze. Diese fiel um, entfachte einen Zimmerbrand. Dann ging alles so schnell, dass jede Hilfe für das Kind zu spät kam. Am 17. August 1950 traf es die einjährige Gertrud. Während ihre Mutter die Stallarbeit verrichtete, klammerte sich das Kleinkind an einen Wassereimer, um aufzustehen. Es war unsicher auf den Beinen, beugte sich zu weit über den Rand des Eimers und torkelte kopfüber hinein, wobei es sich so unglücklich im engen Behälter verkeilte, dass ihm jede Bewegungsfreiheit genommen war. Nur eine Handbreit Wasser befand sich im Eimer, doch es genügte zum Ertrinken.

Im Falle von Steffi war es nicht zur Verhandlung gekommen. Das Unglück mit Gertrud bewog den Staatsanwalt, routinemäßige Untersuchungen einleiten zu lassen, wobei der Ausgang des Verfahrens vorhersehbar war: Damals ereigneten sich wesentlich mehr Unfälle in der Landwirtschaft als dieser Tage. Und niemand konnte verlangen, dass Mütter ihre Kinder anketteten.

Marlies Steininger aber wurde nicht müde, ihre Nachbarin bei allen Frauen, die sie kannte, anzuschwärzen: Gott nahm ihr beide Kinder, weil sie »schwere Sünde« auf sich geladen habe. »Und«, so bemerkte sie einmal ahnungsvoll, »es wird noch schlimmer kommen, weil sie keine Einsicht zeigt.«

Schon damals war den Leuten klar, dass die »Steiningerin« sich in irgendetwas hineingesteigert hatte. Kathi Hartl galt als tugendhafte Frau, die sehr um eine gute Erziehung ihrer Kinder besorgt war und ihrem Mann nie Anlass zur Klage gab. Zuletzt allerdings schien sich ein Schatten über das Gemüt der sonst so lebenslustigen Bäuerin gelegt zu haben.

Das Rätselraten, weshalb Marlies einen Hass auf Kathi hatte, wurde jetzt zum Volkssport. Und es gab nicht wenige, die hinter vorgehaltener Hand sagten: »Die Schäferin hat über die Eltern der verunglückten Kinder selbst gerichtet.« So bekam ihr Mann plötzlich die Rolle des Mitwissers oder Komplizen zugeschanzt. Und weil sich die Sippe gegenseitig Alibis gab, luden alle Schuld auf sich. Übrigens erhärtete noch ein Umstand den Verdacht, Marlies könne geschossen haben: Aus Reihen der Landpolizei sickerte durch, die sichergestellten Fußspuren des Täters im Schnee seien auffallend schmal gewesen – könnten also von Frauenschuhen stammen. Hinkte Frau Steininger? Nein, sie hinkte nicht, aber vielleicht hatte sie sich an diesem Tag den Fuß vertreten.

Sonst passte auch vieles zusammen: Marlies schien psychisch gestört zu sein und konnte mit Waffen umgehen, weil ihr Vater Jäger war. Sie hatte ein Fahrrad, einen Hund, der ihr überallhin folgte und vermutlich auch schussfest war, sie kannte die Örtlichkeiten, legte eine falsche Spur Richtung Steinbach. Was Wunder also, dass plötzlich Plakate und Handzettel auftauchten, die eindeutig gegen ihre Person gerichtet waren:

»Drei Kinder trauern um ihre Eltern – und wir alle können ihnen nicht helfen, denn die Schäferin sitzt zu Hause und spinnt. An ihrem Rosenkranz klebt Blut, aber sie spielt die Heilige. Wer presst endlich die Wahrheit aus ihr heraus?«

Kein Briefkasten in zehn Meilen Umkreis, der nicht diesen unsäglichen Text zugestellt bekam. Litfaßsäulen, Heustadeln und Bäume trugen die Parolen zur Schau. Sogar am Friedhof und am Pfarrhof hingen welche. Der oder die anonymen Verfasser konnten nicht ermittelt werden. Ja, Alfons Steininger fühlte sich regelrecht verarscht, als er Anzeige erstattete: »Was wollen's denn? Fühlen Sie sich etwa angesprochen von dem Text? Schäfer gibt's viele«, witzelten die Polizisten und grinsten sich dabei ungeniert an. Immerhin bemühten sie sich um Aufklärung, ließen Schriftproben anfertigen von einigen Buben, die für solche Streiche in Frage kämen, legten sie einem Grafologen vor, der jedoch keine Übereinstimmung feststellen konnte.

»Weißt du nicht, wer dahintersteckt?«, mokierte sich ein anderer Schäfer, als Steininger mit ihm über die Plakate sprach. »Sauber, wenn du das nicht weißt.« Auch er, der letzte verbliebene Freund, machte sich nur einen Spaß mit ihm. Der Schäfer ließ daraufhin seine Familie und Bediensteten ausschwärmen, alle Plakate abzureißen. Eine Sisyphusarbeit, denn täglich tauchten neue auf.

»Das ist Rufmord, Alfons«, hatte ein ihm wohlgesonnener Geistlicher aus der Hallertau gesagt. »Lass dir das nicht bieten! Setz Detektive ein, auch wenn es dich drei Kühe kostet!« Eine anerkannte Münchner Detektei nahm sich des Falles schließlich an, schickte mehrere Schnüffler gleichzeitig in die Gemeinden Steinbach, Rammbach und Fallberg. Die stürzten sich eifrig auf ihre Aufgabe. Mit Bestechungsgeldern nicht sparend, hatten sie bald eine Liste von Verdächtigen an der Hand. Observationen rund um die Uhr folgten. Der eine oder andere wurde dabei ertappt, im Auftrag unbekannter Dritter ein Plakat aufzuhängen. Meist handelte es sich um Jugendliche, die sich damit ein paar Groschen verdienten.

Je länger die Detektive in der Region verweilten, desto stärker richtete sich der Zorn des Volkes gegen sie. Irgendwann war niemand mehr bereit, ihnen für einen Judaslohn Auskunft zu erteilen, obgleich sie ihrem Ziel schon sehr nahe gekommen waren: Sie kannten den vermutlichen Drahtzieher der Plakataktion.

»Wir können nichts beweisen, wir kommen nicht mehr weiter. Es hat wirklich keinen Sinn, Sie noch tiefer in Unkosten zu stürzen«, teilten sie ihrem Auftraggeber im Juli 1951 resigniert mit. »In Rammbach stehen wir vor einer Mauer, durch die wir nicht kommen. Es ist die Mauer zum Pfarrhof.« »Aha, der Pfarrer also.« Steininger klatschte begeistert in die Hände. »Wenn wir das beweisen können, muss ihn der Bischof strafversetzen. Bitte, machen Sie sich wieder an die Arbeit! Ich erhöhe Ihre Belohnung.«

Aber die drei Detektive schüttelten den Kopf. »Nein, ohne uns. Die Sache ist uns zu heiß geworden. Mit einem niederbayerischen Geistlichen legt man sich besser nicht an. Im Übrigen hat er uns versichert, Sie hätten Hartl wirklich auf dem Gewissen. Darf ein Pfarrer lügen?«

In diesem Augenblick wünschte sich der Schafhalter eine Pistole, um zuerst diese drei Versager und dann sich selbst zu erschießen. Aber es blieb dabei: Die Detektive quittierten den Dienst. Zumindest hatten sie bewirkt, dass keine weiteren Plakate aufgehängt wurden. Schwacher Trost, denn der Terror ging unvermindert weiter: Giftköder für die Hofhunde, Diebstahl von Schafen, Beleidigungen, bitterböse Worte von der Kanzel. Der Gesundheitszustand der herzkranken Marlies verschlechterte sich zunehmend. Was blieb ihrem Mann schließlich übrig, als das Anwesen zu verkaufen und irgendwo, möglichst weit weg, eine neue Existenz zu gründen.

Winter 1951, Rammbach

Vor »Attentaten« und öffentlichen Hetzkampagnen blieb der andere Verdächtige verschont. Dabei gab es nicht wenige, die den Metzgerfuchs des Mordes bezichtigten und Steininger für unschuldig hielten. Gerüchte, Waczek sei zur Tatzeit doch außerhalb des Hauses gewesen, lebten fort. Im Flüsterton wurden sie von Ohr zu Ohr getragen, begleitet von angstvollen Blicken, denn es gab verdorbene Subjekte, die für einen Verräterlohn jeden ans Messer liefern würden. Selten brachte jemand den Mut auf, in Gegenwart von Paul Waczek über die Schüsse in Öd zu sprechen – und wenn, dann ohne ihn dabei ins Spiel zu bringen. Waczek indessen reagierte ganz gelassen auf dieses Thema. Ja, es schien ihn sogar zu amüsieren, sich an den Spekulationen zu beteiligen.

Die einen meinten, ein vagabundierender Schwarzhändler oder Hausierer habe sich an Hartl für einen früheren Betrug gerächt. Andere sahen Eifersucht als Motiv, denn der Bauer aus Öd galt einst – wie man hier zu sagen pflegte – als »Weiberer«. Zwei- bis dreimal die Woche hatte Hartl das Nachtleben in Steinbach oder in der Stadt genossen und sich dabei so manche attraktive Tischdame angelacht. Selten eine, die ihn hatte abblitzen lassen, denn er gab sich charmant, hatte »die Anmache drauf«, wie man heute salopp sagen würde. Und – ein ganz wesentlicher Punkt – er sah gut aus. Inwieweit sich seine Bekanntschaften auch auf den intimen Bereich erstreckt hatten, vermochte niemand zu sagen. In dieser Hinsicht war Karl immer äußerst diskret gewesen. Völlig undenkbar, dass er einmal mit einem sexuellen Abenteuer geprahlt hätte. »Ich bin meiner Kathi treu«, pflegte er zu betonen, wenn man ihn mit seinen Weibergeschichten aufziehen wollte. Und jene, die ihm schöne Augen machten, hatten selten Interesse an einer festen Beziehung. Schließlich besaß Hartl keine Reichtümer.

Auch die Ermittler Johann Mars und Konrad Maritzke erörterten bei ihrer Abschlussbesprechung auf der Wache in Steinbach das Motiv Eifersucht. Als Grundlage ihrer Untersuchung diente ihnen eine stattliche Zahl von Aussagen Bekannter und Verwandter der Hartls. Sie alle bestätigten, Karl habe sich nach jeder schönen Frau umgedreht und mit mancher angebandelt. Doch sei es bei oberflächlichen und kurzlebigen Freundschaften geblieben.

Zwei Zeugen wollten bemerkt haben, dass Karl und die Metzgerwirtin Lisbeth Gruber zuletzt sehr speziell miteinander waren. Musste Paul fürchten, dass ihm seine Lebensgefährtin ausgespannt wurde? In diesem Fall hätte er sich nach einem neuen Zuhause umschauen müssen. Aber es gab keinen einzigen konkreten Hinweis, dass Karl mit Lisbeth oder einer anderen fremden Frau fest verbandelt war. »So eine enge Beziehung hätte in diesem Ort, in dem sich alles herumspricht, nie geheim gehalten werden können«, lautete das Fazit von Oberinspektor Mars.

Letztlich standen die Ermittler mit leeren Händen da. Die Verdächtigen hatten, weil sie erst am Tag nach dem Mord befragt wurden, genug Zeit, alle Spuren zu beseitigen, also das Fahrrad zu waschen, die Kleider zu reinigen, die Waffe zu verstecken und sich um ein Alibi zu kümmern.

Über einen heftigen Streit zwischen den Schafhaltern und der Familie Hartl war nichts Näheres in Erfahrung zu bringen. Und selbst wenn: Vom Steininger-Hof nach Öd führte keine Spur. Die Schuhabdrücke im Schnee – so viel stand nach der Untersuchung eines Sachverständigen fest – stammten mit fast hundertprozentiger Sicherheit nicht von Alfons Steininger, seiner Frau oder einem seiner Bediensteten. Sie passten jedoch ausgezeichnet zum Gang von Paul Waczek, der aber zur Tatzeit im Bett gelegen haben sollte.

»Ach, das Gute läge manchmal so nahe«, bemerkte Maritzke resigniert. »Leider müssen wir jetzt nach dem großen Unbekannten Ausschau halten. Die Sache scheint aussichtslos.« Das Sonderkommando zog sich also wieder nach Landshut und München zurück, was Pauls Stimmung erheblich besserte. »Jetzt bin ich aus dem Schneider«, sagte er einmal zu Lisbeth. Und tatsächlich ließ ihn die Polizei vorerst unbehelligt. Der Metzgerfuchs konnte sich wieder häufiger mit Hauptwachtmeister Pommereder auf ein Bier treffen und führte sein Lotterleben wie bisher fort.

September 1951, Erding, Luftwaffenstützpunkt der US-Streitkräfte

Doch langsam verdunkelten sich die Wolken um ihn. Mit den Worten »Ich halt's in dem Saustall net länger aus« quittierte Irmi Becker im Februar 1951 ihren Dienst beim Metzgerwirt. Lisbeth gegenüber nannte sie den wahren Grund: Sie könne nicht länger mit einem Doppelmörder unter demselben Dach leben.

Geschäftlich erlebte Paul eine Talfahrt. Während die Wirtschaft der noch jungen Bundesrepublik langsam auf Touren kam, ließ ihn der zusammenbrechende Schwarzmarkt ziemlich alt aussehen. Tauschgeschäfte erbrachten kaum noch Gewinne, weil Paul nun in Konkurrenz mit den ortsansässigen Händlern stand, die auch alles Gewünschte prompt besorgen konnten oder bereits auf Lager hatten. Pauls magere Provision wurde in Bier umgesetzt, und Lisbeth, die jeden Abend die Hand aufhielt, musste sich mit kleinen Münzen zufrieden geben. Irgendwann schalt sie ihn einen nichtsnutzigen Schmarotzer. »Früher hast 200 die Woch zahlt. Du wohnst und isst do umsonst«, klagte sie und stellte ihn vor die Wahl: Entweder lieferte er mehr Geld ab, oder er wurde wirklich der Wirt. Damit meinte sie einen Wirt, der

Tag und Nacht in der Gaststätte arbeitete und nicht nur gelegentlich beim Ausschenken half, wie es Paul bisher praktiziert hatte.

Wirt auf Vollzeitbasis erschien Paul zu anstrengend. So blieb ihm nichts anderes übrig, als sich nach einer anderen Erwerbsquelle umzuschauen. Täglich führte ihn sein erster Gang zum Kiosk am Bahnhof, wo er die Stellenangebote in den Zeitungen studierte. Josef Kronneregg, Polizist und ehemaliger Freund von Pauls Ziehvater, half ihm gegen ein kleines Entgelt beim Schreiben der Bewerbungen. Wohl 50 von ihnen schickte Paul weg, 45 kamen mit einer Absage zurück. Fünf Vorstellungsgespräche endeten mit einer Pleite. Obwohl mancher Arbeitgeber in spe von Waczeks Fähigkeiten und Erfahrungen profitieren konnte, scheute sich jeder, ihn einzustellen. Zu sehr fürchtete man, Opfer seiner Betrügereien zu werden. Außerdem galt er immer noch als Mordverdächtiger. »Schlecht für das Ansehen jedes Betriebes, solche Leute zu beschäftigen«, erklärte ihm Kronneregg und riet, er solle sich außerhalb Niederbayerns bewerben. »Wo dich keiner kennt, hast du es leichter.« Paul war bereit, jede Art von Arbeit anzunehmen, sofern sie nur gut bezahlt werde.

»Wenn ich richtig ranklotze, leg ich in einem Jahr so viel Geld auf die hohe Kante, dass ich ein Jahr lang nichts tun muss«, schwärmte er eines Nachts in den Armen seiner Geliebten. Die wusste noch nicht, dass Paul bald seine Nächte in einem anderen Bett verbringen würde, denn er hatte sich auf eine Annonce der US-Army in Erding beworben. Auf dem Stützpunkt der Amerikaner wurden zu der Zeit zivile deutsche Hilfskräfte für den Dienst in der Kantine und im Offizierskasino gesucht. »Tüchtige Leute, die bereits Erfahrungen in der Gastronomie gesammelt haben.«

Tags darauf warf sich Paul in seinen feinsten Anzug und bestieg die Eisenbahn. Gut 100 Kilometer lag Erding von Steinbach entfernt – zu weit, um täglich die Heimfahrt anzutreten, nah genug aber, um jede Woche einmal zurückzukommen, denn Paul wollte seine Beziehungen in Niederbayern aufrecht erhalten. Auch wenn es zwischen Lisbeth und ihm zunehmend kriselte, klammerte er sich weiter an sie – und sie an ihn. Über Heirat aber verschwendeten beide keinen Gedanken. Lisbeth hatte keine Lust, sich auf ewig zu binden; fürs Kinderkriegen war sie schon fast zu alt.

»Das Leben ist doch schön«, sinnierte Paul, als er aus dem Fenster des Wagons die Landschaft vorbeirauschen sah. Ihm gegenüber kauerte ein Mann, der im Krieg ein Bein verloren hatte und ihm erzählte: »Ich fahre nach München, werde noch einmal operiert.« Paul wollte davon nichts hören. »Der Krieg verschont die Schlauen.« Diesen Spruch hatte er sich gemerkt. Sein Kollege im Versorgungstrupp hatte das zu ihm gesagt, als sie vor den näher rückenden Russen Reißaus nahmen. Die kämpfende Einheit, die sie beliefern sollten, wartete vergeblich auf den Nachschub und wurde deshalb aufgerieben. »Vielleicht warst du einer von diesen Gelackmeierten«, dachte Paul mit einem Blick auf den Invaliden. »Vermutlich hätte ich jetzt auch ein Bein weniger, hätten wir uns damals zu euch durchgeschlagen.«

Zwischen den Siegermächten wusste er zu unterscheiden: Die Russen hasste er, die Franzosen verachtete er, die Engländer waren ihm gleichgültig, aber die Amerikaner, denen zollte er höchsten Respekt: »Faire Krieger, modern, aufgeschlossen und voll motiviert, unser Land wieder auf die Beine zu bringen.«

So bekannte er denn zu Beginn des Vorstellungsgesprächs aus tiefster Überzeugung: »Es wäre mir eine Ehre, für Sie arbeiten zu dürfen.« Drei Uniformträger saßen ihm im Büro des Sicherheitsoffiziers gegenüber. Die beiden GIs, die sich nur auf Englisch artikulierten, entpuppten sich als Versorgungs-Unteroffizier und Personalchef. Der andere sprach perfekt Deutsch und hieß Fred Sammer.

»Wie kommt so einer dazu, bei den Amis Sicherheitsoffizier zu werden?«, wunderte sich Waczek über ihn. Er sollte bald erfahren, dass Sammer Ende der 30er-Jahre mit seiner Mutter aus Deutschland in die USA emigriert war. Die Mutter, eine Halbjüdin, heiratete einen GI, wodurch sie und ihr Sohn die amerikanische Staatsbürgerschaft erhielten. Nach Kriegsende kehrte der gelernte Architekt als Dolmetscher für die US-Army nach Deutschland zurück. In seiner neuen Eigenschaft als Sicherheitschef durchleuchtete er Bewerber auf ihre Tauglichkeit.

Paul war bestrebt, sich von der Schokoladenseite zu präsentieren, weil er den Job unbedingt haben wollte. Zu seinem Glück interessierte man sich nicht für sein Vorstrafenregister. Mehr schon für seine Nazi-Vergangenheit. Und da gab es keinen Fleck, der seine Seele belastete: »Ich war nie in der Partei, wurde sogar verfolgt, weil ich halber Tscheche bin. In die Armee musste ich deshalb auch nicht«, erklärte Paul sehr zur Freude der drei Männer. Dann überreichte er ihnen eine schriftliche Empfehlung der Besitzerin des Metzgerwirts, er habe das »angesehene Steinbacher Hotel fünf Jahre lang zur vollsten Zufriedenheit der Gäste als Wirt und Geschäftsführer geleitet«. »Zudem besitze ich gute Englischkenntnisse, weil ich nach dem Krieg häufig geschäftlichen Kontakt mit der Militärpolizei hatte. You can be sure of that! I speak right good English, too.«

Sammer nickte beeindruckt und meinte: »Dann bedeutet das ja einen sozialen Abstieg für Sie. Wir suchen lediglich eine routinierte Ordonanz für unser Offizierskasino, einen, der zusätzlich in der Kantine mitarbeiten kann. Aber mit gutem Einsatz können Sie es im Laufe der Zeit bis zum Küchenchef bringen.« »Kein Problem. Ich werde hier bei Ihnen sicher eine Menge dazulernen«, entgegnete Paul mit gespielter Begeisterung. Auch die Arbeitszeiten kamen ihm sehr entgegen: 9 Uhr Wecken, dann Kantinendienst bis 14 Uhr, dann ins Kasino. Spätestens um 3 Uhr nachts, wenn die letzten Gäste gingen, war Feierabend. Wegen dieser Belastung bekam er nach jeweils vier Tagen drei Tage frei. Und ein spezieller Ausweis berechtigte ihn zur kostenlosen Heimfahrt mit der Bahn. Paul akzeptierte sämtliche Bedingungen und betonte noch einmal, er sei voll motiviert.

Dezember 1951, Erding, Luftwaffenstützpunkt der US-Streitkräfte

Der Mensch kann eben nicht aus seiner Haut. Es verwundert also kaum, dass die Phase höchster Einsatzbereitschaft bei Paul Waczek nicht lange anhielt. Schließlich ist es ein Unterschied, mit dem Motorrad durch die Lande zu fahren und Handel zu treiben oder täglich 18 Stunden auf den Beinen zu sein und den Gästen Zigaretten, Senf und Suppenwürze nachzutragen.

Der Steinbacher hatte geglaubt, tagsüber gemütlich mit den Offizieren schwätzen zu können, aber sein Dienst im Kasino begann erst kurz bevor die Soldaten Dienstschluss hatten. Geöffnet war bereits ab 10 Uhr vormittags. Da kamen einige Offiziere zur Kaffeepause oder zu Dienstgesprächen in die Clubräume. Mittags herrschte mehr Betrieb, aber richtig voll wurde es erst gegen Abend. Die Kampftrinker – es handelte sich immer um dasselbe Dutzend abgehalfterter Stabsoffiziere, die tagsüber in ihren Büros eine ruhige Kugel schoben –, sie hielten es bis weit nach Mitternacht aus. Sehr zum Leidwesen von Paul und den anderen Ordonanzen, die durchwegs jünger als er waren. Aus der Gastronomie kam, soweit er erkennen konnte, keiner außer ihm. Ein Teil rekrutierte sich sogar aus den Mannschaftsdienstgraden der Army. Frischlinge, die es als Ehre betrachteten, ihre Vorgesetzten bedienen zu dürfen.

Das weitläufige Kasino hatte viele Räume, die sich auf zwei Stockwerke verteilten. Als Neuling wurden Paul von der Chef-Ordonanz die am weitesten von der Küche entfernten Räume zugeteilt. Doppelt ärgerlich für ihn, denn dabei lief er sich einerseits Löcher in die Schuhsohlen, andererseits hielt sich dort nur wenig Kundschaft auf. Sprich: Das Trinkgeld blieb bescheiden. So schielte der Hilfsarbeiter bereits auf die große Wirtsstube und intrigierte gegen seine Kollegen. Außerdem wollte Paul ausschließlich im Kasino arbeiten, denn die zusätzliche Schicht in der Kantine ging enorm an die Substanz. Er verwaltete dort das Warenlager und musste jeden Karton, der geliefert wurde, selbst in den Regalen verstauen, respektive das, was von den Köchen benötigt wurde, herausholen und mit dem Sackkarren zu den Töpfen transportieren.

Erste Erfolge zeigten sich, als bei einigen besser gestellten Ordonanzen plötzlich die Abrechnung nicht mehr stimmte. Schließlich verschwanden aus den Mänteln an der Garderobe Feuerzeuge und Zigaretten, was den

Bedienungen angelastet wurde. Paul Waczek zeigte sich auch als Meister des Psychoterrors, indem er die Konkurrenz – alle Ordonanzen schliefen im selben Zimmer – mit lautem Schnarchen wach hielt. Was ihnen letztlich den Zahn zog, war der Gestank von Pauls Socken. Kurz: Nach drei Wochen meldeten sich die Soldaten wieder zum Dienst in ihrer Einheit zurück, und die Zivilisten arrangierten sich mit Paul. Besser gesagt, er bestach sie mit Dingen, die er aus den Kleidern der Offiziere gestohlen hatte.

Als der Metzgerfuchs endlich die große Gaststube zugeteilt bekam, meldete er sich im Personalbüro und bat um einen leichteren Dienst. Dabei verwies er auf eine Fußverletzung, die ihn schwer behindere. Es war ja nicht zu übersehen, wie er hinkte. Und in diesem Fall steckte keine Schauspielerei dahinter, denn der Truppenarzt attestierte ihm einen Fehler am rechten Sprunggelenk. Keine sonderliche Behinderung, doch eine Einschränkung seiner Leistungsfähigkeit, wie festgestellt wurde. Gegen einen geringen Lohnabzug entband man Paul also von den Pflichten für die Kantine.

Doch Paul wäre kein Fuchs, hätte er sich damit schon zufrieden gegeben. Auch wenn er wieselflink von Tisch zu Tisch huschte, mit Tabletts jonglierte, keine Kehle trocken werden ließ und Speichel leckend um ein fettes Trinkgeld buhlte – am Ende jedes Tages blickte er enttäuscht in sein Portmonee. Süßes Nichtstun am Ende eines Jahres konnte er sich abschminken. Das Geld ging jeweils an den drei freien Tagen in Steinbach flöten. Und wenn doch ein paar Kröten übrig blieben, nahm sie ihm Lisbeth ab.

Verständlich, dass Paul bald wieder verstärkt seine Langfinger ausstreckte. Nach dem Motto »Kleinvieh macht auch Mist« klaute er Zigaretten und leerte die Tische, die vorübergehend von den Gästen verlassen wurden. Damit nicht genug: Aus der Küche verschwanden Vorräte und Geschirr. Auch der Bestand an Gläsern und Tischdecken reduzierte sich dramatisch. Dass er den Gästen zu hohe Rechnungen ausstellte, war nicht von der Hand zu weisen. Wurde er erwischt, entschuldigte er sich, fehlerhaft addiert zu haben. Doch oft wurde er nicht erwischt.

An seinen freien Abenden sah man Paul jetzt häufig in Erdinger Gaststätten, wo er versuchte, beim Kartenspiel zu betrügen. So blieb es nicht aus, dass der Name Waczeks wieder einmal unrühmliche Bekanntheit erlangte. Die Klagen über den zur Chef-Ordonanz aufgestiegenen Steinbacher landeten letztlich beim Leiter der Personalabteilung, der sich mit Oberleutnant Fred Sammer beriet, wie mit Paul weiter zu verfahren sei. »Der Kommandeur selbst hat sich bitter beschwert über diesen Rüpel«, teilte Sammer seinem Kameraden mit. »Ich ließ mir deshalb Waczeks polizeiliches Führungszeugnis schicken. Der Brief war so schwer, dass wir Nachporto bezahlen mussten.« Der Personalchef brauchte die Liste nur zu überfliegen, um zu erkennen, welchen Galgenvogel sie sich hier eingefangen hatten. »Ich halte ihn für ein Sicherheitsrisiko«, stellte Sammer fest. »Entlassen Sie ihn fristgerecht zum nächsten Ersten.«

Als Paul die Kündigung in Händen hielt, wirkte er wenig enttäuscht. »Ich hätt's hier ohnehin kein Jahr ausgehalten. Immer diesen großkotzigen Paradesoldaten in den Arsch zu kriechen, das ist nicht mein Bier«, sagte er zum Barkeeper, der sein einziger Freund im Kasino war. Paul bekam von ihm so viel zu trinken, wie er wollte.

16. Dezember 1951, Luftwaffenstützpunkt der US-Streitkräfte

»Wir wurden von der Staatsanwaltschaft Landshut um Amtshilfe gebeten«, bemerkte der Mann mit dem Trenchcoat und der dunklen Brille, dessen Vorbild Humphrey Bogart sein konnte. Der so cool auftretende Mittvierziger, der nicht einmal im Büro des Kommandeurs seine Mütze abnahm, hatte sich als leitender Beamter der amerikanischen Kriminalpolizei ausgegeben. Neben ihm und dem Kommandeur war noch Oberleutnant Fred Sammer in seiner Eigenschaft als Sicherheitsoffizier zu dieser streng geheimen Besprechung geladen. Der Polizist übergab einen versiegelten Briefumschlag, den er einem zuvor verschlossenen Aktenkoffer entnommen hatte. »Das ist ein Fahndungsblatt. Als die Kripo Landshut erfuhr, dass der Mann jetzt hier arbeitet, schickte sie es uns zu.«

Sammer blickte nur auf den Namen am Umschlag der Akte. »Stimmt. Er arbeitet bei uns – noch. Mussten ihm wegen wiederholter Dienstvergehen kündigen. Was hat er ausgefressen?« »Er steht im Verdacht, zwei Menschen erschossen zu haben.« Vor Schreck verschüttete der Kommandeur seinen Kaffee, und Sammer, der eben einen Schluck trinken wollte, besudelte sich das Diensthemd.

Der Kriminalpolizist erläuterte nun, weshalb sich die Kollegen aus Landshut an ihn gewandt hatten: Weil sie Pauls Alibi nicht knacken konnten, wollten sie ihn mit einer List in die Falle locken. Dabei sollte die verschwundene Tatwaffe eine entscheidende Rolle spielen. »Zögern Sie die Entlassung noch hinaus«, wurde Sammer aufgetragen. »Erschleichen Sie sich Waczeks Vertrauen und versuchen Sie, ihm eine Pistole abzukaufen. Mit etwas Glück ist es eine P08. Unsere Ballistiker können dann eindeutig feststellen, ob die tödlichen Schüsse mit ihr abgegeben wurden. Das würde genügen, um den Mann in Untersuchungshaft zu stecken und eingeschüchterte Zeugen zum Reden zu bewegen.«

Mit einem Dank für das in ihn gesetzte Vertrauen versprach der Sicherheitsoffizier, sein Bestes zu tun. Bereits in der Mittagspause marschierte er ins Kasino, bestellte zwei Bier und bat Paul an seinen Tisch. »Setzen Sie sich, trinken Sie und freuen Sie sich, denn heute ist Ihr Glückstag«, begann er ohne Umschweife »Ich habe mich in Steinbach nach Ihnen erkundigt, Herr Waczek. Bitte nicht böse sein. Das gehört zu meinen Pflichten. Wie es aussieht, sind Sie kein gelernter Gastronom.«

»Ach, ich find schon was«, bemerkte Paul gelassen und trank in einem Zug das Glas aus.

»Gar nicht leicht in Ihrer Situation. Ich habe mich deshalb beim Personalchef für Sie eingesetzt. Die Kündigungsfrist wird auf drei Monate verlängert, was Ihnen Zeit gibt, sich in Ruhe einen neuen Job zu suchen.« Mit gemischten Gefühlen nahm Paul diese »freudige« Mitteilung entgegen, da er bereits auf gepackten Koffern saß. Gut, dann sollte er eben bis Ende Februar weiter den Diener spielen und ein paar Dinger drehen. Immer noch besser, als sich von Lisbeth einen »faulen Hund« nennen zu lassen.

Dass aber der Sicherheitschef, den Paul für einen gefühlskalten Soldaten gehalten hatte, eine solch soziale Ader offenbarte – und das auch noch ihm gegenüber, dem größten Halunken weit und breit –, beeindruckte ihn. »Das nächste Bier geht aufs Haus«, sagte Paul und bestellte zwei Glas Helles. Sammer, dem laut Vorschrift ein Bier in der Mittagspause erlaubt war, nahm die Einladung gern an. Paul schnippte nach der zweiten Ordonanz und wies ihn an: »Übernimm du meine Tische! Ich mach mal ein Päuschen.« An diesem Tag herrschte ohnehin nur wenig Betrieb in der Wirtsstube, denn die meisten Soldaten der Einheit waren auf Manöver.

Im Folgenden verwickelte Sammer den Metzgerfuchs in eine lockere Plauderei. Die beiden etwa gleichaltrigen Männer entdeckten viele Gemeinsamkeiten: Auch Sammer war ein Waffennarr, spielte gern Karten und liebte Hunde. »Wir könnten uns nach Dienst mal in einer Kneipe treffen«, schlug der Oberleutnant vor und schob Paul ein großzügiges Trinkgeld zu. Jener nickte arglos. »Freilich, können wir machen. Sagen wir gleich Freitagabend. Da hab ich noch nichts vor.«

Dieses Treffen sollte »Freddy« – so nannte ihn Paul ab jetzt – teuer zu stehen kommen, denn er ließ sich auf ein Kartenspiel mit dem Fuchs ein. Schafkopf beherrschte der Ami wohl, doch gegen Pauls Tricks war er ein Waisenknabe. Und bei den beträchtlichen Einsätzen, die über den Tisch wanderten, ging in fünf Stunden sein halber Monatssold flöten. Sammer machte gute Miene zum bösen Spiel, auch wenn er sein eigentliches Vorhaben noch hinauszögern musste. Die anderen zwei Männer in der Kartler-Runde blieben nämlich bis zum Schluss.

Beim dritten Treffen mit seinem neuen Duzfreund waren sie erstmals unter sich – und der Offizier ließ die Katze aus dem Sack: »Wie ich hörte, bist du ein Organisationstalent.« Paul fühlte sich geschmeichelt: »Na klar.« »Und du kannst alles besorgen?« »Kommt auf den Preis an, der gezahlt wird.« »Ich zahle gut.« »Was brauchst du?« »Du weißt, ich sammle Waffen. Mir fehlt noch eine deutsche Armeepistole. Seit dem Krieg sind die Dinger nirgendwo mehr zu bekommen – und schon gar nicht am legalen Markt.« »Du begibst dich da auf ein gefährliches Pflaster, Freddy. Als Sicherheitsoffizier wär's fatal für dich, wenn die Sache auffliegt«, warnte Paul mit echter Besorgnis.

Es war sehr spät. Die Kneipe, ein dunkles Loch für dunkle Gestalten, leerte sich zusehends, und der Wirt säuberte bereits den Tresen. Jazzmusik dröhnte aus den Lautsprechern über dem Tisch, an dem Paul und Freddy ihr letztes Bier konsumierten. Mit schweren Gliedern hingen sie in ihren Stühlen und genossen die Erkenntnis, morgen – eigentlich schon heute – ausschlafen zu dürfen.

»Ich kann dir doch vertrauen, Paul«, entgegnete Sammer. Anhand des Tonfalls hätte es auch eine Frage sein können. Paul klopfte ihm auf die Schulter. »Sicher kannst du mir vertrauen. Ich bescheiße nur beim Kartenspielen.« Beide mussten unwillkürlich lachen, was dem Wirt ein verärgertes Grummeln abverlangte. Augenblicklich aber verdüsterte sich Pauls Gesicht: »Und kann ich dir trauen?«, wollte er wissen. Sammer täuschte den Beleidigten vor: »Na hör mal! Das Risiko bei dem Deal liegt wohl eindeutig auf meiner Seite.« Paul überlegte einen Moment. »Gut. Ich werde sehen, was ich für dich tun kann. Aber wenn das Geschäft zu Stande kommen soll, musst du nach Steinbach kommen.«

Januar 1952, Steinbach, Gasthaus Hoferbräu

Fred Sammer bewunderte Pauls Übersicht, der – um sicherzugehen – auf diesem »Heimspiel« bestanden hatte. »Oder ahnt er bereits, dass ich es auf die Mordwaffe abgesehen habe?«, fragte er sich, als er sein Dienstfahrzeug auf dem Parkplatz vor dem Gasthaus Hoferbräu verließ. Es war bereits dunkel und ein eisiger Wind pfiff über den verkrusteten Schnee, der entlang der Wege in hohen Wällen aufgetürmt lag.

Zwei Männer der amerikanischen Kriminalpolizei hatten in der Gaststube Stellung bezogen. Da sie Zivilkleidung trugen und hervorragend Deutsch sprachen, sollten sie nicht sonderlich auffallen. Viele Durchreisende kehrten beim Hoferbräu, dem vornehmsten Wirtshaus am Ort, ein. Sammer selbst erschien im dicken Skifahrerpullover und mit einer neckischen Zipfelmütze.

Die Kripo hatte darauf bestanden, den Lockvogel beobachten zu lassen, was Sammer für keine besonders gute Idee hielt. Aber wenn der Handel wirklich zu Stande kam, waren Zeugen von unschätzbarem Vorteil. Gegebenenfalls konnten sie sofort einschreiten und Paul festnehmen. Der Käse lag in der Falle, die Maus näherte sich mit schnellen Schritten: dunkler Mantel, grüner Filzhut, unter dem Arm eine Dokumententasche.

Beide begrüßten sich vor dem Haus – freundschaftlich, aber nicht überschwänglich. »Du hättest nicht warten müssen in der Kälte«, plapperte Paul und öffnete die Tür. Schon tauchten sie in einen Schwall warmer Luft. Aus der Küche roch es nach Essig und verbranntem Fett. Ein Mann traktierte mit Fausthieben den Zigarettenautomaten und grüßte beiläufig: »Hallo Paul!« Paul grüßte zurück, ohne ihn anzusehen.

In der Gaststube saßen etwa ein Dutzend Bauern und ebenso viele Auswärtige – überwiegend Männer im fortgeschrittenen Alter. »Sauwetter heit. Mogst a Bier, Fuchs?«, tönte Juniorchef Georg Hofer hinter dem Tresen. »Zwei Bier, wenn's recht ist«, bestellte Paul.

»Ihr sitzt's do hintn.«

»Dank dir, Schorsch.«

Im Winkel neben der Bühne war auf Pauls Namen ein Tisch reserviert. Hier saßen sie etwas abseits von den übrigen Gästen. Mit der belanglosen Frage, wie die Fahrt gewesen sei, begann Paul das Gespräch. Und während Fred von den katastrophalen Straßenverhältnissen in Niederbayern berichtete, musterte sein Gegenüber jedes unbekannte Gesicht.

»Gutes Bier habt ihr hier«, sagte Fred und stieß mit Paul an.

»Nicht so'n dünnes Zeug wie euer Budweiser«, entgegnete dieser mit einem Grinsen. Die lockere Unterhaltung dauerte an, bis die Gläser leer waren. Mit der Bemerkung, jetzt brauche es »was Handfestes«, bestellte sich Paul nun einen Steinhäger-Schnaps. »Ich muss noch Auto fahren. Ein Wasser bitte!«, trug Sammer dem Ober auf. Er tat gut daran, klaren Kopf zu bewahren, und hoffte, Paul werde sich mit Hochprozentigem abfüllen, bis ihm jede Vorsicht flöten gehe. Doch der Fuchs konnte einiges vertragen.

»Was ist jetzt mit unserem kleinen Geschäft?«, fragte Sammer ungeduldig. Sofort legte Paul den Zeigefinger warnend an die Lippen. Sein Kopf zuckte etwas zur Seite: »Die da an dem Tisch hinter uns, die beiden. Kennst du die?«, flüsterte er. Fred wagte einen kurzen Blick auf seine »Spione«, die sich leise miteinander unterhielten. Jeder von ihnen hatte eine Zeitung aufgeschlagen, hinter der sich gegebenenfalls hervorragend Deckung nehmen ließ. Der Sicherheitsoffizier fand ihre Anzüge etwas zu vornehm für diese Lokalität.

»Nie gesehen.«

»Die schauen mir wie Kriminaler aus. Ich hab ein Auge für sowas.«

»Du siehst Gespenster.«

Doch Sammer musste schnell erkennen, dass er Waczek unterschätzt hatte. Der ahnte nämlich, wo der Hase lang lief: »Gut möglich, dass die beiden nur darauf warten, dass ich ihnen die Mordwaffe auf dem Präsentierteller serviere.«

Fast wäre Sammer ein »Scheiße« herausgerutscht, aber er fasste sich schnell und fragte: »Was meinst du damit?«

Paul beugte sich weit vor und hätte in Freds Ohr beißen können, in welches er aber flüsterte: »Stell dich nicht dümmer, als du bist! Hast dich doch ausführlich über mich erkundigt. Musst doch wissen, was die Leute über mich sagen: Ich hätt zwei Leute erschossen, einfach so, mit einer Pistole.«

Erneut wankte Sammer, doch wieder fiel ihm im letzten Moment die richtige Antwort ein: »Ja, das wusste ich. Aber die Ermittlungen gegen dich wurden eingestellt. Ich dachte, du bist mir böse, wenn ich dich darauf anspreche.«

Paul lehnte sich wieder zurück, trank seinen Steinhäger und bestellte Nachschub, indem er einfach das leere Glas in die Luft hob. »Sehr rücksichtsvoll von dir«, meinte er schließlich. »Mich wundert nur, dass du Bedarf an einer deutschen Armeepistole anmeldest. Vielleicht die Pistole, die damals bei dem Mord in Öd verwendet worden ist?« Jetzt war's passiert. Fred verschluckte sich am Mineralwasser, während sein Partner die Situation mühelos meisterte. Einem Unschuldslamm gleich sagte er: »Freilich hab ich mit solchen Pistolen Handel getrieben, mein lieber Freddy. Nach dem Krieg konnte ich eine Kiste davon beiseite schaffen. Ich verkaufte die Dinger nach und nach – oder tauschte sie gegen Dinge, die damals wertvoller als Waffen waren.«

»Ist noch eine für mich übrig?«, erkundigte sich Sammer stockend. Er fürchtete, im nächsten Moment mit Fausthieben davon gejagt zu werden. Paul aber blieb völlig entspannt, kippte den Schnaps in die Kehle, lächelte, verneinte.

»Na hör mal! Trotzdem lässt du mich hierher kommen?«, entrüstete sich der Offizier.

»Nun mal halblang, Freddy. Ich hab keine mehr, aber ich weiß, wer noch eine Armeepistole hat und sie dir gern verkaufen würde. Mein ehemaliger Zimmernachbar Richard Worschling. Er sitzt da am Tresen und wartet nur auf mein Zeichen. 500 Mark will er haben.«

So viel habe er nicht dabei, bemerkte Sammer. »Akzeptiert er auch einen Scheck?« Paul stand auf, um ihn zu fragen, kehrte mit einer positiven Antwort zurück. »Er kommt nachher zu dir ins Auto. Gegen den Scheck kriegst du die Waffe.«

Sammer konnte seine Enttäuschung nur schwer verbergen. Jetzt durfte er noch hoffen, dass ihm Worschling bestätigte, er habe die Pistole erst nach dem 5. November 1950 von Paul bekommen.

Bis zur Übergabe blieben den beiden »Geschäftspartnern« noch zwei bis drei unbeschwerte Stunden, die sie bei Wasser, Schnaps und angeregten Gesprächen im Hoferbräu verbrachten. Dabei gelang es dem Oberleutnant, die Zunge des Verdächtigen immer mehr zu lockern. Thema Nummer eins waren die Schüsse von Öd.

»Der Unbekannte muss verdammt gut gezielt haben, wenn man die Lichtbrechung durch die Scheibe berücksichtigt«, warf Sammer beiläufig ein. Darauf Paul: »Kein Problem auf die Entfernung. Da treff sogar ich.« »Na toll. Sieht man dir gar nicht an, dass du so skrupellos sein kannst.« Damit hatte er Paul in seiner Ehre getroffen, woraufhin dieser völlig unbekümmert mit seinen Streichen, Wildereien und sonstigen Untaten prahlte: »Ich bin ein gefürchteter Mann in dieser Gegend. Mir kommt es auf nichts an. Ich mache alles!«

»Wenn's sein muss auch einen Mord?«

»Wenn's sein *muss*. Natürlich, warum nicht?«

»Und bei diesen Bauern in Öd musste es sein?«

»Es musste. Mausetot sind sie.«

Konnte Sammer das schon als Geständnis werten – oder spielte Paul nur mit ihm? Letzteres schien der Fall zu sein, denn er fügte hinzu: »Leider kann ich's nicht gewesen sein. Ich lag den ganzen Tag krank daheim im Bett.« Mit steigendem Alkoholpegel wurden Pauls Äußerungen immer wirrer. Die Widersprüche, in die er sich verzettelte, hätten vor Gericht keine Beweiskraft gehabt, sodass Fred Sammer das Treffen beendete. Paul, der sich nur noch mit Mühe auf den Beinen halten konnte, verabschiedete sich mit einer Umarmung von seinem »Freddylein« und wankte allein Richtung Metzgerwirt.

Vor dem Auto des Oberleutnants wartete bereits der zwielichtige Worschling, ein unrasierter Hausierer, der Meilen gegen den Wind nach Schnaps roch. In einem Kartoffelsack verbarg er die Waffe. Sie entpuppte sich als Militärpistole P38. Beim Mord in Öd war jedoch eine P08 benutzt worden. Pech für die Bemühungen des Sicherheitsoffiziers, der dem Hausierer mit Bedauern mitteilte, für dieses Modell habe er keine Verwendung.

Gottesmutters Eingebung

10. Oktober 1956, Polizeidirektion Straubing

Er hatte davon gelesen. In den Niederungen seiner Laufbahn bei der Polizei, beim dritten Bereitschaftszug in München. Wochenenddienst, stupides Warten in der Kaserne. Ein niederbayerischer Kollege drückte ihm die Zeitung in die Hand. »Du willst doch mal zur Kripo. Das da könnte dich interessieren.« Es hatte ihn interessiert. Zwei Wochen später fragte er seinen Kollegen, ob der Fall geklärt, der Doppelmörder gefasst sei. Dieser meinte: »Weiß nicht. In der Presse standen keine weiteren Berichte mehr darüber, nur noch zwei Fahndungsaufrufe.« Bald vergaß Günther Winter die Sache.

Inzwischen war er bei der Kripo Straubing und hatte sich zum Kriminalmeister hochgedient. Seinem Einsatz für die Gerechtigkeit opferte er allerdings das Privatleben. Trotz seiner erst 26 Jahre und einer durchaus attraktiven Erscheinung fand er keine Frau. Auch nach Dienst verkehrte er überwiegend mit Leuten aus dem beruflichen Umfeld. Wer ihn kannte, schätzte ihn als ruhigen, umsichtigen, gründlichen, immer korrekten Menschen, der mit Spürsinn so manche harte Nuss geknackt hatte.

Dass die Arbeit bei der Kripo mit den verklärenden Schilderungen aus Gangster-Romanen nicht zu vergleichen war, wusste Günther Winter. Sein Vater war Polizist in einem Straubinger Revier gewesen. »Bei der Kripo sitzt du die meiste Zeit nur am Schreibtisch, wälzt Akten und schreibst Zeugenprotokolle. Du wirst kaum in Verlegenheit kommen, einmal deine Waffe zu benutzen – und sei froh darüber«, hatte der Vater gesagt, als ihm sein Sohn nach dem Abgang vom Gymnasium verriet, er wolle unbedingt zur Kriminalpolizei.

Nun, auch Günther Winter war kein Waffennarr. Während der Ausbildung erreichte er allenfalls mittelmäßige Schießleistungen. Dafür vergrub er sich in die Romane von Agatha Christie. Dieser Hercule Poirot war sein großes Vorbild – ein belgischer Detektiv, der jeden noch so gerissenen Bösewicht überführte. Bislang allerdings hatte der 26-Jährige meistens Fleißaufgaben zu bewältigen. Er kannte das Milieu um Straubing, wo er aufgewachsen war, profitierte von einem großen Stamm an Informanten und trat selbst als verdeckter Ermittler in Aktion.

Winters guter Ruf hatte sich scheinbar bis Landshut herumgesprochen, denn der dortige Leitende Oberstaatsanwalt kam extra nach Straubing, um ihn unter vier Augen zu sprechen. Niemand, nicht einmal die Vorgesetzten im Hause, wussten, welches Anliegen er mitbrachte. Für Winter bedurfte es nur eines Blickes auf das vergilbte Stück Zeitung, das ihm der Mann entgegenhielt, nachdem sie sich förmlich begrüßt und Platz genommen hatten.

Er hieß Dr. Max Wilde und mochte etwa 40 Jahre alt sein. Sehr jung für einen Mann in seiner Position. Er trug noch volles, schwarzes Haar, war kräftig, aber nicht schwerfällig. Aus seinen ersten Gesten entnahm Winter, dass ihm hier ein erfolgsbesessener Beamter gegenüber saß. Ein Mann, der vollen Einsatz gab und verlangte. Ein Mann, der nicht verlieren konnte. Aber auch ein Mann, der Leistung respektierte und ohne die Mitarbeit fähiger Leute nicht so weit gekommen wäre.

Er wartete stumm und fast reglos, bis Winter den Artikel gelesen hatte. Mit verschränkten Armen beobachtete er sein Gegenüber und wartete auf einen Kommentar.

»Hab davon gehört.« Dr. Wilde zündete sich eine Zigarette an, blies den Rauch gegen die Decke des Büros, das ihnen Winters Vorgesetzter für diese Unterredung überlassen hatte. »Ich verfüge über eine Menge guter Leute in Landshut«, begann der Oberstaatsanwalt. »Alle haben sich an der Geschichte die Zähne ausgebissen. Vermutlich wäre sie im Aktenschrank verstaubt und irgendwann Opfer der Flammen geworden.«

Dr. Wilde berichtete, sein Vorgänger, der vor zwei Monaten in Pension gegangen war, habe ihm in einem lockeren Gespräch erzählt, dies sei sein spektakulärster Fall gewesen. »Ein Doppelmord in der Gemeinde Rammbach. Er konnte nie aufgeklärt werden.« Dr. Wilde ließ sich alle Einzelheiten, die sein Vorgänger noch im Kopf hatte, berichten, kramte am nächsten Tag die entsprechenden Ermittlungsakten aus dem Archiv und mochte einfach nicht glauben, was er da las.

»Manchmal findet man eine Leiche im Wald und steht vor einer unlösbaren Aufgabe, weil Spuren und Motiv längst verwischt sind«, bemerkte der Oberstaatsanwalt, während er die halb geraucht Zigarette im Aschenbecher ausdrückte. »Alles verständlich, denn wir sind ja keine Zauberer, Hellseher oder Gedankenleser. Aber hier haben wir ein mögliches Motiv, haben Spuren und Verdächtige. Trotzdem scheitert die Polizei.« Er hielt Winter den Zeitungsausschnitt vor die Nase. »Tausende ähnlich gelagerter Fälle habe ich im Jurastudium durchgekaut. Und alle, wirklich alle, wurden geklärt. Verstehen Sie jetzt, warum ich mich nicht einfach in meinem Sessel zurücklehnen kann? Diese Hypothek ist zwar meinem Vorgänger anzukreiden, aber auch ich bin damit belastet. Ich kann und will es nicht akzeptieren, dass der Mörder dieser beiden Leute ungeschoren davonkommt.«

Nun teilte der Oberstaatsanwalt mit, wofür er Günther Winter auserkoren hatte: »Klemmen Sie sich hinter die Sache! Ich werde durchsetzen, dass

Sie von allen anderen Verpflichtungen entbunden werden. Auf Wunsch bekommen Sie jede nur erdenkliche Unterstützung von meiner Abteilung, der Sie ab jetzt unterstellt sind. Sie arbeiten eigenverantwortlich. Ihr einziger Vorgesetzter und direkter Ansprechpartner bin ich.«

Das musste Winter erst einmal verdauen. Natürlich freute er sich über diese Aufgabe, die er als Anerkennung seiner bisherigen Leistungen sah. »Aber warum teilen Sie keinen ein, der besser mit dem Fall vertraut ist?«, wunderte er sich.

»Genau das möchte ich vermeiden. Meine Leute haben versagt; jetzt soll es einer versuchen, der gänzlich unvorbelastet einsteigen kann und dabei vielleicht Aspekte erkennt, für die unsereins längst der Blick verloren ging.« Schon schnappten die Schlösser eines schwarzen Aktenkoffers und zum Vorschein kam ein prallvoller Ordner. »Die wichtigsten Unterlagen zum Einlesen. Der Rest liegt bereits in Ihrem Büro in Landshut, das Sie morgen beziehen werden.«

Dem Kriminalmeister fehlten die Worte. Ehe er sie fand, war der Oberstaatsanwalt bereits aufgestanden und hatte ihm die Hand entgegen gestreckt. »Ich freue mich auf unsere Zusammenarbeit, Herr Winter.« Dieser kam sich etwas überrumpelt vor, weil er zumindest gerne gefragt worden wäre, ob er den Fall annehme. Selbstverständlich hätte er Ja gesagt. Dies war die einmalige Chance, endlich zu zeigen, was in ihm steckte.

11. Oktober 1956, Kripo Landshut

Günther Winter bekam wirklich alles, wovon ein Kriminalbeamter nur träumen konnte: ein Büro ganz für sich allein, ein eigenes Telefon, einen Generalschlüssel für das gesamte Justiz- und Polizeigebäude, unbeschränkte Akteneinsicht in allen Archiven und sogar einen Dienstwagen. Bedacht mit so viel Vorschusslorbeeren stand er unter einem enormen Erfolgsdruck. »Ich kann hier alles verlieren oder alles gewinnen«, sagte er zu sich selbst, als er im bequemen Stuhl hinter seinem Schreibtisch Platz genommen hatte und erst einmal versuchte, zur Ruhe zu kommen. Eine freundliche Sekretärin erkundigte sich nach seinen Wünschen. Vom Zimmer gegenüber duftete der Kaffee. Echter Bohnenkaffee. Wahnsinn!

Winters Wunsch, das Fräulein zu küssen, blieb unausgesprochen, aber eine starke Tasse des schwarzen Gebräus ließ er sich bringen. Als der erste Schluck wohltuend durch seine Kehle floss, besann er sich wieder auf seine Pflichten. Vor ihm ein Stapel Akten, Tausende von Seiten. Die wichtigsten Zeugenprotokolle hatte ihm Dr. Wilde schon eingemerkt. Es ging darin um Waczeks Alibi.

»Das darf doch nicht wahr sein!«, murmelte der Kriminalbeamte wenige

Minuten später. Im Bemühen, sich vom Gegenteil zu überzeugen, blätterte er weiter, vergrub sich in die nächsten Zeilen und sah die Szene immer lebendiger vor sich: Ungeschulte, unmotivierte, eingeschüchterte Dorfpolizisten, die im Zweifingersuchsystem mühsam niedertippten, was ihnen aufgetischt wurde. Zu träge, um bei Ungereimtheiten nachzuhaken. Zu blöd, um diese überhaupt zu erkennen. Hauptsache keinen Ärger. Unterschreiben lassen, auf Wiedersehen, der Nächste, bitte!

Winter verbiss sich förmlich in das mit Margarine und Kaffeeflecken besudelte Papier der damaligen Ermittler und merkte nicht, wie die Stunden verstrichen. Dass irgendwann die hübsche Sekretärin ins Zimmer huschte und ihm einen schönen Feierabend wünschte, entging ihm ebenso wie das Rasseln der Schlüssel des Nachtwächters. Erst als der Mann mit polternden Stiefeln eintrat und verwundert fragte: »Was machen Sie denn noch hier?«, zuckte Winter zusammen, blickte ihn an und meinte: »Ich hab einen Schlüssel.« Der bärtige Nachtwächter nickte. »Von mir aus arbeiten Sie die ganze Nacht. Sie scheinen neu zu sein.« »Kann man so sagen.«

Winter blickte auf die Uhr über der Tür, blätterte dann hastig im Telefonverzeichnis des Hauses. Unter dem Buchstaben »W« fand er die Nummer des Oberstaatsanwaltes. Er wählte ohne viel Hoffnung, ihn am anderen Ende der Leitung noch zu treffen, war umso überraschter, als nach einmaligem Läuten jemand abhob.

»Ich weiß, warum Sie anrufen«, bemerkte Dr. Wilde. »Ihnen ist endlich aufgefallen, wie dünn das Alibi des Verdächtigen ist.« »Dünn ist gar kein Ausdruck. Sämtliche Protokolle bin ich durchgegangen, weil ich dachte, irgendeiner muss ihn doch in seinem Zimmer gesehen haben.«

Dr. Wilde beendete das Telefonat und erschien persönlich im Büro des Kriminalmeisters. »Sind wir so schlau oder waren unsere Kollegen zu blöd, um zu erkennen, was ihnen vom Verdächtigen und den Zeugen untergejubelt wurde?«, ärgerte sich Winter. Der Oberstaatsanwalt knurrte, diese Frage habe er sich selbst bei der ersten Lektüre der Akten gestellt. »Niemand zweifelte am Alibi dieses Paul Waczek. Dabei steht lediglich fest, dass zur fraglichen Zeit Licht in seinem Zimmer brannte.«

Allerdings reichte diese Erkenntnis alleine nicht aus, Waczek dingfest zu machen. »Die Ermittler vor Ort hätten sie jedoch zum Anlass nehmen müssen, Waczek intensiver zu durchleuchten«, knurrte Dr. Wilde. »Stattdessen begnügten sie sich mit der Aussage dieser Wirtin und gaben Waczek Zeit, seine Spur zu verwischen.«

Günther Winter fragte, ob es jetzt, sechs Jahre später, noch möglich sei, die Fehler der Kollegen von damals auszubügeln. Kämpferisch antwortete ihm Dr. Wilde: »Wir müssen das Alibi platzen lassen. Sollte der Kerl abends sein Zimmer verlassen haben, um mit dem Rad nach Öd zu fahren, dann brauchen wir einen Zeugen, der ihn definitiv außer Haus gesehen hat. Diesen Zeugen zu finden, ist Ihre Aufgabe, Winter.«

Schon am nächsten Tag sollte er nach Steinbach fahren, sich bei der Landpolizei melden und alle damals Befragten noch einmal vernehmen. »Lassen Sie nicht locker, bis sich irgendeiner verhaspelt! Und einige werden sich verhaspeln, weil sie nicht mehr genau wissen, welche Lügen sie sich vor sechs Jahren zusammengereimt haben.« Winter ließ sich anstecken vom Elan seines Chefs. Er freute sich schon auf seine Mission im Bau des Fuchses.

November/Dezember 1956, Steinbach

In der Steinbacher Landpolizeistation erlebte Winter seine erste große Enttäuschung: Lediglich ein Beamter aus der Zeit von 1950 verrichtete dort noch seinen Dienst. Alle übrigen hatte man versetzt oder »weg befördert«. Und der ehemalige Chef, Oberkommissar Alois Benner, befand sich aus gesundheitlichen Gründen im vorzeitigen Ruhestand.

So beschloss Winter, erst einmal inkognito die Lage zu sondieren, nahm den Polizisten das Schweigegelübde ab, mietete sich als Handlungsreisender im Gasthaus Hoferbräu ein und kundschaftete am ersten Tag die Adressen der Leute aus, die er demnächst befragen wollte. Abends bequemte er sich an einen halbvollen Tisch in der Gaststube, ließ eine Runde springen und kam so leidlich ins Gespräch mit den Einheimischen. Was ihm gleich auffiel: Sie hielten sich in seiner Gegenwart auffällig bedeckt mit Äußerungen privater Art oder über das Dorfleben, während an allen anderen Tischen eifrig geschwafelt und gelacht wurde. Und weil Winter seine Tarnung beibehalten wollte, beschränkte er sich aufs Zuhören. Eine Frage nach Paul Waczek musste er sich ohnehin verkneifen, um nicht sofort aufzufliegen. Insofern blieb der Abend ziemlich fruchtlos.

Am nächsten Tag nahm der Kriminalmeister das Mittagessen beim Metzgerwirt ein, wobei er die Wahl zwischen lauwarmen Wiener Würstchen und einem vor Fett nur so triefenden Schweinebraten hatte. Die Wirtin, eine nicht sonderlich große, aber gut gepolsterte Frau Mitte 40, stellte ihm mit einem »Lossn's eana schmecka!« den Teller hin. Am Besteck klebten noch Essensreste und mit dem Bierglas hätte der Spurendienst seine helle Freude gehabt, so viele gut sichtbare Fingerabdrücke befanden sich darauf. Winter hoffte vergeblich, dem Metzgerfuchs zu begegnen. Dieser schien tagsüber einer geregelten Arbeit nachzugehen.

Nachmittags sprach Winter mit Kurt Schneider, besagtem Steinbacher Polizisten, der die ersten Ermittlungen gegen Waczek mit verfolgt hatte. Obwohl Schneider in die Sache nicht eingebunden gewesen war, konnte er doch die schlampige Arbeit von Mars, Maritzke und ihren Helfern bestätigen. Auch über Paul wusste er einiges zu berichten: Nach seinem Gastspiel in Erding soll er sich als Hausierer verdingt haben. Doch als die Geschäfte immer schlechter liefen, griff er notgedrungen zur Schaufel, heuerte an bei einem Bauunternehmen, das überwiegend mit der Sanierung von Straßen im Landkreis beschäftigt war. »Herr Waczek ist nicht fest angestellt. Er arbeitet, wenn Bedarf da ist und wenn er Lust hat«, teilte man Winter im Personalbüro der Firma mit.

Laut Kurt Schneider war Waczek immer noch mit Lisbeth Gruber liiert, wohnte immer noch beim Metzgerwirt und versoff fast sein ganzes Geld. »Er hat sich kein bisschen geändert.« Winter wollte wissen, ob denn noch Versuche unternommen wurden, Waczek zu überführen. »Nein. Nur der Völz hat immer wieder gedrängt, nicht locker zu lassen. Er hat diesen Waczek gehasst.«

Johann Völz also, dieser Polizist, der mit einem Kollegen in der Mordnacht Karl Hartl vernommen hatte. Ein Mann, der – so ging es indirekt aus den Akten hervor – gerne an den Ermittlungen teilgenommen hätte, aber als kleiner Dorfgendarm stets von den Vorgesetzten in seinem Elan gebremst worden war. Ihn hatte man mittlerweile in die Kreisstadt versetzt. Winter stattete ihm dort am nächsten Tag einen Besuch ab.

»Waczek fühlte sich absolut sicher, seit die Kripo unverrichteter Dinge aus Steinbach abziehen musste«, berichtete Völz. »Das ging sogar so weit, dass er in aller Öffentlichkeit stolz herumposaunte, er selbst habe die tödlichen Schüsse abgegeben und werde wieder zur Waffe greifen, wenn's nötig sei.« »Aber das ist doch ein klares Geständnis«, entsetzte sich Winter. Völz winkte nur resigniert ab: »Was nützt es, wenn er hinterher sagt, er habe nur Spaß gemacht und dummes Zeug geredet? Auch die Wirtin warf ihm manchmal vor, es bedürfe nur ihrer Aussage bei der Polizei, um ihn für immer dingfest zu machen.« Völz selbst war Zeuge einer solchen Szene gewesen. Und doch: »Wer versucht nicht, im Streit dem anderen eins reinzuwürgen? Noch dazu, wenn einem der Alkohol schon bei den Ohren raus kommt.«

Der Ermittler beschloss, diesem Aspekt trotzdem nachzugehen. Mag sein, es fanden sich Zeugen, die bei solch verräterischen Äußerungen Waczeks etwas aufgeschnappt hatten, das zur Klärung des Falles beitrug. Ab jetzt gab sich Winter als Kriminalbeamter zu erkennen, was sich schnell im ganzen Ort herumsprach. Keiner mehr setzte sich an seinen Tisch. Er verteilte gut hundert Visitenkarten an Leute, von denen er glaubte, sie könnten etwas wissen und getrauten sich nicht, mit ihm im Beisein Dritter zu sprechen. »Hier, unter dieser Telefonnummer können Sie mich auch abends erreichen.« Er wohnte jetzt als Untermieter bei einem Steinbacher Polizisten.

Zu seiner Enttäuschung meldete sich niemand. Und wenn er jemanden zur Befragung auf die Wache bestellte, bekam er häufig Ausflüchte zu hören: »Da passt es gar net. I kann net weg, muss arbeitn, muss zum Arzt. Mei Frau is krank, kann i net morgen komma ...?« Und so weiter. Die meisten erschienen erst, als man ihnen drohte, sie in Handschellen vorzuführen. Was Winter dann von ihnen zu hören bekam, erschöpfte sich in Gedächtnislücken: »Kann mi nimmer dran erinnern. Is scho so lang her. Woas net, wos i damois gsogt hab. Wenn i des so gsogt hab, werd's scho stimma.«

Bewusst verzichtete Winter in den ersten Tagen auf ein Gespräch mit dem Metzgerfuchs, ja, er überging ihn bewusst und hielt sich lieber an die Leute im Umfeld des Verdächtigen. Während einer mehrstündigen Befragung der Wirtin Lisbeth Gruber wurde noch einmal das zweifelhafte Alibi von allen Seiten abgeklopft. Die resolute Frau aber ließ sich nicht beirren und blieb standhaft bei ihrer Äußerung: »I hab nie was anders gsagt: Der Paul war da, weil in seim Zimma Licht brennt hat.«

»Haben Sie ihn auch im Zimmer gesehen? Und wenn's nur ein Schatten am Fenster war? Oder hörten Sie Geräusche, die darauf schließen ließen, dass er da war?« Auf ein einfaches Ja oder Nein brauchte Winter nicht zu hoffen. Die Wirtin bestand vielmehr auf der Feststellung, sie könne sich nach sechs Jahren nicht mehr an jede Einzelheit erinnern. Vielleicht habe sie was gesehen oder gehört, vielleicht auch nicht. »Es war hübsch Betrieb in da Gaststub. Konnt mi net drum kümmern, was drübn hinterm Fenster los war. Hob oamoi nüba gschaut und Licht gseng. Dös war ois!«

Alle Versuche, sie in Widersprüche zu verstricken, scheiterten. Auch wenn ihre Beziehung zu Paul Waczek nur noch sexueller Art zu sein schien, hielt sie ihm die Stange. Letztlich gab sich Winter geschlagen, schickte die Frau fort und änderte seinen Schlachtplan. Jetzt forschte er nach einem möglichen Tatmotiv: Bekanntlich hatten die Hartls zum Zeitpunkt der Schüsse 1000 Mark aus einem Kuhhandel im Haus. Da der Täter trotz freier Bahn keinerlei Versuche unternommen hatte, des Geldes habhaft zu werden, schlossen die Ermittler bislang einen Raubmord aus.

Der Kriminalmeister hingegen tat, was auch sein Lieblingsdetektiv Poirot getan hätte. Er kombinierte: »Womöglich spielt der Kuhhandel doch eine Rolle. Der Schütze mag es wirklich auf das Geld abgesehen haben, bekam aber im letzten Moment Skrupel, das Haus zu betreten. Es dauerte etwa zehn Minuten, bis zwei der drei Kinder zu den Nachbarn liefen. So lange durfte er nicht warten, denn sein Hund am Waldrand wäre unruhig geworden und die Nachbarn hätten – von den Schüssen aufgeschreckt – herbeieilen können. Er hatte auch nicht vor, die Kinder zu töten. Außerdem musste er so schnell wie möglich wieder im Gasthaus zurück sein, um nicht Gefahr zu laufen, dass seine Abwesenheit bemerkt wurde.«

Also ging Winter dem Kuhhandel auf die Spur. Sepp Hartl, der damals zwölfjährige Sohn des ermordeten Ehepaares, erinnerte sich noch, dass ein gewisser Reischl die Kuh abgeholt hatte. Diesen Viehhändler zu ermitteln, bedurfte es zweier Telefonate. Reischl war sofort bereit, auf die Steinbacher Dienststelle zu kommen. In Gegenwart von Oberstaatsanwalt Dr. Max Wilde machte er seine Aussage.

Oktober 1950, Steinbach

Michael Reischl aus Herbertsberg gehörte nach dem Krieg zu den Leuten, deren Gewerbe auch auf ehrlicher Basis florierte. Schon sein Vater und Großvater waren Viehhändler gewesen. Aus Erfahrung wusste Reischl, dass man sich tüchtig umschauen musste, um immer gute Ware zu bekommen. Auf den Märkten im weiten Umkreis war er ein wohlbekanntes Gesicht. Er genoss hohes Vertrauen bei den Bauern, weil er faire Preise zahlte und einen untrüglichen Blick für die Qualität der Tiere hatte.

Mitte Oktober trug es sich zu, dass er auf dem Bauernmarkt in Steinbach mit Karl Hartl wegen einer Kuh verhandelte. Er würde ihm ein gutes Angebot machen, aber die Sache vertrage keinen großen Aufschub, drängte Reischl. Ihm schwebte ein Zuchtvieh von hoher Güte vor. Da der Herbertsberger mit Hartl schon einige Geschäfte abgewickelt hatte und die hervorragende Aufzucht seiner Tiere kannte, unterbreitete er ihm dieses Angebot: »Einen Tausender auf die Hand.« Doch der Bauer konnte momentan keine Kuh entbehren. Jüngst hatte er zwei Stück verkauft, um Renovierungsarbeiten am Haus finanzieren zu können. Drei blieben ihm noch, von denen eine trächtig war. »Wenn's Kälberl gsund is, könn ma nochmal drüber redn. Iaz kann i dir no koa Kua verkaufn.« Reischl betonte, er müsse ja nicht die trächtige Kuh verkaufen, doch ließ sich Hartl nicht erweichen. Derzeit gehe es einfach nicht, wiederholte er sehr zum Bedauern des Händlers, der ihm aber noch eine Frist einräumte. »Kommst bis dahin nicht, schau ich mich bei anderen Bauern um.«

Wenige Tage später weilte Reischl wieder in Steinbach. Als er das Lokal, in dem er gerade sein Mittagessen eingenommen hatte, verließ, passte ihn jemand ab, der vor dem Eingang schon länger auf ihn gewartet hatte. »Du bist doch Viehhändler?« »Klar bin ich das.« Der Mann, der sich nicht vorstellte, unterbreitete ihm nun ein Angebot. Dass er nur als Vermittler auftrat, war in dieser Branche nicht unüblich. Oft kamen Käufer und Verkäufer erst über Mittelsmänner in Kontakt. Diese kannten Angebot und Nachfrage oder hörten sich um für jene, die etwas verkaufen wollten, wofür ihnen natürlich im Erfolgsfall eine Provision zustand – das sogenannte Schmugeld, ein kleiner Prozentsatz des Kaufpreises.

Der unbekannte Vermittler, den Reischl schon irgendwo gesehen zu haben glaubte, teilte mit, ein gewisser Karl Hartl aus Öd habe eine Kuh im Angebot. »Kennst du den Bauern?« »Oh ja, ich kenne ihn gut«, entgegnete Reischl. »Aber da liegt bestimmt ein Irrtum vor. Mir hat er kürzlich gesagt, die Kuh will er noch vier bis sechs Wochen behalten.« »Er hat sich's anders überlegt, weil er dringend Geld braucht. Und ich hätt hier nicht auf dich gewartet, wenn ich's nicht sicher wüsste.«

Obwohl hier zu Lande nur selten das förmliche »Sie« ausgesprochen wurde, irritierte Reischl die Vertrautheit, mit der ihn dieser Kauz behandelte und wiederholt versicherte: »Verlass dich drauf! Hartl verkauft. Aber er gibt sie nur her, wenn du bald kommst und bar bezahlst.« »Das tu ich immer. So sind die Regeln«, betonte der Händler und fragte den Vermittler nach seinen Namen. Dieser zog sich aus der Affäre mit der Bemerkung, er sei ein Freund Hartls und der Name tue nichts zur Sache. Reischl schätzte ihn auf etwa 30 Jahre und prägte sich vor allem seine längliche, steil abfallende Nase und die verkrustende Wunde hinter dem linken Ohr ein. Auch schien der Mann, der nur in Nuancen Dialekt sprach, leicht zu hinken. Er trug einen Hut und einen dunklen Mantel. Weil der Händler kein Risiko fürchten musste, akzeptierte er 20 Mark Schmugeld, sobald die Kuh den Besitzer gewechselt habe. Der Unbekannte sagte, er werde es sich abholen – entweder hier oder auf Reischls Hof in Herbertsberg. Die Adresse sei ihm bekannt.

»Aber du musst bald zu Hartl fahren, sonst ist die Kuh weg«, drängte er. »Ja, natürlich, mach ich.« »Wann kannst du kommen?« »Morgen oder übermorgen.« »Und wann kommt die Kuh weg?« »Gleich, wenn der Handel klappt«, bemerkte Reischl schon leicht genervt. »Was interessiert dich denn das so?«, wollte er noch vom Unbekannten wissen, worauf dieser schnell das Gespräch beendete.

Am Freitag, dem 3. November, zwei Tage vor dem Mord, fuhr Reischl mit seinem Viehtransporter nach Öd, wo ihn der Bauer freundlich empfing. »Gut, dass'd kommst! I hab mir's anders überlegt. Die Kuh geb i doch glei her.« Auf die Frage, woraus der plötzliche Sinneswandel resultiere, wollte Hartl keine Auskunft geben. Auch den Vermittler mochte oder konnte er nicht näher benennen. »I hab a paar Leut in Steinbach gsagt, dass i die Kuh verkauf, weil i momentan koa Zeit hab, um aufn Markt z'geh. Aber mir wärn scho no irgendwie zam komma. I hob di net vergessn.«

Reischl rätselte, warum Hartl sich nicht direkt an ihn gewandt, sondern das Geschäft über Zwischenhändler eingeleitet hatte. Nun, der Unbekannte sollte zu seinem Schmu kommen, denn Reischl befand die Kuh nach eingehender Betrachtung für akzeptabel, obwohl er aus dem Stall Hartls Besseres gewohnt war. Er zahlte die 1000 Mark in bar, besiegelte das Geschäft per Handschlag und lud das Tier gleich ein.

November/Dezember 1956, Steinbach

Als Reischl diese Geschichte erzählte, lieferte er Stoff für neue Spekulationen. Der unbekannte Vermittler entpuppte sich nämlich als Paul Waczek, der sich wenige Wochen vor der Begegnung mit Reischl nach einem handfesten Streit mit der Gasthausbesitzerin Centa Wimberger tatsächlich eine Verletzung am linken Ohr zugezogen hatte. Anhand eines Fotos, das dem Zeugen vorgelegt wurde, identifizierte er den Mann: »Das könnt er gewesen sein, aber hundertprozentig sicher bin ich mir nicht. Ich merk mir selten Gesichter. Mich wundert nur, dass der Mann sein Schmugeld bis heute nicht abgeholt hat.«

Nun blieb Günther Winter nichts anderes übrig, als auch Waczek vorzuladen, um ihn über die Hintergründe dieses Handels zu befragen. Doch der Fuchs stritt beharrlich ab, je mit Reischl in Kontakt getreten zu sein. »Sicher verwechselt er mich«, erklärte er mit dem Brustton der Überzeugung. »Wie hätte ich wissen sollen, ob Hartl eine Kuh verkauft?« Winter musste dies notgedrungen schlucken, denn Waczeks Behauptung, er und Karl Hartl hätten in den Wochen vor dem Mord keine Geschäfte miteinander gemacht, ließ sich nicht widerlegen.

Oberstaatsanwalt Dr. Wilde glaubte dem Verdächtigen kein Wort: »Hier haben wir ein mögliches Motiv«, sagte er später zu Winter. »Waczek hat den Handel eingeleitet und wusste folglich, dass sich nach dem Abtransport der Kuh viel Geld im Haus der Hartls befand. Da Reischl erst Freitagmittag gekommen war, blieb dem Bauern nicht genug Zeit, die 1000 Mark zur Bank zu bringen. Waczek hat schon einmal versucht, in Öd einzubrechen und ist kläglich gescheitert. Diesmal ging er entschlossener vor.«

Doch der schlaue Kriminalmeister wies den Oberstaatsanwalt noch auf eine weitere interessante Einzelheit hin: »Der Nachbar, der die Tiere der Hartls nach den Schüssen versorgt hat, sagte mir, im Stall seien drei Kühe gewesen. Doch Hartl hatte Reischl vor dem Verkauf versichert, er besitze nur drei Kühe.« »Sie meinen also, Hartl hat sich die vierte Kuh ergaunert?«, folgerte Dr. Wilde und erntete ein Nicken des Kriminalmeisters. »Ergaunert mithilfe des Metzgerfuchses, gegen den er dadurch etwas in der Hand hatte. Vielleicht ist das der Grund, weshalb Waczek schoss und das Geld verschmähte.«

Zum Leidwesen Winters versickerte auch diese Spur, denn die Herkunft der ominösen vierten Kuh ließ sich nicht mehr ermitteln. Sepp Hartl wurde wegen dieser Sache noch einmal vernommen und erinnerte sich, dass wenige Tage vor den Schüssen nachts ein Viehtransporter zum Hof gekommen sei. »Wir lagen alle schon im Bett. Der Pap ist raus und hat beim Abladen geholfen. Am nächsten Tag hatten wir vier Kühe im Stall.«

Viehhändler Reischl bekam die Möglichkeit einer heimlichen Gegenüberstellung mit Waczek, mochte sich aber immer noch nicht mit Gewissheit festlegen, ob dies der unbekannte Vermittler war. Für eine Festnahme Waczeks war das zu wenig.

Mai 1957, Steinbach

Winter ließ nicht locker, obwohl er auf der Stelle zu treten schien. Hundert und mehr Dorfbewohner hatte er befragt und mit den Abschriften der Vernehmungs-Tonbänder weitere Aktenordner gefüllt. Grundlegend neue Erkenntnisse förderte er nicht zu Tage, wenngleich sich das Bild Paul Waczeks und seines Umfeldes immer mehr zu einer exakten Milieustudie verdichtete. Charakterlich gesehen hielt Winter den Metzgerfuchs durchaus für fähig, zwei Menschen kaltblütig zu erschießen. Dass sich der Kerl über all die Jahre hinweg so sicher fühlen konnte, schien unerklärlich. Irgendwann aber schnappte Winter doch ein Gerücht auf, welches besagte, Paul habe durch die Hilfe eines befreundeten Polizisten stets gewusst, wie es um die Ermittlungen stand, ja, er habe sogar erreicht, dass für ihn gefährliche Informationen unter den Tisch gekehrt wurden.

Dieser Ungeheuerlichkeit musste der Kriminalmeister auf den Grund gehen. Sein bester Informant, Polizist Johann Völz, konnte bestätigen: Josef Pommereder und Metzgerfuchs waren gute, wenn nicht sogar sehr gute Freunde. »Wann immer etwas Neues über den Mord bekannt wurde, Waczek wusste als Erster davon. Deshalb wurde Pommereder auch versetzt.«

Im Folgenden war Winter einige Wochen lang damit beschäftigt, die Beziehung zwischen diesem korrupten Dorfpolizisten und dem Verdächtigen zu durchleuchten. Beide gaben zu, lediglich Zechkumpanen gewesen zu sein, und stritten vehement ab, Dienstgeheimnisse verraten beziehungsweise erfragt zu haben. Trotzdem verdichteten sich die Belastungsmomente gegen Pommereder derart, dass ein Disziplinarverfahren gegen ihn eingeleitet wurde.

Lange sprach Winter mit Irmi Becker, ehemalige Bedienung im Metzgerwirt, die 1951 Steinbach verlassen und wenig später geheiratet hatte. Sie machte einen kränklichen und verwirrten Eindruck, gab zu, mit Paul ein intimes Verhältnis gehabt zu haben, beteuerte, sie wisse nicht, ob er zur Tatzeit in seinem Zimmer war. »Ich musste den ganzen Abend über bedienen. Es war viel los.«

Letztlich horchte Winter einfach beharrlich im Dorf herum, sprach noch einmal mit allen Leuten in und um Öd, fand aber keine grundlegend neuen Indizien einer tiefen Feindschaft zwischen Hartl und Waczek. Die neutralen Leute im Dorf beäugten den Ermittler voller Hochachtung über seine Beharrlichkeit. Er spürte, sie wussten mehr, als sie sich zu sagen getrauten, doch sie wussten nicht genug, um den Fuchs damit hinter Gitter zu bringen. Aber Winter tat gut daran, weiterhin seine Visitenkarten zu verteilen. Irgendjemand, der nun im Besitz seiner Privatadresse war, brach endlich das Schweigen. Die Anonymität schützte die »Verräterin«, die sich in Form eines mit Schreibmaschine getippten Briefes ohne Absender an den Kriminalmeister wandte:

»Sehr geehrter Herr Winter! Ich bin eine alte Frau und möchte nicht in Sünde sterben. Sehe mich deshalb veranlasst, ihnen mitzuteilen, dass es jemanden gibt, der den Metzgerfuchs am Mordabend auf dem Fahrrad gesehen hat. Er heißt Kurt Jettner und lebte damals in Miete bei Rudolf und Maria Unterhuber aus Steinbach.«

Winter wollte sofort bei besagtem Ehepaar anrufen, als ihn eine innere Stimme zur Vorsicht mahnte: »Nur nicht gleich die Pferde scheu machen! Sonst ist der Überraschungsmoment dahin.« Er telefonierte mit verstellter Stimme und gab sich als Sachbearbeiter des Finanzamtes aus: »Wir benötigen noch einige Unterlagen von einem gewissen Kurt Jettner, der bei Ihnen gewohnt haben soll. Leider ist er unbekannt verzogen.« Hilfsbereit und ohne jeden Argwohn gab ihm Frau Unterhuber die Adresse. Jettner schickte ihr alljährlich zu Weihnachten eine Grußpostkarte. Der 46-Jährige arbeitete jetzt in einem Duisburger Großbetrieb für Fleischverarbeitung.

Sofort informierte Winter den Oberstaatsanwalt über die neue Sachlage. Dr. Wilde bat seinen Duisburger Kollegen um Amtshilfe. Man möge Jettner unverzüglich vorladen und verhören, das Protokoll dann fernschriftlich übermitteln. Bis es eintrudelte, fertigte Dr. Wilde einen Blanko-Haftbefehl aus und beauftragte die Einsatzzentrale, sich für eine Festnahme bereit zu halten.

Die Kollegen im Ruhrpott handelten schnell. Sie schleppten Jettner vom Arbeitsplatz weg direkt ins Präsidium, konfrontierten ihn ohne große Vorrede mit dem anonymen Brief, der an Günther Winter gegangen war. »Sie sind ein wichtiger Zeuge. Wenn Sie jetzt nicht sprechen, machen Sie sich des Mordes mitschuldig«, wurde ihm gesagt. Was blieb dem Fleischer anderes übrig, als alle Fragen, die der Oberstaatsanwalt telefonisch diktiert hatte, erschöpfend und wahrheitsgetreu zu beantworten? Und dennoch sah sich Jettner bereits in der Zelle schmoren. Nie hätte er sein Wissen so lange für sich behalten dürfen, wusste er.

Auch Winter erkannte, in welchen Schwierigkeiten Jettner jetzt steckte. So bat er seinen Chef, während sie ungeduldig vor dem Fernschreiber warteten, er möge dem Zeugen für seine Kooperation Straffreiheit zusichern. »An seiner Aussage hängt womöglich alles. Wenn er fürchten muss, wegen Behinderung der Ermittlungen selbst hinter Gitter zu kommen, fällt er um. Dann hat er plötzlich gar nichts gesehen.« Dr. Wilde pflichtete ihm bei.

Dann endlich setzte sich das Gerät in Bewegung. Minuten später hielten die Ermittler zwei Seiten, die dem Fall die entscheidende Wendung gaben, in Händen.

3. Mai 1957, 21.35 Uhr, Steinbach

Mehrere Autos mit Landshuter Nummernschild parkten an der Straße vor den Gasthaus Metzgerwirt. Im rückwärtigen Hof der Metzgerei Galldorfer hatten sich rund zehn bewaffnete Polizisten verschanzt. Weitere Beobachter, getarnt als Zivilisten, behielten die Gehwege im Auge. Ein einzelner Passant, der eben vom Wirt kam und erheblich nach Bier roch, wurde aufgefordert, in eins der schwarzen Autos mit den getönten Scheiben zu steigen. Dort saßen zwei Männer, die ihm ihre Ausweise unter die Nase rieben. »Wo ist Paul Waczek?« Als er fragte, was denn dieser Zirkus solle, zeigten sie ihm ihre Pistolen. Also sagte er es ihnen. »Sie bleiben hier, bis alles vorbei ist«, wurde ihm befohlen.

Der Einsatzleiter wurde über Funk informiert: »Zielperson befindet sich in der Gaststube, ist vermutlich leicht angetrunken, trägt keine Schusswaffe bei sich.« Fünf Mann in Zivil, mit kugelsicheren Westen, drangen in den Flur des Gasthauses ein, gruppierten sich dort um einen Flipper-Automaten und warteten. Lallende Zecher, die auf die Latrine wankten, ließen sie unbehelligt. Bis auf einen. »Hä, wos sad's denn ihr für Kuntn? Eich hamma do no gor net gseng«, mokierte er sich. Dass er nicht niedergeschlagen wurde, verdankte er der Bedienung, die eben aus der Küche kam und einen leeren Kasten Bockbier mit sich schleppte. »Führ di net auf, Sepp!«, schnauzte sie den Stänkerer an. »Lass de Herrn in Rua, sunst fliagst naus!«

»Dank Ihnen, schöne Frau«, sagte einer der fünf Männer, die unter ihren langen Mänteln Maschinenpistolen verbargen. Die Bedienung schenkte ihm ein Lächeln, während der Betrunkene schmollend das Weite suchte. »Kemmt's ruhig nei. Es is no Platz in da Stubn«, lud sie die vermeintlichen Spieler ein.

»Danke. Später vielleicht. Gehen Sie bitte weg.« Als die Frau nicht gleich reagierte, wurde sie von einem der Männer gestoßen, wobei ihr der Kasten entglitt. Das Klirren der Scherben am kalten Estrich drang bis in die laute Stube. Alles verstummte für Sekunden. Dann die gellende Stimme des Metzgerfuchses: »Kannst du nicht aufpassen, du Schlampe!«

»Weg da!«, zischte einer der fünf. Er stürzte sich auf die Frau, drängte sie zur Hintertür. Ihre Hilfeschreie spitzten die Situation zu. Alle hatten inzwischen ihre Waffen gezückt.

Paul, der annehmen musste, ein Betrunkener gehe der Bedienung an die Wäsche, stürzte auf den Flur und sah sich plötzlich von Polizisten umzingelt. »Umdrehen, Hände an die Wand!« »Was soll das denn?« Perplex stand er da, hielt alles für einen schlechten Scherz. Seine Bedienung verschwand aus der Schusslinie, quiekend wie ein Ferkel. In der Gaststube erhob sich Tumult. »Umdrehen, sonst knallt's!« Wäre nur einer durch die Tür getreten, man hätte den Wirt durchlöchert.

Er begriff immer noch nicht, bis Günther Winter grinsend durch die Haustür trat. »Sie sollten tun, was man Ihnen sagt, Herr Waczek. Wir verhaften Sie unter dem dringenden Verdacht, Karl und Katharina Hartl erschossen zu haben.« Fast erleichtert über diese Information ließ sich Waczek Handschellen anlegen. »Sie werden mich wieder laufen lassen«, war er sich sicher. »Sie bluffen nur, haben nichts gegen mich in der Hand.«

4. Mai 1957, Kriminalpolizei Landshut

Dr. Wilde hatte sich im Griff. Kein Schuldvorwurf während der ganzen Befragung. »Ich hatte Angst«, erklärte Jettner einleitend. »Bis vor zwei Monaten lebte ich in Steinbach, aber er hätte mich überall gefunden und mundtot gemacht, wie er es mit allen tat, die ihm in die Quere kamen. Es war besser, den Mund zu halten und zu vergessen.« Der Mann mit Halbglatze und grauen Haaren stammte aus Ostpreußen, kam als Flüchtling nach Steinbach und kannte Paul Waczek »vom Wirtshaus«, wie er zu sagen pflegte. »Wir haben oft einen über den Durst getrunken. Es war so, dass er immer versuchte, mich unter den Tisch zu saufen.«

Da zog Waczek den Kürzeren, denn Kurt Jettner war ein Bär von Mann mit einem durch harte Arbeit gestählten Körper, der ein hohes Quantum an Alkohol vertrug. Und weil das Bier beim Metzgerwirt am billigsten war, verkehrte er oft dort. Nicht an jenem Sonntagabend. Er hatte nachmittags Bekannte in Straubing besucht, war gegen 17 Uhr mit der Eisenbahn zurückgekommen und zum Zeitunglesen gleich in der Bahnhofswirtschaft eingekehrt. »Ich trank dort ein paar Bier. Kurz vor 19 Uhr stand ich auf, zahlte und machte mich auf den Heimweg. Bis zu meinen Vermietern, die am anderen Ende des Ortes wohnten, war's ein schönes Stück zu laufen«, berichtete er ohne Stocken, während die Spulen des Tonbandes sich drehten. »Erinnere mich noch, dass ein ziemliches Sauwetter war. Der Wind blies mir ins Gesicht. Wer nicht unbedingt raus musste, blieb zu Haus. Darum hab ich mich ja so gewundert, als da plötzlich ein Radfahrer daherkam.«

Jettner wurde aufgefordert, Ort und Zeit so präzise wie möglich anzugeben. »Ich hab nicht auf die Uhr gesehen. Schätzungsweise 15 Minuten war ich schon unterwegs. Er ist von der Straße, die nach Reibach führt, gekommen, kurz hinter dem Ortseingang an der ersten Kreuzung.« Günther Winter reichte ihm einen Ortsplan und ließ sich die Stelle zeigen. »Hier war es. Ich stand genau an dieser Ecke unter einer Laterne.« »Und hier, keine 200 Meter weiter, an der gleichen Straße, die bis zum Marktplatz führt, befindet sich der Metzgerwirt«, informierte Winter den Oberstaatsanwalt.

Dieser fragte den Zeugen: »Sie standen unter der Laterne, waren also für den Radfahrer deutlich erkennbar?« »Richtig.« »Und das Licht, reichte es weit genug, um auch ihn deutlich zu erkennen?« »Dazu sind Laternen da.« »Also, was sahen Sie, Herr Jettner?«

Bevor er antwortete, holte er tief Luft und wischte sich mit einem überdimensionalen Taschentuch den Schweiß von der Stirn. »Erst mal nur einen Radfahrer. Es war kein sportliches Rad, aber auch kein klappriges Vehikel. Fragen Sie mich nicht nach Farbe und Fabrikat. Er fuhr mit dem Wind im Rücken, aber trotzdem ohne Hast. Und dann sah ich den Grund: Ein Hund, der in ein paar Meter Abstand mitlief, ein großer Hund. Er wirkte schon ziemlich müde und mitgenommen.« »Der Radfahrer?« »Nein, der Hund. Er machte einen Bogen um mich.« »Welche Rasse?« »Schwer zu sagen. Er war nass und verdreckt – und ich hab mehr auf den Mann geachtet. Ich wunderte mich über ihn. Bei diesem Sauwetter führt man keinen Hund Gassi. Da geht man höchstens einmal ums Haus mit ihm.« Jettner berichtete weiter, der Mann habe einen dunklen Mantel getragen. »Etwa sieben bis zehn Meter vor mir zog er plötzlich den Hut tief ins Gesicht, als wolle er nicht erkannt werden.« »Haben Sie ihn angesprochen?« »Nein. Erstens war ich überrascht, zweitens huschte er schnell an mir vorbei. Sicher hatte er nur einen Gedanken: Nach Hause und trockene Klamotten anziehen.«

Beide – Dr. Wilde und Winter – stellten nun simultan die gleiche Frage: »Haben Sie ihn erkannt?«

»Ja, es war mit Sicherheit Paul Waczek.«

»Obwohl er den Hut ins Gesicht zog?«

»Der Hut reichte nur bis zur Nase. Und er fuhr dicht an mir vorbei.«

»Ein Irrtum ist ausgeschlossen?«

»Ausgeschlossen.«

»Könnten Sie auch einen Eid darauf schwören?«

»Jeden Eid dieser Welt.«

Das war's, was der Oberstaatsanwalt hören wollte. Mit dieser Aussage blieb dem Haftrichter gar keine andere Wahl, als den Verdächtigen weiter hinter Schloss und Riegel zu halten.

August 1957, Steinbach, Gasthaus Metzgerwirt

Sie hörte den Tod schon an ihre Tür klopfen. »Oiso, Centa, pack ma's!«, forderte er sie in bestem Niederbayerisch auf. »Der Herrgott hat di lang leben lassn. Iaz wird's Zeit zum Geh.« Obgleich die alte Gasthofbesitzerin schon seit Jahren sehr unter den Gebrechen des Alters litt und oft in Gebeten um den Besuch des Sensenmannes gebettelt hatte, wurde ihr nun bang ums Herz. »Hast mi erlöst von dem Unhold, willst, dass i's net mehr auskostn kann«, sprach sie zum Tod, dessen verwittertes Gesicht ihr Angst einjagte. Noch stand er jenseits der Schwelle, als hindere ihn eine unsichtbare Schleuse am Eintritt: »Oamoi kummt für jedn de Zeit.«

»I mog net! Schleich di!«

Er trug Lumpen, hatte Haare wie verdorrtes Heidegras, Haut und Knochen und zwei noch verbliebene Zähne. Mehr war nicht dran an ihm. Er hätte nur an ihr Krankenbett treten und sie mit seiner eiskalten Hand berühren müssen, das Herz der Frau hätte vor Entsetzen aufgehört zu schlagen. Stattdessen verwandelte sich die Erscheinung in ein durchsichtiges Zerrbild und entschwand mit einem bestialischen Kichern. »Wenn net glei, dann irgendwann, hä hä hä hä!«

Am nächsten Morgen offenbarte Centa Wimberger ihrer Pflegetochter das nahe Ende: »Mit mir is aus. Des werd nia nimma wern.« Zwei Tage zuvor war sie wie aus heiterem Himmel in der Gaststube zusammengebrochen. Der Kreislauf spielte nicht mehr mit, und der Arzt verordnete ihr absolute Bettruhe. Am Vortag verschlechterte sich ihr Zustand. Sie bekam hohes Fieber, das mit starken Medikamenten gelindert wurde. So viel Kraft aber blieb der 80-Jährigen noch, sich gegen eine Unterbringung im Krankenhaus zu wehren. Wenn schon sterben, dann in den vertrauten eigenen Wänden.

Lisbeth Gruber nutzte jede freie Minute, um ihrer Pflegemutter beizustehen. »Red dir nix ei, Mutter! Unkraut vergeht net«, sprach sie ihr Mut zu. Doch jene schien inzwischen bereit für den Abschied von dieser Welt. Freilich genierte sie sich, von der Begegnung mit dem Sensenmann zu sprechen. Er würde wieder kommen, gewiss, und dann nicht vor der Tür stehen bleiben. »Frau. Du derfst nix mitnemma«, wird er ihr sagen. Nichts mitnehmen, keine materiellen Güter, keine Sünden und auch keine Geheimnisse. Letzteres lastete seit der Verhaftung Pauls schwer auf ihrer Brust.

»I muss es sagn, bevor's z'spät is«, erklärte sie Lisbeth, die im ersten Moment nicht begriff, was die Greisin damit meinte. »Was willst sagn, Mutter?« »Na, was i gseng hab, damois wias de Hartls dawischt hot.«

»Du sogst gar nix! Bist denn narrisch!«, pulverte sie ihre Mutter an. »Mir komma in Teifels Küch!« »Du vielleicht. Aber mi frisst der Deifi, wenn i nix sog.« Lisbeth machte der Schwerkranken nun in eindringlichen Worten klar, was diese Aussage bedeuten würde: Sie selbst stehe dann als Lügnerin da und würde dafür sogar im Gefängnis landen. »Und was willst denn no? Den Paul lassn's nimma aussi. Es reicht, dass der Jettner Kurt ihn hinghängt hat. Muasst du iaz a no eini pfuschn, Mutter?«

Centa Wimberger war intelligent genug, um zu erkennen, auf welch schwachen Füßen die Anklage gegen Paul Waczek stand. Dabei konnte sie ihr Scherflein für den Sieg der Gerechtigkeit beitragen und ihn stärker belasten. Jetzt, da er ihr nichts mehr antun konnte, schied Angst als Hinderungsgrund aus. Und Lisbeth musste nicht fürchten, wegen Begünstigung belangt zu werden. »Was du gseng hast, hast du gseng. Dabei kannst auch bleibn«, bestärkte Centa die Wirtin, welche erwiderte, die Polizei werde wohl nicht annehmen, sie – ihre Mutter – habe ihr diese Beobachtung bis zum heutigen Tag verschwiegen.

Nach diesem Disput stiegen Blutdruck und Fieberkurve der alten Dame. Teilweise verlor sie sogar die Besinnung, verlangte nach einem Rosenkranz und Bildern der Mutter Gottes, die sie sehr verehrte. Der eilig verständigte Hausarzt sah sich genötigt, eine Fachärztin aus der Kreisstadt zu bestellen. Er vermutete, Frau Wimbergers Krankheit könne seelisch bedingt sein. Ihre Wahnvorstellungen deuteten jedenfalls darauf hin.

Die Fachärztin Dr. Eva Kazanowa verabreichte ihr ein Beruhigungsmittel und nahm sich anschließend Zeit für ein ausgedehntes Gespräch mit der Patientin. Ihre ruhige, einfühlsame Art bestärkte Centa Wimberger, freimütig vom Besuch des Todes und den Erscheinungen der Gottesmutter zu erzählen. Allerdings verschwieg sie der Ärztin ihr Geheimnis. Die aber roch den Braten: »Etwas belastet sie, Frau Wimberger. Machen Sie sich frei davon, und es wird Ihnen besser gehen. Der Tod und die Gottesmutter erschienen Ihnen als Warnung – nicht, um Sie mitzunehmen.« »Und was soll i doa?«, fragte die Gasthofbesitzerin. Dr. Kazanowa riet ihr zur Beichte.

Dieser Vorschlag war auch ganz im Sinne Lisbeth Grubers. Priester sind zum Schweigen verpflichtet. Aus dieser Ecke drohte keine Gefahr. Also bestellte sie den Kaplan ins Haus. Zehn Minuten dauerte die Beichte hinter verschlossener Tür. Lisbeth machte sich erst gar nicht die Mühe, am Schlüsselloch zu lauschen, achtete aber sehr genau auf den Gesichtsausdruck des Geistlichen beim Verlassen des Krankenzimmers. Es lag viel Verachtung darin. Als sie ihn fragte, ob er ihrer Mutter auch die Sterbesakramente gegeben habe, hätte er ihr fast ins Gesicht gespuckt.

Nein, für die letzte Ölung bestand kein Anlass. Wimbergers Zustand besserte sich. Wenige Tage später sah man sie schon wieder im Dorf spazieren gehen. Einer ihrer Wege führte sie zur Polizeistation. Sie nannte ihren Namen und verlangte, Günther Winter zu sprechen.

Der Ermittler kam gleich im Doppelpack mit Oberstaatsanwalt Dr. Wilde. Beide wussten: Wenn jemand von der Metzgerwirt-Sippe freiwillig zur Polizei ging, hatte er Sensationelles mitzuteilen. Centa Wimberger wirkte zu allem entschlossen, als sie auf dem Stuhl im Vernehmungszimmer Platz nahm. »Der Kaplan hat gsagt, die Absolution wirkt erst, wenn i aussag. Also bin i da.« Wie immer in Gegenwart von Amtspersonen bemühte sie sich nun um korrektes Hochdeutsch. Der Chef der Landpolizei brachte ein Tonbandgerät und schaltete es ein, doch angesichts des auf sie gerichteten Mikrofons verstummte die alte Frau. »Muss das sein?«, brummte sie. Die Herren nickten, taten ihr aber den Gefallen, das Mikro einen Meter weit weg zu stellen.

»Was haben Sie uns zu berichten, Frau Wimberger?«

»Was i gesehen hab an dem Sonntag, als sie die Hartls erschossen haben.« Sie holte tief Luft und leierte dann eine oft in Gedanken gesprochene Aussage herunter: »I hab Schuhe geputzt aufm Flur vom Seitengebäude, wo Paul sein Zimmer hat. Der Paul sagt, er wär den ganzen Tag nicht ausm Zimmer kommen – erst so gegen sieben auf'd Nacht. Aber i weiß, dass das nicht stimmt. Um fünf – i weiß es genau, weil i auf'd Uhr geschaut hab – is er an mir vorbei, in Ausgehklamotten: brauner Anzug, schwarze Schuhe und grüner Hut. Er ist raus aufn Hof. Um achte is er zurück. Da bin i ins Bett gangen.«

Winter und Dr. Wilde hätten in diesem Moment am liebsten einen Freudentanz aufgeführt. Endlich hatte sich Waczeks Alibi pulverisiert: Um 17 Uhr sah man ihn das Haus verlassen, kurz nach 19 Uhr kehrte er nachweislich zurück. Und dazwischen, ja, da blieb ausreichend Zeit, nach Öd zu radeln und drei gezielte Schüsse abzugeben. Der Fuchs saß in der Falle.

Der Prozess – Erste Zeugen

Dienstag, 25. November 1958, Landgericht Landshut

Einzelne Schneeflocken wirbelten hinter den beschlagenen Fenstern des Großen Sitzungssaales im Landgerichtsgebäude. Der Hausmeister hatte kräftig eingeheizt, obwohl die meterdicken Mauern, die zwei Weltkriege schadlos überdauert hatten, Sommer wie Winter für ähnliche Temperaturen sorgten. In gehörigem Abstand zum etwas erhöhten Richtertisch: sieben Bankreihen, schlicht, ungepolstert, mit senkrechten Lehnen. Eine Handvoll überwiegend älterer Zuhörer, deren Gesichter hier täglich das Elend menschlicher Abgründe begafften. Seitlich der Tisch der Verteidigung, gegenüber der des Staatsanwaltes und der Sachverständigen. Der Angeklagte hatte ein eigenes Bänklein in der Mitte des Saales, bestückt mit drei Stühlen. Seine uniformierten Bewacher sollten ihm nicht von der Seite weichen.

Nur die Medien wussten Bescheid, dass die für Mittag angesetzte Verhandlung vorverlegt wurde. Viel Volk aus Steinbach hatte sich angekündigt, und der Gerichtspräsident wollte zumindest die Vernehmung des Angeklagten in Ruhe über die Bühne bringen. Es drohten sogar Tumulte, wenn die Volksseele beim ersten Anblick des Angeklagten zu sehr hochkochte. So wurde der Metzgerfuchs schon im Morgengrauen heimlich vom Untersuchungsgefängnis hierher überführt. Als Erster besetzte der Gerichtsdiener seinen Platz, dann folgte ein weiterer Bediensteter, der die ohnehin schon gewaltigen Papierberge weiter aufstockte. Allein die Prozessakten umfassten über 2000 Seiten. Oberstaatsanwalt Dr. Max Wilde kam mit den ersten Zuschauern und vertiefte sich sofort in die Unterlagen. Dabei blendete er seine Umgebung vollkommen aus, bis sich plötzlich eine Hand auf seine Schulter legte. »Huch, haben Sie mich erschreckt!« Der Herr, welcher ihn so unvermittelt begrüßte, war der Anwalt Hans Knopp. »Verzeihen Sie«, sagte Knopp fast unterwürfig.

»Nein, ich muss mich entschuldigen, Sie nicht bemerkt zu haben.« Dr. Wilde schüttelte die Hand des jungen Mannes, der vor wenigen Jahren erfolgreich bei ihm praktiziert hatte. Damals attestierte er Knopp, er habe das Zeug zu einem großen Juristen. Jetzt bedauerte er ihn, ein so hoffnungsloses Mandat übernommen zu haben. Nicht ganz freiwillig zwar, aber doch auch nicht im Zwang. Knopp war in eine bekannte Kanzlei eingestiegen und wollte sich profilieren. Ein Sensationsprozess wie dieser kam da gerade recht.

»Nun, Herr Knopp. Worauf werden Sie plädieren? Unzurechnungsfähigkeit? Mord im Affekt? Totschlag gar?«, scherzte der Oberstaatsanwalt. Knopp grinste ihn geheimnisvoll an und bezog erst einmal Platz. Als er alle Papiere und Unterlagen vor sich ausgebreitet, einmal von seiner Wurstsemmel abgebissen und einen Schluck Kaffee aus der Thermoskanne genommen hatte, antwortete er völlig gelassen: »Freispruch natürlich. Mein Mandant ist unschuldig.« »Machen Sie sich doch nicht lächerlich, Knopp!« Dieser zog es vor, den Disput mit seinem Lehrmeister zu beenden. Außerdem gerieten plötzlich die sieben anwesenden Pressevertreter in Aufregung, griffen nach ihren Kameras und stürmten aus dem Saal.

Im Flur klapperten auf dem frisch gebohnerten Marmorboden Absätze von Halbschuhen. Im Blitzlichtgewitter näherte sich alsbald der Hauptdarsteller. Paul Waczek, mit einer Zange gefesselt, wurde von zwei Polizisten hereingeführt. Blass, durchaus selbstsicher, zeitweise freundlich lächelnd, stellte er sich ruhig den Pressefotografen. Er war tadellos gekleidet, wirkte gepflegt und erholt. Gleichmütig ließ er sich die Schließeisen von seiner Hand lösen, bezog mit ruhigen Schritten seine Position auf der Anklagebank, wechselte noch ein paar leise Worte mit dem Verteidiger und wartete geduldig auf das Tribunal.

Auf das Klingelzeichen des Gerichtsdieners erhob sich jeder im Saal. Das Rücken der Stühle, das Rascheln der Kleider war lange beendet, als sich die Tür hinter dem Richtertisch endlich öffnete. Herein traten die sechs Geschworenen, die ernst und fast ein wenig beklommen wirkten. Es folgten die Nebenrichter Willibald Bauer und Ernst Müller, sodann Landgerichtsdirektor Carl Berger in seiner Eigenschaft als Vorsitzender Richter. Der etwas gedrungene Mann mit den grauen Koteletten offenbarte eine gewaltige, Respekt einflößende Stimme: »Ich eröffne die Sitzung des Schwurgerichts und rufe auf die Sache Kotter, genannt Waczek, wegen zweifachen Mordes.«

Dieser verzog keine Miene, als sein Name genannt wurde. Alle Augenpaare waren auf ihn gerichtet.

»Das ist der ruhigste und angenehmste Mann im ganzen Haus«, hatte der Verwalter des Landgerichtsgefängnisses den Pflichtverteidiger unterrichtet, als dieser sich bei ihm über seinen Schützling erkundigte. »Keine Beschwerde seinerseits, keine Klagen über ihn, keine Verbindung zu Mithäftlingen. In der Regel werden die Insassen nach einem halben Jahr unruhig und misstrauisch. Bei ihm nichts von alledem.«

Paul Waczek brütete Tag und Nacht an seiner Verteidigung, wusste aus vielen endlosen Vernehmungen, auf was die Sache hinauslief. Er wusste, dass renitente Gefangene einen schädlichen Einfluss auf ihn haben konnten, wenn er sich mit ihnen einließ. Manchmal nur fragte er ungeduldig, wann denn seine Verhandlung endlich beginne.

»Der Fall ist schwierig. Im Übrigen eilt es nicht so«, besänftigte ihn Anwalt Knopp eines Tages, worauf Waczek mit mahlenden Kiefern knurrte: »Ich komme raus. Ganz gewiss komme ich raus.« Nie forderte er von Knopp: »Holen Sie mich raus!« Er glaubte die Zügel selbst in der Hand zu haben. Nun beobachtete er kühl die Geschworenen, wie jeder einzeln die Hand hob und beeidete, seines Amtes rechtens zu walten. Als Nächstes verlas Landgerichtsrat Müller die Anklage: Waczek habe am Abend des 5. November 1950 in Öd am Wald zwei gezielte, in ihrer Wirkung tödliche Schüsse durch das Fenster auf Karl Hartl abgegeben. Als ihm Katharina Hartl etwas zugerufen habe, habe er auch auf sie geschossen, um sich einer Zeugin zu entledigen. »Der Angeklagte hat die Tat begangen aus Hass, der aus tief greifender Feindschaft entstanden ist«, schloss die Anklageschrift.

Darauf wurde der Angeklagte nach vorne ans Zeugenpult gerufen. Während der Befragung hielt er das Pult mit seinen Fäusten, als habe er den schwankenden Boden eines in Seenot geratenen Schiffes unter sich. Gelassen bestätigte er dem Vorsitzenden seine Personalien, wobei kleine Irritationen über seinen Nachnamen auftauchten. Auf Grund seiner ehelichen Geburt einigte man sich auf Waczek. Dieser Name stand auch im Personalausweis des Angeklagten. Als derzeitigen Beruf gab er »Straßenbauarbeiter« an.

Landgerichtsdirektor Berger kondolierte, denn vor wenigen Tagen war Waczeks Ziehvater Hubert Maller aus Dachsberg an einem Schlaganfall gestorben. »Haben Sie Dank, Herr Vorsitzender«, bemerkte Waczek ernst, aber wenig gerührt. Auf die Frage nach seinem eigenen Befinden antwortete er: »Ich fühle mich wohl, weil ich nicht mehr so viel saufe.«

Gemurmel im Zuschauerraum. Die Leute aus Landshut kannten Waczek nicht. Zwar hatten sie den Vorbericht zur Verhandlung in der Zeitung gelesen und wussten, dass man den »Metzgerfuchs« für einen besonders verschlagenen Halunken hielt, doch überraschte er sie mit seinem tadellosen Erscheinungsbild.

Ein anderes Bild ergab die Auflistung seiner diversen Vergehen und Vorstrafen. »Mit den Schwächen der Menschen zu operieren, ist seine große Stärke«, bemerkte Oberstaatsanwalt Dr. Wilde. »Seine Methode hat ihm viel eingetragen.« Dies untermauerte er an einem Beispiel: In den Vierzigerjahren überredete Waczek einen Arzt, eine Abtreibung vorzunehmen. Die betroffene Frau sei völlig verzweifelt, machte er ihm weis. Später wollte er den Mediziner wegen der Sache erpressen. Doch dieser bewies Rückgrat und zeigte Waczek an. Ende vom Lied: Beide kamen glimpflich davon, weil beide versicherten, die Abtreibung sei gar nicht durchgeführt worden.

Die nächste Frage traf bereits den Kern der Sache: »Hatten Sie in den Jahren bis 1951 eine Schusswaffe in Ihrem Besitz?« Waczek musste einräumen, er habe zur Tatzeit einen amerikanischen Colt besessen. Dazu eine Maschinenpistole, die aber nicht funktionierte. »Hatten Sie auch eine P08?«, fragte der Vorsitzende. Waczek erinnerte sich, was er seinerzeit diesem Spitzel Fred Sammer erzählt hatte: »Ich besaß mehrere davon. Hab sie an verschiedene Leute verkauft.« Alles mögliche Täter. Zu dumm nur, dass er sich an keinen Namen seiner Kunden erinnern konnte.

Zur Verlesung kam das Vernehmungsprotokoll Karl Hartls, das Staatsanwalt Suhl und Amtsgerichtsrat Dr. Weiler nach der Befragung am Mordabend erstellt hatten. Mit dem Verdacht des Bauern gegen Waczek konfrontierte der Vorsitzende den Angeklagten: »Wie kommt's, dass ihm sofort Ihr Name eingefallen ist, als man ihn nach eventuellen Feinden fragte?« Waczek antwortete nicht ohne Logik: »Da müsste ich ja ein Narr sein, ginge ich nach einem Streit einfach her und erschieße den Mann.«

»Doch eine Feindschaft mit ihm lässt sich nicht leugnen, oder?«, wollte der Oberstaatsanwalt wissen, worauf Waczek säuerlich entgegnete, Feindschaft könne man das nicht nennen. »Gut, dann erläutern Sie dem Gericht einmal Ihre Beziehung zu Karl Hartl.«

»Zuletzt hatten wir kaum noch Kontakt miteinander, aber früher sind wir gute Geschäftsfreunde gewesen, obwohl nicht stimmt, was die Leute immer sagen. Ich habe mit ihm keine Straftaten begangen, allenfalls Kavaliersdelikte, was zu dieser Zeit üblich war. Das störte keinen – nicht einmal die Landpolizei.« Gelächter im Zuhörerraum. Der Ankläger stellte eine Zwischenfrage: »Aber Sie hatten einiges auf dem Kerbholz. Wusste Karl Hartl davon, so konnte er Sie möglicherweise erpressen.« Waczek winkte ab: »Ich erzählte ihm nie über meine Geschäfte, aber er wusste natürlich, dass ich kein Heiliger bin.« Das sagte er mit einem verschmitzten, nicht allzu provokanten Lächeln in Richtung Oberstaatsanwalt. »Um es noch einmal deutlich zu betonen: Ich hatte keinen Streit mit Hartl. Die ganze leidige Angelegenheit mit seiner Ermordung geht mich nichts an.«

»Dann säßen Sie jetzt nicht hier, Herr Angeklagter«, grummelte Dr. Wilde und brachte jenen Vorfall zur Sprache, der Ausgangspunkt des Streites zwischen Hartl und Waczek gewesen sein könnte: Den versuchten Einbruch in die Speisekammer am Hof in Öd. »Hat Sie Karl nicht beschuldigt, Sie hätten ihm das Schmalz stehlen wollen?«

»Das war so eine fixe Idee von ihm.«

»Sie leugnen also, der Einbrecher gewesen zu sein?«

»Da gibt's nichts zu leugnen. Ich war es nicht. Und wenn ich mich recht entsinne, hat Karl den Einbrecher gar nicht erkannt.«

Jetzt kam der Vorhalt des Oberstaatsanwaltes: »Nur Sie wussten, wo das Fett aufbewahrt wurde. Was lag näher, als sich nachts anzuschleichen, um es zu stehlen?«

Waczek bestritt, davon gewusst zu haben.

»Aber Sie fädelten doch das Geschäft mit dem Zement ein. Zement für Schmalz. War es nicht so?« »Ich habe nie mit Zement gehandelt. Wo Karl sein Fett und andere Vorräte aufbewahrte, wusste ich auch so. Da hätte ich jeden Tag kommen können.«

Der Landgerichtsdirektor sah ein, dass er in dieser Geschichte nicht weiterkommen würde, und fragte: »Hatten Sie nach dem Vorfall noch Kontakt miteinander?« Paul überlegte lange und stellte dann fest, er habe Karl nach der Währungsreform vielleicht noch sechsmal beim Metzgerwirt gesehen, ohne groß mit ihm ins Gespräch gekommen zu sein, geschweige denn, Geschäfte mit ihm gemacht zu haben.

Als Nächstes ging es um Waczeks Alibi. Er wiederholte gebetsmühlenartig, was er wohl schon hundert Mal ausgesagt hatte: Streit mit der Wirtin, Rückzug auf sein Zimmer. »Den größten Teil des Sonntags lag ich im Bett, verzichtete sogar auf Frühstück und Mittagessen, schmökerte in einigen Abenteuerromanen, trank viel Bier und Schnaps. Nachmittags schickte ich unsere Bedienung Irmi um eine Brotzeit zum Metzger Galldorfer. Gegen 19 Uhr stand ich auf, wusch mich, zog mich um. Beim Betreten der Gaststube – ich hab nicht auf die Uhr gesehen – hörte ich den Sanitätswagen vorbeifahren. Von den Schüssen in Öd erfuhr ich erst am nächsten Tag durch die Wirtin.«

Carl Berger kam auf Details zu sprechen: »Hat Ihnen die Wirtin nicht gesagt, dass in Ihrem Zimmer alles voller Dreck ist?«

»Kann mich nicht erinnern.«

»Hat sie Ihnen nicht gesagt, dass Sie verdächtigt werden?«

»Erst am nächsten Abend.«

»Eine Zeugin sah Sie aber an jenem Sonntag um 17 Uhr aus dem Haus gehen«, hielt ihm Berger vor. »Sie trugen einen Hut und einen braunen Anzug, kamen die Treppe herab, gingen in den Abort, sind dann zum Tor raus.«

Paul, bleich geworden, ächzte nur: »Nein.«

»Wo hatten Sie Ihr Fahrrad?«

»Im Verschlag am Hof, wo es immer stand.«

Dr. Wilde griff der Beweisaufnahme etwas vor, indem er sagte: »Sie wissen, dass es auch einen Zeugen gibt, der Sie kurz nach der Tat mit dem Rad heimfahren sah – in Begleitung eines Hundes.«

»Er irrt sich, weil ich nicht fort war.«

»Und die Wirtin sagte zuletzt, sie habe nur das Licht in Ihrem Zimmer gesehen, nicht aber Sie selbst. Sie konnten es brennen lassen, um Ihre Anwesenheit vorzutäuschen.«

»Lisbeth hat genauso gut gewusst wie ich, dass ich daheim war«, widersetzte er sich, was fast wie eine Drohung gegen die im Saal jedoch nicht anwesende Frau klang. Dr. Wilde kommentierte, es habe sich noch kein

Zeuge gefunden, der mit absoluter Sicherheit bekunden könne, dass Paul Waczek zur Tatzeit im Gasthaus Metzgerwirt weilte.

Als weiteren belastenden Punkt brachte der Vorsitzende die am Tatort sichergestellten Fußspuren zur Sprache, wobei die Gipsabdrücke für alle sichtbar von den Gerichtsdienern hochgehalten wurden. »Herr Angeklagter, Sie wissen, dass Sie einen eigenartigen Gang haben, weil sie mit dem rechten Fuß bei jedem dritten oder vierten Schritt auffällig nach außen treten. Das deckt sich frappant mit der Täterspur.«

Der Metzgerfuchs, sehr betroffen, entgegnete: »Ich habe noch nie gehört, dass ich ein Leiden am Fuß hätte.«

Nach diesem Auftaktgeplänkel, bei dem der Ankläger schnell festgestellt hatte, welch harte Nuss mit Paul Waczek zu knacken war, wurde die Verhandlung bis 15 Uhr unterbrochen. Dann stürmte das aus Steinbach und Umgebung angereiste Volk das Landgerichtsgebäude. Bevor das Gericht wieder seine Plätze einnehmen konnte, musste der Saal wegen Überfüllung geschlossen werden. Draußen am Gang verschafften manche, die sich einen Logenplatz bei diesem Schauspiel erhofft hatten, ihrer Enttäuschung mit lautstarken Schimpftiraden Luft. Mehrmals mussten die Bediensteten und sogar eine Gruppe Polizisten einschreiten.

Für Ankläger Dr. Wilde stand fest, weshalb Waczek sich über Jahre so sicher fühlen konnte. Der Spruch »Die Polizei, dein Freund und Helfer« bekam eine völlig neue Bedeutung. »Haben Sie sich mit dem Polizisten Pommereder freundlich gestimmt, etwa durch Freibier, um über den Verlauf der Ermittlungen mehr zu erfahren?«

»Nein.«

»Sind Sie mit ihm per Du?«

»Ja.«

»Eine Pistole ließen Sie nicht bei ihm verschwinden?«

»Nein.«

»Wenn's aber eine Zeugin gesagt hat.«

Auf diesen Bluff fiel Waczek nicht herein. »Die Leute reden viel.«

Dr. Wilde ließ nicht locker: »Hat Ihnen der Polizist etwas von den Ermittlungen gegen Sie erzählt?« Wieder ein Nein.

»Haben Sie ihn vielleicht getroffen, als er am Mordabend ins Kino fuhr?«

»Nein, da war ich daheim.«

»Wie kommt es dann, dass Sie einem Zeugen von allen Einzelheiten des Mordes berichteten – mehr, als offiziell bekannt war?«

An diesem Punkt geriet Waczek erstmals in Wallung. Mit dem Brustton der Überzeugung rief er aus: »Ich will auf der Stelle tot umfallen, wenn das so war.«

Dr. Wilde gab ihm mit gleicher theatralischer Betonung zurück: »Na, Sie werden Augen machen, wenn der Zeuge hier auftritt. Herr Waczek, Sie wussten, was nur die Polizei wusste – und der Täter.«

Verteidiger Hans Knopp beschloss, sich erstmals in Szene zu setzen, indem er einen Einspruch formulierte: »Die Beziehung meines Mandanten zum Polizisten Pommereder spielt doch überhaupt keine Rolle in diesem Verfahren.« Dr. Wilde belehrte ihn, es gelte zu klären, ob der Angeklagte mit Hilfe Pommereders seine Spur verwischen konnte. »Und das ist sehr wohl von Belang.« Knopp verzog den Mundwinkel und vertiefte sich wieder in seine Unterlagen, während ihm Waczeks vorwurfsvoller Blick sagte: »Du bist eine Pfeife.«

Nun wurde Waczeks Ortskenntnis untersucht: »Wie viele Wege kennen Sie von Steinbach nach Öd?«, fragte ihn Dr. Wilde. Der Angeklagte beschrieb drei Routen, die wohl jeder andere Steinbacher auch nennen konnte. »Wie war das Wetter an diesem Abend?« »Schlecht. Es schneite und regnete.« »Und wie war die Straße beschaffen?« »Das weiß ich nicht. Ich war ja nicht draußen.« »Gut aufgepasst, Herr Angeklagter!«

In dieser Manier ging die Befragung wohl noch eine Stunde weiter. Kein Widerspruch, sondern stereotype Antworten, tausendmal in Gedanken durchgekaut – bis ins kleinste Detail. Man erörterte auch die Testfahrt des Polizisten Johann Völz von Steinbach nach Öd und retour. Abschließend gab der Oberstaatsanwalt bekannt, Waczek werde für den weiteren Verlauf der Verhandlung aus Sicherheitsgründen im Gefängnis der Kreisstadt einquartiert. Lächelnd, als ob er das reinste Gewissen habe, ließ sich der Angeklagte wieder in Handschellen abführen.

Mittwoch. 26. November 1958, Steinbach

Steinbach erlebte einen geschichtsträchtigen Tag. Selbst die Alten konnten sich nicht entsinnen, dass jemals ein Schwurgericht hier getagt hätte. Ob der Bedeutung dieses Ereignisses – auch überregionale Medien verfolgten es mit brennendem Interesse – sollte der größte am Ort vorhandene Veranstaltungssaal für das Gericht reserviert werden. Ironie des Schicksals, dass es sich hierbei um den Saal des Gasthofs Hoferbräu handelte, wo sonst Kinofilme gezeigt und Theaterstücke der örtlichen Bauernbühne aufgeführt wurden.

Hier hatte Karl Hartl wenige Stunden vor den Schüssen einem Redner der Bayernpartei zugehört. Ein höchst realistisches Schauspiel, spannender als jeder Film, kurzweiliger als jede Komödie, sollte dem Publikum nun in einer mehrteiligen Aufführung dargeboten werden. Die Stühle standen enger als sonst, weil im Saal während der Verhandlung keine Bewirtung erlaubt war. Dennoch musste sich der Wirt nicht grämen, zumal es genügend Pausen gab, in denen er die 300 Zuschauer mit Flüssigkeit und einer deftigen Brotzeit stärken konnte. Es mochten wohl 200 Leute gewesen sein, die keine Platzkarte mehr erhaschten und mürrisch den Heimweg antreten mussten.

Einige Stühle in den ersten Reihen blieben trotz des großen Andrangs frei, denn sie waren für Zeugen reserviert, die erst der Verhandlung beiwohnen durften, nachdem sie ihre Aussage gemacht hatten. Freien Blick auf das hohe Gericht aber hatten alle, denn das Prädikat »hoch« durfte man in diesem Fall wörtlich nehmen – auf der Bühne, knapp einen Meter über dem Auditorium, saßen sie: in der Mitte der Vorsitzende, ihn flankierend die beiden Nebenrichter, neben ihnen je drei Geschworene, an der rechten Stirnseite Oberstaatsanwalt Dr. Wilde, ihm gegenüber der Stenograf.

Links vor der Bühne hatte der von einem Landpolizisten bewachte Angeklagte mit seinem Verteidiger Platz genommen, und in der Mitte zwischen Zuschauerraum und Bühne stand ein Pult für die Zeugen. Über allem schließlich, als Mahnmal höherer Gerechtigkeit, hing ein Kruzifix. Der Wirt hatte es angebracht in der Meinung, ein ehrenwertes Gericht in Bayern müsse unbedingt im Beisein des Herrn tagen.

Noch spielte sich das Geschehen draußen ab, wo das Geläut der Pfarrkirche heiter und hell über den Marktplatz klang. Vor der Einfahrt zum Gasthaus Hoferbräu hatten sich stattliche Gruppen von Neugierigen versammelt, um ihren Metzgerfuchs, der nun schon 18 Monate von der Bildfläche verschwunden war, wiederzusehen. Klatschweiber diskutierten über seine Erfolgsaussichten. »Wenn er es gewesen ist, soll er auch schuldig sein«, urteilten sie tiefsinnig. Das Schwurgericht werde schon die Wahrheit herausfinden, meinte man mit respektvollen Blicken auf die Begleitschaft des »Präsidenten«, zu dem der Vorsitzende Richter beim Volk avanciert war. Viele Frauen hatten gestern schon vorgekocht, um diesem Spektakel beiwohnen zu können.

Die Menge machte dem vergitterten VW-Kastenwagen der Polizei Platz. Einige spähten in den Laderaum, erhaschten ein Gesicht. »Gasse frei machen!«, riefen Beamte der Landpolizei, allzeit bereit, mit ihrer Knüppeln dazwischen zu gehen. Die hintere Ladetür öffnete sich, ein bewaffneter Uniformierter sprang heraus, klappte eine Rampe herunter. Dann folgte Paul, der um die Füße eine Kette trug. Die Arme waren mit Handschellen hinter dem Rücken gefesselt. Ein weiterer Polizist hielt ihn fest, während er ausstieg.

Wer geglaubt hatte, Waczek würde beschämt sein Gesicht verbergen, wurde getäuscht. Es schien, als freue er sich, seine alte Heimat wiederzusehen. Gelassen trottete er mit rasselnder Kette an der Menschenmenge vorbei, ja, er zwinkerte sogar einem Bekannten zu, der sich daraufhin verlegen hinter seinem Vordermann versteckte.

»Ein Segen, dass der alte Hubert Maller das nicht mehr erleben muss«, flüsterten sich viele zu. Am Tage der Eröffnung des Prozesses hatte man dem Ziehvater des Angeklagten auf dem Steinbacher Friedhof das letzte Geleit erwiesen. Er war seit Jahren ein schwerkranker Mann gewesen, gebrochen von der Last der Arbeit und den Streichen seines Stiefsohnes. Die Behörden hatten Paul auf Bitten der Angehörigen Mallers nicht gestattet, der Beerdigung beizuwohnen.

Zwei Beamte eskortierten den Metzgerfuchs in das Gebäude und an seinen Platz. Dort wurden ihm die Handfesseln abgenommen. »Der kommt daher wie ein Hochzeiter«, raunzte ein Gerichtsdiener einem anderen Gerichtsdiener zu. Paul trug einen dunklen Mantel und auf Hochglanz polierte schwarze Schuhe, wirkte nicht mehr so überheblich und selbstsicher wie tags zuvor. Anwalt Knopp hatte ihm geraten, kühl und besonnen aufzutreten, jede Provokation zu vermeiden.

So übte sich Paul in höflichen Umgangsformen: Wenn er Bekannte erblickte, rang er sich ein gequältes Lächeln ab. Zigaretten rauchend vertrieb er sich die Zeit, bis das Gericht eintraf, formell die Verhandlung eröffnete und die Modalitäten der Ortsbesichtigung bekannt gab. Paul musste wieder in den VW steigen. Als er aus dem Torbogen des Gasthauses gefahren wurde, kroch ein Leuchten über sein Gesicht, das sich seltsam in seinem gebleichten Antlitz ausnahm.

Es hatte sich zwar schnell herumgesprochen, dass der Tatort besichtigt werden sollte, doch nur wenige Steinbacher begaben sich nach Öd, wo Polizei den Besucherstrom regelte. Eine beschränkte Zahl – ausschließlich Nachbarn – durfte sich innerhalb der weiträumigen Absperrung aufhalten. Unterdessen näherte sich eine riesige Wagenkolonne. Angeführt von einem Polizeiauto mit Blaulicht folgte ein gelber Postomnibus. Das Gericht und eine Reihe von Zeugen, unter ihnen die älteren beiden Kinder der Ermordeten, zählten zu den Insassen. Dahinter der VW-Kastenwagen mit Paul Waczek. Und dann weitere Polizeifahrzeuge, die Presse, noch mehr Zeugen und ein Sanka vom Roten Kreuz, denn mit Herzattacken und Ohnmachtsanfällen war bei so einem Ereignis immer zu rechnen.

Die Äcker lagen weit gestreckt im Nebel. Traurig düster das Land. Saftige Täler durchquerte die Kolonne, rollte durch dunkle Wälder. Die Bauern auf den Feldern und in den Gehöften hielten in ihrer Arbeit inne, als sie diese Prozession sahen. Das letzte Stück des Weges wurde zu Fuß gegangen. Ahnungsvoll, fast schon sagenumwoben war der Ort dieses rätselhaften Verbrechens, auch wenn die Pächter alle Erinnerungen an das Vergangene zu unterdrücken versuchten. An den Stammtischen kam das Thema immer wieder zur Sprache. Die Frage »Wie fühlt man sich denn in einem Mordhaus?« trieb dem neuen Öd-Bauern jedes Mal die Zornesröte ins Gesicht. Entsprechend »euphorisch« blickte er diesem Ortstermin entgegen.

Bevor sie seine Fußböden mit nassen Schuhen besudelten, schritten die Gäste zum Waldeck. Die damaligen Ermittler Fridolin Wick und Johann Mars berichteten genau, welche Spuren sie hier festgestellt hatten. Als sie von »dem Täter« sprachen und dabei auffällig den Angeklagten musterten, blieb jener desinteressiert, fast gelangweilt stehen, schnäuzte sich die Nase und trat auf der Stelle, da seine Füße froren.

Günther Winter erklärte den Weg von hier zum Anwesen. »Beachten Sie, wie ortskundig der Täter gewesen sein musste!«, schloss er seine Ausführungen.

Ein Hündchen schlich zitternd in seine Hütte, als die Menschenmenge auf das Anwesen zuschritt. Die Pächter hatten mit dem Wohnhaus, das im Wesentlichen noch so dastand wie vor acht Jahren, auch ein Großteil der Einrichtung übernommen. Waczek bestritt, jemals in der Wohnküche gewesen zu sein, was Dr. Wilde nicht gelten lassen wollte: »Sie hatten nachweislich bis 1947 häufigen Kontakt mit Karl Hartl. Bot er Ihnen nie etwas zu trinken an in der Küche?«

Der inzwischen 20-jährige Sepp Hartl schaltete sich ein: »Herr Waczek war einmal hier drin. Daran kann ich mich noch gut erinnern.« »Und was beweist das?«, wollte der Verteidiger wissen, was ihm einen geringschätzigen Blick des Anklägers bescherte. »Das sollten Sie doch wissen, Herr Kollege: Es beweist, dass Waczek wusste, wo Karl Hartl nach dem Abendessen gewöhnlich seine Zeitung las – in bester Schussposition nämlich.«

Damit wurde dieser unerfreuliche Disput beendet.

Die Kolonne rollte weiter nach Steinbach zur Besichtigung im Metzgerwirt. Vor dem Gasthaus lungerte etwa ein Dutzend Schaulustiger herum. Zutritt hatten nur das Gericht und Vertreter der Presse, welche besonders neugierig waren, wie Paul und Lisbeth reagierten, als sie sich nach 18 Monaten wieder begegneten. Gerüchte sagten nämlich, sie habe ihn nicht ein einziges Mal im Gefängnis besucht. Dies war nur die halbe Wahrheit: Die Staatsanwaltschaft hatte jeden Kontakt zwischen den beiden verboten.

So übte sich die in die Jahre gekommene Wirtin seit der Verhaftung ihres Geliebten in Askese und geriet auch nicht in Entzücken, als ihr der Entrissene wieder unter die Augen trat. Nur ein flüchtiges Nicken, ein leises »Servus, wie geht's dir?« mit der Erwiderung »Geht schon«. Keine Umarmung, nicht einmal ein Handschlag, keine Träne, kein Schluchzen, keine Szene, die es wert gewesen wäre, Erwähnung zu finden.

Intime Atmosphäre schuf die Enge der nun überfüllten Gaststube. Sichtlich nervös durch die vielen honorigen Herren in ihrem keinesfalls sauber zu nennenden Hause, bestätigte Lisbeth Gruber, dass sie von der Küche aus hatte sehen können, ob in Pauls Zimmer Licht brannte. Sie öffnete auch die Tür zum Badezimmer hinter der Küche. »Hier will er sich gewaschen haben, als er am Mordtag angeblich gegen 19 Uhr von seinem Zimmer kam«, informierte Winter den Richter, bevor die Geschworenen Waczeks ehemaliges Domizil besichtigten. Der Hinterhof war von dort aus schnell und unauffällig zu erreichen, wie festgestellt wurde.

Zu Fuß ging's dorthin, wo Kurt Jettner den Metzgerfuchs am Mordabend gegen 19 Uhr gesehen zu haben glaubte. Paul, zwischen zwei Polizisten marschierend, führte die lange Menschenreihe an. Die linke Hand verbarg er in der Hosentasche, mit der rechten hielt er eine Zigarette, an der er in kurzen Abständen gierig zog. »Als Mörder wäre ich nie diesen Weg gefahren«, betonte er. »Hier ist es viel zu hell und ich hätte dann auch an den Fenstern der Gaststube vorbei radeln müssen. Besser wäre dieser Feldweg hinter den Häusern. Er mündet beim Metzger Galldorfer, direkt vor unserer Hofeinfahrt.« Waczek stieß mit seinen Ausführungen auf taube Ohren. Arbeiter waren gerade dabei, die Laternen an dieser Stelle gegen jene auszutauschen, die vor acht Jahren für die Straßenbeleuchtung eingesetzt waren. Man benötigte dies für eine abendliche Gegenüberstellung.

Nach einer längeren Mittagspause folgte der erste Akt im Kinosaal, wo bereits seit drei Stunden das Volk ungeduldig wartete und fast applaudierte, als der Vorsitzende die Sitzung eröffnete. Man lechzte danach, noch einmal alle Details des grausigen Geschehens aus dem Munde der Hartl-Kinder zu vernehmen. Sepp und Maria sagten unter Eid aus, was sie in der Mordnacht erlebt hatten. Das Mädchen, inzwischen herangewachsen zu einer stattlichen, attraktiven Frau, schilderte die Ereignisse leise, aber bestimmt. Alles hatte sich regelrecht in ihr Gedächtnis eingebrannt und peinigte sie in Albträumen.

Maria war gepflegt gekleidet, arbeitete in einem Büro in München und war mit einem Akademiker verlobt. An das Gesicht des Angeklagten konnte sie sich im Gegensatz zu ihrem Bruder nicht mehr erinnern. »Früher kamen oft Leute auf unseren Hof. Hab mich nie drum gekümmert. Vater hat manchmal über ihn gesprochen und ihn Metzgerfuchs genannt«, berichtete sie.

Sepp, der inzwischen eine landwirtschaftliche Lehre hinter sich gebracht hatte und einmal den Hof seiner Pflegeeltern erben würde, bestätigte die Aussagen der Schwester und fügte noch Einzelheiten hinzu. »Früher ist Waczek oft bei uns gewesen, fast jeden zweiten Tag. Er hatte meistens Hunde dabei. Einen von ihnen ließ er mal bei uns zurück, angeblich weil er keinen Platz für ihn fand. Vater glaubte, er sei gestohlen, aber er tat ihm den Gefallen, nahm den Hund auf – für ein paar Tage, wie man sich einigte. Weil Waczek den großen braunen Mischling nicht mehr abholte und der so viel Futter brauchte, hat Vater ihn ausgesetzt.«

»Das mit dem Hund war vor dem Einbruchsversuch?«, erkundigte sich der Richter, und Sepp Hartl nickte. Im Folgenden bestätigte der Zeuge auch, Paul sei nach dem Einbruchsversuch mit dem Vater zerstritten gewesen.

»Wie äußerte sich dieser Streit?«, fragte Verteidiger Knopp.

»Vater hat immer wieder über ihn geschimpft, ihn einen Lumpen und Betrüger genannt. Außerdem ist Herr Waczek seitdem nicht mehr zu uns an den Hof gekommen.« Finster dreinschauend hörte der Metzgerfuchs zu. Wegen der Geschichte mit dem Einbruch hakte Dr. Wilde nach, weil er hoffte, Sepp Hartl wüsste mehr darüber und könnte eventuell ein Motiv liefern. »Voraus ging ein Tauschgeschäft, bei dem sich Vater mit Baustoff versorgen wollte. Zement gegen Schmalz. Durchaus üblich damals«, ließ Sepp wissen. »Aber die Bedingung mit dem Kaltstellen des Schmalzes machte Vater stutzig. Er hatte gleich den Verdacht, Paul, also Herr Waczek, wolle ihn ausschmieren oder bestehlen.«

Waczek meldete sich wie ein Schulbub zu Wort: »Ich hab mit allem gehandelt, aber nicht mit Zement«, dementierte er.

Die Hartl-Kinder wurden aus dem Zeugenstand entlassen. Aufgerufen wurde Pauls jüngerer Bruder Rudi Kotter, 33 Jahre alt, schmächtig und schon mit schütterem Haar. Er war verheiratet und wohnte jetzt in Karlsruhe. Lebhaftes Gemurmel setzte ein, während er nach vorne trat. Auch Paul zuckte zusammen – weniger aus Angst vor Enthüllungen, sondern weil der verhasste Ankläger nicht davor zurückschreckte, auch seine engsten Verwandten gegen ihn ins Feld zu schicken. Rudi hatte genauso unter den Streichen des missratenen Bruders zu leiden gehabt wie alle anderen Familienmitglieder, aber Paul achtete ihn höher als den Rest der Sippe. Wie das Gericht nun erfuhr, besuchte ihn Rudi im Dezember 1950, wenige Wochen nach dem Doppelmord, in Steinbach: »Er hat mir die ganze Geschichte erzählt, auch dass Hartl im Krankenhaus noch beichten konnte und dem Geistlichen den Namen des Mörders zugeflüstert hat.« Eine Information, die nur der Polizei bekannt war, wie Dr. Wilde in einem Einwurf feststellte. Kotter erwähnte noch Folgendes: »Paul behauptete, der Mörder sei dem Bauern nach Verlassen der Bayernpartei-Versammlung mit Rad und Hund gefolgt. Paul sagte nicht, woher er dies wisse.«

»Erwähnte er, dass man ihn selbst für diesen Radfahrer hielt?«, fragte der Vorsitzende. »Nein. Er verschwieg auch, dass er vernommen worden ist.« Schmal wurde Pauls Gesicht, messerscharf sein Mund, als der Bruder den Saal verließ.

Die nächsten Zeugen: Josef Ober, Fritz Kampinger und Willy Mayer, Nachbarn der Hartls, erzählten ihre Erlebnisse im Mordhaus. Sie gaben übereinstimmend an, von den Kindern zwischen 18.45 Uhr und 19 Uhr um Hilfe gerufen worden zu sein.

Ein drahtiges Männlein, Max Huber, steuerte als Nächster einige Hinweise über eine mögliche Dreiecksbeziehung zwischen Hartl, Waczek und Lisbeth Gruber bei. Er berichtete, Karl habe sich wenige Wochen vor dem Mord der Metzgerwirtin gegenüber gewisse Vertraulichkeiten herausgenommen. »Wir haben miteinander Bier getrunken. Es waren ziemlich Gäste da, aber die Wirtin ließ keine Gelegenheit aus, sich zu uns an den Tisch zu setzen. Ich spürte, dass zwischen ihr und Karl ... na, äh, wie soll man sagen? ... ein engeres Verhältnis bestand.«

»Was Herr Waczek sicher nicht gutheißen konnte«, bemerkte der Oberstaatsanwalt und fragte: »Haben Sie Karl Hartl vor der Eifersucht des selbst ernannten Metzgerwirtes gewarnt?« Der Zeuge verneinte: »Ich wusste nicht, dass die Wirtin mit Waczek verbandelt war.« »Das pfiffen doch die Spatzen vom Dach«, wunderte sich Dr. Wilde. Max Huber gab an, er sei selten beim Metzgerwirt eingekehrt. Über den sonstigen Lebenswandel Karl Hartls gefragt, sagte er: »Ein Weiberfreund war er schon.«

Trotz der vorgerückten Stunde wurden noch die Fallberger Dorfpolizisten Fridolin Wick und Herbert Spangl vernommen. Sie berichteten über ihren Einsatz in Öd und die vorausgegangenen Pannen, nannten als Zeitpunkt der Alarmierung 19.10 Uhr.

Donnerstag, 27. November 1958, Steinbach

Die Verhandlung wurde fortgesetzt mit der Vernehmung von Doktor Ernst Stein, Pauls ehemaligem Hausarzt. Er wurde von seiner Schweigepflicht entbunden und sollte klären, ob das Gangbild des Angeklagten durch einen Motorradunfall, den er nach den Ereignissen in Öd erlitten hatte, verändert worden sei. Zur Enttäuschung von Verteidiger und Ankläger musste er in diesem Punkt passen. »Gehinkt hat er vorher und nachher, aber er wurde dadurch keinesfalls behindert.« Was Waczeks Gesundheitszustand zur Tatzeit betrifft, versicherte Doktor Stein: »Er war damals kräftig genug, um den Weg nach Öd auf dem Rad zurückzulegen.«

Michael Schenk, der als Vierter der Nachbarn ins Mordhaus gekommen war, hatte sich am ersten Verhandlungstag wegen einer Terminsache entschuldigen lassen. Jetzt teilte er dem Gericht mit, der sterbende Karl Hartl habe zu ihm gesagt: »Ich kann mir nicht denken, wer das war. Wir haben keine Feinde.« Unter Eid bekräftigte Schenk, es sei kein Name gefallen. Schenk wusste vom Hörensagen, dass Hartl jeder attraktiven Frau nachgeblickt hatte. »Blickte er ihnen nur nach oder bandelte er auch an?«, interessierte den Vorsitzenden. Der Zeuge betonte, Karl habe sich nie in einer kompromittierenden Situation erwischen lassen. »Aber seine Frau Kathi sagte kurz vor ihrem Tod zu mir, in ihrer Ehe stimme es nicht mehr.

Ihr Mann habe eine andere.« »Wen? Haben Sie nachgefragt?« »Nein, Herr Vorsitzender. Ich wollte dieses peinliche Thema nicht weiter vertiefen.«

Johann Mars, inzwischen zum Leiter der Mordkommission im Landeskriminalamt aufgestiegen, handelte sich bei seinen Schilderungen massive Kritik des Gerichts ein. Die Pannen bei der Ermittlung seien nur entschuldbar durch die 1950 noch bestehenden chaotischen Zustände im Polizeiwesen, hieß es.

Da war die Sache mit dem Glasstaub am durchschossenen Fenster: keine Analyse der Kleider Waczeks, ob nämlicher Staub an ihnen haftete. Ferner wurde versäumt, gleich die Räder der beiden Verdächtigen sowie deren Wohnungen zu untersuchen. Stattdessen ließ man sich mit der Befragung des Metzgerfuchses bis zum Abend des folgenden Tages Zeit. Unsicher stand Mars am Zeugenpult und spürte die verächtlichen Blicke des Publikums in seinem Rücken. »Ich verließ mich auf die Mitteilung, Waczek habe ein Alibi. Und diesen Steininger haben wir uns so schnell vorgeknöpft, wie es ging.«

»Aber das Versäumnis mit Waczeks Befragung kann ich nur als grobe kriminalistische Nachlässigkeit bezeichnen«, tönte Landgerichtsdirektor Berger. Er sprach dabei so, als würde er diesen Satz den Journalisten diktieren. Weil Dr. Wilde einen Beamten, der auf seiner Seite stand, nicht an den Pranger stellen wollte, sagte er zu dessen Entlastung: »Mars wurde erst am Montag hinzugezogen. Es war nicht seine Sache, die Ermittlungen zu koordinieren.« Dankbar lieferte der ehemalige Ermittler nun einen für das Gericht interessanten Sachverhalt: Aus den Spuren des Hundes am Tatort konnte nicht auf dessen Größe geschlossen werden.

Nächster Zeuge war Fred Sammer, bis Ende 1952 Sicherheitsoffizier bei der US-Army in Erding, jetzt freiberuflicher Architekt in München. Er berichtete über seine Erlebnisse mit Paul und den wenig erfolgreichen Waffenhandel in Steinbach.

Kriminalmeister Günther Winter erzählte im Anschluss, wie er Paul Waczek dingfest machen konnte.

Zur Verlesung kam schließlich die Aussage des jüngst gestorbenen Hubert Maller, Ziehvater des Angeklagten, der kein gutes Haar an Paul ließ. »Da ich ihn nicht länger ertragen konnte, wies ich ihn noch vor dem Krieg aus dem Haus. Ab diesem Zeitpunkt hatte ich kaum Kontakt zu ihm.« Auch Maller war über das Verhältnis seines Ziehsohnes zu Karl Hartl gefragt worden. Sinngemäß hatte er geantwortet: »Ich erfuhr nur von dritter Seite davon. Die Leute erzählen, dass sich Karl und Paul ständig ausgeschmiert haben. Paul kann austeilen, aber nicht einstecken. Wenn ihn einer austrickst, wird er giftig. Ja, er bringt es fertig und tötet deswegen! Ich traue ihm den Mord schon zu.«

Der Prozess – Das Alibi

Freitag, 28. November 1958, Steinbach

Ein Aktenstoß, der ihm fast die Sicht auf seinen Mandanten verdeckte, lag vor Rechtsanwalt Hans Knopp. Waczek wirkte bleich und angegriffen. Nach außen kalt, verfolgte er das Drama mit höchster innerer Anteilnahme. Heute waren seine ehemaligen Hausgenossinnen als Zeugen geladen. Im Volk wurde gemunkelt, sie wollten eine Bombe platzen lassen.

Angesichts ihres fortgeschrittenen Alters erhielt Gastwirtsbesitzerin Centa Wimberger in der Vormittagsverhandlung als Erste Gelegenheit, ihre Aussage zu machen. 81 Jahre alt, geschrumpft, auf unsicheren Beinen, aber gänzlich ohne fremde Hilfe, trippelte sie zum Zeugenpult. Auf zehn Meter umgab sie der Geruch eines Parfüms, mit dem sie den Moder ihrer beginnenden Verwesung zu überdecken versuchte. Auch ihre schwarze Trauerkleidung erweckte den Eindruck, als wolle sie sich gleich in den Sarg legen. Da Centa Wimberger schon fast taub war, sollte sie auf einem Stuhl dicht vor dem Richtertisch Platz nehmen. Sie bestätigte ihre Personalien mit leiser, kaum vernehmbarer Stimme.

Zuerst erzählte die Zeugin in bemühtem Hochdeutsch, wie sie ihren Dauergast erlebt hatte: Paul verrichtete vor der Währungsreform keinen Handstrich regulärer Arbeit, später in den 50er-Jahren habe er zumindest zeitweilig ganz passabel verdient. Streit war an der Tagesordnung im Metzgerwirt. »Die halbe Zeit raufte man sich. Meist ging es um Geld, denn er zahlte selten seine Zeche. Meine Ziehtochter, die Wirtin, bekam oft Schläge, wenn sie ihm frech kam.«

»Warum haben Sie ihn nicht hinausgeworfen?«, fragte der Vorsitzende.

»Oh, der Schmarotzer hätt eher uns rausgeworfen.«

»Hat er viel getrunken?«

»Mit wenig war er nicht zufrieden.«

»Waren auch Sie in die Streitereien verwickelt?«

»Manchmal, wenn's ganz wild aufgangen ist, hab ich mich eingemischt. Dabei hab ich ihm mal das Hackl auf den Schädel gehauen, dass er schreiend und blutend zur Polizei gerannt ist«, bemerkte die Wimberger, als wäre es das Selbstverständlichste der Welt.

»Worum ging dieser Streit?«

»Paul hat immer unsere Bedienung Irmi belästigt.«

»Und die heftige Auseinandersetzung am Tag vor dem Mord? Was wissen

Sie darüber?« An diesem Punkt streikte das bislang einwandfrei funktionierende Gedächtnis der Zeugin. »Das war eine Sache zwischen Lisbeth und ihm.« Paul habe sich nach dem Streit in seinem Zimmer im ersten Stock verschanzt und sei dort bis Sonntagabend geblieben. »Hab um fünf Uhr auf dem Gang Schuhe geputzt. Da kam er an mir vorbei, Richtung Ausgang.« Brauner Anzug, schwarze Schuhe, grüner Hut – seine übliche Kluft, wenn er auf »Geschäftsreise« ging. Wimberger vermutete, er suchte erst die Toilette auf. »Ich kann nicht sagen, ob er das Haus verlassen hat.« »Und wann ist er zurückgekommen?« »Kann ich auch nicht sagen. Ich bin schon vor acht Uhr ins Bett gegangen.«

Der Richter seufzte und blickte seine Nebenleute an, bevor er die Zeugin auf einen Widerspruch hinwies: »Früher sagten Sie, Waczek sei gegen 20 Uhr nach Hause gekommen. Was stimmt denn nun?«

Centa Wimberger ließ die Frage etwas lauter wiederholen und meinte mit wohlüberlegten Worten: »Was ich jetzt gesagt habe, ist richtig. Wenn ich es damals anders sagte, dann, weil das die Gäste so erzählt haben.«

»Wer hat Ihnen mitgeteilt, dass Paul Waczek verdächtigt wurde?«

»Ich wusste es von den Kriminalern.«

Centa Wimberger gab weiter an, weder Hartl noch dessen Frau persönlich gekannt zu haben. Sie konnte nicht bestätigen, in der Mordnacht Schmutzspuren in Pauls Zimmer gesehen zu haben.

Richter Berger ließ nicht locker: »Sie haben mehrmals in Steinbach zu Wachtmeister Völz gesagt: ›Wenn ich zur Polizei gehe, ist der Paul gleich weg.‹ Was meinten Sie damit?« »Weil er die Lisbeth oft geschlagen hat.« »Und zu Lisbeth sagten Sie laut Protokoll Ihrer zweiten Vernehmung: Wir könnten ihn schon loswerden. Er ist es gewesen, er war aus dem Haus. Ich hab's gesehen.«

Fast schien es, als würde die Zeugin darauf keine Antwort finden. Schließlich meinte sie, das sei nur so dahergesagt gewesen. Als der Vorsitzende darauf etwas die Fassung verlor und die Seniorin wegen ihrer Wankelmütigkeit schärfer ins Gebet nahm, ja, ihr sogar mit Konsequenzen wegen eines Meineides drohte, schien sie auf ihrem Stuhl einzuknicken.

Angesichts des schlechten Gesundheitszustandes der Gasthausbesitzerin beantragte der Oberstaatsanwalt eine Unterbrechung der Befragung. Sie aber hatte sich wieder unter Kontrolle und lehnte kategorisch ab. Sie wolle die Sache endgültig hinter sich bringen, erklärte sie tapfer.

»Wurden Sie in den ersten Tagen nach dem Mord von der Kripo vernommen?«, erkundigte sich Carl Berger. »Denn da hätten Sie Ihre Beobachtung, dass Waczek zum Abort ging, doch melden können, oder?« »Nein, die Kriminaler haben bloß mit Paul und Lisbeth geredet. Ich wollt mich nicht einmischen. Die Lisbeth wird schon wissen, ob er da war oder nicht, dachte ich mir.«

Anwalt Knopp konnte über diese Zeugin immerzu nur den Kopf schütteln und verstand nicht, warum ihr das Gericht wiederholt Gelegenheit gab, sich als Unschuldslamm zu präsentieren. Deshalb prüfte er nun ihre Standhaftigkeit, indem er ihr unterstellte, sie habe sich vor der Verhandlung mit ihrer Pflegetochter abgesprochen.

»Ist nicht wahr!«, entrüstete sie sich wüst. »Sie schimpft mich nur, die Beobachtung gemeldet zu haben. Die Lisbeth selbst hat mir eingebläut, den Mund zu halten: ›Sei still, wir sagen nichts, sonst schlagt er uns recht.‹ Das waren ihre Worte.«

Anwalt Knopp sah ein, dass es keinen Sinn hatte, ihr weiter zuzusetzen. Wenn einer die Alte aus der Reserve locken konnte, dann Paul Waczek. Deshalb bat Knopp nach kurzer Rücksprache mit seinem Mandanten das Gericht, der Angeklagte möge Gelegenheit erhalten, zu Centa Wimbergers Äußerungen Stellung nehmen, was auch gewährt wurde. Überraschend sprach Waczek die Frau sehr familiär an: »Mutter, du kannst mich an diesem Tag nicht fortgehen sehen haben.« Und zum Richter: »Sie irrt sich, weil sie sonntags nie Schuhe geputzt hat.«

Centa aber nahm einen Eid auf ihre Beobachtung und verließ dann sofort den Saal, um für immer der Verhandlung fern zu bleiben.

Die Zurechnungsfähigkeit dieser Zeugin untermauerte Dr. Eva Kazanowa. Sie gab als Sachverständige Auskunft über den Gesundheitszustand von Centa Wimberger während ihrer ersten Vernehmung im August 1957 und räumte dabei gleich mit einer Legende auf: »Frau Wimberger hatte gar keinen Schlaganfall. Es handelte sich um einen hochfiebrigen Infekt, in dessen Verlauf die Patientin auch fantasierte. Sie verlangte dann immer wieder nach Muttergottes-Bildern, weil sie glaubte, es gehe zu Ende mit ihr. Als ich merkte, dass sie durch irgendetwas seelisch bedrückt wurde, was ihre Genesung beeinträchtigte, riet ich ihr zur Beichte.« Danach habe sie sich überraschend schnell erholt und befand sich bei der Vernehmung durch den Oberstaatsanwalt wieder im Vollbesitz ihrer geistigen Kräfte. »Die ganze Krankheit war psychosomatisch bedingt: Das Wissen um den möglichen Täter und die jahrelange Angst vor ihm haben zu einer schweren seelischen Belastung geführt«, beendete die Ärztin und Psychologin ihre Ausführungen.

Für das Publikum stand längst fest: Centa Wimberger war nur die Vorspeise an diesem denkwürdigen Verhandlungstag. Das Hauptgericht folgte in Form von Lisbeth Gruber, jener strammen Wirtin, die ihrem »Gspusi« vermutlich ein falsches Alibi gegeben hatte. Nun, so schien es, musste die Wahrheit auf den Tisch, wollte Lisbeth ihren eigenen Kopf aus der Schlinge ziehen. Einmal der Beihilfe zum Mord überführt, war es aus mit ihrer ohnehin schon angeschlagenen Reputation. Dann konnte sie das Gasthaus dichtmachen und auswandern, sofern sich nicht die Gefängnistore hinter ihr schlossen.

Wohl hundert Leute, die keine Platzkarte mehr bekommen hatten, harrten draußen im Nieselregen aus, begierig nach jeder Neuigkeit über die Zeugin, deren Name nach einer kurzen Pause verlesen wurde. Lisbeth Gruber, adrett frisiert, hatte ihr bestes Kleid angezogen. Nun trat sie selbstbewusst in den Zeugenstand, Blickkontakt mit dem Angeklagten vermeidend, wurde darüber belehrt, sie müsse die Wahrheit sprechen. Nur Ehefrauen hätten das Recht, ihren Mann nicht zu belasten.

Einleitend sollte sie schildern, wie sie Paul kennengelernt hatte und wie das Leben mit ihm so verlief. »Mehr trübe als schöne Zeiten waren das«, lautete ihr Fazit. Häufig gab es Eifersüchteleien, weil sogenannte »Neider« ihrem Paul wiederholt weismachen wollten, sie würde ihn heimlich betrügen. »I hab auch geeifert, weil i den Deppen hab machen sollen und seine Seitensprüng schluckn. Seine Weiber ham a schöns Leben g'habt. Die brauchtn sich net zu versteckn.«

»Aber Sie haben ihn nicht betrogen?«, wollte der Vorsitzende wissen.

»Gehört des da her? Muss i drüber Auskunft gem?«, entgegnete Lisbeth errötend und erfuhr, dass diese intimen Dinge auf Wunsch unter Ausschluss der Öffentlichkeit behandelt werden konnten. Nur reden müsse sie schon darüber, weil dabei ein mögliches Motiv aufgedeckt werden könne.

»I hab ihn net betrog'n, weil i net im Krankenhaus landen wollt«, gab sie zu.

»Oder in der Leichenhalle?«

»So weit wär er sicher net gangen. Was nutzt ihm a tote Geliebte?« Dumpfes Gelächter im Zuhörerraum quittierte diese Bemerkung. Der Vorsitzende fragte: »Hat Waczek auch wegen Hartl geeifert?«

»Den Hartl hab i net weiter kannt.«

»Er war häufig in Ihrem Gasthaus. Ein Zeuge sagte, er habe ihn sogar sehr vertraut mit Ihnen gesehen.«

Lisbeth gab sich unbeeindruckt: »Der war vielleicht fünfmal bei uns – als normala Gast. Der Zeuge muss nimma ganz nüchtern gwenn sei.« Wieder Gelächter, diesmal so laut, dass der Richter zur Ordnung mahnen musste. Dann stellte er klar: »Ob betrunken oder nicht. Der Zeuge erinnert sich noch genau, wie Sie mit Karl Hartl Zärtlichkeiten austauschten. Welches Verhältnis hatten Sie mit ihm?«

Lisbeth, innerlich aufgewühlt, verfiel wieder vollends ins Bayerische: »Is des a Verbrechn, wenn er mir da herglangt?« Dabei deutete sie an ihr Knie.

»Kommt darauf an, ob es bei Ihnen üblich ist, dass Gäste die Wirtin begrabschen«, schaltete sich Anwalt Knopp ungefragt ein und sorgte für ein wahres Feuerwerk an Heiterkeit beim Publikum. Selbst Paul Waczek grinste über beide Ohren. Nach einer Rüge des Vorsitzenden an die Adresse des Verteidigers beruhigten sich die Gemüter wieder. Lisbeth bekräftigte noch einmal, der Zeuge habe in diese Geste gegenüber ihren Gast einiges hinein interpretiert. »Vielleicht hatt i auch scho ein bisserl z'viel Bier und mir die Sach gfalln lassn. Jedenfalls war nix zwischn mir und Hartl. Und wär was gwesen, Paul hätt's gmerkt.«

Der Richter kam auf ein anderes Thema zu sprechen: »Wer war bei Ihrem Streit mit Paul Waczek am 4. November 1950 noch anwesend?«

»Keiner. Bin mir net moi sicher, ob's überhaupt der 4. November war.«

»Worum ging der Streit?«

»Weiß i nimmer.«

»Wann erschien Paul am 5. November abends in der Gaststube?«

»Zwischen halb achte und achte.«

»Haben Sie am Montag Schmutzwasser in seinem Zimmer gesehen?«

»Am Montag bin i gar net in sei Zimmer kommen.«

»In einer früheren Vernehmung gaben Sie an, an diesem Tag sei der Fußboden seines Zimmers nass gewesen. Sie wüssten aber nicht, von wem das Wasser stammte, da am Vortag ein Hausierer beim Angeklagten war.«

»Vielleicht war's an dem Tag, vielleicht erst oan später. Paul is öfter mit nasse Schuh ins Zimmer kommen. Mir ham viel g'strittn deswegn.« Stechende Blicke, die der Angeklagte zum Zeugenpult schoss. Offenbar erkannte er, dass seine Lisbeth nur Stuss redete.

»Wann erfuhren Sie vom Mord an den Hartls?«, fragte der Vorsitzende.

»Glei am Montag in der Früh beim Bäcker. I hab Paul auf d'Nacht davo erzählt.«

»Ist Ihnen an seinem Verhalten etwas aufgefallen?«

»Er war wie immer.«

»Hielten Sie ihn für den Täter?«

»I hab mir immer dacht, er wär z'feig dazu. Er war ja nüchtern an dem Abend. Und nüchtern hat er nix gmacht. Im Vollrausch aber war's er, der von andere Leut g'schlagen worden is. Da ham sie sich traut, de Feigling.«

»Haben Sie ihn auch einmal geschlagen?«

»De Leut sagen, als i mal betrunken war, hätt i ihm a paar runterghaut. Aber da muss i scho eine sakrische Schneid ghabt ham.«

Der Oberstaatsanwalt schaltete sich ein: »Vermutlich hielten Sie ihn doch für den Täter, sonst hätten Sie am Montagvormittag nicht Tom Lettl ausgehorcht, ob er vielleicht etwas wissen könnte.« Damit hatte Lisbeth gerechnet, denn der Besuch bei Lettl war ihr schon in unzähligen Vernehmungen vorgehalten worden. »I hab ihn net ausg'horcht«, beteuerte sie. »Wollt eam nur vom Mord erzähln und dass da Paul z'Unrecht beschuldigt wird, wo er doch z'Haus war. Ist des a Verbrechen?«

»Das war Ihnen so wichtig, dass Sie gleich zu ihm aufs Land rausfuhren, obwohl es tausend andere im Ort gab, die Sie schneller erreichen konnten?«

»Bin net glei raus. Es muass a paar Tag später gwenn sein. Mir ham am Montag Waschtag, und da konnt i net weg.«

Der Vorsitzende sah ein, dass er hier nicht weiterkam, und kehrte zurück zum Alibi: »Sie sagten erst, Waczek sei zur Tatzeit im Zimmer gewesen. Später schränkten sie ein, nur das Licht gesehen zu haben. Weshalb diese plötzliche Korrektur der Aussage?« Lisbeth beteuerte, ihr wäre nie in den Sinn gekommen, Paul hätte das Licht absichtlich brennen lassen. »Da hab i halt glaubt, er war da.«

»Wann kamen Ihnen Zweifel?« Erst später – erzählte sie – unter dem Eindruck des Geredes der Leute, habe sich ihr Verdacht geregt. Dr. Wilde betonte, man müsse die Aussagen der Zeugin mit höchster Skepsis betrachten. Dann nahm er sie in die Mangel: »Wie kommt es, dass Sie ihm vor Zeugen einmal vorwarfen, er habe mit dem Mord zu tun?«

»Weil andre Leut dös auch g'munkelt ham.«

»Wer zum Beispiel?«

»Weiß i net.«

Dann behauptete Lisbeth felsenfest, ihre Ziehmutter habe erst letztes Jahr, nach dem Schlaganfall, herumposaunt, Paul sei am Mordtag gegen 17 Uhr weg gegangen. Und sie schilderte nun detailgetreu, was die Psychologin tags zuvor schlicht als »Fantasieren« bezeichnet hatte: Centa sah im Delirium die beiden Ermordeten. Die seien halb verwest aus ihrem Grab gestiegen und hätten ihr befohlen, Paul zu belasten. Andernfalls werde Centa das Höllenfeuer spüren. Ergo: »Centa hat was sagen müassn, dass sie Ruh hat vor de Geister. Lauter Weißes hat sie gsehn, und lauta Wasser und lauta Teufel – und den Gspenstern is sie nach, im Hemd, durchs ganze Haus.«

Lisbeth hatte sich in Wallung geredet und bekam gar nicht mit, wie laut es im Publikum wurde. Erschütterung, ungläubiges Staunen, aber auch Entrüstung über diese ungeheuerliche Geschichte mischten sich ineinander.

»Uns erzählte sie nur, sie habe die Muttergottes um Rat gebeten, ob sie sagen solle, was sie wusste und was sie drückte«, bemerkte der Oberstaatsanwalt. »Wenn sie von Geistern gefaselt hätte, das hätte ich mit Eifer ins Protokoll schreiben lassen.« Paul schlug die Lider nieder, um das frohe Leuchten seiner Augen zu verbergen. Die Dinge entwickelten sich ganz nach seinem Geschmack: zwei Zeugen, deren Aussagen keinen Pfifferling wert waren.

Der Vorsitzende Richter verwies auf eine frühere Bemerkung Lisbeths: »Damals sagten Sie, Ihre Ziehmutter habe schon vor ihren gesundheitlichen Problemen vom Weggang des Angeklagten am Mordtag berichtet. Immer wenn Waczek Sie schlug, drohte Frau Wimberger, zur Polizei zu gehen und ihr kleines Geheimnis zu lüften.« Und das seien Lisbeths Worte auf solches Ansinnen gewesen: »Geh nicht hin, wir wissen es nicht genau. Wenn er doch freikommt, können wir uns nicht mehr halten.« Ihr

einziger Kommentar auf diese Vorhaltungen: »Des woas i nimma, wos i damals gsagt hab.«
»Aber Angst hatten Sie vor Waczek?«
»De hab i immer no.«
Nach diesem Gustostückchen wurde noch ein pikanter Nachschlag serviert: Irmi Müller, frühere Becker, ehemals Bedienung im Metzgerwirt. Nun war sie 28 Jahre alt, verheiratet und lebte in München. Sie gab an, nervenkrank zu sein, seit sie von einem Kind entbunden hatte.
Viele der Zuhörer hatten die zierliche Irmi noch mit ihrer Schürze in Erinnerung, ihren Duft, wenn sie an den Tisch kam und das Bier servierte, ihren geilen Blick, der den Umsatz steigerte, ihre Schlagfertigkeit, wenn Gäste zudringlich wurden. Inzwischen hatte sie etwas zugenommen, sah abgenutzt aus, zitterte am ganzen Leib, als sie den Saal betrat und erst einmal gar nicht wusste, wo sie hingehen sollte. Beschämt zu Boden starrend näherte sie sich dem Zeugenpult und bat, sich ihrer angeschlagenen Gesundheit wegen setzen zu dürfen. Dies wurde ihr gewährt. Nach Aufnahme ihrer Personalien fragte man sie, weshalb sie 1951 das Gasthaus Metzgerwirt verlassen habe.
»Weil es immer Streit gegeben hat – unter uns allen! Irgendwann hielt ich's nicht mehr aus«, sagte sie in gestelztem Hochdeutsch.
Der Richter erinnerte: »Auch mit Paul Waczek hatten Sie Streit. Einmal wollten Sie ihn sogar wegen Vergewaltigung anzeigen. Vermutlich aus Angst vor seiner Rache machten Sie damals bei der Polizei einen Rückzieher. Jetzt können Sie frei sprechen: Hat er Sie vergewaltigt?«
Irmi erschrak über diese offen gestellte Frage und kam gar nicht auf die Idee, bei diesem Thema den Ausschluss der Öffentlichkeit zu fordern. »Ich glaub nicht, dass man's Vergewaltigung nennen kann«, sagte sie freimütig, aber leise. »Zwischen uns ist scho was g'laufen.«
»Waren Sie mit ihm intim?«
»Ja, aber nur zwei- oder dreimal. Unser Verhältnis hat der Wirtin natürlich nicht geschmeckt. Auch darum war die Stimmung so gereizt.«
»Ging der Streit am Abend vor dem Mord auch um Ihr Techtelmechtel mit Waczek?«
»Vermutlich. Ich war ja nicht dabei. Streit gab's immer, wenn er betrunken war.« Am 5. November habe sie ihm das Mittagessen aufs Zimmer gebracht, erzählte sie weiter. »Nach einem Streit mit der Wirtin hat er sich oft in seiner Kammer eingeschlossen. Das konnte tagelang dauern.«
Nun hatte Dr. Wilde genug. Ihm war nicht entgangen, dass Irmi hier das arme, geplagte, unschuldige Mädchen vom Lande spielte. »Sie haben bei Ihrer letzten Befragung angegeben, Paul sei an diesem Tag – ich zitiere – ganz bestimmt nicht aus dem Haus gekommen. Wie können Sie sich da so sicher sein?«

»Weil er sich am späten Nachmittag noch eine Brotzeit von mir aufs Zimmer hat bringen lassen.«

»Am Tag nach dem Mord sagten Sie etwas anderes: Er wäre sehr wohl fort gewesen. Und – ich zitiere wieder – sternvoller Dreck ist er heimgekommen.« Irmi glotzte den Oberstaatsanwalt wie einen Idioten an und entgegnete wie eine Idiotin: »Wenn ich das damals gesagt habe, dann habe ich das freilich gesehen, aber ich kann mich nicht mehr erinnern, ob ich das tatsächlich ausgesagt habe.«

Wutentbrannt feuerte Dr. Wilde seinen Füllfederhalter auf den Tisch. Der Vorsitzende übernahm wieder das Kommando, weil er glaubte, mit dieser Art von Frauen besser zurechtzukommen: »Waczek soll Ihnen manchmal Geld gegeben haben, damit Sie seine Kleider reinigen und bügeln. Haben Sie das am Mordtag oder danach auch getan?« »Kann mich nicht mehr erinnern.«

Irmi gab nun vor, sie leide wegen vegetativer Störungen an Gedächtnisschwund und bringe deshalb alles durcheinander. Wenn sie mit ihrem bühnenreifen Auftritt etwas bezweckte, dann hatte sie ihr Ziel erreicht, denn grinsend stolzierte sie nach draußen, wo ihr Mann auf sie wartete.

Montag, 1. Dezember 1958, Steinbach

Das Antlitz des Angeklagten leuchtete kalkig. Sezierend stierte sein Blick am Kronzeugen auf und ab: Kurt Jettner, ledig, 48, wirkte dank seiner Stirnglatze wesentlich älter. Er war einer dieser groß gewachsenen Ostpreußen, die einen Bilderbuchsoldaten in der Armee des Alten Fritz abgegeben hätten. Am Ende des verlorenen Krieges hatte man ihn hierher vertrieben. Er war gelernter Metzger. Nach seinen Jahren in Steinbach, wo er freundliche Aufnahme gefunden hatte, lebte er bekanntlich in Duisburg. Seine Angaben machte er langsam und bedächtig, ohne hilflos oder schwerfällig zu wirken.

Nach Aufnahme der Personalien die übliche Frage: »Kennen Sie den Angeklagten?« »Ja, aus meiner Zeit in Steinbach.« Mit der Rechten hielt er das Zeugenpult, die Linke stemmte er gegen den Hüftknochen. So stand er schräg vor dem Gericht, auch Paul zugewandt, der ihn mit unverblümter Geringschätzung anglühte. Der Vorsitzende Richter belehrte Jettner über die Bedeutung seiner Aussage: »Sie wissen, Sie sind ein wichtiger Zeuge. Sagen Sie die Wahrheit, nicht mehr und nicht weniger!«

Jettner wiederholte noch einmal, was er Günther Winter berichtet hatte: Aufbruch von der Bahnhofsgaststätte gegen 18.45 Uhr, 20 Minuten später an besagter Stelle auf der Straße: Ein Radfahrer bog ein aus der Reibacher Straße, die nach Öd führt. Paul Waczek soll's gewesen sein. Zwar hatte der Zeuge jahrelang geschwiegen, doch habe er seinerzeit gleich am nächsten Abend den Unterhubers, bei denen er wohnte, von seiner Beobachtung berichtet. Damit wehrte sich der Arbeiter gegen jene, die ihm unterstellten, er sei von der Polizei gekauft worden, um mit einer erfundenen Geschichte einen Verdächtigen, dem man nichts nachweisen konnte, ans Messer zu liefern.

So zielten die folgenden Fragen des Vorsitzenden darauf ab, Jettners Glaubwürdigkeit zu testen: »Wie viel haben Sie in der Bahnhofswirtschaft getrunken?«

»Zwei oder drei Glas Bier.«

»Ist das viel für Ihre Verhältnisse?«

»Man kann sagen, ich war nüchtern.«

»Haben Sie Herrn Waczek mit Sicherheit erkannt?«

Entschlossen wie beim Glaubensbekenntnis kam die Antwort: »Ich habe den Metzgerfuchs erkannt. Jeder Irrtum ist ausgeschlossen.«

»Leute mit einem Hut im Gesicht erkennt man nicht leicht. Außerdem war es dunkel. Was macht Sie so sicher?«

»Na, ich war doch nahe dran, etwa drei Meter. Ich ging auf der Straße, weil der Bürgersteig so matschig war.«

»Sahen Sie ihn von Weitem kommen?«

»Er bog gerade um die Ecke.«

»Schnell?«

»Nicht zu schnell.«

»An was haben Sie ihn erkannt?«

»An seiner Nase.« Vereinzeltes Gekicher im Publikum.

»War ausreichend Licht?«

»Ich stand nahe einer Laterne.« Waczek horchte mit aufgestütztem Kinn genau zu. Noch nie hatte er den Ausführungen eines Zeugen solche Aufmerksamkeit geschenkt.

»Haben Sie ihm etwas zugerufen?«

»Nein. Ich dachte nur: Nanu, was hat er denn heute? Warum grüßt er mich nicht?«

»Welcher Hund könnte es gewesen sein?«

»Darauf hab ich nicht geachtet. Ziemlich groß war er. Könnte die Galldorfer-Dogge gewesen sein.«

»Lief das Tier mit ihm oder nur zufällig am Rad nebenher?«

Jettner überlegte einen Moment, weil ihm diese Frage bislang noch nicht gestellt worden war. »Es blieb an seiner Seite, so lange ich ihn sah – etwa eine halbe Minute, bis er verschwunden war.«

Dann die Kardinalsfrage: »Warum haben Sie von Ihrem Wissen damals der Polizei nichts gesagt?« Jettner beteuerte, er habe keine Unannehmlichkeiten haben wollen. Schließlich sei er häufig mit Paul zusammen gewesen, habe mit ihm getrunken und Karten gespielt. »Und die Polizei hatte Paul am nächsten Abend ohnehin in der Mangel. Als man ihn wieder laufen ließ, dachte ich, gegen ihn liege nichts mehr vor. Die Radfahrt könnte auch einen anderen Grund gehabt haben.«

Der Oberstaatsanwalt mochte diese durchaus nachvollziehbare Antwort nicht hinnehmen. »Aber vom Alibi, das die Wirtin dem Angeklagten gab, haben Sie später bestimmt gehört. Er soll das Haus gar nicht verlassen haben. Sie hätten das widerlegen können, ja, müssen«, kritisierte er den Zeugen.

»Die Sache war mir zu heiß«, gab Jettner schließlich zu.

»Haben Sie mit Waczek über sein Alibi gesprochen?«, bohrte der Landgerichtsdirektor nach.

»Nein. Er muss mich ja auch erkannt haben. Vielleicht war er einfach nur schlechter Stimmung an diesem Abend, hat sich deshalb demonstrativ abgewendet. Ich hielt es für besser, ihm von diesem Zeitpunkt an aus dem Weg zu gehen.«

Der Richter fragte Waczek, was er von dieser Aussage halte. Heftiger als gewohnt, sprang jener auf und verkündete feierlich: »Ich kann nichts anderes sagen: Ich war an diesem Tag nicht weg. Und wenn Kurt zehnmal behauptet, er hätte mich gesehen. Da soll mich der Teufel hier auf der Stelle holen, wenn ich aus dem Haus gekommen bin.« Beelzebub blieb fern, aber der Donner folgte in Form schallenden Gelächters. Für diese Art von Unterhaltung hätten die Zuschauer sogar Eintritt gezahlt.

Als sich die Gemüter wieder beruhigt hatten, durfte Jettner in der ersten Reihe Platz nehmen. Rudolf und Maria Unterhuber wurden aufgerufen und bestätigen unter Eid, was ihnen Jettner am Tage nach den Schüssen erzählt hatte. Ihnen gemäß spielte es sich so ab: Jettner kam von der Arbeit und berichtete von seiner unheimlichen Begegnung am Abend zuvor. Später wandte sich Jettner an das Ehepaar mit der Bitte, diese Sache zu vergessen und auf keinen Fall weiterzuerzählen. Er bekomme sonst extreme Schwierigkeiten. Zum Leumund des Zeugen sagte Rudolf Unterhuber: »Er ist ein ganz und gar rechtschaffener Mann. Dass er ab und zu einen trillert – na ja!«

Waczek blickte wild um sich.

Die Unterhubers wurden entlassen, Zeuge Jettner durfte wieder vortreten und wurde von allen Seiten auf seine Standhaftigkeit abgeklopft. Viele Einzelheiten wurden ihm abverlangt, viele Fragen wiederholt, um ihn in Widersprüche zu verzetteln. Schließlich äußerte sogar der Oberstaatsanwalt Bedenken: »Der Fall liegt acht Jahre zurück, der Zeuge könnte überfordert werden.« Doch Landgerichtsrat Müller bestand auf den Fragen, denn nun sollte auch Verteidiger Knopp zu seinem Recht kommen. Dieser ließ bald ab, als er sah, Jettner würde nicht wanken.

Konrad Maritzke, zweiter leitender Ermittler im November 1950, trat als Nächster in den Zeugenstand und musste ebenfalls herbe Kritik wegen der Fahndungspannen einstecken. Seit zwei Jahren befand er sich wegen Krankheit im Ruhestand, weshalb er nur unter Protest und in Begleitung eines Arztes hierher gekommen war. »Wir hatten Arbeitsteilung. Abends tauschten wir unsere Ergebnisse aus«, rechtfertigte er sich. »Frau Gruber hat gesagt, sie könne einen Eid darauf schwören, dass Paul das Haus den ganzen Nachmittag und am frühen Abend nicht verlassen hat. Es gab keinen Grund, an ihrer Aussage zu zweifeln.«

»Wie soll die Frau wissen, dass er zu Hause war, wenn sie ihn nicht gesehen hat?«, insistierte der Vorsitzende, worauf sich Maritzke in Ausflüchte rettete. Er schob die Schuld am Versagen auf Mars, der den Metzgerfuchs zu schnell aus dem Kreis der Verdächtigen gestrichen und sich stattdessen wie ein Besessener auf Steininger gestürzt habe.

»Ich möchte nur wissen, was der ganze Haufen von Kriminalbeamten da draußen zu tun hatte«, seufzte der Richter und rief die Waschfrau Hertha Bauer in den Zeugenstand. Diese berichtete vom Gespräch zwischen ihr, Gisela Mutz und Irmi Becker an jenem Montag, als Irmi sagte, Paul sei am Abend zuvor dreckig und klatschnass nach Hause gekommen.

»Und trauen Sie ihm diese Tat auch zu?«

»Ja, er war gefürchtet. Im Streit wurde er immer gleich handgreiflich. Auch bei seinen Frauen. Wenn Paul wieder mal Lisbeth geschlagen hat, hab ich ihr oft gesagt, sie soll ihn endlich zum Teufel jagen. Einmal hat sie darauf geantwortet: Dann trifft er mich unterwegs und erschlägt mich.«

Hertha Bauers ältere Schwester habe geraten, dies Wissen nicht in die Öffentlichkeit zu tragen. Dennoch, betonte die Waschfrau, habe sie weiter auf Lisbeth eingewirkt, endlich die Wahrheit zu sagen.

Waschfrau Gisela Mutz bestätigte die Aussage von Hertha Bauer und fügte Folgendes hinzu: »Später sprach ich mit Irmi noch ein ernstes Wort, weil Lisbeth dem Kerl immer noch ein Alibi gab. Ich sagte zu Irmi, sie hätt gelogen. Darauf sagt sie: Kann sein, dass Paul an dem Tag doch im Haus war und seine Sachen schon vorher schmutzig waren.«

Nun folgte eine Reihe von Zeugen, die schnell abgefertigt wurden: Franz Koller war am Mordsonntag vom frühen Nachmittag bis gegen 22 Uhr beim Metzgerwirt. Paul habe zwischen 19 Uhr und 20 Uhr die Gaststube betreten, erinnerte er sich.

Wenzel Buchberg hatte mit seinem Schwager Karl Hartl am Sterbebett noch Erbschafts- und Vormundschaftsdinge besprochen: »Karl war bei klarem Bewusstsein und sagte, er habe Waczek in Verdacht. Mit Steininger wäre er auch zerstritten, aber der sei es wahrscheinlich nicht gewesen.« Wenzels enge Verbindung zu den Ermordeten wurde ihm zum Verhängnis. »Ich musste bald fort von meinem Hof, weil mich Paul ständig verfolgte, Streit suchte und mich bedrohte«, berichtete er zum Entsetzen der Zuhörer.

»Einmal sagte er: ›Du musst genau so ins Gras beißen wie dein Schwager.‹ Jedes Mal, wenn ich nach Steinbach kam, hat er auf mich losgehauen.«

Gerald Froschauer war am Mordabend bis 19 Uhr im Metzgerwirt. Bis dahin sei Paul nicht aufgetaucht, bekundete er im Zeugenstand. »Ich habe mich bei der Wirtin nach ihm erkundigt, weil er sonntags um diese Zeit immer da war. Sie sagte nur, er liege im Bett.«

Das Gericht machte an diesem Tag Überstunden, weil noch eine nächtliche Ortsbesichtigung auf dem Programm stand. Die Lokalität war bereits am ersten Verhandlungstag in Steinbach aufgesucht worden: Jene Kreuzung, an der Kurt Jettner den Angeklagten mit Fahrrad und Hund gesehen zu haben glaubte. Ein Mann vom Elektrizitätswerk bestätigte, dass nun dieselben Lichtverhältnisse wie damals herrschen. Ohne Kosten und Mühen zu scheuen, hatte er im Umkreis von 200 Metern die Originallampen von 1950 aufgestellt. Davon konnten sich nun alle überzeugen: Die Laterne über der Straßeneinmündung spendete genug Licht, um eine Person auf eine Entfernung bis zu zehn Metern einwandfrei zu erkennen. Kriminalkommissar Winter schlüpfte in Pauls Rolle, fuhr in mäßigem Tempo vorbei und zog den Hut tief ins Gesicht. Jettner, dem man verschwiegen hatte, wer hier kommen würde, wurde gefragt, wen er erkannt habe. »Das war eindeutig der Kommissar Winter«, stellte er fest und untermauerte damit seine unter Eid gemachten Aussagen.

Dienstag, 2. Dezember 1958, Steinbach

Der verlotterte Richard Worschling, ehemaliger Hausierer, jetzt Frührentner ohne festen Wohnsitz, war zur Mordzeit Zimmernachbar von Paul. Als erster Zeuge an diesem Tag zeigte er offen seine Abneigung gegen das Gericht und zwinkerte dem Angeklagten unentwegt verschmitzt zu, so wie es zwei Lausbuben tun, die gemeinsam etwas ausgefressen haben. Worschling konnte sich nicht mehr erinnern, ob er an jenem Sonntag zu Paul ins Zimmer gekommen war, gab aber zu, er sei oft bei ihm gewesen und dürfe sich einen »guten Spezi« von ihm nennen. Deshalb wurde er auch in den Pistolenhandel mit Fred Sammer einbezogen. Die Waffe habe er Paul kurze Zeit vor dem Mord abgekauft. Auf die Frage, ob Waczek auch eine P08 besessen habe, konnte Worschling nur sagen: »Das entzieht sich meiner Kenntnis.«

Über die Zustände zwischenmenschlicher Art innerhalb der Belegschaft wusste er indessen einiges zu berichten: Paul habe sich ihm gegenüber gebrüstet, mit Irmi ins Bett zu gehen. »Auch Lisbeth muss davon gewusst haben, aber sie nahm es billigend in Kauf, dass sich Paul ab und zu mit einer Jüngeren vergnügte, solange er ihr nicht den Laufpass gab. Sie fürchtete, ihres Alters wegen keinen Mann mehr zu finden.« Worschling genoss seinen Auftritt. Als niemand mehr Fragen an ihn hatte, verabschiedete er sich mit einem unüberhörbaren Furz.

Josef Feuchtner gehörte einst zu denen, die ein Auge auf Irmi hatten. Weil er es ehrlich mit ihr meinte, hatte er kurzzeitig ihr Vertrauen gewonnen. Vor Gericht erinnerte er sich an eine Begebenheit kurz nach dem Doppelmord: »Einmal kam Irmi zu mir ins Haus und erzählte, Lisbeth hätte ihr gestanden, Paul ein falsches Alibi gegeben zu haben.« Feuchtner wollte dies seinerzeit sogar der Polizei melden, aber ein gewisser Pommereder habe die Aussage als unbedeutend abgewertet und von einem lückenlosen Alibi Waczeks gesprochen. »Das macht nur böses Blut, wenn wir jetzt alles wieder in Frage stellen«, solle er gesagt haben.

Metzgermeister Herbert Galldorfer bestätigte noch einmal, dass Paul mit seiner Dogge sehr vertraut gewesen sei, jederzeit – auch ohne sein Zutun – an den Hund herankam, ihm dieser verweichlichte Köter aber bei so widriger Witterung nicht bis Öd gefolgt wäre.

Konrad Kain hatte einen Streit zwischen Lisbeth und Paul belauscht. Lisbeth soll gesagt haben: »Wenn du meinst, dass sie den nicht mehr finden, von dem du die Pistole hast, weil er so weit weg ist, hast du dich getäuscht. Dir geht es schon noch an den Kragen. Dafür sorg ich!« Das sei mindestens zwei Jahre nach dem Mord gewesen.

Der überaus geschwätzige Zeuge fügte hinzu: »Solche verräterische Bemerkungen waren kein Einzelfall: Immer wenn ihm einer nicht gepasst hat, sagte Waczek: ›Den schlag ich tot, dass er verreckt.‹ Zuletzt hat er sich oft in Raufereien eingelassen, was er früher selten tat. Ich denke, er war einfach sauer, weil das mit seinen Gaunergeschäften nicht mehr so lief.«

Tom Lettl berichtete, wie ihn Lisbeth am Tag nach dem Mord ausgehorcht hatte. »Mir ging das nicht mehr aus dem Kopf. Vielleicht wollte sie nur erfahren, ob mir bei meiner Fahrt ins Kino ein Radler begegnet ist. Leider haben weder ich noch meine Frau was bemerkt. Später behielt ich die Sache für mich, weil Paul nach dem Verhör wieder auf freien Fuß kam«, erzählte er sehr zum Unmut des Oberstaatsanwaltes.

»Zeugin Gruber hat behauptet, sie wäre montags gar nicht aus dem Haus gekommen«, erinnerte der Vorsitzende. »Sind Sie sicher, dass sie am Tag nach dem Mord bei Ihnen war?« Lettl war sich sicher: »Es muss Montag gewesen sein, denn wir hatten den ersten Dreschtag – und meine Dreschleute haben mir die Nachricht vom Mord brühwarm erzählt.«

Mittwoch, 3. Dezember 1958, Steinbach

Pfarrer Moritz Zumüller galt als besonders schillernder Zeuge. Hatte man bei Kurt Jettner bereits im Vorfeld gewusst, was er erzählen würde, konnte dieser Dorfgeistliche zum eigentlichen Sensationszeugen werden, denn er trug ein großes Geheimnis mit sich. Schließlich hatte Karl Hartl kurz vor seinem Tod noch bei ihm gebeichtet. Was flüsterte er ihm zu? Ein Motiv des Mörders, das bislang im Dunkeln geblieben war?

Aber Zumüller hatte all die Jahre widerstanden, sein Wissen zu offenbaren. Oft leugnete er, von Hartl überhaupt etwas von Belang erfahren zu haben, dann wiederum hüllte er sich in Schweigen. Die Verbissenheit, mit welcher er Alfons Steininger und seine Frau über Jahre hinweg der Tat bezichtigt hatte, deuteten viele als klares Bekenntnis: »Der da hat es getan, Waczek ist unschuldig!« Würde er jetzt alles aussagen? Oder band ihn auch vor einem irdischen Gericht das Beichtgeheimnis? Musste er nicht vor Gott schwören, hier die Wahrheit zu sagen und nichts als die Wahrheit?

Zumüller hatte seinen dunklen Anzug angezogen und fuhr mit einem schwarzen VW-Käfer vor. 49 Jahre alt war er inzwischen, erfreute sich aber weiterhin bester Gesundheit sowie einer kräftigen, fast jugendlichen Statur. Dies verdankte er seinem ausgeglichenen Lebenswandel und langen Spaziergängen durch die weit verzweigte Pfarrgemeinde. Als Mann, der es gewohnt war, vor einer Menschenmenge zu sprechen, zeigte er beim Betreten des Theatersaals keine Nervosität. Sein starr nach vorne gerichteter Blick verdeutlichte jedoch, dass ihm dieser Auftritt höchst unangenehm war. Der Richter bot ihm den Stuhl an, doch Pfarrer Zumüller wollte lieber am Pult stehen. Er kam gerade von der Dorfmesse, die er sich fast hätte schenken können. Außer ein paar greisen Betmütterchen war niemand gekommen. Seine Schafe saßen hier.

In wohlgeformten Sätzen berichtete der Geistliche von seinem letzten Gespräch mit Karl Hartl. Alles, was nicht vom Beichtgeheimnis berührt wurde, schilderte er so lebendig, als sei dieser Besuch im Krankenzimmer erst gestern gewesen. »So hielt ich lange Zeit die Familie Steininger für verdächtig und habe dies auch kundgetan«, schloss er seine Ausführungen und offenbarte nun einen Sinneswandel, der sich seit dem Wegzug der Steiningers vollzogen habe: »Es ist nicht nur sehr wahrscheinlich, sondern glaubhaft anzunehmen, dass bei den Steiningers zur Tatzeit der Rosenkranz gebetet wurde.«

Verteidiger Knopp hätte es gerne gesehen, wäre der Pfarrer hier im Sinne seines Mandanten aufgetreten. »Früher hörte man andere Dinge von Ihnen. Sie sollen Steininger sogar von der Kanzel herab bezichtigt haben, er sei der Mörder.« Zumüller konterte: »Andeutungen hab ich gemacht, die jeder nach seinem Gusto auslegen konnte. Sie richteten sich an den Mörder, der Unschuldige konnte ganz gelassen bleiben.« »Das war Stimmungsmache der übelsten Art«, ärgerte sich der Jurist und wurde dabei ungewohnt laut. Seine Kanzlei hatte den Schafhalter bei verschiedenen Verleumdungsklagen vertreten. »Ihretwegen hat Steininger seinen Hof aufgeben und völlig neu anfangen müssen.«

Zumüller wankte und bat Gott in Gedanken, ihm zu verzeihen: »Wir hatten eine kleine Verstimmung, ja. Ich nahm Steininger aufs Korn, weil der von Hartl zuerst genannte Verdächtige auf Grund seines Alibis als Mörder ausschied. Später, als ich den angerichteten Schaden sah, wurde mir diese Verirrung bewusst.«

Der Pfarrer durfte gehen. Nun folgte eine Serie von Zeugen, die im Umfeld von Paul und Lisbeth verräterische Äußerungen aufgeschnappt hatten. So hörte einst der Maurer Hans Mitterbauer eine Auseinandersetzung zwischen dem streitsüchtigen Pärchen. Sie sagte: »Sei stad! Du woast ja, was'd gmacht hast. Wenn i mag, hoin's di glei und an Kopf tuns dir runter.« Mitterbauer nahm diese Kraftsprüche nicht ernst: »Die Lisbeth hat viel gesagt, wenn sie betrunken war.« Andere Stammgäste vom Metzgerwirt berichteten Ähnliches.

Polizeimeister Johann Völz, bis 1953 in Steinbach stationiert, galt lange Zeit als »Gewissen der Landpolizei«, weil er seinen Dienst stets korrekt und mit einem ungewöhnlichen Maß an Engagement versah. Dass er sich damit keine Freunde machte, lag auf der Hand. Nun berichtete er ausführlich über die Zustände beim Metzgerwirt. Dauernd sei gestritten worden. »Meist waren Eifersüchteleien der Grund«, teilte er mit. »Um 11 Uhr schlug man sich, um 12 Uhr ging man gemeinsam ins Bett und um 13 Uhr schlug man sich wieder.«

Wenige Wochen vor dem Mord habe Frau Wimberger dem Angeklagten eine Axt über den Kopf gehauen. »Angeblich, weil er der Wirtin zuvor eins mit der Bierflasche übergebraten hat, dass das Bier nur so spritzte. Ich erstattete Anzeige, aber Frau Gruber und Herr Waczek schrieben später an die Staatsanwaltschaft, sie hätten kein Interesse an einer Strafverfolgung. Wir hatten so viele Anhaltspunkte, ihn dingfest zu machen, aber im letzten Moment fiel uns jeder Zeuge um.«

Schließlich berichtete Völz von der Befragung Karl Hartls im Krankenhaus und den folgenden Ereignissen. »Wir verfuhren nach Anweisung mit dem Verdächtigen: ihn gegebenenfalls erst am nächsten Morgen vorladen und so in Sicherheit wiegen. Mein Kollege Pommereder wurde zum Metzgerwirt geschickt, um nach ihm zu schauen. Er soll aber den Verdächtigen dort nicht angetroffen haben.«

Über die Angst der Hartls vor einem Verbrechen wusste der Schmied Johann Eberer zu berichten. Nicht lange vor dem Verbrechen hatte er für die Hartls Riegel anfertigen müssen. Sie wollten ihren Schweinestall vor Dieben schützen, nachdem dort zuvor eingebrochen worden war. »Ich trau denen zu, dass sie mir sogar die lebendigen Sauen raus holen«, sagte Kathi damals und erzählte, wie sich der Einbruch zugetragen hatte: »Wir hatten da noch unseren Hund, der plötzlich bellte. Mein Mann ist raus und sah unten einen Kerl aus dem Stall kommen. Er flüchtete, als Karl mit der Mistgabel kam. Da war auch eine zweite Person, die an der Ecke Schmiere stand.«

Eberer wusste auch, dass Hartl und Waczek seit dem versuchten Schmalzdiebstahl verfeindet waren.

»Von wem erfuhren Sie das?«, fragte der Vorsitzende.

»Auch von Frau Hartl. Sie sagte einmal zu mir, ihr Mann und Waczek seien jetzt schwer … Und dann kreuzte sie nur die Finger, wie man es hier zu tun pflegt. Das Zeichen heißt Feindschaft.«

Waczek schaltete sich ungefragt ein: »Da weiß ich nichts. Zum Hartl bin ich seit dem Schwarzhandel nicht mehr gekommen.« Eberer aber gab ihm scharf zurück: »Das ist ein glatter Schmarrn, was du da sagst, weil du noch mindestens dreimal bei ihm gewesen bist.« Waczek zog eine Schnute, verschränkte die Arme und schwieg, während das Gemurmel im Saal lauter wurde.

Dann folgte ein Zeuge, der beim Volk als Mitwisser der Tat galt. Für viele stand fest, dass Paul sich nur deshalb so lange in Sicherheit wiegen konnte, weil ihm Polizist Josef Pommereder den Rücken frei hielt, indem er Zeugen einschüchterte und Beweise verschwinden ließ. »Hoffentlich haben sie ihn heut am Schlawitterl«, wünschte sich ein Zuschauer, als der zwielichtige Zeugen erschien.

Pommereder trug Zivil. Er war von 1946 bis Mitte 1951 in Steinbach bei der Landpolizei stationiert. Dann wurde er in eine Stadt des Nachbarlandkreises strafversetzt. Im Zuge der Ermittlungen Günther Winters kam heraus, dass Pommereder seinem Freund Paul aus alter Verbundenheit Dienstgeheimnisse verraten hatte. Deshalb lief gegen den suspendierten Polizisten ein Disziplinarverfahren.

»Erzählen Sie uns, was geschah, nachdem Ihr Chef Sie am Mordabend beauftragt hatte, nach Waczek zu suchen«, begann der Vorsitzende mit der Befragung. Pommereder entgegnete, Paul sei beim Metzgerwirt nicht anzutreffen gewesen. »Ich ging dann nach Hause, weil es schon spät war.«

»Hat man Ihnen beim Metzgerwirt nicht gesagt, wo Waczek anzutreffen ist?«

»Vermutlich in den Leitler Stuben.«

»Trafen Sie ihn dort?«

»Nein.«

»Aber Sie waren dort?«

»Das Gasthaus liegt auf meinem Heimweg.«

»Es scheint aber, dass Waczek und die Wirtin sehr früh von Hartls Verdacht erfuhren. Haben Sie es ihnen erzählt?«

»Ich traf die Lisbeth, als ich nach Paul fragte. Natürlich wollte sie wissen, was ich mit ihm zu bereden hätte. Ich hab nichts gesagt. Vermutlich machte sie das stutzig. Immerhin trug ich ja noch Uniform, und wenn ich privat mit Paul zu tun hatte, kam ich stets in Zivil.«

Diese Erklärung leuchtete dem Richter ein. »Haben Sie jemand anderen in der Nacht auf Montag von der Spur Waczek unterrichtet?«

»Nein.«

»Wenn Sie mit Paul Waczek so gut bekannt waren, konnten Sie ihn doch fragen, wo er zum Zeitpunkt der Tat war.«

»Dazu hatte ich keinen Auftrag.« Der Landgerichtsdirektor wollte nun die Beziehung der beiden Männer geklärt wissen: »Man sagt, Sie waren gute Freunde.«

»So gut nun auch wieder nicht. Es war mehr eine Wirtshausbekanntschaft.«

»Aber Sie haben sich geduzt.«

»Das ist richtig. Hier im bäuerlichen Raum duzt sich aber fast jeder.«

»Wussten Sie von Waczeks legalen und illegalen Geschäften als Händler? Oder haben Sie sogar davon profitiert?«

Pommereders Antwort erzeugte ein aufgebrachtes Rumoren im Saal: »Ich wusste nichts über seine Handelschaften. Er hat nicht darüber gesprochen.«

»Hat er mit Geschenken dafür gesorgt, dass Sie ihn gewähren ließen?«

»Er hat mir nie etwas geschenkt«, entrüstete sich der Zeuge, dem das Getuschel der Zuschauer in seinem Rücken arg zusetzte.

»Waczek zahlte Ihre Zeche. Dafür gibt es Zeugen«, nagelte ihn der Vorsitzende fest.

»Ich hab das nicht als Bestechung aufgefasst. Er hat keine Gegenleistung dafür verlangt – und ich hätte ihm auch nichts dafür gegeben.«

»Hatten Sie mit Waczek dienstlich zu tun?«

»Damit waren andere Kollegen beschäftigt. Ich wollte nicht in Gewissenskonflikte kommen.«

»Aber über den Mord haben Sie gewiss mit ihm gesprochen. Es war doch Thema Nummer eins im Dorf.«

Pommereder kratzte sich an der Nase. »Selten hat er sich darüber geäußert. Es schien ihn gar nicht zu interessieren, da sich das ganze Volk auf diesen Steininger und seine Frau als Verdächtige eingeschossen hatte.« Im weiteren Verlauf der Befragung erzählte der Zeuge, er habe Waczek kurz nach dem Krieg beim Kartenspielen kennengelernt.

Dr. Wilde ließ nicht locker im Bemühen, diesen gerissenen Zeugen zu demaskieren. Hier und heute sollte Pommereder verkünden, dass er Waczek all die Jahre gedeckt hatte, dass Waczek tatsächlich der Mörder war und dass er dies auch beweisen konnte: »Sie haben wirklich nie von Waczeks Schmugglergeschäften gehört? In den ersten Nachkriegsjahren muss er die ganze Region mit schwarz geschlachtetem Fleisch beliefert haben.«

»Mir ist nichts bekannt gewesen.«

»Haben Sie dem Angeklagten im Vorfeld des Mordes eine Pistole besorgt?« Dies bestritt Pommereder entschieden, musste sich aber sagen lassen, es gebe Gerüchte, nach denen er und Waczek nicht nur miteinander gezecht, sondern auch lukrative Geschäfte gemacht hätten.

An diesem Punkt schaltete sich Verteidiger Knopp ein und gab zu bedenken, man dürfe Pommereder nicht zu Aussagen zwingen, mit denen er sich selbst belaste. Am Ende der Befragung perlte Schweiß auf der Oberlippe des Mannes, der bedrückt vor dem Zeugenpult stand. Waczek dankte ihm seine Standhaftigkeit mit einem anerkennenden, fast mitleidigen Blick.

Weitere Zeugen wurden aufgeboten: Jürgen Mooser, am Mordabend Fahrer des Rettungswagens, hatte kurz nach der Einlieferung der schwer Verletzten noch Blut gespendet. Hinterher ging Mooser in die Leitler Stuben, um sich eine Halbe Bier zu genehmigen. »Es war Mitternacht und ich hatte brennenden Durst wegen des Blutverlustes. Die Wirtin sagte mir, eben sei Polizei da gewesen und habe sich nach dem Metzgerfuchs erkundigt.« Das konnte Mooser beschwören.

Walter Hannerwald, Maurer und ein Hüne von Gestalt, war als entlassener Kriegsgefangener Ende 1945 in die Gegend von Steinbach gekommen und hatte sich mit Hartl angefreundet. Allerdings gründete diese Freundschaft in gemeinsamen Diebeszügen, die Hannerwald nun als »wirtschaftlich diplomatische Beziehungen« umschrieb. Selbst als er im Sommer 1947 nach München gezogen war, riss der Kontakt nach Öd nicht ab. »Ich kam jede Woche einmal ins Steinbachtal, um hier meine Lebensmittelvorräte aufzufrischen. Das tat ich grundsätzlich nachts.«

Vor Gericht machte Hannerwald keinen Hehl daraus, dass er mit der Polizei und dem Staatsanwalt auf keinem guten Fuß stehe und nur ungern seiner Pflicht zur Aussage nachkomme. Er sei wegen seiner Geschäfte mit Hartl von der Polizei beobachtet worden, hatte einige Verfahren am Hals und gab lediglich das zu, was schon abgeschlossen war.

Dann schilderte er seine erste Begegnung mit Paul Waczek: »Ich benötigte dringend neue Schuhe. Da hat mir Karl geraten, ich solle mich an diesen Fuchs wenden. Aber ich machte trübe Erfahrungen mit ihm. Noch heute friert mich in den Zehen, wenn ich an diesen unzuverlässigen Menschen denke. Das Geld hab ich vorgestreckt, aber die Schuhe erhielt ich nie.«

Karl Hartl bat Hannerwald im Oktober 1947 – kurz nach dem missglückten Schmalzdiebstahl –, er möge bei seinen Versorgungsfahrten um Öd herum die Augen offen halten, weil weitere Aktionen seitens Waczek zu befürchten seien. »Ich konnte nie verstehen, warum sich Karl vor diesem Milchgesicht so fürchtete«, wunderte sich der Zeuge. Doch er kam der Bitte nach, so oft er konnte. »Was selten genug war. Einmal im Monat ein kurzer Abstecher, wenn es sich einrichten ließ. Den Metzgerfuchs sah ich nie.«

Nach der Währungsreform hatte Hannerwald keinen Grund mehr, zum Hamstern zu gehen. Er traf die Hartls zuletzt beim Oktoberfest 1950. Kurze Zeit später erhielt er eine ominöse Postkarte: »Der Inhalt war ziemlich verworren und dubios. Karl deutete an, er sei in Schwierigkeiten und benötige erneut meine Hilfe. Wir sollten uns umgehend treffen, damit er mir alles erklären könne. Aber ich schob die Sache auf die lange Bank und hörte auch nichts mehr von Karl. Wenig später war er tot.« Dummerweise sei die Karte jetzt verschwunden.

Hannerwald erfuhr vom Mord nach eigenem Bekunden erst ein Jahr später, als er den Hilferuf längst vergessen hatte. Er machte dann Meldung bei der Kripo München, die aber mit seinen Aussagen nicht viel anfangen konnte.

Der Prozess – Die Wende

Donnerstag, 4. Dezember 1958, Steinbach

Kriminaloberinspektor Albert Nickling vom Landeskriminalamt München war Spezialist für Spurensicherung. Er hatte das Gangbild der Verdächtigen mit dem vom Tatort verglichen und sollte zum Auftakt dieses Verhandlungstages seine Ergebnisse präsentieren. Zuerst erläuterte er in verständlichem Deutsch, was bei einer Gangbildanalyse zu beachten sei: »Da kommen viele Dinge in Betracht – die Winkelstellung der Füße, Fuß- und Schrittlänge, Geländebeschaffenheit, Bewegungsmechanik, Körpergröße und Beruf.« Nickling schickte voraus: »Die Identifizierung einer Person auf Grund ihres Gangbildes allein ist nur unter ganz besonders günstigen Umständen möglich. Hier stelle ich als evidentes anatomisches Merkmal fest: Der rechte Fuß ist etwas mehr nach außen gerichtet als der linke.«

Dann legte der Sachverständige Gangbilder von Alfons Steininger und Paul Waczek in natürlicher Größe sowie Skizzen im Maßstab 1:10 vor. »Bei Herrn Steininger zeigen sich deutliche Unterschiede gegenüber der am Tatort festgestellten Spur. Er scheidet aus. Beim Angeklagten hat man die Schrittlänge außer Acht gelassen, weil sie je nach Tempo unterschiedlich ausfällt. Wir haben von Herrn Waczek mehrere Vergleichsbilder untersucht.« Nicklings Fazit: »Ich kann nicht hundertprozentig, aber mit großer Wahrscheinlichkeit sagen, dass das Gangbild am Tatort vom Angeklagten verursacht worden ist.«

Dr. Kurt Thoma, medizinisch-wissenschaftlicher Mitarbeiter beim Landeskriminalamt, beleuchtete die anatomischen Gesichtspunkte: »Waczek erlitt im Jahre 1952 bei einem Sturz mit dem Motorrad einen Knöchelbruch, der ohne Komplikationen verheilte. Seine Gangart – die Drehbewegung mit dem rechten Unterschenkel – dürfte sich durch diese Verletzung nicht verändert haben.«

Freitag, 5. Dezember 1958, Steinbach

Schier unglaubliche Enthüllungen brachte dieser neunte Tag des Verhandlungsmarathons. Was viele wussten, aber nie offen ausgesprochen wurde, gab nun Nahrung für Schlagzeilen: Paul Waczek selbst hatte sich jahrelang mit den beiden Morden gebrüstet – offen, unverblümt und vor allen Gästen. Das Schlimmste daran: Keiner hatte ihn ernst genommen oder den Mut gehabt, dies der Polizei zu melden. Bartholomäus Frillberger, 77-jähriger

Viehhändler und Gastwirt aus dem Nachbardorf, erinnerte sich an einen Ausspruch Waczeks: »Hab ich kein Geld mehr, erschieß ich einfach wieder ein paar.« Waczeks Antwort vor Gericht: »Ich redete viel dummes Zeug daher, wenn ich betrunken war.«

Jeder weitere Zeuge lieferte neue Zitate Waczeks: »Wenn ich möchte, wärst du schon lange weg.« »Du bist gleich weg. Ich brauch nur das Maul aufzumachen.« »Mach's nur. Dann bist du auch nicht mehr da.« »Die zwei hab ich erschossen. Wenn's sein muss, erschieß ich noch ein paar.« Ferdinand Huber und Anton Schreier, zwei Maurer aus einem Nachbardorf, wussten eine besonders dreiste Selbstbeschuldigung des Angeklagten zu berichten: »Wir saßen an einem Samstag im Sommer 1952 beim Metzgerwirt und wurden von einem Mann gefragt, woher wir kommen. Aus der Gegend von Öd, sagten wir.« Der Mann fragte weiter: »Habt ihr die Hartls gekannt?« »Ja.« Und lachend, sich die Hände reibend wie nach einem Lausbubenstreich, tönte er: »Gell, die hab ich sauber weggeputzt.« Die verdutzten Maurer erkundigten sich später bei den Gästen, wer der Maulheld sei, und erfuhren: »Das ist der Metzgerfuchs.«

Donnerstag, 11. Dezember 1958, Steinbach

Obwohl sich der Prozess schon lange hinzog, ebbte das Publikumsinteresse nicht ab. Auch heute, nach einer mehrtägigen Verhandlungspause, die von Dr. Wilde und Günther Winter zur Ermittlung ergänzender Zeugen genutzt worden war, saßen wieder 320 Personen im Saal. 200 weitere standen draußen und unterhielten sich, hofften auf Neuigkeiten von jenen, die herauskamen, um sich zu erfrischen oder auf den Abort zu gehen. Steinbach war lebendig wie ein durchwühlter Ameisenhaufen. Musikboxen, Spielautomaten, selbst Fernseher – alles wurde abgestellt, um nur keine Neuigkeit zu überhören.

Waczek, der zuletzt stark angegriffen, gelegentlich sogar unsicher wirkte, war wieder vortrefflich in Form und vergnügt, wenn auch die krausen Falten über der gurkig ausladenden Nase nicht mehr weichen wollten und der Mund mehr und mehr vom Zug der Angst beherrscht schien. Wäre Kurt Jettners Aussage nicht gewesen, er hätte freudig dem Freispruch entgegen blicken können.

Die Zeugen wechselten in schneller Reihenfolge: Großbauer Hanno Gruber, Bruder der Wirtin Lisbeth, wusste nur Gutes über Paul zu berichten: »Er hat hervorragend gearbeitet. Ohne ihn wäre nach meiner Rückkehr aus dem Krieg alles heruntergewirtschaftet gewesen.«

Pepi Wintermayer hörte als Gast beim Metzgerwirt die vielleicht eindeutigste Aussage bezüglich Pauls Schuld. Als man über den Mord sprach und sich darüber entrüstete, dass auch Kathi Hartl erschossen wurde, gab der Fuchs folgende Antwort: »Wenn ich reinschieße und die Frau läuft her und bückt sich, dann muss ich sie ja treffen.« Resigniert wandte sich der Richter an den Angeklagten: »Sagen Sie mir: Warum hat keiner Ihre Reden ernst genommen?«

Er fühlte sich geschmeichelt: »Die Leute haben mich gefürchtet, seit erzählt wurde, ich hätte die Hartls erschossen. Gleichzeitig machten sie mich für jedes Verbrechen im Ort verantwortlich. Wenn mir einer etwas anhängen wollte, hab ich in meiner Wut richtig dick aufgetragen: Ja freilich hat alles der Metzgerfuchs gemacht, sagte ich dann. Die zwei hab ich auch erschossen. So verschafft man sich Respekt.«

Landgerichtsdirektor Berger simulierte Zustimmung: »Das erscheint mir nachvollziehbar. Aber mit diesen dummen Reden haben Sie sich schwer belastet.«

Wie von der Tarantel gestochen, schoss Dr. Wilde in die Höhe, weil er sah, wie diese Mitleidstour die Geschworenen beeinflussen konnte. »Freilich fühlten Sie sich sicher genug, solche Sprüche klopfen zu können. Sie wussten, es passiert Ihnen nichts, weil ein Polizist Sie deckte«, brüllte er.

Jetzt erkannte der »Fuchs«, dass er in eine Falle gelockt werden sollte, und beendete das Thema: »Sicher fühle ich mich heute noch, weil ich nämlich unschuldig bin.«

Der nächste Zeuge: Holzhändler Rudi Weber knüpfte einst zarte Bande mit der Metzgerwirtin, machte ihr den Hof, wollte sie sogar heiraten, obwohl Paul noch im Haus lebte. Sie wehrte dies edle Ansinnen natürlich ab: »Wenn wir heiraten, sind wir Kinder des Todes. Du kennst Paul nicht. Der würde uns umbringen.« Aber Weber wollte aus dem Metzgerfuchs wieder einen gewöhnlichen Fuchs machen und versprach seiner Angebeteten: »Ich gebe ihm als Abfindung alles, was ich gespart habe. 4000 Mark sollten seinen Zorn doch besänftigen.« »Das nutzt nichts. Der nimmt das Geld und in zwei Wochen ist er wieder da.« Dieses Erlebnis trug er nun bei sichtlich amüsierter Anteilnahme des Publikums vor.

Nebenrichter Müller fragte den Angeklagten, ob er von Lisbeths Beziehung zu diesem Weber wusste. Lässig bemerkte dieser: »Nein. Aber beim Weber hätt ich mir nichts gedacht. Der hat mit allen Weibern geschmust.«

Zum Hauptzeugen des Tages avancierte Viehhändler Michael Reischl, der bekanntlich wenige Tage vor dem Mord zu einem Kuhhandel mit Karl Hartl überredet worden war. Für Reischl stand nun fest, dass der seltsame Unterhändler, der ihm seinen Namen verschwiegen und den Schmu nicht abgeholt hatte, Paul Waczek war. »An der Nase hab ich ihn wiedererkannt. Das ist eine Nase, die man nicht übersieht – wie bei mir.« Paul bestritt: »Ich habe diesen Herrn weder gesehen noch mit ihm gesprochen.« Dr. Wilde fragte den Zeugen, ob der Unterhändler noch ein anderes besonderes Merkmal gehabt habe. »Ja, die verheilende Narbe hinter dem Ohr.

Da hat er wohl einen bösen Schlag erlitten.« »Das könnte hinkommen. Am 7. Oktober – also wenige Wochen vor dem Handel – hat Centa Wimberger den Angeklagten mit einer Axt schwer am Kopf verletzt.«

»Dann kann er mich nicht erkannt haben«, schnappte Paul dazwischen, »denn zu dieser Zeit war mein Kopf verbunden, die Wunde also gar nicht sichtbar. Außerdem bin ich wegen des Verbandes im Haus geblieben, weil sich die Leute sonst lustig über mich gemacht hätten. Und woher sollte ich wissen, ob Hartl eine Kuh verkauft?«

Freitag, 12. Dezember 1958, Steinbach

Wie immer wurde Paul bis zu seinen Platz in der Ecke vor der Bühne in der Zange vorgeführt, was er den beiden Beamten aber nicht übel nahm. Er bemühte sich, stets einen guten Eindruck zu machen, und ließ sich von einem Steinbacher Barbier gewissenhaft pflegen. Heute freute er sich auf einen Zeugen, den er gerne auf der Anklagebank gesehen hätte.

Alfons Steininger, dem man so übel mitgespielt hatte, wurde vom Hauptrichter vornehm angesprochen und aufgefordert, darzulegen, wie seine Beziehung zu den Hartls war und was er über den Mord sagen könne.

Der gramgebeugte, weißhaarige und bucklige Mann war in Begleitung seiner Frau Marlies gekommen. Obwohl nicht danach gefragt, betonte er sein Alibi und sprach mit tiefem Groll über die Verleumdungen des Pfarrers, der hier vor Gericht noch viel zu gut weggekommen sei. »Er ist unter uns, der es gewesen ist – hat er immer von der Kanzel geschrien. Geradezu lächerlich, wie er das in seiner Aussage als kleine Verstimmungen und Verirrungen abtat. Er hat mit seinen Hetzreden unsere Existenz zerstört«, wetterte Steininger und musste sich am Pult festhalten.

»Das ist jetzt nicht Thema«, ermahnte ihn Carl Berger. Steininger atmete dreimal tief durch, entschuldigte sich und sprach schließlich so laut, dass es auch Schwerhörige in der letzten Reihe verstehen konnten: »Mit Hartl hatten wir die üblichen nachbarschaftlichen Beziehungen.« Diverse Meinungsverschiedenheiten inbegriffen, aber von einem tödlichen Streit könne man nicht sprechen. Allerdings hätten sich seine Marlies und Kathi Hartl bisweilen ziemlich angegiftet. »Geschwätz aus dem Dorf« habe die beiden entzweit. Es sei wirklich müßig, näher darauf einzugehen.

»Aber der Verdacht gegen Ihre Frau war so abwegig nicht. Sie soll gut mit Waffen umgehen können«, meldete sich wieder der Verteidiger zu Wort.

»Ja. Ihr Vater war Jäger.«

»Hatten Sie auch eine Waffe im Haus?«

»Keine Pistole. Und wenn, dann wäre sie von den Polizisten gefunden worden. Die haben sich benommen wie die Räuber, als sie mich abführten.«

Montag, 15. Dezember 1958, Steinbach

Alles sah danach aus, als sei der Käse jetzt gegessen. Fast eine Hundertschaft von Zeugen hatte ausgesagt; am Ende dienten sie eher der Belustigung der Zuhörerschaft als der Wahrheitsfindung. Die Hauptlast der Anklage bestand aus Kurt Jettners Beobachtung des Rad fahrenden Metzgerfuchses. Für das Gericht war es wichtig herauszufinden, ob der Angeklagte zwischen 17 Uhr und 19.30 Uhr außer Haus war – und in diesem Punkt gab es eine äußerst dünne Beweislage.

So ermunterte Anwalt Hans Knopp seinen Mandanten mit den Worten: »Es sieht ganz gut aus.« Viel sprachen die beiden nicht miteinander. Wenige Minuten vor Verhandlungsbeginn trafen sie sich, gingen die Liste der Zeugen durch und wogen ab, wer gefährlich werden konnte. Während der Sitzung agierte jeder für sich, obwohl sie nebeneinander saßen. Nie forderte Waczek den jungen Juristen auf, aktiv zu werden, selten bremste ihn dieser, wenn sein Mandant wieder dabei war, sich zu verzetteln. Wenn doch, dann geschah es mit einem leichten Druck des Ellbogens. Es schien den Beobachtern, als komme der Pflichtverteidiger lediglich seiner Pflicht nach, dem Vorverurteilten moralischen Beistand zu leisten. Ein ambitionierter Anwalt hätte mit allen Mitteln versucht, ihn rauszuboxen. Aber das konnte Knopp sich und seiner kleinen Kanzlei in der Provinz nicht antun. Schon jetzt wurde er auf der Straße wiederholt angepöbelt, er wäre ein Schuft, weil er sich mit einem Doppelmörder verbünde.

Wie dem auch sei, die Karten standen sicher nicht schlecht für Waczek. Nach der verlängerten Mittagspause richtete sich bereits alles ein auf die abschließenden Plädoyers, als Oberstaatsanwalt Dr. Wilde einen überraschenden Beweisantrag stellte: »Wir haben einen neuen Belastungszeugen, der erst vor wenigen Tagen ausfindig gemacht werden konnte.«

»Das kommt verdammt kurzfristig. Ist seine Aussage wirklich von Belang oder gehört er auch zu denen, die beim Metzgerwirt nur einen Streit beobachtet haben?«, erkundigte sich der Vorsitzende mürrisch. Doch Dr. Wilde schien einen echten Trumpf ausspielen zu wollen: »Der Zeuge kann beweisen, dass Paul am Mordtag gegen 17 Uhr nicht im Hause war. Außerdem liefert er uns ein Tatmotiv. Ich denke also schon, dies ist für den Prozess von Belang, Herr Vorsitzender.«

Rechtsanwalt Knopp ahnte Schlimmes. Paul blickte ihn Hilfe suchend an, doch Knopp legte resigniert den Bleistift weg und sagte leise: »Ich stelle die Entscheidung über den Antrag in das Ermessen des Gerichts.«

»Dann rufe ich auf: Herrn Hans Zank aus Steinbach.«

Zank, ein gesetzter, ruhiger Mann, war den meisten bekannt, weil er als Bauarbeiter viel herumkam. Der 41-Jährige hatte seinen besten Anzug angezogen und in einem Nebenzimmer unter Aufsicht der Polizei gewartet. Sein wenig spektakulärer Auftritt – schüchtern, fast ängstlich schlich er ans Zeugenpult – brachte das Publikum dennoch in Aufruhr. »Zank? Der Zank? Was hat er zu sagen? Warum kommt er erst heute? Wurde er vom Staatsanwalt gekauft?« Zank, der unscheinbare, brave Familienvater, wich sonst jedem Streit aus und hatte sich selten an Diskussionen über die Bluttat von Öd beteiligt.

Nachdem Zank belehrt war, berichtete er mit schleppender Stimme: »Hier, in diesem Saal, war am 5. November 1950 eine Wahlkundgebung der Bayernpartei. Gegen 17 Uhr, nach Einbruch der Dämmerung, wollte ich mir ein Glas Bier in der angrenzenden Gaststätte holen. Bevor ich an die Schänke ging, begab ich mich noch in den Abtritt, der im Hof liegt. Wie ich nach hinten kam, sah ich Hartl und Waczek in der Hausdurchfahrt, wo sie ziemlich heftig miteinander stritten. Worüber, das weiß ich nicht, aber es hörte sich an, als ging's um Geld.«

Waczek sprang auf, seine Augen sprühten vor Wut, als er mit brechender Stimme rief: »Du kannst mich damals nicht gesehen haben, im Leben nicht. Ich bin den ganzen Tag nicht aus dem Haus gekommen. Was du da erzählst, ist eine Lüge!« Unbeeindruckt vom allgemeinen Gemurmel wandte sich der Angeklagte ans Gericht: »Ich kenne Zank nur vom Sehen. Gesprochen hab ich nie mit ihm.«

Der Vorsitzende schenkte ihm keine Beachtung und stellte seine Fragen an Zank: »Haben Sie die beiden Streithälse angesprochen oder gegrüßt?«

»Nein. Die waren zu sehr mit sich selbst beschäftigt. Bin mir nicht mal sicher, ob sie mich bemerkt haben.«

»Und Sie haben die beiden eindeutig erkannt?«

»Ich ging mit Hartl zwei Jahre in die Schule und traf ihn auch später manchmal. Der Innenhof war etwas beleuchtet.«

»Wann erkannten Sie die Bedeutung Ihrer Beobachtung?«

»Am Montag erfuhr ich in meiner Arbeitsstätte, dass die Hartls angeschossen wurden. Und abends erzählte ich meiner Frau, was beim Hoferbräu war.«

»Warum haben Sie von dieser wichtigen Erkenntnis bis heute keinen Gebrauch gemacht?«

Erstmals geriet der Zeuge ins Wanken. Den Tränen nahe stammelte er: »Ich hatte Angst. Meine Frau ist gelähmt. Ich bin Kassier bei der Feuerwehr. Wenn Waczek mir etwas antut … wer kümmert sich dann um meine Frau? Das konnte ich nicht riskieren.«

»Verständlich. Und warum haben Sie sich jetzt plötzlich gemeldet?« Bevor Zank etwas sagen konnte, informierte Dr. Wilde das Gericht, wie er diesen Zeugen gefunden hatte: »Wir erhielten vor wenigen Tagen einen anonymen

Brief, der an die Polizeidienststelle Steinbach gerichtet war. Ich zitiere: Möchte mitteilen, dass in der Sache Hartl Herr Hans Zank aussagen kann. Er sah, wie Hartl und Waczek gestritten haben.« Der Vorsitzende fragte Waczek: »Worüber haben Sie eigentlich mit Hartl gestritten?« Und fast hätte der sich verplappert: »Es war wegen ... Es war ... gar nichts. Er kann mich unmöglich gesehen haben, weil ich nicht aus dem Haus gekommen bin.«

Der Oberstaatsanwalt lächelte: »Allmählich sollten Sie eine andere Platte auflegen. Das kauft Ihnen doch keiner mehr ab.«

Anwalt Knopp versuchte zu retten, was noch zu retten war, indem er auf eine Ungereimtheit hinwies: »Karl Hartl hat bei seiner Befragung durch Völz und Pommereder und auch später durch Staatsanwalt Suhl und Amtsgerichtsrat Weiler von diesem angeblichen Streit nichts erwähnt.« Dann zitierte er aus dem zweiten, ergänzenden Vernehmungsprotokoll, das am Tag nach den Schüssen angefertigt worden war: »In der Versammlung der Bayernpartei war ich lediglich Zuhörer. Ich hatte dort mit niemandem einen Disput. – Herr Zeuge, bleiben Sie bei Ihrer Aussage?« Zank blieb dabei, worauf Anwalt Knopp beantragte, den Schauplatz des ominösen Streites zu besichtigen. Hinterher sollten Zank und auch seine Frau vereidigt werden.

Alles Volk strömte nun hinaus in den Hof, wo die Polizisten Mühe hatten, eine Gasse zu bilden. An besagter Stelle vor dem Abort konnte man die Gesichter im Halbdunkel einer schwachen Funzel, die schon 1950 dort brannte, noch leidlich erkennen. Zank gab an, er sei im Abstand von einem Meter an den Streitenden vorbeigegangen – sowohl beim Betreten der Toilette wie auch auf dem Weg zurück zur Gaststube.

Fast 15 Minuten dauerte es, bis alle wieder ihre Plätze im Gerichtssaal eingenommen hatten. Zank sollte sich zum anonymen Brief äußern, weil unterstellt wurde, er habe ihn selbst geschrieben. »Ich wusste nichts davon, habe aber schon vor Wochen mit anderen, vertrauenswürdigen Personen über meine Beobachtung gesprochen.« Unter dem Eindruck des Prozessverlaufs mit seiner schwierigen Beweislage habe er dann zu seiner Frau gesagt: »Du, es lässt mir keine Ruhe. Ich muss jetzt aussagen.« Aber seine Angst war stärker.

»Wem erzählten Sie zuerst von Ihrer Beobachtung?«, fragte der Vorsitzende.

»14 Tage vor dem Prozessauftakt war ich hier beschäftigt, sollte den Saal herrichten. Mit dem Juniorchef Georg Hofer kam ich auf die bevorstehende Verhandlung zu sprechen.« Zank hatte Vertrauen zu Hofer und erzählte ihm unter dem Siegel der Verschwiegenheit: »Da vorne an der Ecke haben Waczek und Hartl gestritten.« Hofer wirkte nicht sonderlich überrascht und sagte nur: »Das kann schon sein.« »Das weiß ich sicher«, bekräftigte Zank. Dr. Wilde nahm ihn ins Gebet: »Ich stütze meinen Antrag gegen den Angeklagten wesentlich auf Ihre Aussage, Herr Zeuge. Können Sie das verantworten? Es wäre ein himmelschreiendes Verbrechen, würden Sie nicht die Wahrheit sagen.«

»Ich bleibe bei meiner Aussage.«

Zank leistete den Eid. Abschließend wurde seine Frau Elfi an ihrem Krankenlager aufgesucht und vernommen. Aus verständlichen Gründen blieb die Bevölkerung davon ausgeschlossen. Ihre vom Gerichtsschreiber protokollierte Aussage verlas man im Saal: Sie bestätigte, was Zank gesagt hatte. Eindringlich und wiederholt habe sie ihren Mann gebeten, der Polizei sein Wissen zu verschweigen. Von der damals ausgesetzten Belohnung über 1000 Mark habe sie nichts gewusst – und wenn, es hätte nichts geändert.

Dienstag, 16. Dezember 1958, Steinbach

Für den Ankläger galt es jetzt noch eine Fleißaufgabe zu bewältigen: Zanks Aussage musste abgesichert werden, damit nicht der Eindruck aufkomme, das Gericht habe den Zeugen gekauft. Georg Hofer, Junior vom Gasthaus Hoferbräu, sollte bestätigen, dass er Zanks Geschichte schon vor Prozessbeginn erfahren hatte. Im Zeugenstand machte der etwas bierbäuchige und behäbige junge Mann zum Leidwesen Dr. Wildes einen unpässlichen Eindruck. Aus Aufregung, vor so vielen Leuten aussagen zu müssen, habe er zu viel schwarzen Kaffee getrunken, erklärte Hofer und wischte sich den Schweiß von der Stirn. Schließlich wiederholte er, was ihm Zank erzählt hatte. »Er sagte ganz eindeutig, die beiden stritten da draußen zum Zeitpunkt der Bayernpartei-Versammlung.«

»Hat Zank angekündigt, er werde bei der Verhandlung als Zeuge auftreten?«

»Ich nahm an, er würde es tun.«

Dr. Wilde wollte wissen: »Haben Sie den anonymen Brief an die Polizei Steinbach geschickt?«

»Nein, bestimmt nicht.«

»Haben Sie anderen erzählt, was Ihnen Zank anvertraut hat?«

»Durfte ich doch nicht.«

Nun stellte wieder der Vorsitzende die Fragen: »Was haben Sie während dieser Wahlveranstaltung erlebt oder beobachtet? Befand sich Waczek unter den Zuhörern?«

»Ich hab ihn nicht gesehen.«

»Aber Karl Hartl haben Sie gesehen?«

»Der war da. Einmal kam er in den Schankraum und holte sich ein Bier.«

»Sahen Sie Leute im Hof streiten – da hinten, wo man zum Abort geht?«

»Wenn ich mich recht erinnere, hörte ich aus der Küche, wie dort zwei

Männer heftig diskutierten. Das kam öfter vor. Ich hab jedenfalls nicht hinaus geblickt.«

»Wann war das?«

»Die Versammlung lief noch, kann zwischen 17 Uhr und 17.15 Uhr gewesen sein. Vielleicht auch früher.«

Einer, der es besser wissen sollte, überraschenderweise aber bislang nie vernommen worden war, war der damalige Bayernpartei-Ortsvorsitzende Rudi Fichtel, der in nämlicher Versammlung direkt neben Karl Hartl gesessen hatte. »Um 17 Uhr ist er raus, um Wasser zu lassen«, berichtete Fichtel nun. »Er blieb etwa eine Viertelstunde weg. Nach seiner Rückkehr war die Versammlung bald zu Ende. Ich begleitete ihn noch mit dem Motorrad bis Oberambach, wo sich unsere Wege trennen.«

Frage des Richters: »Ist Ihnen an Karl Hartl etwas Besonderes aufgefallen?«

»Er war wie immer, folgte interessiert den Ausführungen der Redner, machte verschiedene Bemerkungen, trank zwei Halbe Bier. Als er vom Pissoir zurückkam, redete er wenig und wirkte etwas verärgert. Aber bei der Rückfahrt machte er schon wieder ein fröhliches Gesicht und freute sich auf einen gemütlichen Abend mit seiner Familie.«

Freitag, 19. Dezember 1958, Landshut

Die Blitzlichter der Fotografen flammten wieder auf, aber das Lächeln, das Paul bisher zur Schau getragen hatte, war verschwunden. Gepflegt wie immer sein Äußeres. Er trug einen braunen Anzug, blaues Hemd und rote Krawatte. Sorgfältig frisiert war sein Haar. Häufig verbarg er sein Gesicht in den Händen oder starrte den Oberstaatsanwalt hasserfüllt an. Diesem Mann in schwarzer Robe, der sein Leben zerstören wollte, gehörte nun die Bühne.

In einem über dreistündigen Plädoyer konstruierte Dr. Max Wilde ein Indiziengebäude gegen den Angeklagten, das mit der Feststellung endete: »Paul Waczek ist des Doppelmordes an Karl und Katharina Hartl überführt.« Sein Antrag lautete auf zweimal lebenslänglich Zuchthaus, Aberkennung der bürgerlichen Ehrenrechte und Übernahme der Verfahrenskosten. Hier die wichtigsten Auszüge aus seinem Plädoyer:

»Waczek ist mit einem Fahrrad und von einem Hund begleitet nach Öd am Wald gekommen, um die Hartls zu erschießen. Er ist nicht gekommen, um zu stehlen, hätte sich aber bei nüchterner Planung der Tat sagen müssen, dass seine Spuren im Schnee gefunden und verfolgt werden können. Die Tat muss also aus einer plötzlichen Gefühlsregung entstanden sein. Ich komme darauf später noch zurück.

Das Gutachten zu den Fußabdrücken lasse ich außer Acht. Man hat seinerzeit versäumt, ein Vergleichsgangbild vom Verdächtigen anzufertigen. Jetzt, nach seinem Motorradunfall, ist nicht mit absoluter Sicherheit auszuschließen, dass sich sein Gang verändert hat.

Hier sitzt ein lebens- und vor allem gerichtserfahrener Mann, der sich eine Strategie zurechtgelegt hat, die es ihm ermöglichte, aus einer relativ gesicherten Deckung zu agieren. So hielt er eisern fest an der Behauptung, er habe am Mordabend das Haus nicht verlassen, Zeugen müssten sich irren, und er könne sich an verschiedene, ihn belastende Vorfälle nicht mehr erinnern.

Ja, er bestreitet felsenfest, mit Hartl verfeindet gewesen zu sein. Dagegen bezeugt Herr Hannerwald, der Intimus Hartls, die panische Furcht des Bauern vor Paul Waczek. Hartl fürchtete einen Anschlag und ließ sich Eisenriegel für den Schweinestall anfertigen. Was noch schwerer wiegt: Hartl selbst wies vor seinem Tod auf diese Feindschaft hin. Aber der Angeklagte spricht nur von einer zuletzt etwas abgekühlten Geschäftsbeziehung.

Wie steht es nun mit seinem Alibi? Der Täter muss sofort danach getrachtet haben, sich seiner nassen und schmutzigen Kleidung zu entledigen. Dazu blieb ihm ausreichend Zeit, denn die Polizei lud ihn nicht gleich vor. Ja, man wollte ihn zwar, wie uns erzählt wurde, in Sicherheit wiegen, doch sieht es im Gegenteil so aus, als habe ihn ein gewisser Polizist Pommereder gewarnt.

Auf seinem Weg zu den Leitler Stuben kann der Angeklagte nicht viel Schmutz abbekommen haben, denn die Straßen im Ortskern waren relativ sauber und vom Schneematsch befreit. Am Tag nach der Tat hat die Bedienung Irmi Becker den Dreck in Waczeks Zimmer unschwer ignorieren können und sich in ihrer Erregung vor den Waschfrauen darüber entrüstet. Verständlich auch, dass sie der Wirtin unterstellte, sie habe ihrem Partner ein falsches Alibi gegeben. Die Wirtin will uns einreden, das Schmutzwasser in Paul Waczeks Zimmer stamme von einem Hausierer. Mag der Hausierer ruhig bei ihm gewesen sein, aber er war kaum noch nass, da er zuvor schon einige Zeit in der Gaststube verbracht hatte, wie Zeugen versicherten.

Warum deckt die Wirtin ihren Liebhaber, wo sie doch einen so schweren Streit am Vortag mit ihm hatte? Nun, wir haben von verschiedenen Zeugen gehört: Beim Metzgerwirt wechselte das Klima beinahe stündlich. Erst schlug man sich, dann kam die große Versöhnung, dann gab's wieder Zunder.

Gehen wir also davon aus: Die Wirtin wusste, dass Waczek zur Tatzeit außer Haus war, und wusste auch um den Verdacht, den Hartl vor seinem Tod geäußert hat. Der Schütze hatte sich womöglich zu früh gefreut, als die Eheleute Hartl unter seinen Schüssen zusammenbrachen. Diese Information scheint Josef Pommereder seinem Kumpel in der Mordnacht zugetragen zu haben. Und bedenken wir: Da war auch Kurt Jettner, der Waczek mit Rad und Hund gesehen hat.

Rekonstruieren wir anhand von Jettners Aussage den Zeitplan der Tat:

179

Der Anruf der Kreisstädter Polizeiinspektion bei den Beamten in Fallberg erfolgte laut Dienstbuch um 19.10 Uhr. Nun rechnen wir zurück – zehn Minuten nach den Schüssen verließen die Kinder das Haus, fünf Minuten für den Weg durch Sturm und Nacht über aufgeweichten Ackerboden, zwei mal vier Minuten für den jeweiligen Bericht an die Nachbarn, drei Minuten für den Anruf in die Inspektion, vier Minuten bis zum Anruf in Fallberg. Ergibt eine Tatzeit von 18.35 Uhr. Jettner gab an, dem Radfahrer kurz nach 19 Uhr begegnet zu sein. Sagen wir, es war 19.15 Uhr, dann blieben immer noch 40 Minuten für die Fahrt von Öd nach Steinbach. Das ist, wie ein Test des Polizisten Völz ergeben hat, durchaus zu schaffen.

Die Aussage Jettners hätte also im Zuge der Ermittlungen zu Waczeks Verhaftung führen können. Damit sich Jettners Zunge nicht löste, musste sofort ein wasserdichtes Alibi für Waczek her. Und das gab ihm die Wirtin mit ihrer lapidaren Aussage, Paul sei den ganzen Tag in seinem Zimmer gewesen. Wer hinterfragte ihre Behauptung, wer forderte einen Beweis? Niemand.

Perfekt ins Konzept passten dem Angeklagten die Ermittlungen gegen den zweiten Verdächtigen, Steininger. Der schied zwar für die Polizei als Täter bald aus, nicht jedoch für das Volk, das sich von gezielt gestreuten Gerüchten und Verleumdungen leiten ließ. Einen nicht unerheblichen Beitrag dazu leistete der Rammbacher Dorfpfarrer. So verbreitete sich der Irrglaube, Paul Waczek könne unschuldig sein, was all jene, die ihn hätten belasten können, vollends zum Schweigen brachte. Völlig verständlich in meinen Augen ist die Angst der Zeugen vor einem Racheakt Waczeks. Schließlich hatte er auch die Dorfpolizei – zumindest einen von ihnen – auf seiner Seite.

Halten alle Zeugen dicht? Das mag sich der Angeklagte gefragt haben. Wer außer Jettner und diesem Zank könnte mich noch gesehen haben? Auf der Rückfahrt vom Tatort – Schneeregen beeinträchtigte die Sicht – muss ihm ein Auto begegnet sein. Tom Lettls DKW etwa? Mag sein, Waczek hat das Fabrikat erkannt und damit auch seinen Besitzer, denn 1950 konnten sich in dieser Gegend nur wenige Leute einen Wagen leisten. Hat er mich auch erkannt?, wird sich Waczek gefragt haben. Jemand, der ihm unterwegs, keine fünf Kilometer vom Tatort entfernt, begegnete, war weitaus gefährlicher als Jettner. Schließlich konnte Waczek gegenüber Jettner notfalls behaupten, er habe mit dem Hund nur eine kurze Runde durch den Ort gedreht.

Aber was war mit Lettl? Diese Frage ließ ihn nicht los, und er schickte seine Lebensgefährtin als Spionin auf dessen Hof. Wie uns der Zeuge die Szene geschildert hat, deutet alles darauf hin, dass sie ihn aushorchen wollte. Nehmen wir an, Lettl und seine Frau hätten Waczek bei ihrer Fahrt ins Kino erkannt. Auf Frau Grubers Bemerkung, Paul habe das Haus nicht verlassen, hätte Lettl sofort erwidert: ›Stimmt nicht. Er war mit dem Rad unterwegs.‹ Dass er das nicht sagte, musste Frau Gruber zufrieden stellen.

Damit hatte sie zwar erreicht, was sie wollte, sich aber durch ihr ungeschicktes Vorgehen verdächtig gemacht.

Bilanzieren wir noch einmal: Jettner schweigt, Lettl hat nichts gesehen, das Alibi steht, Kleider und Schmutz sind beseitigt. Und auch Irmi Becker hält sich von nun an mit gefährlichen Äußerungen zurück, weil sie Waczek fürchtet. Ja, sie fürchtet ihn so sehr, dass sie sogar duldete, von ihm vergewaltigt zu werden. Irgendwann hielt sie es nicht mehr aus und zog fort von Steinbach.

Doch wir haben einen vergessen, der Waczek noch entscheidend belasten konnte: Hans Zank. Dieser war zweifach gefährlich für den Angeklagten: Wenn er aussagte, platzte das Alibi, und die Ermittler bekamen gleich ein Motiv mitgeliefert. Keine zwei Stunden vor dem Mord stritten Täter und Opfer aufs heftigste miteinander.

Ironie des Schicksals: Auch Zank wagte es nicht, gegen Waczek auszusagen. Ich kann es verstehen. Wir haben hier zur Genüge gehört, wie rücksichtslos und hinterhältig der Angeklagte selbst mit seinen Bekannten und Geschäftspartnern umzugehen pflegte. Wer duckmäuserte und ihn als Chef im Dorf akzeptierte, hatte nichts zu befürchten. Wer sich mit ihm als Konkurrent einließ, bekam Ärger. Wer ihm gefährlich wurde, musste Haus und Hof verlassen – oder sterben.

Die wiederholten Drohungen, die zwischen Frau Gruber und Waczek gefallen sind, zeigen, dass die Wirtin etwas von der Tat wusste. Das Siegel auf den Schuldbrief setzte aber die Prahlerei des Angeklagten mit der Tat. Da er behauptet, das seien nur dumme Reden gewesen, entgegne ich mit dem Sprichwort: in vino veritas – oder frei übersetzt: Im Alkohol liegt die Wahrheit. Und der Angeklagte war meist betrunken, wenn er solche Äußerungen von sich gab.

Bleibt die Frage nach dem geplanten Tötungsvorsatz, also ob es in beiden Fällen Mord war. Bei Karl Hartl gibt's keinen Zweifel: Beide Schüsse wurden von hinten gezielt in den Rücken abgefeuert. Der dritte Schuss galt eindeutig der Frau, die ihn erkannt hatte oder hätte erkennen können. Auch das ist Vorsatz.

Nun zum Motiv: Raub scheidet aus, denn nach dem dritten Schuss hätte der Täter freie Bahn gehabt, im Haus nach Wertgegenständen zu suchen. Die Kinder hinderten ihn nicht daran. Und kein Mensch befand sich zu diesem Zeitpunkt im Umkreis des Hofes.

Eifersucht? Nein, alle Spatzen Steinbachs hätten es von den Dächern gepfiffen, wenn Karl Hartl die Geliebte Waczeks, die Metzgerwirtin, hätte umgarnen wollen. Sie mögen sich schöne Augen gemacht haben, aber intimere Szenen hat niemand beobachtet.

Was spricht noch für Paul Waczek als Täter? Er kannte die Örtlichkeiten in Öd bestens, fand auch im Dunkeln das schmale Brett über den Bach. Er wusste – vielleicht durch seinen Freund Pommereder –, dass es nötig war, einen schussfesten Hund als Begleiter mitzunehmen.

Trotzdem hat er auch Fehler gemacht: Nach dem Streit mit Karl Hartl, bei dem er beobachtet wurde, hätte er nie und nimmer gleich aufs Rad steigen dürfen. Dass er es dennoch tat, zeigt: Es handelte sich um eine höchst emotionale Tat.

Vielleicht – wir können darüber nur spekulieren – lag der Grund dieses Streites im Kuhhandel mit Michael Reischl. So seltsam hat Waczek das Geschäft eingeleitet, dass anzunehmen ist: Hier steckt eine Gaunerei dahinter – ein abgekartetes Spiel, bei dem auch Hartl seinen Anteil hatte. Danach versuchte einer den anderen zu betrügen, weil jeder mit dem Geschäftspartner noch eine Rechnung offen hatte. Ich erinnere nur an den versuchten Schmalzdiebstahl. Die Auseinandersetzung verlief offenbar so heftig, dass der Angeklagte nur noch einen Gedanken hatte: Dich bringe ich um.

Er könnte nach allem, was ihm hier zur Last gelegt wird, ein Geständnis ablegen, aber er wird es nicht tun. Tragisch, dass er nicht schon früher mit handfesten Beweisen überführt werden konnte. Er ist fast 39 Jahre alt und hat bislang nur bewiesen, dass er die menschliche Gesellschaft missbraucht.«

Rechtsanwalt Hans Knopp, der sich eine ganze Nacht lang auf diesen Moment vorbereitet hatte, lieferte nun eine flammende Rede, in der er vor allem die ungeklärten Aspekte des Falles beleuchtete. Auch hier die wichtigsten Auszüge im Wortlaut:

»Hohes Gericht. Ich bin der Meinung, in der Hauptverhandlung wurde nicht der Beweis geführt, der ausreicht, den Angeklagten schuldig zu sprechen. Zuerst zur angeblichen Todfeindschaft zwischen Hartl und Waczek.

Niemand aus der Schar von Zeugen konnte uns etwas Konkretes darüber sagen. Es hieß, die zwei seien über Kreuz gewesen. Ich frage Sie: Wer ist nicht mit so manchem über Kreuz? Es hieß auch, Hartl habe panische Angst gehabt vor Waczek. Wie konkret war diese Angst? Was steckte dahinter? Nach mehreren Einbruchsversuchen auf seinem Hof steigerte er sich vielleicht in die fixe Idee hinein, irgendwer wolle ihn systematisch fertig machen. Und dieser Irgendwer könne nur Paul Waczek sein, der Bazi, dem man nicht trauen durfte.

Sie, liebe Geschworenen, Sie kennen die Stimmung in Steinbach. Sie ist gegen den Angeklagten. Man wird Sie, da Sie während dieser Tage dort untergebracht waren, darauf angesprochen haben. Machen Sie sich frei von den Souffleuren! Jetzt, ja, jetzt ist alles gegen ihn, aber früher, da soffen, da spielten, da handelten sie mit ihm.

Auf die Aussage von Walter Hannerwald, der für Hartl Kontrollgänge unternehmen sollte, gebe ich nichts. Er kam nur in diese Gegend, um krumme Dinger zu drehen, und hatte gar keine Zeit, sich um die Vorgänge in Öd zu kümmern. Und diese ominöse Postkarte: Hätte sie wirklich einen Hilferuf enthalten, ein guter Freund wäre sofort aktiv geworden. Aber Hannerwald schob das Treffen mit Hartl hinaus und verschlampte sogar die Karte. Ehrlich gestanden glaube ich, der Zeuge wollte mit dieser Sensationsmeldung nur von seinen eigenen Untaten ablenken.

Einen guten Eindruck machten mir hingegen die Hartl-Kinder. Ich glaube ihnen alles, was sie gesagt haben. Sie konnten nicht bestätigen, dass Waczek und ihre Eltern in tiefer Feindschaft lebten.

Nun zum Verdacht gegen Waczek, den der angeschossene Karl Hartl selbst geäußert hat: ›Ihr wisst schon, der Bazi war's‹ – sagte er zu einem Nachbarn. Warum wurde nicht nachgefragt, wer dieser Bazi war? ›Ich habe keine Feinde‹, bekundete Hartl gegenüber einem weiteren Nachbarn. Wie verträgt sich das mit den anderen Aussagen?

Auch wenn Steininger als Täter inzwischen ausscheidet, möchte ich doch noch einmal das Gespräch auf ihn bringen: Steininger beschwor in der Beweisaufnahme, er sei mit Hartl nicht verfeindet gewesen, Hartl behauptete im Krankenhaus das Gegenteil. Oder hat Hartl den Verdacht gegen beide gar nicht in dieser Schärfe, wie es protokolliert wurde, geäußert? Für mich steht fest: So schwer oder gering die Unstimmigkeiten zwischen Hartl und Steininger waren, so schwer oder gering waren sie zwischen Hartl und Waczek.

Einigen wir uns gleich auf gering. Wie sonst ist es zu erklären, dass Karl Hartl nichts vom Disput mit Waczek beim Hoferwirt, der doch erst wenige Stunden zurücklag, gesagt hat? War die Auseinandersetzung wirklich so heftig und bedeutsam, dass mein Mandant in blinder Wut sofort losstürmte, um Hartl kaltblütig über den Haufen zu schießen? Ist es nicht eher wahrscheinlich, dass die beiden dort lediglich über politische Dinge debattiert haben? Paul Waczek sympathisierte bekanntlich mit den Kommunisten, Hartl war Mitglied der erzkonservativen Bayernpartei. An diesen belanglosen Wortwechsel mag sich Hartl nur unterschwellig erinnert haben, als er seinen Verdacht äußerte. Aber das Bild seines ehemaligen Geschäftspartners war ihm dadurch frisch in Erinnerung. Da fiel ihm wieder so mancher Streit ein, der aus Schwarzgeschäften vor der Währungsreform resultierte.

Gut, werden Sie sagen, das leuchtet uns ein, aber warum leugnet der Angeklagte, am Mordtag mit Hartl gestritten zu haben, wenn es doch gar nicht so schlimm war? Ganz klar: Weil er sich damit selbst belasten würde. Abgesehen davon besteht die Möglichkeit, dass Zeuge Zank doch irrt. Warum konnte er uns nichts mitteilen über den Inhalt des Disputs? Eben, weil er es eilig hatte und nicht genau hinhörte. Aber erkannt haben will er Paul Waczek ganz genau – trotz dieser Eile. Mit Augen, verschlossen wie seine Ohren, konnte er unmöglich feststellen, ob der Mann mit Mantel und Hut meinem Mandanten nur ähnlich sah oder es wirklich war.

So standhaft sich Zank beim Kreuzverhör auch präsentierte, für mich bleibt ein fader Beigeschmack, weil er quasi in letzter Minute ins Rampenlicht trat, um mit einer sensationellen Aussage den Prozess zu entscheiden.

Zank selbst erklärt seine späte Einsicht mit der Angst vor Waczek. Ach, so groß, wie man uns einzureden versucht, war die Angst vor Waczek in Steinbach nicht. Er hat sich aufgeführt, betrogen und gestohlen, aber er hat auch gezecht und gefeiert mit den Leuten, ihnen Sachen besorgt, die nach dem Krieg nicht mit Gold aufzuwiegen waren. Nein, Zank konnte sich zu jeder Zeit melden und hätte mit seiner Aussage sofort die Verhaftung Waczeks bewirkt.

Auf noch eins möchte ich Sie in diesem Zusammenhang hinweisen: Nur Zank hat die Streitenden vor der Latrine beim Hoferwirt gesehen. Der Saal war proppenvoll. Schwer anzunehmen, dass nicht weitere Leute austreten gingen und ebenso Zeuge der Auseinandersetzung wurden. Oder dauerte sie nur wenige Minuten? Dann kann sie so heftig nicht gewesen sein,

Auch Zeugin Wimberger, Besitzerin des Metzgerwirts, fällt nach sieben Jahren plötzlich ein, sie habe Waczek am Mordtag gegen 17 Uhr weggehen sehen. Diese Frau machte körperlich und geistig einen hinfälligen Eindruck. Meine Herren Geschworenen: Kann man einer Frau, 81 Jahre alt, die dem Tod schon auf der Schippe lag, das abnehmen? Spukte da nicht vielleicht in ihren Halluzinationen der Waczek, den sie hasste? Mit einer solchen Zeugin möchte ich nicht einmal in einer Privatklage aufkreuzen.

Jetzt zu Kurt Jettner, der Waczek gegen 19 Uhr auf dem Fahrrad in Begleitung eines Hundes gesehen haben will. Angenommen, mein Mandant lügt und war wirklich unterwegs. Ja, was beweist das? Dass er in Steinbach mit einem Hund Gassi gefahren ist. Er hatte nicht mehr weit nach Hause, fror vor Nässe und war demnach wenig erpicht auf eine Unterhaltung mit Jettner. Darum rückte er den Hut tief in die Stirn und fuhr wortlos weiter. Ich glaube Waczek, wenn er sagt, Jettner habe sich geirrt. Beim Ortstermin erkannte der Zeuge die Person auf dem Rad nur deshalb, weil er darauf vorbereitet war. Wer aber aus dem Wirtshaus kommt und schnell heim will, der schaut nicht so genau hin.

Schwer belastet hat Lisbeth Gruber, die Metzgerwirtin, ihren ehemaligen Lebensgefährten, indem sie ihre Aussagen ständig revidierte. Ich weise darauf hin: Sie wurde in den letzten Jahren genau 15 Mal vernommen und hat sogar einige Zeit in Untersuchungshaft verbracht, weil ihr Begünstigung der Tat vorgeworfen wurde. Verständlich, wenn sie deshalb versucht, nur das zu sagen, was ihr am wenigsten schadet. Ich denke, die Wahrheit ist ganz einfach: Sie sah am Mordabend Licht in Pauls Zimmer und nahm an, er sei die ganze Zeit über da gewesen. Keiner kann das Gegenteil behaupten, weshalb der Grundsatz »im Zweifel für den Angeklagten« gilt.

Was Frau Grubers Besuch bei Tom Lettl betrifft: Ich glaube nicht, dass sie ihn aushorchen wollte. Den ganzen Tag ist sie von Hof zu Hof gezogen, um über den Mord zu tratschen. Sie war völlig aufgebracht, weil man ihren Geliebten der Tat verdächtigte, und versuchte, möglichst vielen Leuten ihre Sicht der Dinge unter die Nase zu reiben.

Irmi Becker nahm den Mund ganz schön voll, als sie den Frauen im Waschhaus berichtete, Lisbeth würde Paul ein falsches Alibi geben. Wir wissen, dass auch Irmi ein intimes Verhältnis mit dem Metzgerfuchs hatte. Vermutlich eiferte sie nur gegen ihre Nebenbuhlerin, als sie das sagte. Und, hohes Gericht, messen Sie bitte den unbedachten Äußerungen meines Mandanten und seiner Lebensgefährtin kein großes Gewicht bei. Wenn sie eine Wut auf ihn hatte, nannte sie ihn einen Mörder. Und er, der gern den großen Mann spielte, genoss es sogar, im Ruch des Doppelmordes zu stehen.

Auf einen Denkfehler weise ich Sie noch hin: Musste der Täter wirklich ortskundig sein? Wissen wir, wie lange er nach dem Steg über den Bach gesucht hat? Dann erst ging er zielstrebig auf das Haus zu, aber nicht, weil er den Weg im Dunkeln kannte. Er folgte einfach dem schwachen Licht, das durch den Fensterladen schien. Auf diese Weise wusste er gleich, wo sich die Bewohner aufhielten.

Zur Hundespur: Sie konnte erstens nicht gesichert werden. Zweitens weiß niemand, ob sie von einem großen oder kleinen Hund stammt. Drittens steht fest: Der Hund von Galldorfer wäre nicht bis Öd mitgelaufen. Viertens ist völlig unbekannt, wo sich Waczek auf die Schnelle unbemerkt diesen schussfesten Hund ausgeliehen hat.

Fassen wir zusammen: Der Schuldspruch muss auf der vollen Überzeugung des Gerichts beruhen. Die vorgebrachten Indizien reichen dazu aber nicht aus, denn es bestehen noch zu viele Zweifel. Deshalb beantrage ich Freispruch für meinen Mandanten.«

Zwei Stunden verstrichen, bis die Geschworenen zu einer Entscheidung kamen. 300 Zuhörer im Saal, mindestens ebenso viele draußen, erwarteten mit Spannung das Urteil. Als das Gericht nach der Beratung mit versteinerten Mienen aufs Podium zurückkehrte, glaubten viele an einen Freispruch, weil die Ausführungen des Verteidigers doch völlig neue Gesichtspunkte der Beweislage hervorgebracht hatten.

Dennoch wurde zu dieser Stunde – die Nacht war längst hereingebrochen – eine Bestie abgeurteilt: »Paul Waczek ist schuldig des zweifachen Mordes und wird dafür zu einer zweimal lebenslangen Haftstrafe verurteilt.« Tumultartige Szenen spielten sich im Theatersaal ab, nachdem dies verkündet war. Manche klatschten unverhohlen Beifall, andere sandten Sprüche der Erleichterung zum Himmel und viele Hobby-Juristen gaben Kommentare ab. Es dauerte wohl fünf Minuten, bis die Gerichtsdiener so weit für Ordnung gesorgt hatten, dass Landgerichtsdirektor Berger die Begründung verlesen konnte. Die wichtigsten Passagen daraus in der Zusammenfassung:

»Die Zeugenaussagen belegen eindeutig: Karl Hartl war verfeindet mit Paul Waczek, obgleich nicht festgestellt werden konnte, wie tief greifend diese Feindschaft war. Karl Hartl hatte auch Angst vor Waczek und nannte ihn neben Alfons Steininger als einzigen möglichen Täter.

Das Gericht ist überzeugt, dass der Angeklagte am Mordtag gegen 17 Uhr das Haus verlassen hat und dabei von Centa Wimberger beobachtet wurde. Etwa um die gleiche Zeit wurde er im Hof des Gasthauses Hoferbräu im Streit mit Karl Hartl gesehen. Dieses Gasthaus ist nur wenige Meter vom Gasthaus Metzgerwirt entfernt und kann über eine einsame Gasse erreicht werden. Da es bereits dämmerte und wegen des schlechten Wetters kaum Leute unterwegs waren, ist anzunehmen, dass der Angeklagte auf dem Weg zum Hoferbräu und zurück unbehelligt blieb.

Den Beteuerungen des Zeugen Zank, er habe Paul Waczek eindeutig erkannt, wird Glauben geschenkt, da sich der Zeuge trotz schärfster Befragung als standhaft erwiesen hat. Ihn unterstützen auch die Aussagen des Bayernpartei-Ortsvorsitzenden Rudi Fichtel, der Hartl nach 17 Uhr den Saal verlassen sah, und des Gastwirtssohns Georg Hofer, der zur selben Zeit Ohrenzeuge eines Streits im Hof war. Die Aussage des sterbenden Karl Hartl, der den Streit mit keinem Wort erwähnte, steht dazu im Widerspruch. Vermutlich verschwieg er diesen Vorfall, weil er sich damit selbst belastet hätte. Die Ursache des Streits könnte ein Verbrechen sein, das er und der Angeklagte gemeinsam verübt hatten. Wir verweisen hier auf den Kuhhandel.

Ebenfalls glaubhaft ist die Aussage des Zeugen Jettner, der den Angeklagten gegen 19.10 Uhr mit Fahrrad und Hund in den Ort einbiegen sah. Um den Mord zu begehen, musste der Angeklagte zwischen 17.30 Uhr und 17.45 Uhr von Steinbach aus losgefahren sein. Der Streit beim Hoferbräu endete gegen 17.15 Uhr, wie wir der Aussage des Herrn Fichtel entnehmen können. Paul Waczek hatte also noch genug Zeit, sich aus einem Versteck die Pistole zu besorgen, irgendeinen Hund aus einem unbeaufsichtigten Zwinger zu holen und aufs Rad zu steigen. Wir nehmen nicht an, dass ihn die Dogge seines Nachbarn begleitet hat, aber er war so vertraut mit den Vierbeinern, dass er sicher kein Problem hatte, schnell das passende Tier für seine Unternehmung zu finden. Der Hund sollte ihn vermutlich warnen, wenn sich am Tatort jemand nähert.

Kurt Jettners Aussage zufolge ist Waczek gegen 19.15 Uhr wieder zu Hause gewesen. Zuzüglich zehn Minuten für das Wegbringen des Hundes, die Entsorgung der Waffe und den Verstau des Fahrrades kommen wir auf 19.25 Uhr. Umziehen und Waschen dauert zehn Minuten, wenn man sich sputet. Das deckt sich mit den Aussagen der Gäste, die Paul Waczek nicht vor 19.30 Uhr in der Gaststube gesehen haben. Damit ist bewiesen, dass der Angeklagte den Mord verübt haben kann.

Niemand sah ihn zwischen 17.15 Uhr und 19.10 Uhr in Steinbach. Er hat also für die Mordzeit kein Alibi. Niemand sah ihn unterwegs, was allerdings für ihn spricht. Doch wo war er? In Öd oder nur auf Spazierfahrt um das Dorf herum? Da er weiterhin beteuert, er habe sein Zimmer nicht verlassen, hält sich das Gericht an die Fakten:

Hund und Rad am Tatort. Hund und Rad, mit denen Waczek von Jettner gesehen wurde. Vielleicht ein Zufall. Fußspuren im Schnee, die auf Waczeks Gang hindeuten – kein Beweis, aber eine weitere Belastung. Der Streit, den er uns verschwiegen hat, die Lüge, zu Hause geblieben zu sein – als unschuldiger Mann hätte er dies nicht nötig gehabt. Der Kuhhandel wenige Tage vor dem Mord bringt eine neue Lüge ans Licht: Waczek hatte demnach seine Geschäftsbeziehung mit Karl Hartl nie abgebrochen oder er hatte sie zumindest erneuert.

Das gab Zündstoff für einen weiteren Streit, der sich beim Hoferbräu entlud. Dabei muss der Angeklagte spontan den Entschluss gefasst haben, Hartl zu töten. Kathi Hartl hätte er verschont, wäre sie nicht noch einmal in die Wohnstube zurückgekehrt. Aus Angst, sie könne durch das Fenster schauen und ihn erkennen, erschoss er auch sie.

Es gilt auch als sehr wahrscheinlich, dass der Angeklagte vom Steinbacher Polizisten Josef Pommereder, mit dem er befreundet war, noch in der Mordnacht gewarnt wurde. Es gilt als erwiesen, dass der Angeklagte über seine Lebensgefährtin am Tag darauf beim Bauern Tom Lettl auskundschaften ließ, ob dieser ihm auf der Fahrt nach Steinbach begegnet war.

All das zusammen ergibt ein lückenloses Bild. Letztlich ist dem Angeklagten nach Ansicht des Schwurgerichts ein Mord durchaus zuzutrauen, obwohl er nicht als brutaler Schläger bekannt war. Für diesen Meuchelmord bedurfte es keiner Kraft und Brutalität. Paul Waczek musste nur dreimal den rechten Zeigefinger krümmen. Er verübte, wie er selbst zugibt, Gaunereien jeder Kategorie und betätigte sich als Erpresser. Er hatte vor nichts Achtung und führte auf Kosten anderer ein faules Leben. Alles in allem erscheint der Angeklagte dem Gericht des Doppelmordes überführt.«

Als der Vorsitzende die Urteilsbegründung verlesen hatte, wandte er sich an Waczek: »Sie haben das Urteil verstanden?« Grau im Gesicht, getroffen bis ins Mark, griff der Metzgerfuchs an die Barriere der Anklagebank und zog sich mühsam hoch. »Ja«, sagte er heiser, wankend in den Knien, kraftlos in den Stuhl zurücksinkend. Namenloses Entsetzen funkelte in seinen Augen, als er abgeführt wurde.

Nachtarock

November 1998, Hennbach, Gemeinde Fallberg

Waczek hat eine lausige Nacht hinter sich. Alles kam wieder hoch, die ganze unselige Verhandlung mit ihren Überraschungen, die er hätte vorhersehen können, ja, müssen. Bestärkt von seinem Pflichtverteidiger hatte er sich bis zuletzt eingeredet, das Gewicht der Indizien reiche für eine Verurteilung nicht aus.

»Zweimal lebenslänglich. Das klang, als müsse ich noch einmal geboren werden, um meine Strafe absitzen zu können«, erzählt er dem Pfarrer beim Mittagessen. Aufs Frühstück haben beide verzichtet und dafür lange ausgeschlafen, denn erst weit nach Mitternacht sind die greisen Männer auseinander gegangen.

Waczek bekam das Gästezimmer zugeteilt, in dem zuletzt ein Bischof übernachtet hatte. Das Bett war so weich, dass er darin zu ertrinken glaubte. Mit Rückenschmerzen kroch er wieder heraus. Es gibt keine Heizung, die den oberen Stock wärmt. Mit solch abhärtenden Maßnahmen mochte sich Zumüller gesund gehalten haben, der Rentner indessen benötigt 25 Grad, wie sie in allen Räumen seines Wohnheims herrschen. Mit schlotternden Gliedern zwängte er sich in seine Kleider, nicht ohne vorher einen Schwall eiskalten Wassers über seinem Oberkörper verteilt und sich rasiert zu haben. Der Erste, der ihn mit einem Klopfen an die Tür empfing, war nicht wie befürchtet die Haushälterin, sondern der Priester.

Nun, keine halbe Stunde später, sitzen sie sich an einer fürstlich gedeckten Tafel gegenüber. Leckere Fleischpflanzl mit Kartoffeln und raffinierten Schonkost-Salaten sind serviert. »Besser als bei uns im Heim«, lobt Waczek die Köchin, die das nicht als Kompliment auffasst. Zumüller spricht ein stummes Gebet, Waczek faltet lediglich die Hände. Nachdem sie ohne viel Worte gespeist haben, wird Gemüsesaft kredenzt.

Bereitwillig nimmt Waczek das Gespräch vom Vorabend wieder auf und erzählt, wie es ihm nach dem Urteilsspruch ergangen ist: Einmal noch fand sich Gelegenheit zu einer offenen Aussprache mit dem Pflichtverteidiger, der – obwohl ihm sein Mandant keinen Vorwurf machte – fast bettelnd um Verständnis warb, dass er nicht mehr für ihn erreichen konnte. Immerhin klärte er ihn auf, was »zweimal lebenslänglich« bedeutete: mindestens 30 Jahre Zuchthaus, bei eintretender schwerer Krankheit vielleicht auch weniger. Begnadigung so gut wie ausgeschlossen. Berufung oder Revision nur nach Vorlage neuer Erkenntnisse, die dem Fall eine entscheidende Wendung geben könnten. Anwalt Knopp bot sich an, Waczek wieder zu vertreten.

Aber wie sollte der Verurteilte vom Gefängnis aus diese »neuen Erkenntnisse« finden? Er war pleite, von der Familie enterbt. Niemand würde ihm Geld leihen oder einen Detektiv bezahlen. Immerhin erwirkte der Anwalt in den 60er-Jahren einen genaueren Vergleich der Fußspuren vom Tatort mit dem Gangbild Waczeks. »Ein Vergleich ist gar nicht möglich«, hieß es im neuen Gutachten. Von einer Wende konnte trotzdem keine Rede sein, denn weitaus schwerer wogen weiterhin die Aussagen von Kurt Jettner, Hans Zank und Centa Wimberger. Diese konnten nun nicht mehr widerrufen werden, denn alle drei Zeugen hatten bereits das Zeitliche gesegnet.

»Als die Revision scheiterte, fügte ich mich in mein Schicksal«, berichtet Paul Waczek, der immer wieder besorgt zur Tür blickt. Aber die Haushälterin ist, nachdem sie abgetragen und gespült hat, mit dem Rad zum Einkaufen gefahren. »Ich hatte die Wahl, mich in der Zelle zu erhängen oder das Beste aus der Situation zu machen. Letzteres erschien mir ratsam. Ich bildete mich weiter, trieb Sport, übernahm ehrenamtliche Tätigkeiten in der Anstalt, wurde schließlich sogar Vertrauensmann der Häftlinge. Der Direktor lobte mich bei allen Justizbehörden über den Schellenkönig. Eines Tages rief er mich zu sich und teilte mir mit, ich könne mit Haftverschonung rechnen, wenn ich endlich ein lückenloses Geständnis ablege. Verzichte dankend, knurrte ich ihn an. Trotzdem ließen sie mich nach 20 Jahren wegen guter Führung raus. Ich heiratete dann die Witwe eines ehemaligen Mithäftlings, der sich in der Dusche die Pulsadern aufgeschnitten hatte. Bis sie starb, bewirtschafteten wir ihren Hof. Inzwischen hatte sich auch an meinem neuen Wohnort herumgesprochen, dass ich ein verurteilter Doppelmörder bin. Mit einer Frau an der Seite ließen sich die Anfeindungen noch ertragen. Aber dann stand ich allein am Pranger.«

Also inszenierte Paul Waczek seinen Tod. Über einen Makler verkaufte er seinen Hof. Ein befreundeter Ganove stellte ihm neue Papiere aus, ein anderer bastelte einen gefälschten Totenschein, ein Dritter sorgte dafür, dass sein Name aus dem Register im Einwohnermeldeamt gestrichen wurde, ein Vierter schlüpfte in die Rolle des Bestattungsunternehmers. Und als der leere Sarg ins Loch hinunter gelassen wurde, verneigten sich nur die Totengräber und ein Priester. Nicht einmal zur Beerdigung waren Waczeks Verwandte aus Steinbach gekommen.

»Ich konnt's verschmerzen. Das übrige Geld liegt sicher auf einem Konto unter meinem neuen Namen und erlaubt mir noch zehn angenehme Jahre im Heim«, beschließt Waczek seinen Bericht. Zumüller muss schmunzeln: »Das ist der Metzgerfuchs, wie er leibt und lebt. Freut mich, dass du dich trotzdem zu deiner Vergangenheit bekennst und hierher zurückgekehrt bist.«

Paul trinkt noch einmal vom vorzüglichen Saft und äußert dann seine Bitte: »Könnten Sie für mich ein Treffen mit Rechtsanwalt Hans Knopp arrangieren?«

5. November 1950, kurz vor Mitternacht, Steinbach

Paul hatte viel nachzudenken und war deshalb, nachdem sich die Reihen beim Metzgerwirt langsam lichteten, hierher in die Leitler Stuben gekommen. Sonntags hatte dieser Schuppen am längsten geöffnet – länger als erlaubt, weshalb hier häufig auch die Polizei kontrollierte. Ein Bier als Bestechung, in der Zwischenzeit wurden alle abkassiert, dann blieb auch der Strafzettelblock in der Tasche stecken. Alles ließ sich irgendwie regeln in einem kleinen Nest wie diesem. Auch dass Paul heute wieder einmal anschreiben ließ, störte die Wirtsleute wenig.

Im Gegensatz zu sonst mied er die Gesellschaft anderer, sondern verschanzte sich mit seinem Glas in einem hinteren Winkel und sinnierte. In der eigenen Wirtschaft hatte er noch den fröhlichen Zecher gespielt. Da redete er Stuss und hörte Stuss, trank viel und schenkte vielen ein. Er war eben der Metzgerfuchs.

Doch wie lange noch? Heute bröckelte seine Bastion erstmals. Er war gezwungen, klein beizugeben. Undenkbar eigentlich. Das trieb ihm Tränen in die Augen, während die anderen, die ihm ein »Servus« zuriefen, glaubten, er sei nur wieder hackedicht. Eigentlich wollte er im Kino Zerstreuung finden, seine Hand aufs Knie einer schönen Frau legen. Eigentlich müsste er längst im Bett sein, weil am nächsten Tag eine wichtige Versorgungsfahrt auf dem Programm stand.

Eigentlich.

Ein kalter Luftzug um die Beine deutete ihm an, dass wieder ein Gast eintrat. Eine Wand aus Qualm und hochprozentigen Düften trübte die Sicht zur Tür. Der Mann nickte einer Bedienung zu, wechselte ein paar Worte mit ihr, lüftete seine Schirmmütze, die ihn als Polizist kennzeichnete und reckte den Hals. »Der hat doch heut gar keinen Dienst«, wunderte sich Paul, der erst einmal sitzen blieb. Es war noch längst nicht 1 Uhr – und bis dahin durften die Leitler Stuben geöffnet haben. Was Paul befürchtet hatte, bewahrheitete sich: Der 33-Jährige suchte ihn. »Na gut, wird's eben eine lange Nacht«, sagte er zu sich, grinste den Polizisten an und hob sein Glas zum Gruß. Josef Pommereder grüßte nicht, sondern deutete zur Tür ins Hinterzimmer, das momentan leer stand.

Dort brannte kein Licht. Der matte Schein durch das Milchglas der Verbindungstür tauchte den Raum in eine vorweihnachtliche Atmosphäre. Da Pommereder zu allem Überfluss auch noch den Schlüssel umdrehte, musste es sich um ein brisantes Gaunergeschäft handeln, folgerte der Fuchs. Umso größer die Überraschung, als ihm sein Partner mitteilte, er sei tatsächlich in dienstlicher Mission hier. »Ein Landwirts-Ehepaar ist heute Abend durch Schüsse tödlich verletzt worden«, berichtete der Polizist hastig, aber mit gedämpfter Stimme. Waczek, völlig unbeeindruckt, antwortete mit einem »Na und?«, worauf Pommereder, immer noch stehend, deutlicher wurde: »Sagen dir die Namen Karl und Kathi Hartl etwas? Die sind's, denen man drei Kugeln verpasst hat. Ich war dabei, als Karl vernommen wurde. Er hat dich verdächtigt.«

»Der hat doch den Arsch offen!«, schrie Paul so laut, dass es draußen normalerweise jeder hätte hören können. Doch dort sorgte gerade die Musikbox für zusätzlichen Lärm und lenkte die Gäste ab. Ein »Schnauze!« des Polizisten ließ sich Paul trotzdem gefallen. Dann berichtete Pommereder in kurzen Sätzen, was er über das Verbrechen wisse: »Jemand kam zu ihnen an den Hof, schoss durchs Fenster der Wohnküche, ist dann getürmt. Karl hat ausgesagt, er könne sich keinen anderen als dich als Täter vorstellen.«

»Aber hat er mich erkannt?«, wollte Paul wissen.

»Erkannt nicht. Der Schütze stand draußen im Dunkeln.«

»Na sauber. Bin ich jetzt verhaftet?«

»Nein, der Verdacht reicht nicht aus. Aber sie werden dich spätestens morgen früh in die Mangel nehmen. Deshalb bin ich hier, um dich zu warnen, weil du mein Freund bist. Wir können schon mal ausloten, wie dick du in der Patsche sitzt.« Jetzt endlich bequemte sich Pommereder neben Paul und klopfte ihm beruhigend auf die Schulter. Dieser stammelte ein paar Worte des Dankes.

»Wie schlimm ist es?«

»Die Frau wird sterben, um den Mann sieht's auch nicht gut aus.«

»Was hat er über mich gesagt?«

»Dass ihr über Kreuz seid. Aber das ist mir ja bekannt. Deshalb bringt man doch nicht gleich einen um.« Paul erkundigte sich noch, ob Hartl etwas über die Bayernpartei-Versammlung erzählt habe.

»Mit keiner Silbe. Sollte da was gewesen sein?«

»Äh, nein, natürlich nicht«, stotterte Paul und verzog das Gesicht. Pommereder fragte im Gegenzug: »Kann es vielleicht sein, dass dich Hartl erpresst hat? Wollte er auch mich mit reinziehen?« Obwohl er den Zweck dieser Frage nicht verstand, antwortete Waczek sofort mit Nein.

»Sehen wir doch mal, wie es um dein Alibi steht. Hast du eins, bist du aus dem Schneider. Wo warst du … sagen wir mal zwischen 17.30 Uhr und 19.30 Uhr?« Paul stieg das Blut zu Kopfe. Just in diese Spanne fielen also die Schüsse? Und er: nicht im Haus, nicht in Begleitung Dritter. Er schämte sich fast, es zu sagen: »Fort war ich, mit dem Fahrrad. Bin um halb sechs los und kurz nach sieben zurückgekommen.« »Zeugen?« »Ein Hund.« Pommereder stutzte: »Was für ein Hund?« »Die Dogge vom Galldorfer hatte ich dabei.«

Pommereder meinte, er mache wohl Witze: Fast zwei Stunden Radfahrt bei Wind und Schneeregen, nur so zum Vergnügen. »Das nimmt dir doch keiner ab.« »Es war aber so«, schmollte Paul und verschränkte die Arme. »Ich fuhr nicht zum Vergnügen, sondern weil mir zu Hause die Decke auf den Kopf fiel. Ich musste mal raus, mich abkühlen, auf andere Gedanken kommen. Ich hatte Streit mit Lisbeth, geschäftlich lief auch einiges schief.« Pommereder heuchelte Verständnis und fragte weiter: »Wohin bist du gefahren?« »Kreuz und quer über Feld, Wald und Wiesen rund um Steinbach. Wollte allein sein. Zwischendrin suchte ich mir ein paar geschützte Plätze zum Rasten.«

Der Polizist rechnete ihm vor, dass die Zeit seiner Abwesenheit ausgereicht hätte, um nach Öd und zurück zu radeln. »Überleg genau: Hat dich nicht doch irgendeiner unterwegs in der Nähe von Steinbach gesehen und erkannt?« Jetzt fiel es ihm wieder ein: »Klar, dieser … wie heißt er doch … ja, der Jettner Kurt, dieser Preuße, der mit mir immer um die Wette säuft. Der hat mich gesehen.«

Als Paul die näheren Umstände dieser Begegnung schilderte, verdüsterte sich das Gesicht des Polizisten wieder. »Der belastet dich eher, als dass er dir hilft.« Mit Jettners Aussage stand fest: Paul fuhr nach 19 Uhr über den östlichen Ortseingang ins Dorf. Demnach hätte er geradewegs vom Tatort kommen können. »Zeitlich geht sich das aus. Hat man dich auch das Haus verlassen sehen?« Paul teilte nach kurzem Überlegen mit, er sei gegen 17 Uhr raus auf den Hof gegangen. Dabei lief er der alten Wimberger, die im Flur Schuhe putzte, über den Weg. »Aber die hat kaum Notiz von mir genommen.«

»Und wer weiß, dass du mit dem Rad unterwegs warst?«

»Der Lisbeth hab ich's gesagt.«

»Was genau?«

»Ich würd bis gegen sieben mit dem Hund Gassi fahren.«

»Wusste der Galldorfer, dass du seinen Hund hast?«

»Nö. Ich durfte ihn mir jederzeit ungefragt holen.«

»Vielleicht ist ihm zwischenzeitlich aufgefallen, dass der Hund weg ist.« Pommereder machte sich jetzt Notizen. »Als du das Rad nahmst und hinterher wieder verstaut hast, hat dich da jemand gesehen?« »Glaube nicht. Ich hab jedenfalls nicht darauf geachtet. Es bestand ja kein Grund, mich zu verstecken.«

»Hast du einem der Gäste von der Fahrt erzählt?«

»Nö. Die hätten mir den Vogel gezeigt, weil bei so einem Scheißwetter nur Verrückte freiwillig spazieren fahren.« Pommereder überlegte lange, bevor er meinte: »Dieser Jettner könnte ein Problem werden. Hat er dich mit Sicherheit erkannt?« Paul erklärte, er sei so geistesgegenwärtig gewesen und habe blitzschnell den Hut ins Gesicht gezogen und sich abgewendet. »Ich hatte keine Lust, von ihm aufgehalten zu werden. Er blieb stumm, als ich an ihm vorbeiflitzte.« »Dann sorgen wir dafür, dass er auch in Zukunft stumm bleibt.« Paul erschrak: »Willst du sein Schweigen erpressen?« »Nein – seine Zweifel nähren, er könne sich womöglich getäuscht haben. Du brauchst ein Alibi. Doch bevor ich dir weiterhelfe, bitte ich dich als Freund um eine ehrliche Antwort: Hast du mit den Schüssen etwas zu tun?« Paul hob die rechte Hand zum Schwur: »Heiliges Ehrenwort, nein.«

Unbeachtet von den letzten betrunkenen Gästen verließen die beiden Männer die Leitler Stuben, marschierten auf Schleichwegen zum Metzgerwirt, klopften Lisbeth aus dem Bett und trafen sich mit ihr in der verwaisten Küche, wo Pommereder noch einmal durch gezielte Fragen die Lage auskundschaftete: Demnach hatte die Wirtin keinem Menschen von Pauls abendlicher Radfahrt erzählt. Centa Wimberger würde ihrer Ziehtochter zuliebe über ihre Beobachtung schweigen, das Rad war bereits geputzt, das Fell des Hundes längst trocken.

»Sagen wir also, Paul war den ganzen Tag auf seinem Zimmer, lag im Bett und hat es nicht verlassen. Erst nach 19 Uhr stand er auf, wusch sich, zog sich an und mischte sich dann unter die Gäste.« Dies sollte Paul der Polizei gegenüber beteuern – und Lisbeth sollte es bestätigen. Würde Jettner etwas anderes behaupten, werde man ihn mit vereinten Kräften als Rufmörder hinstellen und mit Drohungen derart einschüchtern, bis er seine Aussage widerrief.

»Egal was auch kommt«, forderte Pommereder abschließend in seinem Solidaritätspakt. »Wir halten an dieser Version fest: Paul war zu Hause und scheidet deshalb als Täter aus. Da wir von seiner Unschuld überzeugt sind, bleibt die Hoffnung, dass der wahre Mörder bald ermittelt wird und sich für uns alles in Wohlgefallen auflöst.«

7. November 1950, Steinbach, Gasthaus Metzgerwirt

Nichts war's mit dem erhofften Wohlgefallen. Ganz im Gegenteil: Die Schlinge schloss sich noch fester um den Metzgerfuchs. Lisbeth hatte nicht ganz Wort gehalten und bei der Polizei sinngemäß ausgesagt, Paul sei in seinem Zimmer gewesen, weil das Licht gebrannt habe. Jetzt, bei dieser späten Besprechung in der schon geschlossenen Gaststube, machte ihr Pommereder deswegen bittere Vorwürfe: »Du hättest unbedingt sagen müssen: ›Ich war bei ihm im Zimmer.‹ Das Alibi steht doch jetzt auf ganz schwachen Beinen.« Auch Paul pflichtete ihm bei und schwitzte vor Erregung. Ohne das energische Einschreiten des Polizisten wäre es sicher wieder zu Handgreiflichkeiten zwischen dem Paar gekommen.

Pommereder wollte auch vermeiden, dass Irmi oder Centa wach wurden.

Dienstag war zwar kein Ruhetag, aber ab 22 Uhr komplimentierte man die letzten Gäste hinaus. Das verschwörerische Trio hatte alle Fensterläden geschlossen und nur zwei Kerzen angezündet. Sie tranken Bier und Schnaps, rauchten eine Zigarette nach der anderen. Die Stimmung als »gereizt« zu bezeichnen, wäre untertrieben gewesen.

»D'Gendarm hams aa gfressen«, bemerkte Lisbeth patzig.

»Weil sie blöd sind wie der Mist stinkt«, schnauzte Paul sie an.

»Falls sie dich noch einmal holen, ergänzt du deine Aussage«, zischte Pommereder. »Stellst dich dumm und sagst, das sei doch für dich selbstverständlich gewesen, dass im Lichtkegel auch Paul zu sehen war.«

»Damit's mi wegen Meineid dran kriegn. Wos hob i davo? Wer sogt uns denn, ob der guate Paul net doch nach Öd gradelt is?« Wegen dieser Bemerkung hätte ihr Metzgerfuchs ins Gesicht treten können. »Ich war nicht dort, Himmelherrgottnochmal!«

»Wir glauben dir ja«, beschwichtigte Pommereder und stellte sich zwischen die beiden, die schon wieder mit den Fäusten aufeinander losgingen. »Lisbeth wird ihre Aussage nur dann ergänzen, wenn sie danach gefragt wird. So lange keiner fragt, bleibt alles wie gehabt.« Paul trank sein Bier aus und rülpste ungeniert. Dann wollte er von Lisbeth wissen: »Hält deine Mutter dicht?« »I hab ihr gsagt, es geht um dei Lebn. Außerdem wärst du um fünf nur kurz aufs Klo ganga. I hätt's gsehn.« »Schau an, es geht also doch mit dem Lügen!« Er klatschte provozierend in die Hände.

»Und Irmi, das Flittchen? Erzählt sie den Waschweibern wieder solche Geschichten?«

»Die hält den Mund. Sie hat's versprochen«, versicherte Paul.

War das schon alles? Hatte Pommereder sie deshalb hier zusammenkommen lassen? Mitnichten. Jetzt erst, nachdem alle Platz genommen hatten und sich mit einer frischen Halben Bier stärkten, ließ er die Katze aus dem Sack: »Es gibt etwas, das ihr wissen solltet, auch wenn es morgen in der Zeitung steht. Der Spurendienst am Tatort hat festgestellt, dass der Mörder mit dem Fahrrad und in Begleitung eines Hundes aus Richtung Steinbach gekommen ist. Und es gibt etwas, das nicht in der Zeitung steht: Die sichergestellten Fußspuren deuten auf einen Mörder hin, der leicht hinkt – so wie unser Freund Paul. Was sagen wir dazu? Haben wir uns etwa von seinem heiligen Ehrenwort täuschen lassen?« Metzgerfuchs fiel das Glas aus der Hand. Hörte er da richtig? Ein hinkender Radfahrer mit Hund? Aber es kam noch dicker: »Der Schütze benutzte eine Armeepistole P08. Auch Paul hat oder hatte eine Waffe dieses Fabrikats. Ihr könnt von Glück reden, dass die Kripo hier nicht am Sonntagabend alles gefilzt hat.«

Resigniert senkten Paul und Lisbeth die Köpfe. Ihre Hände fanden und umklammerten sich, so als hieße es jetzt, Abschied zu nehmen. »Dann wirst du mich verhaften, Josef. Tu, was deine Pflicht ist. Offenbar spricht alles gegen mich«, seufzte Fuchs, der sich in ein Mäuschen verwandelt hatte. Doch Pommereder seufzte ebenso mitleidsvoll und klopfte seinem Freund wieder auf die Schulter. »Festnehmen? Freilich könnte ich damit der Held werden. Ein zweifelhafter Held, nachdem ich bis jetzt versucht habe, dich zu decken und sogar ein falsches Alibi in Auftrag gab. Nein, Paul, ich werde nicht den ersten Stein werfen. Sollen andere herausfinden, was ich schon weiß. Doch versteh meine Situation: Muss ich nach Lage der Dinge nicht ernsthaft von deiner Schuld überzeugt sein? Bitte erzähl jetzt nicht die Geschichte vom großen Unbekannten! Sag mir lieber, was dich dazu getrieben hat, im gröbsten Sauwetter nach Öd zu radeln und die beiden kaltblütig über den Haufen zu ballern?«

Fast mechanisch murmelte Paul: »Ich war nicht dort. Ich war hier, hab das Haus nicht verlassen. Wer das Gegenteil behauptet, ist ein Lügner.« Diese Sätze wiederholte er vor Gericht und im Gefängnis. Nur Anwalt Knopp erfuhr noch, was Pommereder bereits wusste, aber aus alter Verbundenheit zu Paul nie ausplauderte.

Und Pfarrer Moritz Zumüller, ein Mann des Vertrauens, er hörte noch mehr: nämlich die im Dunkeln liegende Vorgeschichte der anfänglichen Freund- und späteren Feindschaft zwischen Hartl und Waczek.

November 1998, Hennbach, Gemeinde Fallberg

Hans Knopp hat nie Karriere gemacht. Der Fall Waczek bescherte ihm seinerzeit zweifelhafte Berühmtheit, aber Ruhm ist vergänglich. In all den Jahren schlug er sich mit Scheckbetrügern, Trunkenheitsfahrern, kleinen Ganoven und streitenden Nachbarn herum. Wäre er in die Großstadt gezogen, er hätte vielleicht mehr erreicht, doch hier in der Provinz, als Mitinhaber einer alteingesessenen Kanzlei, musste er nicht um Mandanten feilschen. Und nach Erreichen des Rentenalters erst recht nicht. Er geht täglich in sein Büro, übernimmt, was ihm interessant erscheint, und schiebt ansonsten eine ruhige Kugel.

Nur manchmal, wenn ihn Schwermut überkommt, erinnert er sich noch an Paul Waczek und das Tribunal im großen Theatersaal des Gasthauses Hoferbräu. Solch eine Inszenierung wäre in den heutigen Gerichtssälen undenkbar. Aber mit den Jahren verklärt die Erinnerung. Knopp selbst glaubte nie an die Unschuld seines Mandanten. All die Ungereimtheiten, die er für sein Schlussplädoyer zusammenkratzte, hätten nicht gereicht, um einen Freispruch zu erwirken. Das wusste er in dem Moment, als Hans Zank den Eid leistete.

»Warum haben Sie mir nie etwas über diesen Streit und den Zeugen Zank erzählt? Ich bin Ihr Anwalt und habe das Recht, alles zu erfahren«, hatte er sich in der Verhandlungspause bei Paul beschwert. »Wenn ich dürfte, würde ich jetzt mein Mandat niederlegen. Ohne Vertrauensbasis kann ich gar nichts für Sie tun.« Nur um sein eigenes Gesicht zu wahren und seinen Ruf als guten Anwalt zu retten, kämpfte er bis zuletzt um die Unschuld Waczeks.

Heute lässt er die Finger von aussichtslosen Fällen. »Damit sollen sich die jungen Kollegen herumschlagen«, pflegt er zu sagen, wenn ihm sein Kanzleipartner wieder einmal mangelnden Kampfgeist vorwirft. Er schmökert gerade in den Akten, als ihm die Sekretärin ein Gespräch des Geistlichen Rates Moritz Zumüller durchstellt. Zumüllers dringender Bitte, er möge ihn noch vor dem Abendessen auf seinem Alterssitz in Hennbach besuchen, entspricht er nicht gerne, zumal der Geistliche am Telefon sein Anliegen nicht näher definieren will. Er sagt nur: »Es ist dringend und erlaubt keinen Aufschub. Sie sind herzlich zum Abendessen eingeladen.«

Nun steht er hier im Wohnzimmer des greisen Herrn, verbeugt sich nach alter Schule mit einem Diener und fügt seiner förmlichen Begrüßung Worte der Hochachtung an, wie gut sich Herr Bischöflich Geistlicher Rat trotz seines Alters gehalten habe. »Lassen wir diesen Titel«, wehrt Zumüller ab. »Ich bin und bleibe einfach der Herr Pfarrer.« »Was kann ich für Sie tun?« Entschuldigend entgegnet Zumüller, es sei sonst nicht seine Art, so geheimnisvoll zu tun oder Leute gar hinters Licht zu führen. »Doch in diesem Fall war ein hohes Maß an Vorsicht geboten.« Knopp lächelt und klopft auf seine Aktentasche. »Na, Herr Pfarrer, Sie werden mich doch nicht wegen einer kniffligen Erbschafts-Angelegenheit benötigen.«

»Nennen wir es eher ein Vermächtnis. Ich möchte Ihnen den Mann vorstellen, der um dieses Gespräch gebeten hat.« Jetzt erkennt der Anwalt zu seinem Erschrecken, dass sich noch eine dritte Person im Raum befindet. Sie sitzt im großen Lesesessel des Hausherrn und wendet ihm bewusst den Rücken zu.

»Es wäre zu dreist gewesen, mich einfach in Ihrem Vorzimmer anzumelden«, erklärt er diesen Auftritt, während er sich erhebt und um den Sessel herumgeht. Knopp sieht ihn an wie ein Götzenbild. »Wer sind Sie?« Waczek hilft ihm auf die Sprünge und deutet an seine Nase. »Dies krumme Ding müsste Ihnen noch im Gedächtnis sein.« Der Anwalt schließt die Augen, öffnet sie wieder, blickt dann zum Pfarrer, der ihn amüsiert ankichert. »Nun fallen Sie mir nicht gleich in Ohnmacht! Herr Waczek ist mein Gast und möchte nur ein wenig mit Ihnen plaudern.«

»Ich dachte, Sie … Sie sind tot?«

»Glauben Sie nur, was Sie auch sehen!«

Als jeder auf einem bequemen Polster zur Ruhe gekommen ist, leitet der Geistliche das Gespräch ein: »Ich habe Waczek geraten, Ihnen heute alles zu sagen, was Sie damals als sein Anwalt hätten wissen sollen. Fassen Sie es als verspäteten Vertrauensbeweis Ihres Mandanten auf.« Paul fragt den Anwalt, ob er sich noch an ihre erste Begegnung im Untersuchungsgefängnis erinnern könne. »Ich erzählte Ihnen von meinem Ausflug mit dem Rad, der just in die Tatzeit fiel. Wissen Sie noch, was Sie darauf antworteten?«

»Dann können Sie ja gleich alles gestehen, sagte ich. Das Märchen einer harmlosen Spazierfahrt nimmt Ihnen keiner ab. Wir müssen diesen Punkt unbedingt verschweigen und bei Ihrer bisherigen Version bleiben.«

Paul nickt und hält den Daumen nach oben. »Aus diesem Grund hatte ich mich entschlossen, mit Ihnen nicht mehr zu kooperieren, Ihnen keine weiteren mich belastenden Informationen – etwa den Streit beim Hoferbräu – unter die Nase zu reiben. Wir einigten uns auf destruktive Verteidigung: Nichts zugeben und immer behaupten, den ganzen Tag zu Hause gewesen zu sein. Doch dann kam dieser Hans Zank und lieferte den Richtern ein wunderbares Mordmotiv. Was hätte ich denn machen sollen? Zugeben, dass Zank die Wahrheit sprach? Da wäre ich ja schön blöd gewesen.«

Anwalt Knopp gibt ein überraschtes »Oho« von sich und hört im Folgenden, dass der Metzgerfuchs am Mordtag tatsächlich kurz vor 17 Uhr sein Zimmer im Ausgehanzug verlassen hat, wobei er am Flur fast über die Schuhe putzende Gasthofbesitzerin gestolpert wäre. Auf seinem Weg zum Hoferbräu und zurück begegnete ihm niemand – zumindest nicht unmittelbar, denn es wurde bereits dunkel. Waczek wollte mit seinem »verfeindeten« Geschäftspartner Karl Hartl etwas besprechen und hatte mit ihm ausgemacht, dass sie sich Punkt 17 Uhr im Innenhof dieses Gasthauses treffen.

»Ich möchte auf den Inhalt unseres Gesprächs nicht eingehen«, erklärt Paul dem Anwalt, der sich mit einer Zwischenfrage gemeldet hat. »Herr Zumüller weiß Bescheid, weil ich es ihm gebeichtet habe. Aber ohne zu lügen kann ich Ihnen sagen: Es ging um den Kuhhandel, den ich bei Michael Reischl eingeleitet hatte. Eine Gaunerei, an der Karl Hartl auch seinen Teil beigesteuert hatte. Leider hielt er sich nicht an die Abmachungen, wollte mich austricksen und mir damit frühere Gemeinheiten vergelten. Als es ans Zahlen ging, drückte er sich.«

»Dann bestand die Geschäftsbeziehung mit Hartl also noch?«, bemerkt Knopp.

»Eigentlich nicht. Es war eine einmalige Sache, die sich auf Grund einer günstigen Gelegenheit ergeben hatte. Jeder von uns hatte dabei nur den Profit im Kopf. Hartl hatte allen Grund, sauer auf mich zu sein, denn eines ist klar: Ich war's wirklich, der 1947 versucht hat, in Öd einzubrechen und das Schmalz zu stehlen.«

Paul berichtet weiter, es sei vorteilhaft gewesen, dass Hartl wegen einer Wahlveranstaltung nach Steinbach kommen musste. »Zu ihm auf den Hof konnte ich ja schlecht fahren – und er hätte sonst auch einen Vorwand finden müssen, sich am heiligen Sonntag von zu Hause loszueisen. Vermutlich hatte seine Frau keine Ahnung von unserem Geschäft.« Paul musste knappe zwei Minuten am Eingang zu den Latrinen warten, bis Karl erschien. Er habe nicht viel Zeit, sagte der Bauer grußlos und etwas ungehalten. Es würde sonst auffallen.

»Erst unterhielten wir uns ganz ruhig und sachlich, aber als Hartl unnachgiebig blieb, wurde unser Disput heftiger.« Mittendrin kam ein Mann an ihnen vorbei, weil er auf die Toilette wollte. In diesem Moment wählten die beiden Kontrahenten ihre Worte mit Bedacht. »Aber ich hab nicht darauf geachtet, wer der Mann war. Wir beide wandten uns ab, als er kam. Deshalb redete ich mir später ein, er habe uns nicht erkannt. Und wenn doch – mein Gott – wen kümmert's? Sah er uns eben streiten. Zoff gab's alle Tage in meiner Gegenwart. Die Sache wurde erst hinterher bedeutsam, als ich von den Schüssen auf das Hartl-Ehepaar erfuhr. Die Ermittler würden aus dem Streit ein Motiv basteln, wurde mir klar. Nimmt man die Sache mit meiner Radfahrt dazu, hätte es dümmer gar nicht laufen können.«

Knopp will noch wissen, ob Waczek oder sein Freund Pommereder die Zeugen unter Druck gesetzt hätten. »Nein. Andernfalls wäre es vor Gericht sicher herausgekommen. Josef Pommereder packten sie ja schon am Wickel, weil er mich laufend über den Stand der Ermittlungen informiert hatte.«

»Und dieser Zank hat wirklich nie mit Ihnen über seine Beobachtung gesprochen?«

»Nie. Er machte sich fast in die Hose vor Angst, wann immer er mir begegnete. Erst als er im Zeugenstand sein jahrelanges Schweigen begründete, wurde mir klar, warum.«

»Pommereder hielt zu Ihnen, obwohl er von Ihrer Schuld überzeugt war?«

»Sie doch auch, Herr Anwalt. Nein, im Ernst: Hätte Sepp von der Sache mit dem Streit beim Hoferbräu erfahren, er hätte mich sofort verhaften lassen. So aber konnte ich ihn durch beharrliches Zureden überzeugen, dass ich vermutlich Opfer eines Komplotts geworden bin. Jemand, der mir Böses wollte, versuchte mir die Tat in die Schuhe zu schieben. Lange glaubte ich sogar, dieser Schafhalter Steininger könne dahinter stecken. Das erwies sich letztlich als Irrtum.«

Plötzlich meldet sich Pfarrer Zumüller zu Wort und spricht etwas aus, das einer Verletzung des Beichtgeheimnisses sehr nahe kommt: »Steininger hatte etwas mit der Sache zu tun. Wenn du mit deinen Nachforschungen weiterkommen willst, musst du dich an seine Tochter wenden.«

Witwentröster

Oktober 1944

Auch dieser Kontrollposten an der Grenze zu Bayern schöpfte keinen Verdacht. Waczek zeigte dem Stabsunteroffizier der Feldjäger seine Papiere. Mit einem Konvoi von vier Lkw rollte der Fuchs über die verschmutzten Straßen westwärts. Kleidung, haltbare Lebensmittel, Tabak, alkoholische Getränke, Gebrauchsgegenstände, Ersatzteile, Ausrüstung für Soldaten, Munition und Handfeuerwaffen befanden sich in den Stauräumen der Fünftonner. In den Anhängern lagerten Zelte und Tarnmaterial.

Der Posten wurde geschützt von zwei Kameraden, die ihre Maschinenpistolen in Hüftanschlag hielten. Zwei weitere Uniformierte schritten den Konvoi ab und versuchten einen Blick hinter die gut verzurrte Plane zu werfen. Da die Nacht schon hereingebrochen war und nässender Nebel ihre müden Glieder schlottern ließ, verzichteten die Männer darauf, die Ladeflächen öffnen zu lassen. Es kam in letzter Zeit immer häufiger vor, dass Versorgungstrupps unerlaubt Passagiere mitnahmen – zum Teil zogen sie sogar Deserteure von der sich im Rückzug befindlichen Front ab. Die Rote Armee drohte bei ihrer Gegenoffensive alles niederzurennen, und wer nicht den »Totalen« wollte, zog besser die Uniform aus. Waczek hatte viele von ihnen an Bäumen baumeln sehen.

Auch er, der sich einen Ariernachweis auf den Namen Paul Kotter besorgt hatte, trug Zivilkleidung, und das ganz legal, denn er gehörte zu einer zivilen Einheit, die den Versorgungsstützpunkten an der Front Nachschub lieferte. Unter seinen acht Begleitern befanden sich vier Soldaten niederer Dienstgrade. Nur sie durften Waffen tragen und zu Zwecken der Selbstverteidigung benutzen.

Was Paul hier transportierte, war für ein Bataillon bestimmt, das sich an der Weichsel aufrieb. Der Steinbacher wusste, sie wären bei diesem Auftrag hopps gegangen. Doch der Hauptfeldwebel vom rückwärtigen Lebensmittelpunkt, der ihnen den Auftrag gegeben hatte, fing sich leider die Kugel eines Scharfschützen ein. Und wer würde je danach fragen, ob die Lieferung ankam oder nicht? Paul schätzte die Wahrscheinlichkeit ähnlich gering, wie von einer Sternschnuppe getroffen zu werden. Die beiden Schreibstubenhengste des Hauptfeldwebels hatten neue Papiere ausgestellt und zur Belohnung neben dem Fuchs als Beifahrer Platz nehmen dürfen. Statt nach Osten ging es nach Südwest.

»Sie liefern also nach Frankreich?«, erkundigte sich der Stabsunteroffizier. Paul nickte. »Steht alles da drin.« »Ungewöhnlich, dass man von der Ostfront Material abzieht, wenn es dort viel dringender benötigt wird.« »Ja ja, die Befehle unseres Führers sind oft unergründlich«, mokierte sich Paul mit einem Grinsen. Mit der Gestapo oder der SS hätte er sich solche Scherze nicht erlauben dürfen. Der Kontrolleur grinste zurück. »Schlechte Zeiten. Machen wir das Beste draus.« Mit diesen Worten gab er ihm die Passierscheine zurück, salutierte und befahl seinen Leuten, die Straße frei zu geben.

Paul kurbelte das Seitenfenster wieder hoch. »Seht ihr! Sogar die haben begriffen, dass der Krieg verloren ist«, sagte er zu seinen Beifahrern, die bei jeder Kontrolle weiche Knie bekamen. Der Schweiß auf ihrer Stirn hatte jedoch andere Gründe, denn die Schwingfeuerheizung verbreitete eine Bullenhitze im Führerhaus. Man musste nicht sparen mit Treibstoff. Jetzt zündete sich der Truppführer eine Zigarre an und pfiff das Lied von den »lustigen Holzhackerbuam«.

Von Pannen und weiteren Kontrollen verschont erreichte der Konvoi noch vor Morgengrauen ein Waldstück bei Steinbach. Die vier Soldaten schwärmten aus und hielten Wache, was den anderen Männern Gelegenheit gab, umzuladen. Schließlich blieb ein Fünftonner im Wald stehen, bewacht von einem Soldaten, der keinen Führerschein hatte. Der Rest fuhr weiter zu einem großen Bauernhof, wo man sie schon erwartete. Den letzten Kilometer legten sie mit Tarnlicht zurück. Als sich das Hoftor hinter den drei Lkw geschlossen hatte, ließ Paul die Motoren abstellen, stieg aus und begrüßte die Bäuerin. »Hallo Margit. Wie geht's dir?«

Sie umarmten sich flüchtig, und ihm war es fast ein bisschen peinlich, weil er stank wie eine Jauchegrube. Es war schon Wochen her, seit er sich das letzte Mal gewaschen hatte, Monate gar, seit er seine Kleider hatte wechseln können und noch viel länger, dass er eine deutsche Frau innig in den Armen hielt, auch wenn diese hier um gut 15 Jahre älter als er war. »Mir geht's guat. Host schon wieda was ghört von meim Hanno?« »Nein. Zuletzt kam die Feldpost nicht mehr durch. Seine Einheit weicht geordnet zurück, wie es heißt«, informierte er sie nicht ganz wahrheitsgemäß. Vermutlich war die Kompanie schon von den Alliierten aufgerieben. Hanno Gruber, Besitzer dieses Hofes, kämpfte an vorderster Front.

»Schick deine Kinder auf ihre Beobachtungsposten!« Er drückte ihr vier Taschenlampen und vier Spiegel in die Hände. »Blinken, wenn sich jemand nähert.« Die Frau reichte die Gegenstände weiter an ihre zwei Buben und zwei Mädchen im Alter zwischen 12 und 16 Jahren. Gemeinsam mit ihnen, dem Knecht und einer Magd hatte sie während des Krieges diesen großen Hof bewirtschaftet. Und Paul, der war 1938 als Erntehelfer hier eingesetzt gewesen. Guter Lohn und gute Verpflegung ließen ihn damals tüchtig arbeiten.

Auch jetzt, obgleich seit 52 Stunden wach, verdrängte er die Müdigkeit, denn es gab noch viel zu tun: Erst verschwanden die drei Laster in der Scheune, wo sie mit vereinten Kräften innerhalb von zwei Stunden geleert wurden. Dann verabschiedete sich der Truppführer von seinen Kameraden, wobei er kaum seine Tränen unterdrücken konnte. Durch dick und dünn waren sie in den vergangenen Wochen und Monaten miteinander gegangen. Nun durften die anderen mit den vier Fünftonnern eigene Verstecke suchen. Es mag ungerecht erscheinen, dass Paul sich den Löwenanteil der Waren sicherte, doch die neun Männer hatten sich einvernehmlich über diese Aufteilung geeinigt. Pauls Kumpel hatten keinen Bedarf an solchen Mengen, kannten auch kein Versteck dieser Güte wie den Gruber-Hof und wollten ihr Risiko entsprechend gering halten. Es war ausgemacht, Richtung Schwarzwald weiterzufahren und die Laster dann, wenn sie alles verstaut hatten, irgendwo stehen zu lassen.

Auch Paul musste sein provisorisches Warenlager in der Scheune später auf viele Orte verteilen. Das Wertvollste sollte im Keller des Wohnhauses hinter einer Geheimtür verschwinden. Unter dem Bretterboden der Scheune konnte ein Hohlraum gegraben werden. Jetzt befand sich in zweiter Ebene, auf einer Plattform unter dem Dach, ausreichend Heu, das man in Minutenschnelle über die darunter befindlichen Kisten werfen konnte, falls unvermuteter Besuch hier aufkreuzte. Spitzel und überzeugte Nazis gab es überall, wenn auch nicht so häufig wie in der Großstadt.

Der Hof lag etwa einen Kilometer außerhalb von Steinbach, und dort kannte man ihn, den Fuchs, noch bestens. Vornehmlich seine ehemaligen Klassenkameraden mochten danach trachten, sich für die vielen erlittenen Streiche an ihm zu rächen.

Erst einmal genehmigte sich Paul ein warmes Bad, dann schlief er 22 Stunden, dann plünderte er den Kleiderschrank des Bauern und ließ sich ein fürstliches Frühstück servieren: frisches Brot, Gemüse, Käse, Rauchfleisch, Milch und Bohnenkaffee. Herz, was willst du mehr?

Eine Kriegsverletzung beispielsweise. Deshalb öffnete Paul den mitgebrachten Sanitäts-Notfall-Koffer und bat Margit, ihm bis übers Knie ein Gipsbein zu verpassen. Der Klumpen behinderte ihn zwar sehr in seinem Tatendrang, doch irgendwie musste er ja seine unvermutete Rückkehr motivieren. Derart lädiert und auf Krücken gehend wagte er sich bald wieder ins Dorf und in die Wirtshäuser, wo nur noch greise Männer und amputierte Soldaten verkehrten. Er besuchte auch seinen Pflegevater und die Geschwister, obgleich man ihn dort recht reserviert empfing. Sie waren froh, dass er auf dem Gruber-Hof Asyl gefunden hatte.

Freilich musste er sich auch bei der Gemeinde zurückmelden, wobei er ein falsches ärztliches Attest vorlegte, das ihm Wehrdienst-Untauglichkeit bescheinigte. Er gab vor, einen komplizierten Trümmerbruch im Knie erlitten zu haben. Dass er offiziell in den Dienst der Familie Gruber genommen wurde, also eine geregelte Arbeit nachweisen konnte, bewahrte ihn vor weiteren Unannehmlichkeiten seitens der Behörden. Überall saßen überzeugte Nazis, die mit krankhaftem Eifer nach möglichen Vaterlandsverrätern und Drückebergern spitzeln ließen. So beachtete Paul in seinen ersten Wochen die Vorsicht als oberstes Gebot und sicherte seine Beute, statt damit Handel zu treiben. Nur seinen Quartiergebern ließ er immer wieder etwas davon zukommen. Mit dem Bauern, Hanno Gruber, hatte er während des Krieges Kontakt aufgenommen und ihm mitgeteilt, er werde versuchen, sich in die Heimat abzusetzen und seiner Familie ein wenig unter die Arme zu greifen. Er sprach von ein »paar nützlichen Geschenken«, die er mitbringen würde.

Diese Mitgift sollte also zum Samen seiner Schwarzmarkt-Tätigkeit werden. Darüber hinaus benötigte er Rückendeckung durch eine Person, die sogar noch mehr Einfluss als der Steinbacher Bürgermeister besaß: Josef Pommereder. Ja, der spätere Dorfpolizist arbeitete dieser Tage als »Mann fürs Grobe« in der Parteizentrale der Kreisstadt. Offiziell diente er den Bonzen als Chauffeur, inoffiziell belauschte er die Gespräche an den Stammtischen, wanzte sich an, Diskretion heuchelnd und hinterrücks anschwärzend, weil Prämien winkten.

Paul schmierte ihn mit nützlichen Geschenken. Er lief dabei großes Risiko, ebenso verraten zu werden wie all die anderen, die glaubten, sich bei Pommereder einschmeicheln zu können. Aber der Nazischerge erkannte schnell: Man schlachtet keine Kuh, die so viel Milch gibt. Versuche, hinter Pauls Geheimnis zu kommen und das Versteck der Waren auszukundschaften, scheiterten am Eingang zum Vierseithof, der wie eine Festung war. Das Risiko, dort heimlich einzudringen, lohnte sich nicht, denn Pommereder bekam von Paul stets das, worum er ihn bat. Und hätte er mehr gefordert, sein plötzlicher Reichtum wäre seinen Arbeitgebern aufgefallen.

Dezember 1944, Steinbach, Gruber-Hof

Auch wenn die Durchhalteparolen über Volksempfänger und Wochenschauen unvermindert den Endsieg beschworen, war den Leuten in Steinbach klar, dass dies der letzte Kriegswinter sein würde. Alles befand sich im Rückzug, alles in Auflösung. Bomber der Alliierten flogen über sie hinweg. Ihr Ziel waren strategische Bauwerke und rüstungstechnisch relevante Betriebe. Jetzt war die Versorgungslage, was Lebensmittel betraf, auch auf dem Land kritisch geworden. Bauern, die einen Überschuss produzierten, bunkerten diesen, zumal es noch viel schlimmer kommen konnte, wenn erst einmal der »Russ« oder der »Ami« hier anrückten und alles brandschatzten.

Paul, der sich inzwischen ein Motorrad organisiert und sich des Gipses oberhalb des Knies entledigt hatte, fuhr nun täglich durch die Lande. Er belieferte die Bauern mit Konserven aus seinen Wehrmachtsbeständen und erhielt von ihnen Kartoffeln, Obst oder Getreide, das er weitergab an bedürftige Stadtbewohner, die ihm dafür Werkzeug und vor allem Schmuck aushändigten. Irgendwann geriet er dabei in eine Kontrolle, und es wäre um ihn geschehen gewesen, hätte sich nicht Pommereder für ihn eingesetzt.

Fortan änderte der Fuchs seine Geschäftstaktik: Wer etwas wollte, musste zu ihm kommen. Er fuhr nur noch umher, um Bestellungen aufzunehmen. Überdies konzentrierte er seine Aktivitäten auf Steinbach und die nähere Umgebung. Dabei traf er auch eine Bekannte von Kathi Hartl aus Öd. »Richte ihr schöne Grüße aus von mir«, trug er ihr auf. »Ich hab ihren Mann in Russland getroffen.«

Das war noch untertrieben. Paul Waczek und Karl Hartl gehörten derselben Versorgungseinheit an, hatten durch gegenseitige Hilfe immer wieder Material unterschlagen. Im Sommer dieses Jahres aber war Karl zum Fronteinsatz abberufen worden. Da verloren sich die Wege der späteren Geschäftspartner.

»Wo kommst du her? Aus Öd, Gemeinde Rammbach? Ja, so ein Zufall. Dann sind wir ja fast Nachbarn«, hatte Paul zu Karl gesagt, als sie damals miteinander ins Gespräch kamen, während sie einen defekten Lkw reparierten. »Wia kloa die Welt doch is«, wunderte sich der Bauer. Beide hatten sich viel zu erzählen, wurden Freunde. Karl zeigte ihm das Foto seiner Frau und seiner zwei Kinder. Dies Bild der wunderhübschen Kathi rief sich Paul nun wieder ins Gedächtnis. Und ihm fiel siedendheiß ein, dass ihm Karl vor seiner Abkommandierung einen Brief an die Frau mitgegeben hatte. »I woaß net, ob no Nachrichtn durchkomma und ob i durchkomm. Oba du, Paul, du kommst sicher durch. Bring den Briaf meiner Kathi, versprich ma's!«

Er gab das Versprechen. Und irgendwo in einer seiner Kisten musste das vergessene Kuvert auch liegen. Paul fand es, zog sich mit einem Petroleumkocher auf seine Kammer zurück, erhitzte einen Topf Wasser und hielt den Umschlag über den Dampf, bis er sich ganz leicht öffnen ließ. Rührselige Worte, vor Trennungsschmerz triefend, standen auf den zwei dicht beschriebenen Seiten. Karl schilderte seine Erlebnisse an der Front, seine täglichen Gebete, Gott möge ihn wohlbehalten zu ihr und den geliebten Kindern zurückbringen. »Ich will nicht als Held sterben und eine Mutter ihrem Schicksal überlassen. Nur gemeinsam können wir es schaffen. Dein dich immer liebender Karl.« So endete der Brief.

Eine Träne verirrte sich auf Waczeks Wange, was ihm gar nicht bewusst wurde. Er dachte mit Wehmut daran, wie schön es wäre, auch eine Frau zu haben. Aber heiraten, sich ewig binden, das widersprach seinem Freiheitsdrang. Er wollte nur geliebt werden, wie ihn seine Mutter einst geliebt hatte. Dieses Gefühl war ihm abhanden gekommen in den Jahren seit ihrem Tod. Natürlich hatte er sich oft mit Frauen eingelassen. Polinnen und Ukrainerinnen, die sich ihm für ein Stück Brot feilboten. Minutenglück, Befriedigung der Gelüste. Mehr war's nicht.

»Was wäre, wenn Karl bei dem Kommando draufgegangen ist?«, überlegte er sich, als er über die Klebe-Beschichtung des Umschlags leckte und den Brief wieder verschloss. »Könnte ich dann nicht den Witwentröster spielen?«

Bereits am nächsten Tag standen sie sich gegenüber. Es war eine eher kalte Begegnung, denn Paul und die Kinder schaufelten Schnee im Hof. Über Nacht waren 20 Zentimeter gefallen. Nur weil Margit den Zufahrtsweg schon frei geräumt hatte, war es Kathi möglich gewesen, halbwegs trockenen Fußes hierher zu kommen. Ein Nachbar hatte sie mit seinem Fuhrwerk nach Steinbach gebracht. Den Rest musste sie laufen.

Obwohl es bitterkalt war und der Eiswind pfiff, trug sie nur ein schwarzes Tuch am Kopf. Der lange dunkle Mantel gehörte wohl ihrem Mann, ebenso die genagelten Schuhe, die sie mit drei Paar selbst gestrickter Socken ihren Füßen anpasste. Eine Strähne ihrer langen Haare hing ihr ins Gesicht, das Paul wegen ihres heftig kondensierenden Atems kaum erkennen konnte. Da die Hofeinfahrt offen stand, hatte sie ungehindert eintreten können. Paul stützte sich auf die Schaufel und grüßte.

»I hätt gern den Herrn Waczek g'sprochen«, sagte sie gehetzt.

»Der bin ich.«

»D'Maria von Thal hat mir verzählt, du weißt was von meim Mann.« Ihr Blick war eine Mischung aus Neugier, Angst und Argwohn.

»Ja, wir waren in derselben Einheit. Er hat mir sogar einen Brief für dich mitgegeben.« Waczek bat die Buben, allein weiter zu machen und führte Kathi in die beheizte Stube, wo ihr Margit Gruber Gesellschaft leistete und eine Tasse Tee anbot. Als Paul mit dem Brief zurückkehrte, schickte er Margit freundlich, aber bestimmt hinaus. »Lass uns bitte einen Moment allein, ja!« »Muss mi eh ums Essen kümmern«, entgegnete sie gelassen, legte ihr Strickzeug weg und verschwand in der Küche.

Als Paul gegenüber von Kathi am Tisch Platz genommen hatte, schob er ihr das Kuvert zu. »Er gab es mir, als er an die vorderste Linie geschickt wurde. Tut mir leid, dass ich nicht eher dazu kam, es dir zu geben, aber mit meiner Verletzung...« »Is scho guat«, flüsterte sie, griff nach dem Brief und schob ihn schnell in die Innentasche ihres Mantels. Dann rang sie sich ein Lächeln ab. »Danke.« Da sie einen sehr schüchternen Eindruck machte und ihn kaum anzusehen wagte, übernahm Paul die Initiative. »Weißt du, Karl und ich, wir waren richtig gute Kameraden. Durch dick und dünn sind wir miteinander gegangen. Es war schon kurios, ihm 2000 Kilometer fern der Heimat zu begegnen.« Sie hatte an ihrem Tee genippt und fragte: »Wie geht's eam denn?« »Steht alles im Brief«, hätte er sich fast verplappert.

»Na ja, also. Wenn du eine ehrliche Antwort haben willst: Solange er zu meinem Trupp gehörte, ging es ihm blendend. Aber dann starteten die Russen eine Offensive und jeder verfügbare Mann wurde nach vorne beordert.« Er sprach jetzt seinerseits sehr leise. »Es hat sehr viele Verluste gegeben. Ganze Einheiten wurden eingekesselt. Wer nicht starb, wanderte in die Gefangenschaft.«

Wie viel konnte er der Frau noch zumuten? Sie zitterte, war den Tränen nahe. Und doch gelang es ihr, sich in Gegenwart dieses Fremden, der sich als Freund ausgab, zu beherrschen. »S'is lang her, seit i was von eam ghört hab«, seufzte sie.

»Möchtest du den Brief nicht lesen?«, fragte Paul.

»Späta.« Sie nippte ein letztes Mal am Tee, der immer noch brühend heiß war. »Nochan pfürt di, Paul. Und nomoi dankschee für den Briaf.« Schon stand sie auf, um den Heimweg anzutreten. Doch so schnell wollte er die Frau nicht ziehen lassen. Nachdem sich das Rot ihrer Backen verflüchtigt hatte, wirkte sie noch schöner als auf dem Foto in der Brieftasche ihres Mannes. »Du bist mein Christkindl«, sagte Paul in Gedanken und bat sie, noch etwas zu bleiben. »Würd scho, aber i werd abgholt in Steinbach.« Sollte er sich anbieten, sie im Seitenwagen seines Motorrades nach Hause zu bringen? Das wäre bei den momentanen Schneeverhältnissen ein abenteuerliches Unternehmen geworden.

Aber er wollte, nein, er musste diese Frau wieder sehen. Was also lag näher, als ihr ein Geschäft anzubieten? »Karl hat mich gebeten, für dich und die Kinder zu sorgen«, erklärte er ihr, als sie schon im Flur des Hauses standen. Kathi knöpfte ihren Mantel zu. »Braucht ihr irgendetwas? Konserven, Kleider, Werkzeug? Ich bin Händler. Viele Leute kommen zu mir und tauschen.« Ihre Antwort überraschte ihn: »Zum Betteln bin i net komma.« Sein Respekt vor dieser Frau erklomm schwindelnde Höhen und er konnte nicht umhin, nach ihrer Hand zu greifen. »Versteh mich nicht falsch, Kathi. Ich will keine Geschäfte machen und auch keine Almosen aus alter Verbundenheit zu deinem Mann verteilen. Aber Karl hat mir geholfen, einige Dinge zu … organisieren, die ich hierher schaffen konnte. Es hätte ihm den Kopf kosten können, aber er hat es auch für dich getan. Ich stehe bei ihm in der Pflicht.«

Kathi hatte keine Ahnung, was er mit »organisieren« meinte. Jedenfalls klang es ziemlich ungesetzlich. Andererseits durfte sie in diesen harten Zeiten keine Geschenke aus falsch verstandenem Stolz ablehnen. So wartete sie geduldig, bis Paul mit einer prall gefüllten Tasche aus dem Keller kam. »Hier, nimm das. Und komm, wenn du wieder etwas brauchst.« Dankbar schüttelte sie seine Hand. »Mir sehn uns wieder«, versprach sie ihm.

Margit hatte gelauscht und hielt Karl für einen Wohltäter. Was weiter zwischen Kathi und Paul geschah, sollte ihr allerdings verborgen bleiben.

Januar 1945, Steinbach, Gruber-Hof

Kathi war so umsichtig, niemandem etwas von ihrem Gönner zu erzählen. Aber bald sprach es sich unter den Nachbarn herum, dass sie zum »Hamstern« mindestens einmal pro Woche ins Dorf fahre. Manchmal brachte sie ein Nachbar dorthin, und wenn es das Wetter zuließ, nahm sie die beschwerliche Reise mit dem Rad auf sich. Die 31-jährige Bäuerin hatte seit Kriegsausbruch geschuftet wie ein Mann, um sich, ihre Kinder Sepp und Maria und ihren Hof durchzubringen. Oft sah es so aus, als müsse sie alles verkaufen und sich als Magd verdingen, so elend ging es ihr. Zwei Kriegsgefangene aus Polen, die ihr als Erntehelfer zugeteilt wurden, verbrauchten mehr, als sie erwirtschafteten. Und weil Kathi sie nicht wie Sklaven halten wollte, dienten sie bald bei einem anderen Bauern. Dann war da noch der Knecht, der ihr immerzu nachstellte, bis sie ihn zum Teufel jagte.

Im Winter fehlte es ihnen an Holz für den Ofen. Sie mischten Sägespäne in den Brotteig und hielten sich ansonsten mit eingekochten Waldbeeren am Leben. Sie hatten kaum Petroleum und nur wenige Kerzen. Solange es draußen hell war, arbeitete Kathi ohne Pause, während ihre Kinder von den Nachbarn beaufsichtigt wurden. Letzten Sommer hatte ihr der sechsjährige Sepp schon bei leichteren Tätigkeiten geholfen. Das Schlimmste aber waren die einsamen Nächte in dieser Einöde. Wenn Kathi im Bett lag, fühlte sie sich wie auf einem riesigen Schiff, das von der übrigen Besatzung verlassen worden war und nun im Sturm zu kentern drohte. Dann konnte sie lange nicht einschlafen und achtete bange auf jedes Geräusch draußen. Ihre Angst, überfallen zu werden, steigerte sich oft bis zur Panik.

In langen Winternächten wie diesen wünschte sie sich manchmal den Tod – und nur die Sorge um ihre Kinder gab ihr Kraft, das alles durchzustehen. Trost spendete jetzt Karls Brief, den sie wohl schon hundert Mal gelesen hatte. Seine Stimme und sein Bild wurden in diesen Zeilen wieder lebendig. Doch inzwischen konnte er bereits von Granaten zerfetzt und Aasfressern zum Opfer gefallen sein. Auf ungeweihter Erde für einen sinnlosen Krieg die Seele preisgegeben, in alle Ewigkeit. »Du sollst nicht töten!« Wie oft hatte er als Soldat gegen dieses Gebot verstoßen?

Mittlerweile hatte Kathi begriffen: Das Töten lag in der Natur des Menschen. Es war bedeutungslos, ob man andere tötete oder verschonte. Alles, worauf es ankam, war, zu überleben. Einer wie Paul Waczek diente dazu als Paradebeispiel. Die Bäuerin hatte in den vergangenen Wochen Erkundungen über diesen »Fuchs« eingeholt. Sie wusste, was für ein Bazi er schon als Kind war. Schlecht redeten die Leute im Dorf über ihn, obwohl sie alle von ihm profitierten. Ein Simulant und Drückeberger sei er, sagten seine ehemaligen Lehrer und Ausbilder. Kathi kannte ihn anders – als einfühlsamen, höflichen Menschen, der zu seinem Wort stand und für den Freundschaft nicht bloß eine leere Worthülse war.

Er zeigte sich nach wie vor spendabel ihr gegenüber, aber sie nahm nicht alles ohne Gegenleistung an. Stets hatte sie etwas zum Tauschen in ihren Fahrradtaschen, und wenn sie die Einfahrt in den Gruber-Hof passierte, kündigte sie ihre Ankunft mit einem freundlichen Klingeln an. Sie kam meist im Schutz der Dunkelheit. Die Geschäfte wurden in der Scheune abgewickelt. Immer versuchte Paul, sie in eine zwanglose Unterhaltung zu verwickeln, doch nie blieb sie länger als 15 Minuten, denn der Weg war weit, anstrengend und gefährlich.

An diesem Abend jedoch sollte alles ganz anders kommen. Als Paul sie begrüßte, wirkte er düster und niedergeschlagen. Er schloss schnell die Scheunentür und bat Kathi, sich auf einen Strohballen zu setzen. Auf und ab wandernd rang er um den passenden Einstieg und eröffnete ihr schließlich Folgendes: »Kathi, ich hab dir doch versprochen, meine Beziehungen zur Wehrmacht spielen zu lassen, um etwas über Karl herauszubekommen. Ein Kumpel vom Heereskommando Ost schickte mir heute diese Nachricht.« Dabei zog er ein Blatt Papier aus der Jackentasche. Es handelte sich tatsächlich um ein dienstliches Meldeformular. Auch der Stempel war original. Papier und Stempel stammten aus einer der Kisten, die Paul mitgebracht hatte. Ebenso die Schreibmaschine, mit der die Nachricht getippt wurde.

Kathi blieb fast das Herz stehen. »Is ... is er verwundet?«, ächzte sie. Paul indessen simulierte höchste Betroffenheit und reichte ihr den Zettel. »Ich hab lange überlegt, ob ich ihn dir geben soll.« Dann wandte er sich ab – nicht aus Gründen der Diskretion, sondern weil er sich zutiefst über seine eigene Niedertracht schämte. Was musste er dieser Frau, die ihm so viel bedeutete, solche Schmerzen bereiten? Aber er hatte eingesehen: Solange sie auf die Rückkehr ihres Mannes hoffen konnte, würde sie ihn zurückweisen und jede Zuneigung im Keim ersticken. Ja, Kathi konnte er nicht einfach flachlegen wie Tatjana oder Natascha.

Als er sich nach endlosen 30 Sekunden wieder umdrehte, blickte er auf ein in sich versunkenes Häuflein Elend. »Es hätt doch a Schreibn von seiner

Einheit komma müassn!«, wunderte sie sich mit gebrochener Stimme, um Fassung bemüht und unfähig, ihn anzusehen. Die obligatorische amtliche Mitteilung von Karl Hartls Tod hätte der Witwe natürlich zugestellt werden müssen. Aus dieser Erkenntnis schöpfte sie noch letzte Hoffnung, es könne sich um einen Irrtum oder eine Verwechslung handeln.

Brutal riss Paul sie nun aus diesen Träumen: »An der Ostfront herrscht das Chaos. Ganze Einheiten fallen in die Hände des Feindes. Auch viele Nachrichten erreichen nicht mehr ihr Ziel.« Dazu kam, dass der Fuchs selbst keinen Pfifferling mehr auf das Leben seines Kumpanen gab. Nach Lage der Dinge verhielt es sich tatsächlich so, wie es in dieser Meldung stand: »Bedaure Ihnen mitteilen zu müssen, dass die Kompanie der von Ihnen bezeichneten Person bei ihrem letzten Einsatz völlig aufgerieben wurde. Verlässlichen Berichten zufolge ist Unteroffizier Karl Hartl als Anführer einer Patrouille in einen russischen Hinterhalt geraten. Er versuchte zu flüchten und wurde dabei von MG-Schützen tödlich verwundet. Der nachfolgende Angriff des Feindes machte es unmöglich, seine Leiche zu bergen.«

»Es tut mir leid, Kathi«, stammelte Paul und biss sich auf die Lippe.

»Warum soll's mir anders geh wia de andern Fraun? Bin net de Einzige. Verfluachta Krieg!« Verbittert zerknüllte sie die Nachricht. Paul zögerte, ob er sie tröstend in die Arme nehmen sollte. Sein Instinkt sagte ihm, es sei besser, sich einfach neben sie ins Stroh zu kauern und auf ihre Reaktion zu warten. Lange saßen sie so da, schwiegen und schluchzten, während des Licht der Taschenlampe immer schwächer wurde. Und die Kälte nistete sich in ihren Gliedern ein, bis sie schlotternd zusammenrückten. Schüchtern suchte sie seine Hand und seine Schulter, auf die sie ihren Kopf stützen konnte. Draußen war alles still. Die Kinder lagen im Bett, die Erwachsenen ließen den Tag Radio hörend in der Stube ausklingen, und der Hofhund hatte sich in die Hütte verkrochen, während der Schnee bei minus 20 Grad im Mondlicht funkelte.

»Wirst du zurechtkommen?«, fragte Paul.

»Werd's müssen.«

»Was wird aus deinem Hof?«

»Mal schaun.«

»Es ist bald aus mit dem Krieg. Alle sagen es«, versuchte er ihr Mut zu machen.

»Is doch eh scho ois egal.«

Er spürte, ihre Kraft war dahin. Sie wäre in diesen Sekunden bereit gewesen, alles wegzuwerfen; ihren Besitz, ihren Stolz, ihr Leben. Trotzdem zügelte Paul seine Begierde, sondern erneuerte ein Versprechen: »Karl hat gesagt, ich soll euch helfen. Es wird dir an nichts fehlen.« »Du bist uns nix

schuldi«, sagte sie und richtete sich wieder auf. Er aber hielt sie jetzt fest – und fest entschlossen fügte er hinzu: »Bin ich dir so gleichgültig, Kathi?«
»Bist a guater Mensch, Paul.« Sie strich ihm sanft über die Wange und löste seinen Griff. »Mach's guat, Paul. I komm wieda, wenn i was brauch.«

Ende Februar 1945, Öd am Wald

Kathi Hartl brachte es nicht übers Herz, ihren Kindern vom Tod des Vaters zu erzählen. Ihren Verwandten sagte sie, er sei vermutlich in Gefangenschaft geraten. Es überraschte Kathi, dass sie selbst relativ gut über den Verlust hinwegkam. Sie hatte ohnedies kaum Zeit, zu grübeln und zu trauern, denn die Versorgungslage spitzte sich auch für die Landbevölkerung im Laufe des Winters dramatisch zu. Es schien nur noch eine Frage der Zeit, bis die Amerikaner anrückten. Kamen sie als Befreier oder Plünderer? Alles erschien der Frau jetzt nebensächlich, zumal sich ihr Stall bedenklich leerte. Eine Kuh, ein Schwein, zwei Schafe und vier Hühner waren seit Neujahr gestorben. An Hunger leiden musste sie deshalb nicht, da Paul sie weiterhin großzügig belieferte. Es ließ sich nicht vermeiden, dass die Nachbarn bereits über Kathis heimliche Geschäfte tuschelten.

Pauls Angebot, ihr die Sachen diskret an den Hof zu liefern, schlug sie deshalb aus. Egal ob Witwe oder Strohwitwe – es ziemte sich nicht, jetzt mit anderen Männern gesehen zu werden. Zu schnell sprach sich das herum und flugs stand man im Ruf, ein Flittchen zu sein.

Etwas anderes war ihr ebenso peinlich: Sie hatte nichts mehr, was sie dem Schwarzhändler zum Tausch anbieten konnte. Schuldgefühle keimten wie Schimmel an feuchten Wänden. »Was erwartet er von mir?«, fragte sie sich oft. »Freundschaft? Zuneigung? Liebe? Oder nur meinen Körper? Warum reden alle so abfällig über ihn, rümpfen die Nase und nennen ihn den *Tschechen*?« Er war fast sieben Jahre jünger als sie, aber was spielte das für eine Rolle.

Ihn ihren Kindern als netten »Onkel Paul« vorzustellen, wollte sie nicht. Jedenfalls noch nicht, obwohl die langen Radfahrten nach Steinbach an ihrer Substanz zehrten. Eines Nachts wurde ihr die Last auf dem Gepäckständer so schwer, dass sie sich einfach in den Schnee fallen ließ. Da lag sie, während der Wind die Eiskörner über ihre Kleider streute, und wollte friedlich einschlafen. Der Lärm der Luftschutzsirenen aus dem benachbarten Dorf rettete ihr das Leben.

Jetzt saß sie allein im Wohnzimmer, weil die Kinder ein paar Tage bei ihrer Tante verbringen durften. Eine gerade überwundene Grippe hatte den Turnus von Kathis Versorgungsfahrten unterbrochen. Grund genug für Paul, sich ernsthaft Sorgen um sie zu machen. Umsichtig, wie es seine Art war, erkundigte er sich nicht bei den Nachbarn oder Verwandten über ihr Befinden, sondern wollte selbst nachsehen. Er wählte eine Zeit, zu der die Kinder bereits schlafen mussten und sich niemand mehr im Freien aufhalten würde. Um keinen Lärm zu machen, schob er sein Motorrad auf den letzten Metern.

Schüchtern pochte er gegen das Wohnzimmerfenster, hinter dem er noch Licht gesehen hatte. Kathi, die sich gerade einen Arbeitsplan für den nächsten Tag zurechtlegte, wurde jäh aus ihren Gedanken gerissen. Räuber klopfen nicht an. Es müsse sich also um einen Nachbarn handeln. Ja, natürlich! Sie hatte vergessen, das Fenster zu verdunkeln, wie es Vorschrift war nach Einbruch der Nacht. Kam gar die Polizei, um sie deswegen anzuzeigen?

»Pst! Ich bin's. Mach bitte auf!«

»Paul? Mir ham doch gsagt, dass du net da her kommst«, machte sie ihm Vorwürfe.

»Schlafen die Kinder?«

»Die san bei Tante Theres. Jesses, wie schaust denn aus!«

Nass sah er aus, denn draußen regnete es seit Stunden in Strömen. Den Anorak aus Wehrmachtsbeständen, den er trug, hätte er auswinden können, und an den Stiefeln klebte der Kot der aufgeweichten Zufahrtsstraße. »Mein Gott, Kathi! Du bist ja hier völlig von der Außenwelt abgeschnitten«, sagte er mit echter Betroffenheit. Sie bat ihn, die Stiefel auszuziehen und ihr den Mantel zu geben. »Im Wohnzimmer is no warm. I leg a paar Scheitl im Ofa nach, dann wird er schnell trocka.«

Wie selbstverständlich führte sie ihn in die gute Stube. »Du frierst. Soll i dir an Tee kochn?« »Bitte keine Umstände, Kathi.« Unaufgefordert nahm er auf der Couch Platz und sah, dass sich seine Hose wie ein Schwamm vollgesogen hatte. »Entschuldige. Jetzt hab ich den schönen Bezug besudelt.« »Is nur Wassa. Ziag ois aus. I hol dir Sach vom Karl.« Und weg war sie, während er überlegte, ob er sich gleich hier ausziehen oder warten sollte, bis sie die Kleider brachte. Sie nahm ihm die Entscheidung ab, kehrte Sekunden später zurück, griff sich lachend an die Stirn. »Bin i a Dummerl. Du bist doch vui größa als da Karl, passt in nix nei. Do müasst i dir wos von mir leihn – an langa Rock oda a Strumpfhosn.« Paul, der gerade den Ofen fütterte, meinte, es würde ihm nichts ausmachen, Frauenklamotten anzuziehen. »Sieht uns doch keiner hier.«

Dies war das Stichwort für die Bäuerin, endlich den Fensterladen zu schließen, bevor es wirklich Ärger wegen des Lichtes gab. »Iaz sigt uns koana mehr«, meinte sie schmunzelnd. Irgendwie genoss sie es richtig, mit ihm hier zusammen zu sein. Und ihr wurde auch bewusst: Sie hatte sich seit Wochen nach dieser trauten Zweisamkeit gesehnt. Paul, der treue Freund, war endlich hier. Keiner würde etwas davon erfahren.

»Lassen wir das mit dem Rock«, meinte der Besucher, um Ernsthaftigkeit bemüht. »Ich bin wirklich nur gekommen, weil ich so lange kein Lebenszeichen von dir hatte.« »Wenn i nimma wär, des hätt si scho rumgsprocha.« Dabei lächelte sie ihn verführerisch an. Ihm wurde heiß ums Gemüt. »Hab ich also den ganzen Weg umsonst gemacht«, seufzte er. »Dann werd ich dich nicht länger belästigen und wieder…« »Willst scho geh? Bei dem Sauwetta?« Er hörte ihre Enttäuschung aus diesen Worten. »Holst dir an Tod mit deim nassn Gwand. Bleib! I bring dir Decken.«

Und dann saßen sie da auf dem Sofa, das sie vor den Ofen geschoben hatten – er in Decken eingehüllt, sie dicht neben ihm. Lange spielte Paul den Alleinunterhalter und erzählte von seinen gemeinsamen Kriegserlebnissen mit Karl. »Schmerzt es denn nicht, von ihm zu hören?«, fragte er sie mittendrin. Kathi entgegnete, sie fände es witzig, wie er mit Karl die Vorgesetzten ausgetrickst hätte. Doch dann brach es plötzlich aus ihr heraus und sie heulte hemmungslos.

Paul griff zu seiner Wunderwaffe, zog ein Fläschchen Schnaps aus der Jackentasche. »Komm, lass es uns einfach runterschlucken, das ganze Elend«, bot er ihr an. Normalerweise mochte sie den Fusel nicht, jetzt griff sie bereitwillig nach der Flasche. »Warum net?« Und sie trank, bis der Alkohol ihre Tränen verbrannte. Warum nicht auch einmal berauscht sein wie die Männer? Keiner sah ihnen zu, keiner würde etwas merken. Sie konnte ihren Mageninhalt auf die Asche speien und dann weitertrinken. Obwohl ihr spürbar wärmer wurde, verlangte sie nach einem Stück von seiner Decke, das er ihr gerne abtrat. Nein, sie wusste immer noch, was sie tat, dass sie gerade dabei war, eine Grenze zu überschreiten. Aber wo stand geschrieben, sie müsse jetzt Trauer tragen und keusch jeder Versuchung widerstehen? War das Leben nicht schon hart genug?

Also entledigte sie sich ihres Pullovers und knöpfte die Bluse auf. »Paul«, flüsterte sie in sein Ohr. »I möcht di um was bittn.« Um noch deutlicher zu werden, griff sie nach seiner Hand und führte sie ganz langsam unter ihren Rock. Keiner hörte ihr Stöhnen, das nicht enden wollte in dieser Nacht, in der alle Dämme brachen.

Ende April 1945, Steinbach, Maller-Hof

Sie bereute nichts und gab sich nicht einmal besondere Mühe, die Spuren im Wohnzimmer zu beseitigen. Paul hatte ihr Dinge gezeigt, von denen sie zuvor nicht einmal zu träumen wagte. Obwohl die beiden auch weiterhin ihre Beziehung geheim hielten, nutzten sie jede sich bietende Gelegenheit, um zusammen zu sein. Dann flohen sie in einen Rausch der Ekstase. Es waren Nächte voller Selbstverleugnung. Triebhafte Lustbefriedigung, welcher sich die einst so züchtige Bauersfrau hemmungslos hingab, um das Elend ihres Alltags zu verdrängen.

Natürlich schmiedeten sie auch Pläne für einen gemeinsamen Lebensweg. Paul zeigte sich nicht abgeneigt, sie zur Frau zu nehmen, wollte aber nichts überstürzen. »Lass uns erst abwarten, wie sich die Dinge entwickeln.« Er meinte damit den Zusammenbruch eines Reiches, das ursprünglich 1000 Jahre bestehen sollte. Mit dem Frühling kam auch der Feind, dem nur noch wenig Widerstand entgegengesetzt wurde. Der Führer, hieß es, habe sich verschanzt oder sei wahrscheinlich bereits tot. Einige Unverbesserliche stemmten sich noch gegen die Niederlage, wollten mit Barrikaden, Knüppeln und Steinen die anrollenden Panzer stoppen.

In den örtlichen Parteibüros brach Panik aus. Wer konnte, entledigte sich seiner Uniform, Abzeichen und Ausweise. Es nahte der Tag der Abrechnung. So verwandelten sich auch in Steinbach die Nazischergen wieder in ehrbare Bürger und unschuldige Befehlsempfänger. Pauls Kumpel, Josef Pommereder, hatte vor, sich gleich nach Eintreffen der Amerikaner in deren Dienste zu stellen. Er konnte ein wenig Englisch und hoffte auf einen Job als Ordner, Aufseher, Kurier oder Polizist. Gegen den Ausdruck »Kollaborateur«, den Paul einmal in den Mund nahm, wehrte er sich vehement: »Wir müssen uns mit den Kerlen so gut es geht arrangieren, ihnen das Gefühl geben, sie hätten alles im Griff. – Freundschaft, peace! You are friends we've been waiting for so long – das wollen sie hören. Dann kommen sie erst gar nicht auf dumme Gedanken.«

Paul begriff Pommereders Hintergedanken: Gut möglich, dass hier bald jeder Hof nach versteckten Waffen oder Maschinen durchsucht wurde. Und wenn dieses Warenlager aufflog, sahen sie sich vermutlich in einer Zelle wieder. »Es sei denn, wir liefern gleich freiwillig alles ab und vergraben die wertvollsten Teile«, schlug Paul bei einer Lagebesprechung in der Scheune vor. Sein Partner winkte sofort ab. »Unser schönes Geschäft kaputt machen? Junge, es kommen verdammt schlechte Zeiten auf uns zu. Willst du auf Seiten der Gewinner stehen, brauchen wir jedes Teil, das von deiner Beute übrig ist.« Aha. Immerhin »seine« Beute, aber bereits »unser« Geschäft. Tatsächlich arbeitete Pommereder inzwischen in vielen Belangen dem Fuchs zu, denn er war mobil und konnte so manches Geschäft in der Stadt und an auswärtigen Orten anleiern.

»Die Amis werden in Steinbach eine Administration einrichten. Wenn ich da als was auch immer reinkomme, bestimme ich, wer, wo und vor allem wann durchsucht wird«, redete er weiter auf Paul ein. Sie hatten gerade einige Kisten vom Stroh befreit und überlegten, wo man sie besser verstauen könne.

Plötzlich kläffte der Hofhund. Emsig versuchten die Männer, rechtzeitig wieder alles zu tarnen. »Soll ich rausgehen, um Zeit zu gewinnen?«, fragte Pommereder. Der folgende Schuss und das Verstummen des Hundes waren Antwort genug. »Was geht da vor?« Paul sprang hinter eine Deckung und Pommereder zog seine Pistole. Der Spalt aus dem vernagelten Fenster der Scheune bot normalerweise einen Blick über fast den ganzen Innenhof. Aber jetzt, gegen 20 Uhr, war es dunkel. Was man dennoch sah: Die Bäuerin näherte sich dem Tor, hinter ihr ging ein Mann.

Paul hatte geistesgegenwärtig die Karbidlampe gelöscht, aber Margit, die nun eintrat, hielt auch eine Lampe in der Hand. Als sie Pommereder vor sich mit der Pistole im Anschlag sah, blieb sie stehen. Der Mann hinter ihr rief: »Waffe weg, Arme hoch und vortreten, bis ich euch sehen kann! Ansonsten geht's der Frau wie dem Hund.«

Margit war starr vor Todesangst, zumal der ungebetene Besucher nun neben ihr stand und ihr den Lauf seiner Pistole unters Kinn drückte. »Was ist jetzt? Kommt man meiner Forderung nach?«

»Sie, Herr ... Herr Hauptmann?«, stammelte Pommereder.

»Wundert dich das?«, grunzte jener voller Überheblichkeit. »Dachtest du, ich komm nicht hinter dein kleines Geheimnis? Deine Freundin aus Steinbach hat ausgepackt. Wie ein Buch redete sie, als ich ihre Finger in den Schraubstock zwängte.«

»Es handelt sich alles um einen Irrtum«, versuchte Pommereder die Situation zu retten, doch der Hauptmann, sein Vorgesetzter, ließ sich nicht beirren. Er war der typische skrupellose Nazikarrierist, der sich daran aufgeilte, Menschen nach allen Regeln des Mittelalters zu foltern. Fett, regelrecht aufgedunsen, aber tadellos gekleidet und immer nett zu kleinen Kindern war er. »Die Frau wird keine Nähnadel mehr benutzen können. Und wenn du willst, dass diese Kröte hier noch ein paar Jahre lebt, dann nimm das Tschechenschwein an der Hand und setzt euch auf den Stapel Reifen da hinten.«

Jetzt erst ließ Pommereder seine Waffe fallen. Er und Paul gingen rückwärts, bis sie fast über die Reifen stolperten. Längst hatte der Fuchs begriffen, was hier lief, denn der Hauptmann war allein gekommen, statt ein Verhaftungskommando mitzunehmen. Ergo: Nur er wusste von Pommereders Geheimnis. Bei einem Mann, der immer auf Vorschriften pochte, bedeutete das: Er wollte ins Geschäft mit einsteigen. Als alle Platz genommen hatten, trug er sein Anliegen vor: »Es dürfte wohl klar sein, dass ich mich nicht den Amerikanern ausliefere. Ihr stellt mir deshalb neue Papiere aus, füllt einen Rucksack mit Schmuck und anderen Wertgegenständen. Dann bekomme ich noch Marschverpflegung, warme Kleider und einen fahrbaren Untersatz, der etwas bescheidener ist als mein Dienstauto – dieses Motorrad mit Beiwagen beispielsweise.«

»Haben der Herr sonst noch Wünsche?«, entfuhr es Paul.

»Seid dankbar, dass ich euer Nest nicht aushebe. Geklaute Wehrmachtsbestände – da baumelt ihr schneller an einem Fleischerhaken, als euch lieb ist. Doch das Leben meint es gut mit euch.« Wieder dieses dreckige Lachen. Paul und sein Partner sahen sich kurz an. »Was sollen wir machen?«, schienen sie sich zu fragen. Ihm das Zeug geben. Eine andere Wahl blieb ihnen ohnehin nicht. Fuchs übernahm deshalb die Initiative: »Gut, du kriegst alles. Aber erst lass die Frau los!« »Nichts lieber als das. Sie stinkt nach Kuhmist.« Und er stieß sie von sich weg. Die Pistole wurde jetzt auf Paul gerichtet. »Ich fürchte, ihr habt vor, mich auszutricksen. Deshalb bleibe ich immer an eurer Seite, wenn ihr mir das Päckchen schnürt.«

»Das kann ein wenig dauern mit den Papieren«, ließ Paul wissen. Zeit spiele keine Rolle, wenn er nur bis zum Morgengrauen aufbrechen könne, erklärte der Parteibonze lächelnd. »Und mein Diener Josef wird alles erledigen, nicht wahr? Wie immer zur besten Zufriedenheit des Hauptmanns.« Diesmal verschluckte er sich fast vor Lachen. Pommereder nickte, wie es einem treuen Diener ziemt. »Chef, wäre es nicht besser, wenn ich gleich mitkäme? Zu zweit haben wir mehr Chancen.«

War das Angebot ernst gemeint? Selbst Paul hielt es für wahrscheinlich, dass Pommereder die Fronten wechselte.

»Muss ich mir noch überlegen. Los jetzt!«

Was die Papiere betraf: Die lagen immer noch in einer der Kisten in der Scheune. Paul ließ sie als Erstes öffnen und wollte sich dann zur Anfertigung der falschen Ausweise auf sein Zimmer zurückziehen. So geschah es. »Josef weiß, wo der Rest zu finden ist«, bemerkte er noch. Der Hauptmann ließ ihn gehen, jedoch mit dem Hinweis, er behalte die Bäuerin als Geisel hier. »Bei der kleinsten Dummheit hat sie ein Loch im Kopf.«

»Was is denn los?«, fragten die Kinder, als Paul in den Flur des Wohnhauses trat. Er hielt sich gar nicht lange mit Erklärungen auf: »Ihr bleibt hier und rührt euch nicht von der Stelle, sonst erschießt er eure Mutter.«

An seinem Schreibtisch sitzend, erwachte noch einmal der Fuchs in ihm: »Kann man den Kerl austricksen?«, fragte er sich und fand keine Antwort. Dies Risiko lohnte sich nicht, denn der Mann wollte nur fliehen. Als Paul gerade den Stempel auf das erste Dokument drückte, ertönte aus der Scheune ein Schuss, dann noch einer und noch einer, kurz hintereinander.

»Scheiße!« rief er, sprang auf und stürmte los. Aber nicht Margit war's, die da in ihrem dampfenden Blut lag, sondern der Hauptmann. Pommereder stand vor ihm, die Pistole in der Hand, reglos auf ihn starrend, während die Frau in einer Ecke kauerte und zitternd wimmerte. Sie hatte einen Schock.

»Er hat sich von mir einlullen lassen«, sagte Pommereder mit kalter Stimme. »Zum Beweis meiner Loyalität sollte ich Margit vergewaltigen. Aber die hat sich so gewehrt, dass er sie festhalten wollte. Dabei konnte ich mir die Pistole schnappen.«

»Und du hast abgedrückt, dreimal. Das war nicht nötig, Josef!«, warf ihm

Paul vor. Aber dieser versetzte der Leiche nur einen verächtlichen Fußtritt, spuckte aus und brummte: »Er hat es so verdient. Außerdem wäre er später wieder gekommen, um sich Nachschub zu besorgen. Er hätte uns nie in Ruhe gelassen. Ich denke, keiner wird ihn vermissen.«

Paul musste sich nicht die Finger schmutzig machen, denn die Entsorgung der Leiche erledigte sein Kollege, der dabei ganze Arbeit leistete. Das plötzliche Verschwinden des Hauptmanns wurde als Flucht vor seiner Verhaftung durch die Amerikaner gedeutet.

Juni 1945, Öd am Wald

Kathi arbeitete gerade im Stall, als ihre Kinder draußen am Hof in Jubelgeheul ausbrachen. Sie vermutete, Onkel Valentin oder Tante Therese seien zu Besuch gekommen, wischte sich mit einem Lappen die Hände ab und ging nach draußen. Was sie sah, war ein Mann, der in die Hocke gegangen war, um Sohn und Tochter in inniger Umarmung zu halten. Ihre Wiedersehensfreude erschöpfte sich in ein hemmungsloses Schluchzen. Er selbst war so überwältigt, dass er das Kommen seiner Frau nicht bemerkte. Und sie wusste nicht, wie ihr geschah. Sollte sie vor Scham im Boden versinken oder Freudentänze aufführen? »Karl«, rief sie entsetzt. »Du lebst!«

Jetzt stand er auf, mit feuchten Augen, während sich die Kinder an ihn klammerten, sah sie an und sagte nur ein Wort: »Kathi.«

Er trug eine zerlumpte Uniform, von der alle Abzeichen entfernt worden waren, um wieder einen Zivilisten aus ihm zu machen. Seine ehemals schwarzen Stiefel waren grau vom Staub, die Hose besudelt mit Schmutz und Blut, ausgezehrt sein Gesicht, lang der Bart, mager die Statur. Aber er schien gesund und unverletzt zu sein.

Tausend Dinge schossen Kathi durch den Kopf, während sie wie gelähmt da stand und ihn anstarrte. Eine Verwechslung? Eine Falschmeldung? Glückliche Fügung oder bewusste Täuschung? Als er auf sie zu schritt, bemerkte sie seine Schwäche. Den Weg vom Bahnhof bis hierher – immerhin gut zehn Kilometer – hatte er zu Fuß zurückgelegt. Aber was war das gegen die Gewaltmärsche in Russland?

Er nahm sie in die Arme und küsste sie – immer und immer wieder, bis beiden die Sinne schwanden und sie sich gegenseitig stützend ins Haus geleiteten. Mit einem erlösenden Seufzer ließ er sich auf das Sofa fallen und bat Kathi um ein Glas Wasser. »Kannst ois ham. A Milli, Bier oder Schnaps.« Die Vorratskammer war bestens gefüllt, doch Karl begnügte sich mit schlichtem, klarem Brunnenwasser, das ihm nach all den Entbehrungen ebenso wertvoll wie Wodka war.

Es wurde Mittag, bis sich der Hausherr gewaschen und umgezogen hatte. Nun machte sich Kathis Vorsicht bezahlt: Aus Angst vor unvermutet eintreffenden Nachbarn oder Verwandten hatte sie stets alle Spuren ihres heimlichen Liebhabers beseitigt. Nichts deutete darauf hin, dass in diesen Räumen bisweilen ein fremder Mann verkehrte. Selbst seine Haare im Abfluss des Waschraums wurden immer akribisch entfernt.

Kathi plagten Gewissensbisse, als sie am Herd stand und das Essen zubereitete. Karl, der diesen Tag seiner Rückkehr genoss wie keinen anderen zuvor und im Glück des trauten Familienlebens schwelgte, spürte dennoch, dass seine Frau irgendwie neben sich stand. Das musste die Wiedersehensfreude sein. Was sonst?

Nach Einnahme der Mahlzeit berichtete Karl, wie es ihm ergangen war: Sein Trupp befand sich praktisch ständig in der Rückwärtsbewegung, ohne Widerstand zu leisten. Es ging ihm nur noch darum, in die amerikanisch oder englisch besetzte Zone zu kommen, denn als Gefangener der Russen hätte er keinen Pfifferling mehr auf sein Leben gegeben. Im günstigsten Fall hätte er den Rest seiner Tage in einem sibirischen Arbeitslager verbracht. Das Vorhaben glückte: Den ersten GIs, denen sie begegneten, warfen sie ihre Waffen vor die Füße und erklärten sich selbst zu »war prisoners«. Dafür durften sie das Lager ein paar Wochen nach Unterzeichnung der Kapitulation Deutschlands als freie Männer verlassen. Ohne Geld, Gepäck und Proviant schlug sich Karl Hartl in seine Heimat durch, nicht wissend, ob sein Haus noch stand und seine Familie am Leben war. Dass er alles fast unverändert vorfand, dafür machte er allein Kathis Stärke verantwortlich. Es erfüllte ihn mit Stolz, sie zur Frau zu haben.

Der Hof litt offenbar keine Not. Erst am nächsten Tag wollte er sich ein genaueres Bild von der Lage machen, denn jetzt forderte die Müdigkeit ihren Tribut.

Als er am Morgen erholt und voller Tatendrang aus dem Bett stieg, erinnerte er Kathi an ihre erste Bemerkung: »Hast du glaubt, i wär tot?«, fragte er sie. »Hätt doch sei könna, oda?«, wich sie ihm aus. Als er die mit Konserven gut gefüllte Vorratskammer sah, blieb ihr nichts anderes übrig, als zuzugeben, sie betreibe in Steinbach Schwarzmarktgeschäfte. »Du traust di!«, zollte er ihr Respekt. »Aber des is iaz vorbei. Iaz bin i wieder am Hof.« Was den mageren Bestand an Vieh und Nutztieren betraf, konnte Karl seine Enttäuschung nicht verbergen. »De Viecher san unsa Kapital. Es werd a Hungersnot komma«, sah er voraus. Nachmittags nahm er das Fahrrad und sauste los, um allen Nachbarn einen Besuch abzustatten.

Kaum war er weg, schrie seine Frau: »De Sau. De Drecksau, de elendige!« Und ihre Kinder wunderten sich über diesen unerklärlichen Zornesausbruch. Mutti meinte mit der »Drecksau« doch nicht etwa Papi?

Juni 1945, Steinbach, Maller-Hof

Paul Waczek war damit gemeint. Er war es gewohnt, von unzufriedenen Kunden mit solchen Ausdrücken bedacht zu werden. Und Josef Pommereder, der sich tatsächlich einen Job bei der Militärverwaltung erschlichen hatte, hielt ihm den Rücken frei. Geschäftlich lief alles bestens. Auch zwischenmenschlich? Paul hatte immer noch nicht vor, Kathi zu heiraten, aber treu bleiben wollte er ihr schon. Treue bedeutete ihm viel, aber noch wichtiger waren ihm Macht und Profit.

Das bewahrheitete sich an diesem Samstagnachmittag, als ihn Kathi am Maller-Hof aufsuchte. Wieder einmal hatte ein Nachbar die Frau nach Steinbach gebracht – und Karl, der war zum Glück unabkömmlich zu Hause. »I schau mi mal um, ob i no was ergattern kann«, hatte sie zu ihm gesagt. Zwar hielt es Karl für zu gefährlich, wenn sie alleine hamstern ging, doch just an diesem Tag konnte er nicht fort. Es war die erste Gelegenheit für Kathi, der »Drecksau« die Leviten zu lesen. Entsprechend geladen trat sie ihm nun entgegen, ja, sie rannte ihn fast um, als er sie in der Scheune wie üblich umarmen wollte.

Sie sagte ihm das übelste Schimpfwort, das sie in ihrem Sprachschatz hatte: »Dreckswichser!«.

»Na hör mal! Was ist dir denn für eine Laus über die Leber gelaufen?« Links rechts fing er sich zwei Ohrfeigen ein. Und als sie zu allem Überfluss auch noch zu spucken begann, stieß er sie rüde ins Stroh. Ihr verachtender Blick irritierte ihn. »Hab ich ihr in den letzten Tagen Grund gegeben, so böse auf mich zu sein?«, fragte er sich.

»Rat moi, wer zruckkomma is!«, giftete sie ihn an. Immer noch begriff Paul nicht.

»Wer denn?«

»A Leich!«

»Eine Leiche?«

»Ja, da Karl is komma – putzlebendig und no ois an eam dran. Sauba hast des hinkriagt, Paul. Hast mi mit am billign Trick flach glegt wie a Hur!«

»Lass mich erklären, Kathi ...«

»Gibt nix zum Erklärn!« Sie rappelte sich auf und ging ihm an die Gurgel, wobei er rechtzeitig ihre Handgelenke griff und sie zur Mäßigung aufforderte. Am Maller-Hof glaubte man, zwischen ihm und Kathi bestehe nur eine geschäftliche Beziehung. Wer sie so streiten sah, kam zwangsläufig zu einem anderen Schluss. »Liebste Kathi. Das ist alles ein furchtbares Missverständnis. Ich hatte wirklich Meldungen von Karls Tod, doch keine offiziellen. Sollte ich zusehen, wie du jahrelang vergeblich auf ihn wartest, dich dabei aufzehrst, daran verzweifelst, vielleicht sogar ... stirbst?«

Sie entgegnete, sterben sei nicht die schlechteste Lösung. Jedenfalls glaube sie ihm kein Wort. Karl habe nämlich nichts von einem Todeskommando erzählt. »Du hast mi nur benutzt. I könnt di umbringa«, schluchzte sie.

»Bitte.« Er ließ sie los und streckte die Arme weit von sich. »Schlag mich! Zahl mir alles heim! Ja, ich habe dich benutzt und hätte dich weiter benutzt. Aber vergiss nicht, was du dafür alles bekommen hast.«

»Du bist's net wert, dass i di nomal anrühr«, fauchte sie ihn an, was Paul ein zufriedenes Nicken entlockte. »Alles klar. Dann lass uns die Affäre beenden. Du hast deinen Mann wieder und ich tu, als wär nie was zwischen uns beiden gewesen.« Eine saubere Trennung im beiderseitigen Einvernehmen also. Die Sache hatte nur einen Haken:

»I kriag a Kind von dir.«

»Wie bitte?«

»A Kind. I bin schwanger.«

»Von wem? Von mir?«

»Von wem sunst?«

Nun sank Paul ins Stroh und benötigte mindestens eine Minute, bevor er die ganze Tragweite dieser Mitteilung begriff. »Wie lange?«, wollte er wissen. »Dritter Monat.«

»Hm. Wir können schlecht sagen, dass es von ihm ist.« Er sah sie an und erkannte, wie zerrissen sie innerlich war. »Willst du ihm alles beichten?« Sie nickte. »Das könnte eure Ehe zerstören, dir Schimpf und Schande bei allen Leuten einbringen.« Sie nickte wieder und meinte: »Dös hast du mir eibrockt.« »Das würde auch mich in … gewisse Schwierigkeiten bringen. Außerdem waren Karl und ich gute Freunde.« »Lügner!« »Hätte er mir sonst den Brief mitgegeben?«

»Ois hast kaputt gmacht, ois.« Mit diesen Worten wandte sie sich verbittert ab und wollte gehen.

»Bleib!« Paul stellte sich ihr in den Weg. »Ich möcht …« Er rang um die richtigen Worte. »Ich möcht versuchen, einen Teil meiner Schuld wieder gut zu machen, den … den Schaden so gering wie möglich zu halten.«

»Willst mir Geld geb'n?«

»Nein. Wir könnten … wir könnten das Kind … wegmachen lassen.«

Das traf sie wie eine Bombe. Ihr ungeborenes Kind töten, um die Affäre zu vertuschen? War das nicht Mord? Paul erriet ihre Bedenken und versuchte sie zu zerstreuen: »Das da in dir drin ist nur ein Stück Fleisch, ein Geschwür ohne Gefühle und Gedanken, ohne Seele. Bevor es zum Menschlein wird, können wir es bedenkenlos entfernen lassen. Ich kenne einen Arzt, der macht das.«

Am nächsten Tag bekam Kathi plötzlich starke Bauchschmerzen. Sie gab ihrem Mann die Nummer eines Arztes in der Kreisstadt. »I hatt scho moi so was. Der kennt se do aus«, erklärte sie ihm, dass es genau dieser Mediziner sein müsse – und nicht ihr Hausarzt Doktor Stockinger aus Steinbach. Als Karl über einen Nachbarn, der Telefon besaß, diesen Frauenarzt anrief, war dort bereits alles vorbereitet. Kathi wurde sogar mit dem Auto abgeholt.

Karl fuhr mit, verbrachte bange Minuten im Wartezimmer, während im Behandlungsraum ein Kind entfernt wurde. Schließlich klärte ihn der Doktor auf: »Es ist alles gut gegangen. Ihre Frau hatte eine Vergiftung. Wir mussten ihr den Magen auspumpen. Eine Nacht sollte sie noch hier bei uns verbringen.« Dagegen hatte Karl nichts einzuwenden. Er blickte noch einmal auf seine Frau, die im Krankenzimmer der Praxis lag und ein starkes Schlafmittel bekommen hatte. Am Ausgang begegnete ihm der Assistent des Arztes. Er trug einen Eimer mit dem Mageninhalt von Kathi, den er hinter dem Haus in ein Erdloch schüttete.

August 1945, Öd am Wald

Es sollte noch schlimmer kommen für Kathi Hartl. Eines Abends kehrte Karl aus Steinbach zurück und hatte einen ganzen Sack voller Waren dabei. »Warum hast mir nie verzählt, dass'd an Paul kennst!«, begrüßte er sie freudestrahlend und breitete die Gaben auf dem Esstisch aus. »Da schau, was i mitbracht hab. Ois von eam – umsunst.« Völlig ausgelassen umarmte er sie, drückte ihr einen Kuss auf die Wange und zeigte ihr jedes einzelne Stück.

»I versteh gar nix«, stellte sie sich dumm.

»Na den Fuchs – den Waczek Paul, mein oidn Spezi. Er hot dir doch den Brief gebn. Nie hast über den Brief gsprochn.« Nein. Nie hatte sie den Brief erwähnt. Ein taktischer Fehler, aber Karl fiel das in seiner Euphorie gar nicht auf. Er hatte ja auch nicht bemerkt, dass die Konserven in der Vorratskammer aus Wehrmachtsbeständen stammten. Nun blieb der Frau nichts anderes übrig, als zuzugeben, dass sie Waczek kenne. »In Steinbach hab i eam troffa, letztn Winter. Er hot mir dein Brief gebn.«

Was hatte ihm Paul noch erzählt? Mit jeder Bemerkung konnte sie sich in einen Widerspruch verstricken. Karl tat ihr den Gefallen und plapperte weiter: Paul Waczek, das sei sein bester Kumpel bei der Armee gewesen. Zumindest in dieser Sache hatte Paul also die Wahrheit gesagt. Aber er gab Karl nie das Versprechen, Kathi auch materiell zu unterstützen. Karl wusste nur, dass Paul versuchen wollte, sich mit seinem Trupp auf eigene Faust aus der Schusslinie zu bringen. Er wusste nichts von den vier schwer beladenen Lastern – bis zu diesem Tag, als sich die alten Kameraden zufällig in einem Steinbacher Gasthaus begegneten. Das Gespräch verlief etwa so:

»Karl, alte Wursthaut. Bist schon lange hier?«

»No net lang.«

»Hast du mich denn ganz vergessen?«
»Ehrli gsagt, i hab gar nimma an di denkt.«
»Ja ja. Die Zeiten sind schnelllebig geworden, Karl. Trinkst ein Bier mit mir?«
»Freili. Wenn's sei muaß a zwoa.«
Paul ließ weiterhin Vorsicht walten. Er berichtete lediglich, es sei ihm gelungen, ein paar Sachen mitgehen zu lassen und damit ein Schwarzmarktgeschäft zu eröffnen. Durch geschickte Tauschgeschäfte sei es ihm möglich, stets das zu organisieren, was die Menschen am dringendsten benötigten. Fazit dieser Begegnung: Paul und Karl beschlossen, sich jetzt regelmäßig zu treffen und ihre Freundschaft zu pflegen. Dies beinhaltete auch eine Kooperation wirtschaftlicher Art.

»Wenn du wissn tätst«, dachte Kathi mit Grausen, »dass dei toller Freund mit mir gschlaffn hat.« Die Vorstellung bereitete ihr Übelkeit – und sie musste wieder an das Kind denken, wie es in den Kübel plumpste. Der Kübel, in den sie sich selbst am liebsten übergeben hätte. Zu früh hatte sie geglaubt, darüber hinweg zu sein. Je mehr Karl über die Raffinesse dieses Fuchses schwärmte, desto näher kam sie einer Ohnmacht. »Gott, lass es net wahr sei! Lass es bitte net wahr sei!« Was nützte es, dass Paul die Beziehung zu ihr abgebrochen hatte, wenn er bald als Intimus des Hausherrn in die gute Stube zurückkehrte, freundlich lächelnd am Sofa Platz nahm, wo sie es miteinander getrieben hatten, und ihr Komplimente machte, wie tüchtig sie als Bäuerin sei. Ja, diese Szene konnte sie sich bereits lebhaft ausmalen.

Als Karl plötzlich sagte, er habe Paul für Sonntag zum Mittagessen eingeladen, gab's kein Halten mehr. Kathi simulierte Schmerzen, flüchtete in die Toilette und weinte sich aus.

An besagtem Sonntag musste Karl wegen eines natürlichen Bedürfnisses diese Lokalität ebenfalls aufsuchen. Kathi nutzte die Gelegenheit, ihrem Gast bittere Vorwürfe zu machen: Wie könne er nach allem, was war, ihrem Mann die Freundschaft anbieten und sich so wieder in ihr Leben drängen? Ob er denn nicht schon genug angerichtet habe?, fragte sie ihn und forderte unmissverständlich: »Lass Karl in Ruh! Mach koane Gschäft mit eam!«

Pauls Antwort war ein Grinsen. Dann meinte er völlig gelassen: »Du solltest nicht nachtragend sein. Was zwischen uns war, ist erledigt und bereinigt, und Karl wird nie etwas davon erfahren. Was jetzt zwischen mir und ihm ist, hat dich einen Dreck zu scheren. Wir sind Partner und profitieren voneinander. Nur wenn er mich einlädt, komm ich hierher, und in Luft auflösen kann ich mich nicht.«

Der Albtraum hatte Gestalt angenommen für Kathi Hartl und sollte nie mehr enden.

Strafe Gottes

Herbst 1945 bis August 1950

Paul Waczek hatte ein persönliches Interesse daran, seine Affäre mit Kathi Hartl geheim zu halten. Erstens durfte er sich seinen besten Geschäftspartner Karl nicht zum Feind machen, zweitens befand er sich wieder in festen Händen und wollte seiner Lebensgefährtin dieses peinliche und intime Kapitel seines lasterhaften Lebens aus verständlichen Gründen verschweigen. Natürlich wusste Lisbeth längst, welchen Strolch sie sich da angelacht hatte, aber das war ihr egal. Schließlich profitierte sie sexuell und gewerblich von Paul.

Dieser hatte sich notgedrungen verändern müssen. Blättern wir zurück: Im Oktober 1945 kam Hanno Gruber nach kurzer amerikanischer Gefangenschaft auf seinen Hof zurück und übernahm als Bauer wieder das Kommando, während ihm Waczek mit seinem Schwarzhandel zunehmend ein Dorn in Auge war. Er hätte den Kerl gern für die Landwirtschaft angestellt, aber Paul hielt nicht mehr viel von geregelter körperlicher Arbeit, zumal er mit krummen Touren wesentlich mehr verdiente. Trotzdem litt er ständig unter Geldnot. Was er einnahm, verjubelte er in den Wirtshäusern oder gab es für Frauen aus – solche, die es für Geld taten.

Kurzum, Paul wurde vor die Wahl gestellt: Bleiben durfte er, wenn er für sein Zimmer Miete zahlte, dort keine Damenbesuche hatte und den Schwarzmarkt nur außerhalb des Hofes betrieb. Andernfalls müsse er sich bei aller Freundschaft nach einer neuen Herberge umsehen. Da versuchte der Gast über die Mitleidstour, seinen Aufenthalt zu verlängern, indem er vorgab, er fände in ganz Steinbach kein Zimmer, das er sich leisten könne. Was blieb Hanno anderes übrig, als selbst aktiv zu werden, wollte er nicht Waczeks Zorn und Rache provozieren? So überredete er seine Schwester Lisbeth, sie möge Paul vorübergehend ein Zimmer im Gasthaus Metzgerwirt anbieten.

Lisbeth hatte zuvor als Bedienung in der Stadt gearbeitet. Als beim Metzgerwirt der Posten des Geschäftsführers vakant war, holte Ziehmutter Centa Wimberger die ledige 34-Jährige zurück in die Heimat und machte sie zur Wirtin. Aber das Geschäft ging mehr schlecht als recht in diesen Nachkriegsjahren – was sich besonders in den dürftigen Übernachtungszahlen äußerte. Deshalb war es auch kein großes Opfer, Paul eines der zehn Fremdenzimmer zu überlassen. Er sollte sich aber, um die durch ihn entstandenen Unkosten zu decken, im Betrieb nützlich machen.

Im Februar 1946 zog er um und brachte bald viel Kundschaft in die

Gaststube, da er hier mit seinen Geschäftspartnern zu verhandeln pflegte. Zwielichtige Gestalten aus der Stadt, die zum Hamstern kamen, lotste er vom Bahnhof direkt ins »Hotel Metzgerwirt«. Die Wirtin erkannte sofort, dass ihr Paul auch in anderer Hinsicht dienlich sein konnte, und schmiss sich an ihn heran wie eine junge Dirne. Zweifel, er könne sie wegen ihres Alters verschmähen – schließlich war er neun Jahre jünger –, erwiesen sich als unbegründet. Paul verschaffte ihr berauschende Glücksmomente und sicherte sich damit eine feste Bleibe im Metzgerwirt. Lisbeth – man darf es so sagen – fraß ihm aus der Hand. Sie wies ihm einige ungenutzte Kellerräume zu, wo er sein Material verstauen konnte. In nächtlichen Aktionen transportierte er es stückweise vom Gruber-Hof hierher.

Sozial abgesichert und aller Sorgen ledig wurde Paul immer skrupelloser. Keine Gaunerei war ihm fremd, wenn es um den eigenen Vorteil ging. Josef Pommereder, der im Januar 1947 seinen Dienst bei der Landpolizei Steinbach antrat, hielt ihm dabei den Rücken frei. Nur einmal vergaloppierte sich der Metzgerfuchs, als er versuchte, den Arzt, der in seinem Auftrag bei Kathi Hartl die Abtreibung vorgenommen hatte, wegen dieses Vergehens zu erpressen. Wie die Sache letztlich ausging, kam beim Mordprozess 1958 zur Sprache.

Kathi jedenfalls war bald wieder schwanger und brachte im September 1946 eine gesunde Tochter zur Welt. Das Kind wurde auf den Namen Theresia getauft, aber von Beginn an nannte man sie nur Resi. Ein Jahr später folgte Stefanie. Die Bäuerin selbst fand sich mit ihrer Lage im Schatten des Fuchses ab, machte gute Miene zum bösen Spiel, wenn er geschäftlich nach Öd kam. Immerhin blieb er nie länger als eine Stunde und betrat selten das Haus. »Ich muss gleich wieder weiter, hab noch einige Termine«, sagte er, wenn Karl ihn zu einem Schnaps oder einer Brotzeit einladen wollte. Kathi gab sich dem Gast gegenüber sehr reserviert, obgleich sie ihn stets höflich grüßte.

Karl, der keinen Verdacht schöpfte, sah es ganz gern, wenn sich Kathi nicht in die »Geschäfte der Männer« einmischte. Paul organisierte für Karl hauptsächlich Baumaterial, Tiere und Werkzeug, bisweilen auch Medikamente und Spirituosen. Im Gegenzug lieferte Karl Getreide, Gemüse und Obst. Häufig zog er los, um Paul bei Beutezügen zu »assistieren«. Dass es sich dabei um Straftaten handelte, blieb Kathi verborgen. Aber ihr war längst klar: All die wunderbaren Dinge, die ihr Gatte nach Hause brachte, konnten nicht auf legalem Wege beschafft worden sein. Sie nahm es hin, solange alles blieb, wie es war.

Dann folgte die unselige Geschichte mit dem Hund, den Paul nach Öd brachte und nicht wieder abholte. Daraus resultierte eine erste Missstimmung zwischen den einstigen Freunden. Wenig später rauchten sie wieder Friedenspfeife beim Metzgerwirt und leiteten ein neues Geschäft ein: Schmalz gegen Zement sollte getauscht werden. Aber Paul hatte dabei nichts anderes im Sinn, als sich wegen des Hundes zu rächen. Er versuchte, nachts die Vorratskammer der Hartls zu plündern.

Der Metzgerfuchs musste sich in der Folgezeit böse Vorwürfe des Bauern anhören. Ihre Geschäftsbeziehung lag auf Eis, wurde jedoch sporadisch wieder aktiviert. Immer dann, wenn Karl dringend etwas benötigte, was nur der gewiefte Schwarzhändler besorgen konnte, trafen sie sich beim Wirt, tranken ein Bier miteinander und bemühten sich um einen möglichst sachlichen Umgangston.

»Des hätt's doch gar net braucht mit dem Einbruch«, beklagte sich Karl einmal im Gegenwart seiner Frau. »Mir zwoa hättn no so vui zrissn.« So trauerte er dieser Freundschaft nach, während sie sich ins Fäustchen lachte, weil Paul nun endgültig aus ihrem Leben verschwunden schien. Dafür drückte die Last ihrer unauslöschlichen Schuld wie ein Mühlstein auf ihr Gemüt. Man hatte ihr Kind verbuddelt wie einen Haufen Hundekacke. So erschien ihr das folgende Unglück als gerechte Strafe Gottes:

Im Februar 1949 verbrannte ihre Tochter Steffi. Karl arbeitete gerade auf dem Feld, Kathi war mit den drei älteren Kindern im Stall und versorgte die Kühe. Da hörte sie Schreie aus dem Haus. »Schau mal nach, Seppi«, trug sie ihrem Ältesten auf. Es kam wiederholt vor, dass das Mädchen, das sehr umtriebig war, aus seinem Laufstuhl kletterte und sich in der Wohnküche verletzte. Einmal hatte es sich am Ofen gebrannt, einmal war es mit dem Kopf gegen eine Kante gestoßen, einmal schnitt es sich mit einem herumliegenden Messer. Oder Steffi verschluckte etwas, das man besser nicht in den Mund nimmt. Wie dem auch sei, Sepp sollte den Schaden beheben und dann das Kind beaufsichtigen.

Doch Sepp drang gar nicht bis zum Unglücksort vor: »Mama, in da Küch brennt's«, meldete er aufgeregt. »Jessas!« Alles liegen und stehen lassend stürmte die Mutter ins Haus, wurde aber bereits im Flur von einer Wand aus Qualm gestoppt. Mit einem nassen Tuch um den Kopf drang sie bis in die Wohnküche vor. Die Vorhänge standen in Flammen, ebenso die Kleider an der Fensterbank und eine Kiste mit Holzspänen. Das Lampenpetroleum hatte sich über den Tisch ergossen und warf eine meterhohe Stichflamme. Den meisten Qualm erzeugte der brennende Teppich. Kathi erkannte all das in Sekundenbruchteilen, denn sofort begannen ihre Augen zu schmerzen. Und dann drohte sie selbst ohnmächtig zu werden.

Wo war Steffi? Auf dem Weg zum Fenster stolperte sie über das Kind, dessen Kleider Feuer gefangen hatten. »Schnell! Werft's so vui Schnee nei wia's geht!«, rief sie den Kindern draußen zu. Dann wurde ihr wieder schwarz vor Augen und sie torkelte auf den Flur, wo sie erkannte, dass bereits Flammen an ihrem Rock züngelten. Zum Glück lag noch viel Schnee im Hof, in dem sie sich wälzte, um das Feuer zu ersticken, während Sepp mit der Schaufel die weiße Pracht ins brennende Zimmer beförderte, dass es nur so zischte. Wenig später rückten Nachbarn an und bekämpften den Brand mit Wasser.

Der Schaden hielt sich in Grenzen, weil es eher ein Strohfeuer war. Der Ruß am Mobiliar und an der Wandverkleidung ließ sich abhobeln. Unwiederbringlich verloren aber war das Kind. Es lebte nicht mehr, als es endlich geborgen werden konnte. Schwerste Verbrennungen am ganzen Körper hatte es davongetragen.

Nach Ermittlungen der Feuerwehr und der Polizei stand fest: Steffi hatte ihren Laufstuhl wieder einmal verlassen, war auf den Stuhl am Tisch geklettert, hatte dort mit einer Kerze gespielt, diese umgeworfen und dabei eine Zeitung in Brand gesetzt. Zu allem Überfluss stand auch die Petroleumlampe in Reichweite des Mädchens. Mit dem Brennstoff in der Kartusche – die Flüssigkeit sah ja aus wie Wasser – versuchte es, das Feuer zu löschen, was das Debakel schließlich vollkommen machte.

Die Mutter erlitt einen Schock und musste fürchten, ein weiteres Kind zu verlieren, denn sie war im vierten Monat schwanger. Im Juli 1949 brachte sie dennoch wieder eine gesunde Tochter zur Welt, die nun Gertrud getauft wurde. Doch auch ihr war kein langes Leben vergönnt: Am 17. August 1950 ertrank sie bekanntlich beim Spielen am Hof im Wassereimer.

Konnte Kathi das erste Unglück noch als Laune des Schicksals abtun, sah sie sich jetzt als Opfer eines Fluches: Jedes Kind, das sie zur Welt brachte, würde bald ein solch gewaltsames Ende nehmen. Und wer weiß, vielleicht traf es demnächst auch Sepp, Maria oder Resi. Sollte sie beichten? Nein, Kathi wusste nur zu gut, Gott würde ihr nicht verzeihen, solange sie nicht den Mut aufbrachte, es allen zu sagen: »Hört her! Ich habe die Ehe gebrochen und ungeborenes Leben getötet. Straft mich und verdammt mich, damit kein weiteres unschuldiges Kind geopfert wird.«

Der Gatte deutete ihre Schwermut als Schmerz über den Verlust. Um nicht angesteckt zu werden, entfloh er dem trauernden Haus, wann immer er nur konnte. Ablenkung verschaffte ihm der Wahlkampf für »seine« Bayernpartei. Häufig verbrachte er die freien Abende in Steinbacher Gasthäusern und wurde dort mit so mancher Frau in fröhlicher Unterhaltung gesehen. Auch Lisbeth Gruber gehörte zu jenen, denen er in die Wange kniff und heimlich unter die Bluse fasste.

November 1998, Winzingermoos

Das kleine Nest Hochfeld liegt im letzten Zipfel des Landkreises. Unweit davon befindet sich der Weiler Winzingermoos, bestehend aus vier Anwesen. Eines davon ist der ehemalige Hof der Steiningers, den die Schafhalter-Familie nach ihrer »Flucht« aus Öd bewirtschaftete. Längst hat ihn ein anderer Bauer in Besitz genommen, aber Anna Steininger wohnt noch im Austragshaus ihrer Eltern, das gleich neben dem Hof errichtet wurde. Anna geht halbtags in die Stadt zum Arbeiten, obwohl sie genug Geld hätte, um sich schon zur Ruhe zu setzen. Sie lebt sehr zurückgezogen mit ihren vier Katzen und zwei Wellensittichen.

Nach ihrer Scheidung vor zehn Jahren hat sie den Mädchennamen wieder angenommen, obwohl dieser doch mit so viel Tragik behaftet ist. Der Zeitungsbericht über den Verhandlungsauftakt vor 40 Jahren wurde ihr von Bekannten zugetragen. Beruhigt erkannte sie, dass ihr Name darin nicht auftauchte. Nur in einem Absatz wurde erwähnt, dass es im Zuge der ersten Ermittlungen einen weiteren Verdächtigen gab, dem man aber nichts nachweisen konnte. Der Artikel verschwand im Aktenordner bei den anderen Berichten, die ihre Eltern gesammelt hatten.

Anna Steininger legt Wert auf Ordnung und Sauberkeit, auch wenn sie so gut wie nie Besuch bekommt. Manchmal spielt sie mit den Kindern nebenan oder liest ihnen Geschichten vor. Manchmal geht sie ins Theater oder in die Oper, wie sie es mit ihrem Mann immer getan hatte. Er war ein gebildeter Mann – eine bessere Partie, wie man zu sagen pflegte. Dass er sie als einfaches Mädel vom Land zur Frau nahm, hatte Anna mit Stolz erfüllt. All die Jahre über hatte sie versucht, sich fortzubilden und sich für das zu interessieren, wofür er sich interessierte. Doch als sie auf die 50 zuging, schmückte er sich mit jüngeren Frauen. Die Scheidung beschert ihr ein leidliches Einkommen. Trotzdem geht sie wieder arbeiten, weil ihr zu Hause die Decke auf den Kopf zu fallen droht.

Sie bügelt gerade bei klassischer Musik einen Berg Wäsche, als es läutet. Wie immer geht sie erst zur Haussprechanlage. »Ja bitte?« »Pfarrer Moritz Zumüller schickt mich zu Ihnen.« Damit ist für sie klar, dass sie diesen Besuch abwimmeln muss. »Danke. Mit dem will ich nichts zu tun haben. Wer sind sie denn?« Sie vermutet, es handle sich um einen Reporter, der mehr über ihre Geschichte erfahren möchte. Der Stimme nach zu schließen dürfte es ein sehr alter Vertreter seiner Zunft sein.

»Ich kann Ihnen das nicht hier über Mikrofon sagen. Sie müssen mich sehen, um es zu glauben.« Offenbar ein Irrer. Anna Steininger wird deutlicher: »Tut mir leid. Ich bitte Sie, wieder zu gehen.« »Bevor Sie nicht aufmachen, gehe ich nicht weg. Selbst wenn ich erfriere.« »Dann rufe ich die Polizei.« »Entschuldigen Sie die Störung.«

An den klappernden Schritten auf dem Pflaster glaubt die Frau zu entnehmen, der Unbekannte entferne sich wieder. Aber die Neugier treibt sie doch zum Spion an der Tür. Da es bereits dämmert und sich der Novembernebel breit macht, erkennt sie nur einen dunklen Mantel, der sich die Einfahrt hoch bewegt. Oben an der Hauptstraße scheint ein Auto zu stehen. Keine Minute später läutet das Telefon. Anna Steininger ahnt, dass es der Unbekannte ist, der nun über Handy anruft. Trotzdem geht sie an den Apparat. »Steininger«, meldet sie sich gereizt. Aber es ist nicht die Stimme des Besuchers: »Hans Knopp, Rechtsanwalt. Ich habe hier einen fast 79-jährigen Mann, der mit Ihnen sprechen will. Bitte tun Sie ihm den Gefallen. Es ist vielleicht der Letzte, den sie ihm erweisen können. Er sitzt jetzt bei mir im Auto. Ich bürge für ihn.«

»Warten Sie einen Augenblick.« Sie überlegt, in welchem Zusammenhang sie den Namen Knopp schon einmal gehört hat. »Waren Sie nicht der Verteidiger dieses Waczek, der die Hartls erschossen hat?« »Richtig. Und dieser Waczek möchte Sie sprechen.« Einen Moment verharrt sie schockiert. Dann hat sich die Steininger-Tochter wieder im Griff: »Es gibt nichts zu besprechen. Ein Doppelmörder kommt mir nicht ins Haus.« Sie knallt den Hörer auf die Gabel.

Eine Viertelstunde vergeht, dann späht sie wieder aus dem Spion und erkennt mit Erschrecken: Das Auto steht immer noch da. »Was soll ich der Polizei sagen?«, spricht sie zu sich selbst. »Niemand kann denen da verbieten, zu parken und zu warten.« Dann steckt sie das Bügeleisen aus und dreht die Musik leise. Sie lässt sich im Sessel neben dem Telefon nieder und wartet. Nach 15 Minuten läutet es wieder. Als das Klingeln unerträglich wird, hebt sie ab.

»Haben Sie es sich überlegt?«, fragt der Anwalt.

»Er darf kommen – aber nur in Ihrer Begleitung.«

»Sie könnten ohne mich offener mit ihm reden.«

»Ich habe nichts zu verbergen.«

»Gut. Augenblick bitte.« Knopp schaltet sein Handy auf stumm und verhandelt mit Waczek. »Mein Mandant ist einverstanden«, lässt er schließlich wissen.

Anna Steininger zittert am ganzen Leib, als sie die Herren ins Haus lässt. Sie grüßt mit einem Nicken und vermeidet, ihnen die Hand zu geben. Im Wohnzimmer weist sie ihnen einen Platz auf dem Sofa zu. Sanft umschmeicheln die Katzen Pauls Beine, während Knopp von den Tieren eher angewidert ist. Intensiv mustert die Hausherrin den vermeintlichen Doppelmörder, der einen fast bemitleidenswerten Eindruck auf sie macht. Abgesehen von seiner Nase und dem leicht hinkenden Gang erinnert nichts mehr an den Fuchs, dessen verschlagenes Gesicht auf unzähligen Pressefotos konserviert wurde.

Waczek erkennt ihre Ungeduld und kommt gleich zum Thema: »Ich weiß, dass Ihre Eltern nicht geschossen haben. Ich weiß auch, was Sie und Ihre Familie durchmachen mussten. Aber ich habe unschuldig 20 Jahre im Gefängnis verbracht, und das ist viel schlimmer. Deshalb bin ich zurückgekommen, um die Wahrheit zu finden. Und nur Sie können mir dabei entscheidend weiterhelfen.«

»Sagt das der Pfarrer?«, bemerkt Frau Steininger mit belegter Stimme. Paul nickt. »Ja, und er weiß etwas, über das er wegen des Beichtgeheimnisses nicht sprechen kann: die Beziehung Ihrer Eltern zu Karl und Kathi Hartl. Darüber müssten auch Sie Bescheid wissen, wenn Ihre Eltern es Ihnen irgendwann verraten haben.«

»Mutter hat's mir gesagt, als sie im Sterben lag«, gibt sie freimütig zu, worauf sich Paul ein leichtes Lächeln abringt. »Nun, Frau Steininger. Ich denke, es wäre nicht gut, wenn Herr Knopp weiter zuhört.« »Es macht mir gar nichts aus, im Auto zu warten. Ich hab Klimaanlage«, bemerkt dieser eifrig und vermag seine Enttäuschung doch nicht ganz zu verbergen, als die Frau einwilligt.

Plötzlich allein mit diesem Waczek, wird Anna Steininger mulmig, was ihm nicht entgeht. »Wie alt waren Sie damals, als die Polizei Sie verhört hat?«, fragt er besonnen und lehnt sich gemütlich auf dem Sofa zurück.

»Sieben oder acht. Ich hätte fast gepinkelt vor Angst.«

»Es muss Ihnen wie ein Albtraum vorgekommen sein.«

»Gewiss. Wir hatten nie was mit der Polizei zu tun und großen Respekt vor ihr.«

»Ich möchte das Andenken Ihrer Eltern nicht schädigen. Was Sie auch sagen, es bleibt unter uns«, stellt Waczek klar. Sie fasst zögernd Vertrauen und fordert ihn auf, seine Fragen zu stellen.

»Dann erzählen Sie mir, wie die Beziehung zwischen Ihren Eltern und den Hartls am Ende wirklich war.«

22. August 1950, Öd am Wald

Auch die tiefgläubige Marlies Steininger deutete die zwei Unglücksfälle am Hartl-Hof als Strafe des Allmächtigen und rätselte, weshalb hier mit solcher Härte zu Werke gegangen war. Für sie stand fest, dass nichts willkürlich geschah: Peinigte rechtschaffene Menschen das Schicksal, handelte es sich um eine Prüfung ihres Glaubens, traf es sündige Menschen, war es die unmissverständliche Aufforderung, Buße zu tun und ihr Leben zu ändern. Zu Letzteren rechnete die Steiningerin das Ehepaar Karl und Kathi Hartl. Marlies hatte an der Beerdigung der kleinen Gertrud teilgenommen und dort die meisten Tränen aller Anwesenden vergossen. Ein armes Kind, das sterben musste für die Lasterhaftigkeit seiner Mutter.

Ihre Pflicht als Christenmensch und auch ihr missionarisches Sendungsbewusstsein bewogen Marlies, an diesem späten Nachmittag der Bäuerin von Öd einen Besuch abzustatten. Als sie Karl auf dem Motorrad Richtung

Steinbach fahren sah, hoffte sie, mit Kathi ein ernstes Gespräch von Frau zu Frau führen zu können.

Kathi erntete gerade einen Birnbaum in ihrem Obstgarten ab. Von Sepp, Maria und Resi keine Spur. Die Kampinger-Kinder hatten sie zum Baden an einen Weiher mitgenommen. Kurz vor Einbruch der Dunkelheit wollte Fritz Kampinger sie mit seinem Auto zurückbringen.

Marlies näherte sich unbemerkt, während Kathi auf der Leiter stand und ihren Korb füllte. Fast wäre er ihr aus der Hand geglitten, als plötzlich hinter ihr jemand sagte: »Grüß dich, Kathi!« »Mei, host du mi erschreckt.« Marlies machte auch ein Gesicht zum Fürchten. »Traust dich noch rauf auf den Baum? Meinst nicht, dass dich der Herrgott herunterschüttelt?«, knirschte sie.

Kathi rätselte, wie sie diese Bemerkung deuten sollte, und verschaffte sich erst einmal festen Boden unter den Füßen. Sie musste keine Psychologin sein, um zu erkennen, dass ihre Nachbarin irgendwie angefressen war. Schon bei der Beerdigung hatte ihr Marlies nur widerwillig kondoliert. So versuchte es Kathi mit einer freundlichen Geste und bot ihr ein paar Birnen an, was barsch abgelehnt wurde.

»Ich muss mit dir reden, weil's sonst keiner tut«, motivierte Marlies ihr Anliegen und bemerkte, sie wisse, warum die beiden Kinder sterben mussten: »Weil ihr euch versündigt habt, du und dein Mann.« Versündigt? Welche Sünde meinte sie? Kathi kannte die Steiningerin als ausgemachte Schnüffelnase, die in jeder freien Stunde ihre Runde von Hof zu Hof drehte und Neuigkeiten aus dem Privatleben der Nachbarn in Erfahrung brachte. Hatte sie etwa gar von ihrer früheren Beziehung zu Paul Waczek erfahren?

»Glaubst, ich wüsste nicht, was dein Karl für kriminelle Sachen treibt in Steinbach? Mit dem Schwarzhändler, dem gottlosen Bazi, hat er sich eingelassen. Ja, ohne den würde euer Hof längst nicht so gut dastehen wie jetzt.« »Jeda schaut, wie er am bestn z'recht kommt. Do is nix Schlechts dran in a schlechtn Zeit«, rechtfertigte sich Kathi und wollte das Gespräch beenden, indem sie vorgab, sie müsse jetzt ins Haus, das Abendessen zubereiten. Doch Marlies stellte sich ihr in den Weg und hob warnend den Zeigefinger: »Hör mir nur gut zu, denn ich mein's gut mit dir, Kathi! Noch ist es nicht zu spät. Aber du musst stark sein und deinen Karl auf den rechten Weg zurückbringen.«

Kathi platzte der Kragen. Sie entgegnete, was Karl mache, sei schon in Ordnung. Und überhaupt solle sich die Steiningerin besser um ihre eigenen Sachen kümmern. So platzte auch dieser der Kragen: »Ihr seid keine Engel. Ganz gewiss nicht. Immer seltener sieht man euch in der Kirche«, wetterte sie. »Ob wir in d'Kirch gehn oda net, is ganz alloa unsa Sach.« »Gottlos seid ihr. Kein Wunder, dass dann so was dabei raus kommt.« »Na was denn, hm?«

Kathi stemmte die Fäuste in ihre Hüften und überlegte, ob sie die Frau mit ein paar Birnen torpedieren solle. Da kam's mit ungeahnter Wucht: Geifernd erzählte Marlies, Karl gehe fremd. Dauernd treibe er sich in Steinbacher Wirtshäusern herum und poussiere mit anderen Frauen. Auch die Metzgerwirtin sei dabei. »Der Willy Mayer hat's gesehen. Und der Willy lügt nicht.« »Was soll er denn gmacht ham mit da Metzgerwirtin?«, fragte Kathi jetzt mit echtem Interesse. »Befingert hat er sie – überall, vor allen Leuten, weil ihr Verlobter nicht da war. Und dann sind sie gemeinsam raus – wahrscheinlich auf ihr Zimmer. Willy hat alles gesehen – und dem Willy kannst du glauben. Die Leut reden schon, was für ein Weiberer dein Karl ist.«

Dieser Hieb hatte gesessen. Kathi war bereits aufgefallen, dass Karl in letzter Zeit verdächtig oft abends in Steinbach weilte, um sich angeblich mit Freunden von der Bayernpartei zu treffen. Er hielt sich immer sehr bedeckt, wenn sie ihn darauf ansprach. Marlies indessen ließ weitere Verbalattacken folgen: Es könne gut sein, dass ihr – Kathi – das gar nichts ausmache, weil sie sich selber Liebhaber ins Haus hole, tönte sie. Und bei all ihrer Vergnügungssucht vernachlässige sie die Aufsicht der Kinder. »Du hast Steffi und Gertrud auf dem Gewissen, du ganz allein, weil du aus Schlamperei Kerzen brennen und Wassereimer stehen lässt.« Bei so einer Rabenmutter müsse man sich nicht wundern, wenn sich der Mann eine andere suche.

Sprach's, drehte sich um und verschwand mit großen Schritten, während Kathi weinend ins Gras sank.

November 1998, Winzingermoos

»Kathi wollte sich das Leben nehmen«, bemerkt Anna Steininger, nachdem sie diese Episode erzählt hat. »Sie wird in die Scheune gegangen sein und einen Strick genommen haben. Viel Zeit blieb ihr nicht, denn die Kinder konnten jeden Augenblick zurückkommen. Aber Karl dürfte sie gerade noch von diesem Vorhaben abgebracht haben. Meine Mutter hörte auf dem Heimweg sein Motorrad.«

»So könnt's gewesen sein«, entgegnet Waczek und spinnt die Geschichte weiter: »Nehmen wir an, Karl findet sie in der Scheune, wie sie auf einem Querbalken sitzt, die Schlinge schon um den Hals, neben ihr die Leiter vom Birnbaum. Sie sitzt da und möchte springen, aber er fleht sie an, keine Dummheiten zu machen. Er bittet, er bettelt, er betet, bis sie sich endlich erweichen lässt, heruntersteigt und ihm in die Arme fällt. Zitternd wird sie ihm schließlich alles beichten, weil sie ihre Ehe ohnehin schon in Trümmern sieht. Sie wird ihm erzählen, dass ich ihr Geliebter war – mit allen Details, die ich Ihnen hier ersparen möchte. Daran hat Karl erst einmal zu beißen. Aber er und sie finden an diesem Abend und in dieser Nacht Gelegenheit, sich endlich gründlich auszusprechen. Kathi fragt ihn, was dran sei am Gerücht, er betrüge sie mit Lisbeth. Und er wird fragen, wer so einen Unsinn erzählt. Dann berichtet sie, dass der Auslöser ihrer Selbstmordabsicht Marlies Steininger war.«

»Und Karl will alles wissen«, fährt Anna Steininger in dieser Schilderung fort. »Er hört also, wie gemein meine Mutter zu Kathi gesprochen hat. Das kann und darf er nicht auf sich sitzen lassen.«

23. August 1950, Öd, Steininger-Hof

Karl musste es hinter sich bringen. Nach einer schlaflosen Nacht setzte er sich am frühen Vormittag auf sein Motorrad und knatterte durch die Hofeinfahrt bei den Steiningers. Alles war unterwegs mit den Schafen – bis auf die schwerhörige alte Magd, die das Mittagessen kochte, und Marlies, welche die Blumen an den Fenstern goss. Ihr schwante Übles, als Karl grußlos vom Zweirad sprang und wie ein Ringer auf sie zuschritt. »Du Matz! Was hast meiner Frau ois ins Ohr gsetzt? Umbringa wollt sie sich!«, donnerte er los. Als Marlies kalt entgegnete, Selbstmord sei eine Todsünde, fing sie sich eine Ohrfeige ein. »Hast ihr gsagt, i würd mit da Metzgerwirtin ins Bett gehn und mit andere Weiber rumschmusn. Ja bist denn narrisch?«

Marlies fand es unverschämt, dass er sie auf ihrem Grund und Boden derart kompromittierte. Immerhin hatte sie nur getan, was sie als ihre Pflicht erachtete: Menschen mussten die Wahrheit erfahren, wenn sie betrogen werden. Höfliche Zurückhaltung ist da fehl am Platze. »Stimmt's denn nicht, Karl?«, sagte sie deshalb. »Wirtshausgäste haben dich mit ihr gesehen.« »Na und? Derf ma de Frau net anfassn?« »Nicht so, wie du sie angefasst hast.« »Es is nix Fest's zwischn uns. Mir ham uns nur nett unterhaltn.«

Karl ertappte sich dabei, sich zu rechtfertigen. Aber es war schon zu spät. »Nichts Festes!«, prustete sie los. »Dass ich nicht lache!« »Und wenn scho, gäng's di gor nix oo.« »Aber deine arme Frau, die muss wissen, wie du ihr mitspielst. Statt sich umzubringen, soll sie dich lieber vor die Tür setzen. Und jetzt schleich dich von meinem Hof, sonst ruf ich die Gendarmen!«

Karl erwiderte, er gehe hier nicht weg, bis sie mitkomme und sich bei Kathi für den Schwachsinn, den sie ihr eingeredet habe, entschuldige. Marlies indessen wiederholte ihre Drohung, die Polizei zu rufen – obwohl sie gar kein Telefon hatte – und fuhr noch schwerere Geschütze auf: Sie werde alle Gaunereien Karls publik machen und Paul Waczek wissen lassen, er, Karl, mache seiner Lebensgefährtin den Hof.

Darüber geriet dieser so außer sich, dass er die Frau mit gezielten Faustschlägen niederstreckte. Benommen wälzte sie sich am Boden, aus Nase und Mund blutend. Da sie augenscheinlich keine ernsthaften Verletzungen erlitten hatte, leistete der Bauer auch keine Hilfe, sondern stieg mit einem »Dös hast iaz davo!« auf sein Motorrad.

Er war nun seinerseits übers Ziel hinausgeschossen und brauchte gar nicht lange zu warten, bis ihn Alfons Steininger wegen dieser Attacke zur Rede stelle. Der Schafhalter war mittags nach Hause gekommen und fand seine Frau in einem bemitleidenswerten Zustand vor. Marlies berichtete wahrheitsgemäß über den Streit und seine Vorgeschichte.

So standen sich die Männer nun bei hochsommerlicher Hitze am Feld gegenüber. Karl bereute inzwischen aufrichtig seine Überreaktion, die er allerdings etwas herunterspielte, indem er sagte, ihm sei »die Hand ausgerutscht«. Nein, konterte der Schafhalter, misshandelt habe er die schwer herzkranke Frau, sie fast krankenhausreif geschlagen. Karls Angebot, sich bei Marlies in aller Form zu entschuldigen, schlug er aus. »Meinst, du kommst mir so einfach davon?«, giftete er ihn an. »Wer meine Frau schlägt, der schlägt mich und schlägt meine ganze Familie.« Außerdem habe Marlies in allem Recht gehabt, was sie zu Kathi sagte: »Du gaunerst, du betrügst deine Frau. Es ist zum Kotzen.«

Karl wollte wissen, was Alfons nun zu tun gedenke: »Willst mi anzeign wegn Körperverletzung?« Eine Anzeige sei noch viel zu human, meinte Steininger. Nein, die Polizei bleibe bei dieser privaten Auseinandersetzung außen vor. »Ich mach dich selber fertig – schlimmer als du dir vorstellen kannst. Da kannst du Gift drauf nehmen.«

Der Bauer hatte das Gefühl, relativ glimpflich davongekommen zu sein. Die Drohung Steiningers nahm er nicht ernst, sondern hoffte, dass sich die Wogen bald glätteten. Sein Angebot, sich zu entschuldigen, hielt er deshalb aufrecht.

25. August 1950, Steinbach

Zum Gruber-Hof gehörte auch ein Heustadel, der draußen auf den Feldern errichtet war. Durch den Schutz eines Waldes gelangte man ungesehen dorthin. Es war das Nest, in welches Lisbeth ihren Karl entführen wollte. Bis vor wenigen Tagen pflegten sie nur eine flüchtige Bekanntschaft miteinander und mussten sich nicht einmal Mühe geben, sie vor Paul Waczek zu verbergen. Der hielt seiner Wirtin weiter die Treue, was ihn aber nicht davon abhielt, sich mit anderen Frauen auf ein flüchtiges Abenteuer einzulassen – was Lisbeth wiederum animierte, auch einmal einen Seitensprung zu wagen. Reizvoll, dass sich ausgerechnet Pauls ehemaliger Geschäftspartner als Kandidat dazu anbot. Jedenfalls zeigte ihr Karl plötzlich durch eindeutige Gesten und Äußerungen, dass er ihre Beziehung gerne vertiefen wollte. Lisbeth war nicht abgeneigt und hatte dieses Versteck ausgekundschaftet.

Hierher würde sich nachts niemand verlaufen, und wenn doch, dann hinderte ihn ein schwerer Riegel am Eintritt.

Paul war geschäftlich unterwegs und wollte erst am folgenden Tag zurückkommen. Zudem blieb der Metzgerwirt wegen Malerarbeiten heute geschlossen, und Karl hatte seiner Frau wieder einmal gesagt, er müsse auf eine Versammlung. Getarnt mit der dunklen Lederkluft eines Motorradfahrers hatte Lisbeth am Sozius von Karls Maschine Platz genommen. Sie parkten die BMW sicher im Unterholz am jenseitigen Waldrand, schlichen sich leise kichernd wie zwei Einbrecher an und öffneten das Tor. Karl trug einen Rucksack. Ihm entnahm er jetzt, da sie im Dunkel der Scheune standen, eine Sturmlampe und Zündhölzer. Sie ermahnte ihn, mit dem Feuer Acht zu geben. Ein Funke genüge und hier brenne alles ab.

Tatsächlich war die Scheune bis auf den Eingangsbereich mit Stroh gefüllt. Über eine Leiter kletterten sie in die obere Etage, wo sie vor Ratten gefeit waren. Hier brachte Karl einen Brotzeitbeutel und eine Flasche Rotwein zum Vorschein. Während er alles für ein romantisches Picknick vorbereitete, entledigte sich die Wirtin der engen Schutzkleidung. Paul hatte sie ihr geschenkt, weil sie manchmal im Beiwagen mitfuhr. Aber heute schwitzte sie unsäglich in diesem Leder. Darunter trug sie einen dünnen Sommerrock und ein einfaches Baumwollhemd, das jetzt vor Nässe fast durchsichtig war. Karl stellte fest, dass sie darunter »ohne« herumlief, was er unglaublich erotisch fand. Schon hob sie ihren Rock und räkelte sich lustvoll im Stroh, die Arme verlangend nach ihm gerichtet. »Du kannst ois von mir ham«, bot sie ihm an. Verlegen zog er ihr den Rock wieder bis unter die Knie. Ihre stämmigen Waden und diese gewaltigen Brüste verlangten förmlich danach, sich in ihnen zu vergraben. So liebevoll er es vermochte, erklärte er, das wäre es nicht, weshalb er mit ihr hierher gekommen sei.

»Ja mogst mi denn net, Karl? Bin i dir z'schiach?«, fragte sie enttäuscht.

»Freili mog i di. Aber i bin verheirat – und du hast dein Paul.«

»Koana woas, wo mir iaz san«, bekräftigte sie und schob ihren Rock wieder hoch. Mit der Bitte, nichts zu überstürzen, konnte er ihre Glut noch einmal bändigen. Sie aßen Rauchfleisch und Käse, dazu ein kerniges Bauernbrot, fütterten sich gegenseitig wie kleine Kinder und genossen den Rotwein aus Keramik-Bechern. Die Flasche reichte nicht aus, um sie betrunken zu machen, aber der Rebensaft versetzte sie in eine wohlige Stimmung. Nach ein paar Küssen und Streicheleinheiten löschten sie die Lampe, öffneten ein Fenster und krochen unter das Stroh. Von dieser Anhöhe aus hatten sie einen herrlichen Blick auf die Lichter von Steinbach und den Sternenhimmel über ihnen. Lisbeth gestand ihm, sie sei glücklich wie schon seit Jahren nicht mehr.

Warum sie sich mit ihm eingelassen habe, wollte Karl von ihr wissen. »Is dir da Paul nimma gut gnua?« »Da Fuchs suacht dauernd Streit. Er schlagt mi aa, wenn er bsoffn is. I kann trotzdem net weg von eam«, gab sie zu und schmiegte sich an ihn.

»Warum kannst net weg von eam?«

»Eher bringt er mi um.«

»Und mi dazu, wenn er rausfind, was mir hier treibn.« Er strich sanft durch ihr offenes Haar und meinte: »Oiso muaß er weg, der Paul.«

»Geh! Der kommt imma wieda zruck.«

»I moin, da hin, wo er nimma zruck kann.«

Jetzt verstand sie ihn: Hinter Gitter wollte er den Metzgerfuchs bringen. Welch ein gewagtes Unterfangen! Daran hatten sich schon ganz andere Leute die Zähne ausgebissen. Ja, meinte Karl, weil keiner bereit gewesen sei, gegen Paul auszusagen. Der Schuft habe so viel auf dem Kerbholz, dass man ihn für alle Zeiten aus dem Verkehr ziehen könne.

»Du hast mitg'macht. Vergiss des net!«, erinnerte sie ihn. »Dann bist du aa dran.«

»Net überoi.« Karl vermutete, Paul habe die schwersten Delikte allein verübt. Welche, das sollte ihm Lisbeth sagen. Doch selbst mit drei Flaschen Wein intus hätte sie ihren Paul nicht verraten. Es gab Dinge, die waren auch mit ihrer bescheidenen Ehre unvereinbar. Deshalb lenkte sie das Gespräch nun auf andere, weniger verfängliche Bahnen.

November 1998, Winzingermoos

»Es ist bemerkenswert, dass sich die beiden erst nach dem schweren Streit Ihrer Eltern mit den Hartls so nahe kamen«, überlegt Waczek, der schon ein schlechtes Gewissen hat, weil er den Anwalt so lange im Auto warten lässt. Anna Steininger ergeht es ebenso, und sie schlägt vor, Knopp nach Hause zu schicken: »Wenn Sie mir wirklich was antun wollen, hindert Sie niemand daran.« Waczek muss grinsen. »Sie fürchten mich immer noch?« »Immerhin waren Sie mal ein gefürchteter Mann.« Sie nimmt das Telefon und wählt Hans Knopps Handynummer.

Unterdessen nimmt ihr Besucher in Gedanken den Faden wieder auf: »Es gibt Sinn. Karl hatte vor dem Streit mit Steininger wirklich nichts Ernstes mit Lisbeth, aber die Leute im Dorf haben eifrig darüber geredet, wie es ihre Art ist. Schlüpfriges machte besonders schnell die Runde. Marlies Steininger schnappt etwas auf, fühlt sich moralisch zum Handeln verpflichtet, kompromittiert Kathi, zerbricht dabei viel Porzellan. Kathi sieht keinen Ausweg mehr, bricht ihr Schweigen. Und Karl, wie muss er sich vorgekommen sein, als er erfuhr, dass ich – sein ehemals bester Freund – ihn für tot erklärt hatte, um mit seiner Frau zu vögeln, ihr dabei auch noch ein Kind machte, das sie aus ihrem Leib reißen ließ. Schlimm muss er sich vorgekommen sein. Einen Hass, einen grenzenlosen Hass wird er auf mich gehabt haben. Und nur ein Ziel, für das er alles geopfert hätte: Rache. Deshalb wollte er Lisbeth auf seine Seite ziehen: um sie über mich auszuhorchen, einen wunden Punkt in meiner Vergangenheit zu finden, an dem er mich zu fassen bekam.«

»Herr Knopp lässt Ihnen noch schöne Grüße ausrichten«, unterbricht ihn Anna Steininger. Ob Paul denn Lust auf eine gute Tasse Tee habe? »Danke, gern.« Sie nimmt sich also Zeit für ihn, um ihn vielleicht schonend auf das dicke Ende vorzubereiten.

»Die Geschichte wird jetzt erst interessant«, sagt sie, als beide das dampfende Getränk umrühren. »Wie Sie vorhin hörten, hatte mein Vater eine Rechnung mit Karl Hartl offen. Und wenn Sie meinen Vater gekannt hätten, wüssten Sie: Er gab nicht klein bei, bis er sein Ziel erreicht hatte. Da ihm bekannt war, dass die Hartls seit diesem Einbruchsversuch im Jahr 1947 Angst um ihr Hab und Gut hatten und da ihr Hofhund einige Wochen zuvor gestorben war, inszenierte mein Vater Anfang Oktober 1950 einen Einbruch in Hartls Stall. Er wollte nichts stehlen, sondern die Angst schüren. Konsequenz der Aktion war, dass sich die Hartls Eisenriegel anfertigen ließen.«

»Das war vermutlich der Grund für Hartl, diesem Walter Hannerwald, einem ehemaligen Vertrauten, der jetzt in München wohnte, eine Karte mit dem ominösen Hilferuf zu schicken«, kombiniert Waczek, der sich wieder an diesen Zeugen während seiner Verhandlung erinnert. »Karl wollte ihn zu gegebener Zeit in alles einweihen und erneut auf Streife schicken, weil er nun Anschläge von zwei Seiten fürchtete.«

»Dann hätte mein Vater erreicht, was er wollte: Karl mit gezielten Aktionen mürbe zu machen. Aber er sah bald ein, dass er damit ein zu hohes Risiko einging, entdeckt zu werden. Stattdessen ging er unter die Spione.«

September 1950 bis 12. Oktober 1950, Steinbach

Karl Hartl ließ nicht locker im Bemühen, Lisbeth zum Verrat anzustiften. Jene beteuerte immer wieder, sie würde ihm gerne helfen, um sich seiner Liebe würdig zu erweisen, habe aber nichts gegen Paul in der Hand. Zumindest nichts, was ihn ins Gefängnis bringen würde. »Er sagt mir net ois. Bei de gfährlichn Sachn passt er auf wie a Hund.« Da Paul um diese Zeit manchmal tagelang in halb Bayern unterwegs war, um sein stockendes Geschäft wieder anzukurbeln, da auch der Landtagswahlkampf in seine heiße Phase ging und Karl Hartl deshalb ständig einen Vorwand fand, die halbe Nacht auswärts zu verbringen, folgten weitere heimliche Treffen in der Scheune oder in anderen Verstecken.

Lisbeth zweifelte nicht an den ehrlichen Absichten Karls, der immerzu beteuerte, er werde alles tun, um sie glücklich zu machen. Er breitete ihr einen Blumenteppich von Zärtlichkeiten aus und versetzte sie mit innigen Küssen in Ekstase. Ihren Wünschen nach körperlicher Vereinigung aber widersetzte er sich standhaft, ja, er frohlockte innerlich, wenn er die Wirtin zappeln und nach Liebe lechzen sah. Sobald sich die Zellentür hinter Paul geschlossen habe, werde er ihr jeden Wunsch erfüllen, versprach er. »Dann kannst mi jede Nacht ham.«

So versuchte die Wirtin, Irmi Becker auf ihre Seite zu bringen. Wiederholt bedrängte sie die junge Bedienung, Paul wegen Vergewaltigung anzuzeigen. Irmi verstand die Welt nicht mehr. Auch auf Lisbeths Zureden hin hatte sie damals die Aussage bei der Polizei widerrufen. Und nun sollte sie plötzlich kleinlaut bekennen, es sei alles ganz anders gewesen. »Was, wenn ma mir net glaubt? Dann bringt er mi um, da Fuchs!«, widersetzte sie sich Lisbeths Bitte. Tatsächlich konnte Paul immer behaupten, Irmi habe es damals freiwillig mit ihm getrieben, denn später stieg sie gern zu ihm ins Bett und hatte ihren Spaß. Mehr noch: Sie prostituierte sich sogar für Paul, bediente halb Steinbach, bis sich die Balken bogen, und hatte dadurch einen guten Nebenverdienst. Aber ihre Chefin, die von alledem nichts wusste, ließ nicht locker.

Derart in die Enge getrieben, wandte sich Irmi an Gasthofbesitzerin Centa Wimberger. Sie wolle kündigen, sagte sie und stammelte, nach den Gründen befragt, es sei ihr beim Metzgerwirt unerträglich geworden. »Dös muasst mir scho g'nauer erklärn, Kind«, forschte die alte Frau nach. Sie wollte diese tüchtige Bedienung, die sie auch menschlich lieb gewonnen hatte, unbedingt halten. Irmi gab zögernd zu, es sei wegen Paul. Pausenlos belästige er sie unsittlich. »Und i kann nix machn, weil er mi sunst schlagt. I kann nur weggeh.« Centa überredete das Mädchen, noch ein wenig zu warten und machte die Angelegenheit zur Chefsache – will heißen, sie nahm sich den Bösewicht am nächsten Tag zur Brust. Schließlich könne es nicht angehen, dass er ihr neben den anständigen Kunden auch noch das Personal abspenstig machte.

Paul erwies sich als harte Nuss, indem er die Wahrheit einfach auf den Tisch legte und Irmi damit in ein mehr als schlechtes Licht rückte. »Die ist ein richtiges Flittchen. Das kannst du dir gar nicht vorstellen, Mutter.« Er hatte sich angewöhnt, sie »Mutter« zu nennen, weil sie die Ziehmutter seiner Frau war, auch wenn die Ehe ohne Trauschein vollzogen wurde. Wie dem auch sei, Centa forderte, er möge die unselige Affäre Lisbeth zuliebe beenden. »Wenn du d'Irmi nomoi anrührst, dann schmeiß i di raus!«, drohte sie ihm. Paul konnte nicht umhin, sie wie ein Papagei auszulachen: »Mach dich nicht lächerlich! Du mich rauswerfen? Dann sag ich allen, was für eine Puffmutter du bist, und du kannst den Laden gleich zusperren.«

Mit dieser unbedachten Äußerung reizte er die Frau bis aufs Blut. Der Streit ging hoch wie eine Feuerwerksrakete. Am Ende schnappte sich Centa eine Axt und stürmte damit einer Furie gleich auf ihren »Schwiegersohn« zu. »Scheißkerl!«, rief sie beim ersten Hieb, der ein Luftloch schlug. Als er versuchte, ihr die Waffe zu entwenden, traf sie ihn am Hinterkopf. Das halbe Ohr wurde durchschnitten. Blutüberströmt und laut schreiend stürmte Paul nach draußen, lief Richtung Ambulanz. Der Schmerz ließ ihn glauben, sie habe ihm den Kopf gespalten.

Aber Unkraut vergeht nicht. Als die Wunde genäht und verbunden war, gab es wieder eine typisch Waczeksche Einigung: Centa nahm ihre Drohung zurück, er verzichtete im Gegenzug auf eine Anzeige wegen Körperverletzung und rührte Irmi vorerst nicht mehr an. Letztere zog daraufhin ihre Kündigung zurück.

Am 12. Oktober fand vor dem Schöffengericht die Verhandlung gegen Kathi Hartl wegen des Unfalls ihrer Tochter statt. In den gut gefüllten Zuschauerreihen saßen auch Herr und Frau Steininger. Alle außer ihnen hofften auf einen Freispruch für die leidgeplagte Mutter und stellten nach dem Richterspruch befriedigt fest, dass es noch Gerechtigkeit gab. »Ein schuldhaftes Vergehen der Mutter, das zum Tod ihrer einjährigen Tochter führte, konnte nicht festgestellt werden«, hieß es in der Urteilsbegründung. »Es handelt sich um einen tragischen Unfall, eine Verkettung unglücklicher Umstände. Der Eimer am Hof fiel nicht um, als das Kind sich hinein beugte, und das Wasser von lediglich sieben Zentimeter Tiefe reicht normalerweise nicht aus, um zu ertrinken. Außerdem konnte das Kind nicht mehr um Hilfe schreien, als es sich im Eimer mit dem Kopf nach unten verkeilt hatte. Die beiden anderen Kinder waren in ihr Spiel vertieft und bekamen von alledem nichts mit. Da sich sonst kein Gerät am Hof befand, mit dem sich das Kind hätte schwer verletzen können, und die Mutter nur kurz abwesend war, kann hier von einer Missachtung der Aufsichtspflicht keine Rede sein.«

Für die Steiningers hingegen bedeutete dieser Freispruch eine Ohrfeige. Formaljuristisch trug Kathi Hartl auch in ihren Augen keine Schuld. Moralisch schon. Aber was spielte das in einem solchen Prozess, der nur von Fakten lebte, für eine Rolle? Marlies jedenfalls benötigte eine Beruhigungstablette, als sie das Gerichtsgebäude verließ. »Mach was!«, flehte sie ihren Mann an. »Die können doch nicht so billig davonkommen.«

»Gott richtet«, mahnte er, weil sie sich in ihrem Eifer wieder zu versündigen drohte. Alfons Steininger war es zwar nicht gleichgültig, ob ihre Nachbarn in Sünde lebten, aber er hegte keine missionarischen Ambitionen. Was dabei herauskam, konnte man ja sehen: Streit, Schläge und Blut. So trieb den Schafhalter nur ein Ziel: zu beweisen, dass seine Frau nicht gelogen und demnach zu Unrecht Prügel bezogen hatte. Nur in diesem Fall würde er Karl Hartl zur Rechenschaft ziehen. Es galt also, die Beziehung zwischen ihm und Lisbeth Gruber aufzudecken und ihr ein rüdes Ende zu bereiten.

2. November 1950, Steinbach

An diesem grauen Allerseelentag schickte ein skandinavisches Tief die ersten Vorboten des Winters. Ein eiskalter Wind pfiff über die abgeernteten Felder. Man vermochte den kommenden Schnee förmlich zu riechen, so biss er in der Nase. Alfons Steininger hatte sich in einen schweren Mantel gehüllt und seine Pudelmütze tief in die Stirn gezogen. Ein kleiner, beheizbarer Bauwagen, der den Forstarbeitern als Brotzeitstüberl diente, stand einen Steinwurf von ihm entfernt. Einen Kilometer von hier hatte er das Pärchen vor Tagen aus den Augen verloren.

Da hatte der Schafhalter wie immer in einem Hausflur gegenüber des Gasthauses Metzgerwirt gewartet. Wie immer war Karl Hartl herausgekommen, hatte sein Motorrad bestiegen und war davongebraust. Doch erstmals hatte er nicht allein, sondern in Begleitung der Wirtin das Haus verlassen. Ein Glücksstreffer für Steininger.

Mit größter Vorsicht war er ihnen gefolgt, doch wie gesagt: Es kam der Punkt, da wurde das Risiko, entdeckt zu werden, untragbar. So blieb ihm nur, den Abstand zu vergrößern und zuzusehen, wie die beiden in einem ausgedehnten Waldstück verschwanden. Aber er hatte sich die Stelle gemerkt und bei Tageslicht erkundet, wo es hier in der Nähe ein gutes Versteck für Liebespaare gab. Was er fand, waren zwei Scheunen und eben jene Bauhütte, ein vier auf zweieinhalb Meter großer, auf Stützen stehender Anhänger mit isolierten Wänden.

»Aller Wahrscheinlichkeit nach tauchen sie hier unter«, überlegte er. Das Schloss war mit einem einfachen Dietrich zu öffnen, die Waldarbeiter benutzten die Bude wohl nur tagsüber. »Sie dürfen hier zwar keine Spuren hinterlassen, aber für ein Schäferstündchen in der Scheune ist es jetzt einfach zu kalt.«

Steininger hatte gesehen, dass Karl nach einer nachmittäglichen Besprechung mit den Parteikollegen beim Hoferbräu sitzen geblieben war. Ein untrügliches Zeichen, dass er noch jemand treffen wollte. Üblicherweise holte er Lisbeth mit seinem Motorrad an »neutralen« Orten ab, weshalb ihm Steininger lange nicht auf die Spur gekommen war. Er hatte immer fälschlich angenommen, Karl fahre nach Hause. Jetzt musste er auf seine Spürnase und seinen Instinkt vertrauen, denn er war auf schnellstem Wege hierher gekommen, statt ihnen wieder zu folgen.

Die Kälte in den Füßen bekämpfend, trabte der Späher auf der Stelle. Als die Dunkelheit anbrach, näherte er sich bis auf wenige Schritte dem Bauwagen, vertilgte ein Butterbrot, trank Tee aus der Thermoskanne und – Gott sei's gedankt – hörte ein Motorrad. Um nicht ins Licht der Maschine zu geraten, verlegte er seinen Standort weiter ins Unterholz, kauerte sich hinter einen dicken Stamm und sah sie kommen. Das Motorrad wurde hinter dem Bauwagen abgestellt. Beide flüsterten und benötigten gut fünf Minuten, bis sie das Schloss mit einem Stück Draht geknackt hatten.

Steininger konnte sie auf diese Entfernung nicht erkennen, aber Hartls Motorrad kannte er wohl. Als das Paar in der Hütte war, rauchte es bald aus dem schmalen Ofenrohr. »Na, die trauen ich aber!« Bedacht, auf keinen Ast zu treten, näherte sich der Beobachter erneut und vergewisserte sich, dass es wirklich Karls Motorrad war. Dann legte er ein Ohr an die Außenwand, vernahm jedoch nur ein undeutliches Brummen von drinnen. Alles Weitere hatte ihn nicht mehr zu interessieren. Er wusste, was er wissen wollte.

Am folgenden Tag wusste es auch der Metzgerfuchs. Jemand hatte nachts unter seiner Zimmertür ein Kuvert hindurchgeschoben. Kein Absender, statt einer Adresse nur die beiden Worte: »für Waczek«. Der Inhalt: eine mit Schreibmaschine getippte Nachricht, die Paul anfangs für einen schlechten Scherz hielt:

»Achten Sie besser auf Ihre Lebensgefährtin! Sie hat ein intimes Verhältnis mit keinem Geringeren als Karl Hartl. Nachfolgend eine Skizze der Örtlichkeit, wo sich die beiden Turteltauben derzeit heimlich zu treffen pflegen.
Mit freundlichen Grüßen – ein anonymer Gönner.«

Paul konnte sich nicht entsinnen, einen Gönner zu haben, aber egal, er musste der Sache auf den Grund gehen, denn Karl und Lisbeth, das war eine allzu explosive Mischung.

Der Kuhhandel

November 1998, Winzingermoos

Jetzt begreift Paul Waczek, was Annas Eltern wirklich so belastet hat: Nach dem Verrat der gefährlichen Liebschaft dauerte es zwei Tage, bis die Schüsse in Öd fielen. Alfons Steininger und seine von Hass zerfressene Frau mussten sich logischerweise als Anstifter des Doppelmordes fühlen. Was für eine Farce: Menschen, die immer fromm wie ein Weihwasserkessel gelebt hatten, hetzten durch intrigantes Tun einen Eifersüchtigen bis zur Raserei auf, billigend in Kauf nehmend, dass er in seiner Verblendung zum Äußersten gehen und den ruchlosen Verführer töten könnte.

»Das war es, was meine Eltern nicht einmal Pfarrer Zumüller zu beichten wagten«, erklärt Anna, die nun hart gegen ihre Tränen kämpft. »All die Verdächtigungen und das dumme Gerede im Volk konnten sie noch verschmerzen, denn sie glaubten, der wahre Mörder werde über kurz oder lang überführt. Ja, sie atmeten sogar auf, als es hieß, Sie, Herr Waczek, könnten es nicht gewesen sein, weil Sie ein Alibi hätten. Da bestand geringe Hoffnung, dass es sich doch um einen gewöhnlichen Raubmord oder Überfall eines Irren handelte – oder um einen Racheakt, der mit dieser Sache nichts zu tun hatte. Aber ihre Hoffnung platzte wie das falsche Alibi. Daran gingen sie letztlich zu Grunde.«

»Es konnte ihnen aber nicht gleichgültig sein, ob ich ungeschoren davonkomme«, bemerkt Paul. »Vor Gericht hätte Ihr Vater nur den Brief erwähnen müssen, und ich wäre schnell abgeurteilt worden.«

»Ja, der Mörder sollte abgeurteilt werden, um zumindest einen Teil der Schuld zu sühnen. Hätten meine Eltern nach der Tat die volle Wahrheit erzählt, die Polizei hätte leichtes Spiel gehabt«, sinniert Anna Steininger. »Doch dazu fehlte ihnen die Kraft oder der Mut. Mussten sie nicht mit einer Anklage wegen Anstiftung zum Mord rechnen?«

»So wurden sie nicht nur zu Anstiftern, sondern auch zu Verbündeten des Mörders«, schlussfolgert Paul und kratzt sich den Dreitagebart. »Hilft es Ihnen, wenn ich sage, dass ich nicht geschossen habe?«, fragt er die Frau, die nun einen ziemlich mitgenommenen Eindruck macht.

»Ihre Unschuldsbeteuerung ist doch nur eine Phrase.«

»Es muss Ihnen so vorkommen. Und in Ihren Augen habe ich sogar ein echtes Tatmotiv. Trotzdem bin ich es nicht gewesen, denn meine Eifersucht, als ich von Lisbeths Seitensprung erfuhr, hielt sich in Grenzen. Mehr schon fürchtete ich, Karl könne Lisbeth über mich aushorchen. Schließlich hatte er noch eine Rechnung mit mir offen.«

Waczek erzählt im Folgenden, er habe dem heimlichen Paar bereits am Abend dieses 3. November 1950 wieder Gelegenheit gegeben, sich zu treffen, habe sich bei besagtem Bauwagen im Wald postiert und gewartet. Insgeheim glaubte er, ein paar Bekannte würden gleich lachend aus dem Unterholz springen und rufen: »Ätsch! Reingefallen!« Stattdessen erschienen die beiden Fremdgeher und krochen in ihr Liebesnest. »Ich versuchte noch, sie zu belauschen, hatte kurz sogar das Verlangen, mit einem Knüppel die Bude zu stürmen und ihnen eine ordentliche Tracht Prügel zu verabreichen. Doch das wäre taktisch unklug gewesen, zumal ich gerade ein Geschäft mit Paul laufen hatte, das ich nicht gefährden wollte: den Kuhhandel.«

Samstag, 4. November 1950, Steinbach, Metzgerwirt

Waczek betätigte sich neuerdings als Viehdieb. Mit Josef Pommereders Hilfe stahl er Tiere aus Ställen und von der Weide, schaffte sie an einen sicheren Platz und versuchte, sie zu verkaufen. Meistens schaltete er dazu irgendwelche Strohmänner ein, manchmal belieferte er direkt die Bauern, denen es egal war, woher die Tiere stammten. Als der Metzgerfuchs hörte, Viehhändler Reischl wolle eine Kuh bei Karl Hartl kaufen, jener habe aber derzeit kein passendes Exemplar anzubieten, da wurde er aktiv und wandte sich nach langer Zeit wieder einmal vertrauensvoll an seinen ehemaligen Freund und Komplizen.

Karl sträubte sich erst, Geschäfte mit Paul zu machen, obgleich dieser nicht müde wurde, die »guten alten Zeiten« heraufzubeschwören. Letztlich konnte Hartl bei diesem Angebot nicht Nein sagen: Paul erzählte, er habe von einem dummen Bauern für läppische 500 Mark eine gute Kuh erstanden. »Ich ziehe mir nur den Zorn der eingefleischten Händler zu, wenn ich sie am Viehmarkt anpreise. Nimm sie für 600 Mark. Sie ist gut 1000 wert.« »Is a Haken dabei?«, wollte Karl wissen. »Mog sei, de Kua hot an Makel und i bleib drauf sitzn.« »Das Risiko liegt ganz bei mir. Du zahlst die Kuh erst, wenn du sie verkauft hast«, bedrängte ihn Waczek geschäftig. »Bekommst du für sie 1000 Mark oder mehr, bekomme ich 600 Mark von dir. Gibt man dir nur 900 Mark, bekomme ich 500. Bietet man dir weniger, verkaufst du nicht. Dann hol ich mir die Kuh irgendwann wieder ab.« Kein Vertrag, sondern ein verbindlicher Handschlag folgte. Das Geschäft war damit perfekt.

Am 21. Oktober abends ließ Waczek die gestohlene Kuh nach Öd liefern. Vier Tage später wandte sich der Fuchs inkognito an Viehhändler Michael Reischl, teilte ihm mit, Karl wolle jetzt doch verkaufen. Am 3. November schließlich holte Reischl das Tier ab und bezahlte 1000 Mark. Zur Zufriedenheit aller, wie Paul glaubte: Je 300 Mark Gewinn für Pommereder und ihn, 400 Mark für den Bauern aus Öd. Wenn das kein Grund ist, die alte Geschäftsbeziehung wieder aufleben zu lassen?

Doch das war Schnee von gestern, denn jetzt – nach Erhalt des anonymen Briefes – kamen Metzgerfuchs ernste Zweifel, ob er nicht von seinem Partner in spe aufs Kreuz gelegt werden sollte. Was wollte Karl wirklich von Lisbeth? Sicher keine Liebe.

Diesen Samstagvormittag war ihm Karl auf dem Markt begegnet. Paul fragte ihn, ob die Kuh schon verkauft sei, worauf der Bauer ausweichend antwortete: Er wäre in Eile und könne jetzt nicht darüber sprechen. Aber morgen komme er wieder nach Steinbach, zur Wahlversammlung beim Hoferbräu. »Da treff ma uns um fünf Uhr draußn am Hof.« »Ist abgemacht.«

Paul hatte tagsüber noch Erledigungen zu machen. Erst am späten Nachmittag, kurz bevor das Gasthaus öffnete, fand er Gelegenheit, mit Lisbeth in der Wirtsstube ein ernstes Gespräch unter vier Augen zu führen. Er hatte sich vorgenommen, entgegen seinen sonstigen Gewohnheiten jede Grobheit oder Schuldzuweisung zu vermeiden. Trotzdem kam er gleich auf den Punkt, indem er fragte, ob sie den Bauwagen im Obersteinbacher Forst kenne. »Du und der Hartl Karl, ihr trefft euch dort. Ich hab euch gesehen. Bitte erklär mir das!«

Lisbeth schoss das Blut in den Kopf. Sekundenlang saß sie reglos da, starrte ihn an und begriff endlich: Leugnen hatte keinen Zweck mehr. »Wie bist uns draufkomma?«, fragte sie, während Paul von der Theke kommend langsam auf sie zu schritt. Normalerweise hätte er den Gürtel aus seiner Hose gezogen und sie damit verdroschen, doch jetzt stellte er eine Flasche Schnaps und zwei Gläser auf den Tisch, setzte sich ihr gegenüber, füllte die Gläser, schob ihr eins entgegen. »Trink erst mal, Lisbeth!« Sie stürzte das Getränk hinunter und verbarg das Glas in ihrer Faust.

»Es tut nichts zur Sache, wie ich euch draufgekommen bin. Jedenfalls trefft ihr euch schon seit einiger Zeit an heimlichen Orten. Und ich bin sicher, ihr erzählt euch dort nicht nur Gruselgeschichten«, sagte er, so ruhig er nur konnte, und leerte seinerseits das Glas.

»Es is nix Ernst's zwischn uns. Eher a Gaudi«, versuchte sich Lisbeth zu rechtfertigen und rechnete jeden Moment mit einer Explosion ihres Gegenübers.

Er, fast lethargisch: »Verständlich, bei dem Elend, das er zu Hause erleben muss. Zwei Kinder verloren, die Frau krank vor Trübsal, dicke Luft. Da braucht man etwas Zerstreuung.« So viel Einsicht des betrogenen Liebhabers lockerte Lisbeths Zunge, und sie beteuerte bei allen Heiligen, sie habe nie mit Karl geschlafen. Pauls Antwort überraschte sie erneut: »Warum nicht? Warum hast du dir diese Gelegenheit entgehen lassen? Oder hast du gar nicht versucht, ihn in die Horizontale zu bringen? Oder wollte am Ende er nicht?« Lisbeth schwieg verlegen bei diesem peinlichen Thema, weshalb Paul einen neuen Anlauf startete: »Versteh mich richtig, Lisbeth. Wenn es dir wirklich ernst mit Karl ist, kann ich dich ohnehin nicht halten. Aber bist du dir absolut sicher, dass er es auch ernst mit dir meint?«

»I wollt mit eam schlaffa, oba er hat si net traut, solang du no da bist.«

»Er wollte mich also von der Bildfläche haben?«

»Ja.«

»Was hinderte ihn daran, es trotzdem mit dir zu treiben? Ihr wart so oft unbeobachtet. Nur durch einen Zufall bin ich euch auf die Schliche gekommen.«

»Er war de Hoamlichkeitn leid, wollt was Festes, immer mit mir zamm sei, mei Mann werdn.« Jetzt platzte es doch aus Paul heraus. Er donnerte seine Faust auf den Tisch, dass sein Schnapsglas zu springen anfing, und brüllte: »Wie kann man nur so naiv sein! Dachtest du wirklich, er lässt wegen einer Matz wie dir seine Familie im Stich?«

»Er hat's vasprocha!«, schmollte sie und verschränkte ihre Arme. Paul wurde noch lauter: »Und was hast *du* ihm dafür versprochen? Ihm Gelegenheit zu geben, mich von der Bildfläche zu schaffen? Hat er dich ausgehorcht über meine sauberen Geschäfte? Überleg genau, bevor du mir antwortest?«

Lisbeth zog es vor, nicht mehr zu antworten, und brachte Paul damit noch mehr in Rage. Sie warfen sich die unflätigsten Bemerkungen an den Kopf, bis sich Paul verbittert auf sein Zimmer zurückzog und sich dort 24 Stunden verbarrikadierte. Die Wirtin aber ließ sich beim Zu-Bett-Gehen alles noch einmal durch den Kopf gehen. »Macht mi die Liab blind?«, fragte sie sich. »Hat mi Karl wirkli nur benutzt? Wehe! Wehe!«

Sonntag, 5. November 1950, Steinbach

Während die Kirchenglocken zur 10-Uhr-Messe läuteten, drückte Lisbeth die Klinke von Pauls Zimmertür nach unten. Er hatte abgesperrt, weshalb sie es nun mit einem leisen Klopfen versuchte: »Paul, bist scho wach?«, fragte sie erst leise, dann etwas lauter. Da quietschte die Matratze seines Betts – und Sekunden später knurrte er: »Verpiss dich!«

»I muaß mit dir redn. Es geht um Karl. Loss mi eini!«

Nachdem er aufgeschlossen hatte, legte er sich wieder ins Bett und erlaubte ihr nicht einmal, Platz zu nehmen. »Also, was ist? Hast du deine Meinung inzwischen geändert?«, knurrte er. Er trug die gleichen Freizeitklamotten wie am Abend zuvor, und Lisbeth vermutete zu Recht, er trug sie immer noch, denn am Bettkasten stand eine leere Flasche Schnaps. Er roch nicht nur nach Alkohol, er stank – und wie immer, wenn er zu tief ins Glas geguckt hatte, schlief er in seinen Kleidern. Sie fand seinen Anblick bedauernswert, aber deswegen war sie nicht gekommen.

»I möcht wissn, ob Karl ehrli zu mir is.«
»Kommen dir plötzlich Zweifel?«
»I möcht's nur wissn.«
»Freut mich, dass du einsichtig wirst«, bemerkte er mit Genugtuung und legte sein Romanheftchen, in dem er gerade geblättert hatte, beiseite.
»Wie kann i's rausfindn?«
»Ich denke, das stellt sich spätestens heute Nachmittag heraus. Ich treffe Paul um 17 Uhr wegen einer geschäftlichen Angelegenheit draußen beim Hoferbräu und könnte ihn dort auf sein Techtelmechtel mit dir anspitzen. Wenn du dich vorher im Damenklo verschanzt, kannst du uns belauschen. Das Klo hat ein Fenster zum Hof.«

17 Uhr, Hoferbräu

Karl war pünktlich. Just, als er in den verlassenen Hof trat, huschte auch Paul um die Ecke. Wegen des Schneeregens blieben sie unter der überdachten Einfahrt, wo sich die Toiletten befanden. »Alles klar. Die Luft ist rein«, meinte der Metzgerfuchs und reichte Karl die Hand zum Gruß. Karl schüttelte sie nur widerwillig. »Also, was willst?« knurrte er. »Hab net viel Zeit, muaß wieda nei zur Versammlung.«
»Genug Zeit, um mir zu sagen, ob du die Kuh schon verkauft hast.«
»Sie is no net verkauft.«
»Lüg mich nicht an, Karl! Soll ich zu euch rausfahren und nachschauen?«
»Oiso guat, sie is verkauft.«
»Was hast du dafür bekommen?«
»An Tausender.«
»Dann krieg ich jetzt 600 Mark von dir.«
»Nix kriegst.«
»Bist du verrückt? Das kannst du nicht machen. Wir hatten ein klares Abkommen.«
»Dös Geld nehm i in Zahlung für ois, wos du mir und meina Familie antan hast«, bemerkte Karl mit ungewohnter Härte. Paul indessen simulierte weiter höchste Betroffenheit, obwohl er Ähnliches erwartet hatte: »Jetzt sei doch nicht so nachtragend. Ich dachte, wir hätten die alte Geschichte endlich begraben …« Nun mussten sie vorsichtiger sprechen, denn ein Gast

ging über den Hof und suchte die Toilette auf. »Wir hatten eine klare Abmachung. 600 Mark – und dir bleiben 400 Gewinn.« »Gar nix kriagst – und damit basta.« »So eine Gemeinheit hätte ich nicht von dir erwartet.«

Nun war der ungebetene Gast verschwunden und Karl konnte deutlicher werden: »Du hast gar koan Verlust bei der Sach. Hast die Kuh doch gstoin. Und wenn du wuist, dass i di net verrat, lasst du mir die ganzn 1000 Mark.«

»Ich hab die Kuh nicht gestohlen!«, zischte Paul und ging Karl dabei fast an die Gurgel. Dieser stieß ihn weg und erklärte grinsend: »Freili hast!«

»Woher willst du das wissen?«

»Dei Gschpusi, die Lis, hat's mir gsagt.«

»Ach ja? Wie käme die gute Lisbeth denn dazu, mir so in den Rücken zu fallen?« Nun gestand Karl voller Schadenfreude, dass er ein Verhältnis mit ihr habe.

Eine Klospülung wurde betätigt, was die Streithähne veranlasste, wieder etwas vorsichtiger zu sprechen. »Du mit ihr? Du willst sie mir ausspannen? Das kann doch nicht dein Ernst sein!«, gab sich der Fuchs überrascht.

»Da schaust, gell!«

»Das gibt dir noch lange nicht das Recht, unsere Abmachungen zu brechen.«

»Dann überleg, wie oft du scho and're übers Ohr ghaut hast! So is's, wenn's oan selber trifft.«

Der Gast kehrte ins Wirtshaus zurück, und sogleich ging Paul dem Bauern wieder an die Gurgel. »Ich lass nicht zu, dass du mich um meinen Anteil prellst und mir auch noch die Frau ausspannst«, geiferte er ihn an. Jetzt beging Karl einen folgenschweren Fehler, indem er voller Verachtung sagte, die Frau könne er gern behalten. Ja, diese »fette, hässliche Kröte« habe ihn nie interessiert. Er habe mit ihr lediglich angebandelt, um ihr vertrauliche Informationen zu entlocken. »Die dumme Nuss hat wirkli glaubt, i wär scharf auf sie. Aus da Hand gfressn hat sie mir und mir deine ganzn Gaunereien verratn – z'letzt des mit der gstoina Kua.« Damit habe er erreicht, was er wollte. »Mir san quitt: Du b'haltst dei Wei, i des Geld für de Kua. Und iaz Schluss! I muass wieder in d'Versammlung.«

Ohne noch ein Wort zu verschwenden, marschierte Karl zum Kinosaal, wo gerade eine flammende Wahlkampfrede gehalten wurde. Durch das Fenster der Damentoilette hörte Paul, wie Lisbeth weinte. »Ich geh schon mal vor. Wir treffen uns im Hinterhof bei den Fahrrädern«, sagte er verbittert. Eigentlich konnte er froh sein über Karls unverblümte Äußerungen, zumal Lisbeth nun geheilt war. Nie mehr würde sie diesem Schwindler verfallen und sich stattdessen noch stärker auf seine Seite schlagen, glaubte der Metzgerfuchs.

Doch was nun? Das Geld für die Kuh konnte er in den Wind schreiben.

Oder sollte er versuchen, es sich gewaltsam zu holen? »Nein. Karl hat mich in der Hand. Auch auf die Gefahr hin, sich mitschuldig zu machen, würde er der Polizei von dem Viehdiebstahl berichten, um mir eins auszuwischen. Dann lande ich im Gefängnis.« Die Frage, was Karl angetrieben habe, so radikal gegen ihn vorzugehen, vermochte er nicht zu beantworten. »Vielleicht hat ihm seine Frau von ihrer Beziehung zu mir erzählt. Dann wären die 1000 Mark eine bescheidene Wiedergutmachung.« Es fiel dem Metzgerfuchs schwer, diese Niederlage zu verdauen.

Während er den Verschlag, in dem sein Fahrrad untergestellt war, öffnete, erschien Lisbeth. Grenzenlose Verbitterung stand in ihrem Gesicht geschrieben, als sie sich ihm heulend an die Brust warf. »I war so dumm, so dumm, so dumm«, stammelte sie unentwegt. »Die Drecksau hat mi wirkli nur benutzt wie an Fußabstreiffa. I könnt ...« Sie zögerte einen Augenblick. »I könnt eam umbringa.« Paul sagte, er habe ihr schon verziehen, doch sie ignorierte seine Zärtlichkeiten, mit denen er ihre Stimmung heben wollte. »Was wirst iaz tun? Willst auf dei Geld verzichtn?«, fragte sie ihn und hörte, es werde ihm wohl nichts anderes übrig bleiben.

Entgeistert starrte sie ihn an und riss sich von ihm los. »Is net dei Ernst?« Paul zuckte bedauernd mit den Schultern. »Was soll ich machen? Hättest du nichts von der Kuh erzählt, könnte ich ihn wegen Vertragsbruch drankriegen.« »De Drecksau, de elendige Drecksau!« Sie musste sich an der Wand abstützen, um nicht den Boden unter ihren Füßen zu verlieren. Paul schärfte ihr ein, sie solle sich beruhigen und um ihre Gäste kümmern. »Ich überleg mir inzwischen, wie wir das Beste aus der Sache herausholen«, sagte er und schob das Rad auf den Hof.

»Wo wuist denn hin?«, erkundigte sich die Wirtin.

»Nachdenken und dabei ein wenig in der Gegend herumfahren. Ich nehm den Hund vom Galldorfer mit.« So verschaffte sich der Fuchs eine Abkühlung, während Lisbeth in die stickige Wirtsstube zurückmusste. Dabei fiel ihr Blick auf das Fenster von Pauls Zimmer. Er hatte vergessen, das Licht zu löschen.

Lisbeth beschloss, es brennen zu lassen.

November 1998, Winzingermoos

»Und Sie sind wirklich nur ziellos in der Gegend herumgefahren?«, äußert sich Anna Steininger ungläubig. Waczek hebt die Finger zum Schwur. Eine Geste, auf die sie bei einem solch gottlosen Menschen nicht viel gibt. »Ist es nicht seltsam«, sinniert sie, »dass genau in der Zeit, als Sie unterwegs waren, ein Radfahrer mit Hund nach Öd gekommen ist, um die Hartls zu erschießen?«

»Das gab mir in all den Jahren zu beißen. Hätte ich die Wahrheit über meine Beziehung zu den Hartls offenbart, den Streit beim Hoferbräu und meine Radfahrt ebenso, man hätte gleich kurzen Prozess mit mir gemacht.«
Seine Gastgeberin bringt nun einen interessanten Gedanken ins Gespräch: »Das wirkt doch ziemlich inszeniert, finden Sie nicht? Wenn Sie unschuldig sind, dann wollte jemand, dass alles so aussieht, als seien Sie der Täter.«
Waczek nimmt noch einen Schluck vom kalt gewordenen Tee und bemüht seine grauen Zellen. Der Schleier beginnt, sich zu lüften. »Es passte dem Täter in den Kram, dass ich mit Hartl verfeindet war. Karl selbst hat mich vor seinem Tod noch als möglichen Schützen genannt.«
»Weshalb sagte Karl der Polizei dann bei seiner letzten Vernehmung nicht, worin die Feindschaft gründete? Warum erwähnte er nicht das Treffen und den Streit beim Hoferbräu? Hatte er kein Interesse, dass der Schuldige gefunden wurde?«, wundert sich Anna Steininger.
»Karl Hartl rechnete nicht damit, dass ich ihn wegen der 1000 Mark gleich über den Haufen schießen würde«, verdeutlicht ihr Waczek. »Auch wegen Lisbeth bestand für den Bauern kein Grund zur Sorge, ich könne vor Eifersucht Amok laufen. Die Affäre war beendet, ehe sie richtig begonnen hatte. Nein, Karl wurde von den Schüssen völlig überrascht. Als er gefragt wurde, wen er sich als Täter vorstellen konnte, bemühte er sich, der Polizei zumindest einen Anhaltspunkt für ihre Ermittlungen zu geben: Er nannte mich und nach einigen Zögern auch Ihren Vater. Dass er den aktuellen Streit zwischen mir und ihm verschwieg, ist nur zu verstehen: Der Kuhhandel belastete auch ihn. Und über die Beziehung zu Lisbeth schwieg er, weil er sonst seinen guten Ruf und den seiner Familie befleckt hätte. Aus demselben Grund unterschlug er den Streit mit Ihrer Mutter, bei dem er sich als brutaler Schläger entpuppte. Lediglich Pfarrer Zumüller scheint die ganze Wahrheit erfahren zu haben.«
Anna Steininger, die mehr Kombinationsgabe besitzt, als Paul glauben möchte, greift sich plötzlich an die Stirn: »Mein Gott! Jetzt wird's mir klar. Hartl hat ihm auch von der Feindschaft mit meinen Eltern gebeichtet. Weil die Wirtin Ihnen ein Alibi gab, blieben für den Pfarrer nur noch zwei Verdächtige: Meine Eltern. Und ihr Motiv: Strafe für den ungesühnten Ehebruch, den Kindsmord mit allen seinen Folgen, die Schläge – eine Tat, angeheizt auch durch religiösen Wahn.«
»Sagen wir es mal so«, entgegnet Waczek gelassen. »Nicht das falsche Alibi, sondern meine Beichte überzeugte Pfarrer Zumüller von meiner Unschuld, auch wenn er während der Gerichtsverhandlung zu einem anderen Schluss kam. Er bedauert aufrichtig, Ihrer Familie so übel mitgespielt zu haben. Sie sollten sich mit ihm versöhnen, bevor er das Zeitliche segnet.«
Damit beenden sie das Gespräch. »Sie werden es nicht glauben«, sagt

Anna mit einem Lächeln. »Aber ich besitze sogar ein Gästezimmer. Wenn Sie wollen, können Sie bleiben.« Höflich, aber entschieden lehnt Paul ab. Trotz vorgerückter Stunde – Senioren seines Alters sollten längst im Bett sein – gebe es noch etwas Wichtiges zu erledigen für ihn.
»Haben Sie ein Auto, Frau Steininger?«
»Ja, natürlich.«
»Dann bringen Sie mich bitte zum Metzgerwirt!«

November 1998, Steinbach, Gasthaus Metzgerwirt

Nur noch ein paar Burschen, die man früher als »Halbstarke« bezeichnet hätte, verweilen in der Gaststube. Um lächerliche Beträge haben sie Karten gespielt. Bei seinem Eintritt ignorierten sie ihn, obwohl er ein Fremder ist. Sie haben mit ihren »heißen Bräuten« geprahlt und bereits nach dem vierten Weißbier gallt. Die übrigen Gäste sind vor 22 Uhr gegangen, was den Wirt veranlasste, seine Bedienung nach Hause zu schicken. Der Mann hinter den Tresen ist etwa 60, trägt eine grüne Schürze mit dem Emblem der Brauerei und macht einen resoluten Eindruck. Als er in die Hände klatscht und zur Uhr deutet, legen die Burschen ihre Geldbörsen auf den Tisch. Kaum abkassiert, torkeln sie mit einem verächtlichen »Tschüß« hinaus.
Paul stellt fest, dass sich eigentlich nicht viel verändert hat: Immer noch ist der Metzgerwirt mehr eine Spelunke denn ein Ort gepflegter niederbayerischer Gastlichkeit. Freilich ist das Mobiliar neu, und aus den Gästezimmern entstanden schmucke Mietswohnungen, doch die Stube versprüht weiter den hölzernen Charme jener Zeit, als der Metzgerfuchs hier das Kommando hatte. Nun sitzt der einstige Souverän allein an einem Ecktisch, vor sich eine Orangensaftschorle und die Lokalzeitung von gestern, sitzt da und wartet, dass ihn der Wirt auffordert, ebenfalls zu zahlen. Es ist kurz vor Mitternacht.
Doch der Wirt stellt gelassen die Stühle auf die Tische, spült die letzten Gläser und rechnet die Kasse ab. Kein Wort hat er bis jetzt mit Waczek gesprochen. Dann verschließt er die Haustür, löscht alle Lichter – bis auf die Lampe über dem Tisch seines letzten Gastes. Mit einer Tasse Kaffee und müden Augen setzt er sich zu ihm.
»Grüß Sie, Herr Waczek«, sagt er und gibt Zucker in sein Getränk.
Er, verwundert: »Sie kennen mich?«
»Erst als ich vorhin die alten Fotos aus dem Aktenschrank gekramt hab, war ich mir sicher. Ich dachte, Sie wären längst tot.«
»Ist besser, das zu glauben.«
»Jedenfalls habe ich nicht mehr damit gerechnet, dass sie zurückkommen würden.«
Waczek ist irritiert. Er wollte hier unerkannt seine Fühler ausstrecken

und unterhält sich nun wie mit einem alten Bekannten. »Von welchen Fotos sprechen Sie?«, fragt er den Wirt.

»Die frühere Wirtin hat sie mir vererbt. Schnappschüsse, die hier in den 40er- und 50er-Jahren gemacht wurden. Auf einigen sind auch Sie zu sehen.« Der Wirt lässt wissen, Lisbeth Gruber habe ihn Anfang der 70er Jahre als Geschäftsführer engagiert. »Ich bin, wie Sie hören können, aus dem Norden der Republik. Von den Einheimischen wollte keiner mehr bei ihr arbeiten. Kann man durchaus verstehen nach alledem, was geschehen ist. Ihr wurde immer wieder vorgeworfen, sie habe jahrelang einen Mörder gedeckt. Vor 25 Jahren erlöste sie ein Schlaganfall von allen Anfeindungen und Gewissensbissen.«

»Gott sei ihrer Seele gnädig«, murmelt Waczek.

Der Wirt bietet ihm das Du an. »Ich bin der Lukas. Willst noch was trinken, Paul?« Dieser schüttelt den Kopf. »Warum bist du so freundlich zu mir, Lukas? Macht es dir nichts aus, mit einem Doppelmörder zusammenzusitzen?«

Nachdem Lukas tief durchgeatmet hat, gibt er ihm die unerwartete Antwort: »Weil du unschuldig bist, Paul.«

»Das sagst du nur aus Mitleid, oder?«

»Nein, ich weiß es.«

»Woher?«

»Von Lisbeth. Sie hat's mir kurz vor ihrem Tod gesagt.«

Paul wird nun deutlich lauter: »Die Lisbeth glaubte doch selbst, dass ich geschossen hab. Sie log die Polizei an, um mir zu helfen, erhielt sogar wegen Begünstigung eine Bewährungsstrafe …« »Hör mal …« Lukas greift Pauls Hände und drückt sie auf den Tisch. »Hör mir einfach mal zu, auch wenn dir das, was ich jetzt sage, einen Schock bereiten wird: Lisbeth kannte den wirklichen Mörder.«

Nun wird Waczek fast handgreiflich. »Wer war's? Raus damit!«

»Seinen Namen hat sie mir nicht genannt.«

»Du treibst Späße mit mir.«

»Sie sagte nur: Ich hab ihn zur Tat angestiftet.«

Jetzt ist es aus mit Pauls Selbstbeherrschung. Von Schwindelgefühlen übermannt, beruhigt er sich selbst, indem er unentwegt murmelt: »Das ist alles nicht wahr. Das ist nicht wahr.« Der Wirt wartet einige Minuten. Er reinigt den Tresen.

Paul denkt nach. Angestiftet? Als er sich damals aufs Rad setzte, um ebenfalls nachzudenken, musste ihn Lisbeth wegen seines Zauderns in die Hölle verdammt haben. Der Saukerl, der ihre Gefühle in den Dreck gezogen hatte, sollte ungeschoren bleiben? War sie – nach allem, was Karl beim Streit vor den Toiletten über sie vom Stapel gelassen hatte – nicht zutiefst innerlich verletzt? War sie nicht außer sich vor Hass? Hatte sie nicht selbst gesagt, sie würde Karl am liebsten umbringen?

Und er tat NICHTS, um ihr zu helfen, ignorierte ihren Schmerz, ließ sie im Regen stehen und fuhr mit dem Galldorfer-Hund Gassi.

Als Lukas an den Tisch zurückkommt, entschuldigt sich Paul für seine Zweifel.

»Schon gut. Konnte mir ja denken, wie du drauf reagierst.«

»Erzähl weiter! Was hat dir Lisbeth alles gesagt?«

»Zum einen, dass ich dir nach ihrem Tod dieses Geheimnis verraten darf, falls du je wieder auftauchen solltest. Leider warst du nach deiner Haftentlassung wie vom Erdboden verschwunden. Und dann ging das Gerücht um, du wärst gestorben.«

»Egal. Was hat sie gesagt?«, drängt Paul, der spürt, dass ihm nicht mehr viel Zeit bleibt, denn Schwindelgefühle bemächtigen sich seiner.

»Sie sagte, sie wollte nicht, dass Hartl und seine Frau sterben. Ihr Helfer sollte ihnen lediglich einen gehörigen Denkzettel verpassen.«

»Doch der Helfer schoss dreimal ins Schwarze, statt daneben zu zielen.«

»So muss es gewesen sein.«

»Und dann deckt sie mich, weil ich verdächtigt wurde. Und sie deckt auch den Mörder, obwohl er mich mit seinen Spuren absichtlich in Verdacht gebracht hat.«

»Anzunehmen.«

Paul zieht ein Fläschchen mit Tabletten aus seiner Manteltasche und bittet den Wirt, drei davon in Wasser aufzulösen. »Meine Medizin. Ich hätte sie längst nehmen müssen.« Nachdem er sie getrunken hat, sieht er wieder klar. »Dieser Helfer«, murmelt er. »Lisbeth muss ihm gesagt haben, dass ich bis gegen 19 Uhr mit Hund und Fahrrad unterwegs bin.« Lukas nickt und horcht interessiert zu.

»Aber ihr freundlicher Helfer, der auch mein freundlicher Helfer war – er wohnte allein in einem unbewirtschafteten Hof am Ortsrand von Steinbach –, wusste noch mehr: Er kannte meinen hinkenden Gang und die Örtlichkeiten rund um das Anwesen der Hartls. Er hatte fünf Jahre zuvor eine Pistole P08 bei mir gekauft und besaß einen mittelgroßen Hund. Er und das gut trainierte Tier waren fit genug, die Fahrstrecke in der vorgegebenen Zeit zu bewältigen, während ich auf der Fahrt mit dem Köter von Galldorfer immer wieder Pausen einlegen musste. Ihm blieb wie gesagt nur Zeit bis 19 Uhr. Und – was wir nicht vergessen dürfen – sein Hund war schussfest. Das Tier hatte eine entsprechende Ausbildung erhalten. Zudem erkundigte sich niemand nach dem Alibi dieses Helfers. Alles fügt sich wunderbar. Aber hatte er Grund genug, die Hartls zu töten?«

Lukas fällt noch etwas ein: »Meine Chefin gestand auch, sie habe ihrem

Helfer gesagt, Karl wisse etwas, womit er ihn in äußerste Schwierigkeiten bringen könnte.«

»Sagte sie *äußerste Schwierigkeiten*? Sagte sie genau das?«, ächzt Waczek. »Ja, das sagte sie.«

Jetzt hat er den Knoten entworren: »Dann musste dieser Helfer also damit rechnen, als Kapitalverbrecher enttarnt zu werden«, tönt er und schlägt die Faust auf den Tisch. »Ja, das ist es! Ein Mord, den er knapp sechs Jahre zuvor auf Hanno Grubers Hof an einem Nazibonzen begangen hat. Margit war Zeugin und wird es Lisbeth erzählt haben. Und Lisbeth benutzte dieses Wissen, um ihm Beine zu machen. Ich höre plötzlich, wie sie bei ihm läutet und wimmernd ächzt: Karl weiß alles über deinen Mord und deine Verbrechen mit Paul. Er hat mich ausgehorcht, um etwas gegen Paul unternehmen zu können. Jetzt will er euch beide damit erpressen. Morgen geht er zu deinem Vorgesetzten und erzählt ihm die Geschichte.«

»Und dem Helfer bleibt nichts anderes übrig, als zu handeln«, folgert Lukas und schüttelt den Kopf. »Unglaublich, wie kaltblütig Lisbeth sein konnte.«

»Der Oberstaatsanwalt sprach in seinem Plädoyer von einer höchst emotionalen Tat. Da hatte er recht. Es saß nur der Falsche auf der Anklagebank.« Paul steht auf und schreitet wie ein Prediger durch den Raum.

Wieder klingen Lisbeths Worte durch seinen Schädel. Und die Szene nimmt Gestalt an: Sie, triefend vor Nässe in der Diele des Hauses ihres Helfers, der sich gerade umzieht, weil er sich an seinem dienstfreien Abend die Frühvorstellung im Kinosaal des Hoferbräu ansehen will. Die Eintrittskarte hat er schon gekauft. »I hab Paul gsagt, da Karl wüsst nur was vom Kuhklau. Oba da Karl woas ois – und wenn da Paul des rauskriegt, bringt er mi um.« Mit dieser Äußerung verhindert Lisbeth, dass der 33-Jährige sie später der Lüge überführt. Er mag noch sagen: »Die Sache soll Paul selbst in Ordnung bringen.« Darauf Lisbeth: »Dem geht's doch nur ums Geld vom Kuhhandl.« Das wurme Paul zwar, aber mehr als zu einer Radfahrt, um alles zu überdenken, habe er sich nicht aufraffen können, der Depp. Damit gerät Pauls Geschäftspartner gehörig in Zugzwang. Doch kühl berechnend reift in Sekundenschnelle ein Plan, wie er seine Spur verwischen und im Gegenzug jenen – der ihm dieses Schlamassel durch sein Zaudern eingebrockt hat – in Verdacht bringen kann. Lisbeth muss ihm sagen, wann Paul mit Rad und Hund gestartet ist, welche Kleidung er trug und wann er zurückkommen wolle. Sie tut's ohne jeden Argwohn. Hauptsache, er nimmt für sie Rache.

Der alte Mann spricht aus, was sein ehemaliger Spezi gesagt haben könnte: »Ich schieß dem Hartl durch die Scheibe. Dann wird er begreifen, dass er den Mund halten muss.« Lukas nickt und schluckt, während Waczek weiter in der Gaststube auf und ab schreitet.

»Das sagt er zu ihr, um sie zufrieden zu stellen. Doch konsequent und skrupellos, wie es seine Art ist, geht er ganz auf Nummer sicher, knipst Karl und Kathi das Lebenslicht aus und gewährleistet so ihr ewiges Schweigen. Auf dem Rückweg begegnet ihm ein Auto: Tom Lettls DKW. Er sucht Deckung, ist aber nicht sicher, eventuell doch erkannt worden zu sein. Deshalb schickt er einen Tag später Lisbeth los, um Nachforschungen in dieser Sache anzustellen. Kaum zu Hause und der schmutzigen Kleidung entledigt, findet er noch den Weg ins Kino, dessen Vorstellung eben zu Ende ging. Ein Kollege begegnet ihm auf der Straße: ›Alarm! Wir müssen alle zum Dienst.‹ Fast hätte er sich aber verrechnet, denn Karl lebt, ist bei Bewusstsein und kann noch eine Aussage machen. Ich sehe den ängstlichen Blick des Schützen, als er das Krankenzimmer des schwer Verletzten betritt. Doch dieser, oh Wunder, erkennt ihn nicht, kommt mit keinem Wort auf den Streit und die versuchte Erpressung zu sprechen, benennt stattdessen einen möglichen Täter, der bestens ins Konzept passt.

Lisbeths Helfer mag vielleicht geahnt haben, dass er nie in Gefahr war, von Hartl verraten zu werden, dass er vielmehr nur benutzt wurde, eine zutiefst verletzte Frau zu rächen. Wie dem auch sei, die Wirtin stand nun in seiner Schuld, weil sie ihn in ihrer Verblendung zum Mörder gemacht hatte. Jeden Verdacht von sich lenkend, spielte er den treuen Freund des Hauses, der sogar seine Karriere als Polizist opferte, um mich aus der Schusslinie der Ermittler zu bringen. Es war Teil seines Planes, mich mit falschen Spuren zu belasten, um mir anschließend helfen zu können.«

Beschwörend hebt Paul die Hände und spricht zu einer Person, die bereits im Jenseits weilt: »Geniale Idee! Ich ziehe den Hut. Nie wäre ich auf den Gedanken gekommen, dich zu verdächtigen. Als du nach dem Kugelhagel der sezierenden Fragen des Hohen Gerichts nichts mehr für mich tun konntest, hab ich dich bedauert. Du warst für mich ein unschuldiges Opfer dieser Affäre: degradiert, entehrt, davongejagt. Aber in Wirklichkeit bist du als Sieger abgetreten.«

Nachtrag

Lukas soll den Namen des ominösen Helfers nie erfahren. Dieser steht eingraviert auf dem Stein eines Grabes, das Waczek zum Abschluss seiner Nachforschungen aufsucht. Schneeflocken schmelzen auf dem Granit. Der Metzgerfuchs zieht einen Zeitungsausschnitt mit den Bildern von Karl und Kathi Hartl aus seiner Tasche, kniet vor das Grab von Josef Pommereder und vergräbt ihn in der schwarzen Erde. Danach kehrt er als gebrochener Mensch in sein Seniorenheim zurück, denn in den Augen der Welt wird er immer der Doppelmörder von Öd bleiben.